ullstein

BARBARA LECIEJEWSKI schrieb ihren ersten Roman mit zwölf Jahren. Einen Liebesroman. Der Berufswunsch danach war klar: Schriftstellerin. Ebenso klar war: Das wird man nicht, das ist kein Beruf. Deshalb schlug sie zuerst den *normalen* Weg ein, machte Abitur und zog dann fürs Studium der Germanistik und Theaterwissenschaft nach München. Nach verschiedenen Jobs am Theater und einer Magisterarbeit über Kriminalromane arbeitete Barbara Leciejewski als Synchroncutterin. Die alte Liebe zum Schreiben hat sie allerdings nie losgelassen. Inzwischen hat sie sechs Romane veröffentlicht.

Von Barbara Leciejewski sind in unserem Hause bereits erschienen:

In all den Jahren

Fritz und Emma

BARBARA
LECIEJEWSKI

Solange sie tanzen

Roman

Ullstein

Besuchen Sie uns im Internet:
www.ullstein.de

Wir verpflichten uns zu Nachhaltigkeit
- Papiere aus nachhaltiger Waldwirtschaft und anderen kontrollierten Quellen
- ullstein.de/nachhaltigkeit

MIX
Papier | Fördert gute Waldnutzung
FSC® C021394

Diese Ausgabe wurde durch eine Lizenzvereinbarung mit
Amazon Publishing ermöglicht, www.apub.com.
Lizenzausgabe im Ullstein Taschenbuch
1. Auflage Juli 2021
3. Auflage 2024

Deutsche Erstveröffentlichung bei Tinte & Feder,
Amazon Media EU S.à r.l. Mai 2019
Umschlaggestaltung: bürosüd° GmbH, München
Titelabbildung: © CollaborationJS / Trevillion Images (Pärchen);
www.buerosued.de (Ornamente)
Gesetzt aus der Quadraat Pro powered by *pepyrus*
Druck und Bindearbeiten: ScandBook, Litauen
ISBN 978-3-548-06308-9

Für die, die fehlen,
und für die, die noch da sind

Ein Licht in der Dunkelheit

Hemingway jaulte.

Ada zuckte im Schlaf zusammen und schlug die Augen auf. Na bravo! Jetzt war sie wach. Sicher hatte wieder irgendwo im Haus jemand eine Tür geknallt, und wenn der Hund ein lautes Geräusch hörte, das er nicht einordnen konnte, dann bekam er es mit der Angst zu tun und schlug Alarm.

»Pschhhhht, Moppi!«, zischte Ada durch die nächtliche Wohnung. Pfoten tapsten über den Boden. Im Halbdunkel erschienen der massige Kopf und Körper eines Boxers neben ihrem Bett. Ada streichelte ihm beruhigend über die Stirn. »Ist ja guuut. Was bist du nur für ein Angsthase!«

Der Hund leckte ihre Hand. Hastig, wie immer, wenn er aufgeregt war. Er stieß noch einen Laut aus, kurz und leise diesmal, ein letzter erleichterter Hundeseufzer, dann legte er sich auf den Läufer zwischen Wand und Bett und schlief ein.

Hemingway schnarchte, doch das machte Ada nichts aus. Hans hatte auch geschnarcht. Seine Seite des Bettes war leer. Im letzten Jahr war er gestorben. Einfach so. Nachts. Im Schlaf. »Ein schöner Tod!«, hatten alle gesagt. Aber Ada vermisste sein Schnarchen.

Noch immer bezog sie das Bett für zwei Personen. Das große doppelte Laken, zwei Bettdecken, je zwei Kissen auf seiner Seite und zwei auf ihrer, weil sie beide nicht gern ganz flach schliefen und man das Kopfende des Lattenrostes nicht verstellen konnte. Warum sie sich nicht wenigstens das zweite Kissen auf der Seite ihres verstorbenen Mannes erspare, hatte ihre Tochter Susanne neulich gefragt, als sie der Mutter beim Beziehen der Bettwäsche geholfen hatte. »Darum!«, hatte Ada geantwortet, mit den Schultern gezuckt und das zweite Kissen für Hans aufgeschüttelt, obwohl er es nie mehr mit seinem Gewicht zusammendrücken würde. »Wenn jemand plötzlich geht, kommt er vielleicht auch plötzlich wieder«, hatte sie trotzig hinzugefügt, ohne das unterdrückte Stöhnen ihrer Tochter zu beachten. Eines Tages wirst du vielleicht auch einmal ein Kopfkissen aufschütteln, das nicht mehr benutzt wird, hatte sie im Stillen gedacht, dann weißt du, warum.

Ada rutschte an den Rand ihres Bettes und ließ den Arm nach unten hängen, dorthin, wo Hemingway es sich bequem gemacht hatte. Sie streichelte über sein kurzes Fell und erhielt ein wohliges Grunzen als Antwort.

»Unser Moppi kann sprechen«, hatte Hans oft gesagt, denn Hemingway hatte ein ganzes Sammelsurium an unterschiedlichen Lauten parat, je nach Situation und Befindlichkeit. Allein sein Bellen kannte ein halbes Dutzend verschiedener Varianten: gefährlich, freudig, empört, fordernd, beleidigt und albern. Hans zumindest hatte behauptet, dass diese lässig hingeworfenen Wa-Wa-Laute Albernheit signalisierten. Daneben gab es eine ganze Reihe an Wohlfühl-, Jammer-, Bettel-, Angst- und Begeisterungslauten. Moppi, wie Hemingway von seinen Besitzern genannt wurde, konnte sprechen. Als Hans starb jedoch, verstummte der Hund für Tage. Erst als Ada, der gleichfalls die Worte fehlten, von ihrem eigenen Leid absah und sich aufopfernd um ihn kümmerte, weil es Hans nicht ertragen hätte, seinen Liebling so trostlos zu sehen, da hatte sich Hemingway langsam wieder gefangen. Sie hatte ihn gestützt, und er hatte sie gestützt. Gegenseitig hatten sie sich über den Verlust hinweggeholfen. Hans zuliebe.

Hemingways Grunzen ging allmählich in das leise, gleichmäßige Schnarchen eines Tiefschlafs über. Adas Nachtruhe dagegen war vorerst vorbei. In letzter Zeit hatte sie einen allzu leichten Schlaf, das kleinste Geräusch ließ sie aufschrecken, und wenn sie dann mitten in der Nacht aufwachte, wenn alles still war, wenn nichts und niemand sie davon abhalten konnte, tief in sich hineinzuhören, dann fing sie an zu grübeln und kam dabei vom Hundertsten ins Tausendste. Ein Gedanke jagte den anderen, und der wiederum scheuchte den nächsten auf, und so fort. Wenn Ada liegen blieb, quälten sie ihre rastlosen Gedanken die ganze Nacht.

Entschlossen schob sie ihre nackten, hageren Beine über die Bettkante, rappelte sich mühsam auf und tastete mit den Füßen nach ihren Pantoffeln. Hemingway lag halb mit dem Hinterteil darauf. Sie schob ihn mit etwas Mühe zur Seite, doch der Hund schlief weiter, ohne Notiz davon zu nehmen.

Fröstelnd schlang sie ihre Arme um ihren schmächtigen Körper. Es würde noch eine Weile dauern, bis die Temperaturen eine Höhe erreicht haben würden, die sie nicht mehr zittern ließen, wenn sie nachts die Wärme ihres Bettes verlassen musste. Tagsüber ging es schon, aber nachts fror Ada.

So schnell sie ihre Füße trugen, aber auch so vorsichtig wie möglich, damit sie im Halbdunkel nicht stolperte und hinfiel, trippelte sie ins Badezimmer, wo immer noch Hans' riesiger weicher Bademantel hing, in dem ihre zarte Gestalt versank. Warm darin eingehüllt und ohne Licht anzumachen, ging sie ins Wohnzimmer, setzte sich in ihren alten, rostbraunen Ohrensessel am Fenster und blickte hinaus in die Nacht. Der Bademantel duftete noch nach Hans. Wie lange Sachen doch den Geruch eines Menschen bewahrten, wunderte sich Ada. Sie schloss die Augen, atmete tief ein und genoss für ein paar Sekunden die Illusion, Hans käme gleich zur Tür herein.

»Warum sitzt du denn hier im Dunkeln herum?«, hörte sie seine Stimme, seinen besorgten Ton. Sie sah ihn vor sich, wie er halb im Türrahmen stand, ein Fuß drinnen, einer draußen. Sie sah sein Gesicht. Komischerweise wirkte sein Gesicht in ihrer Vorstellung immer so wie früher, als sie jung waren.

Ada öffnete die Augen und richtete ihren Blick wieder nach draußen. Sie hatte ihr Bett schließlich nicht verlassen, um nun stattdessen hier im Sessel zu grübeln. Allerdings gab es mitten in der Nacht nicht viel zu entdecken, das sie ablenken konnte. Ada lebte am Stadtrand von München in einer ruhigen Gegend, in der nachts kaum einmal ein Auto vorbeifuhr und die Menschen brav in ihren Häusern schliefen. Tagsüber oder am Abend war es deutlich unterhaltsamer, aus dem Fenster zu schauen. Gegenüber dem Mietshaus, in dem Ada wohnte, befand sich der Spielplatz eines Kindergartens. Wann immer es das Wetter auch nur annähernd erlaubte, waren die Kinder draußen und spielten und tobten und schrien durcheinander und machten einen irrsinnigen Lärm. Ada störte sich nicht daran, ganz im Gegenteil, sie hatte ihre Freude an den Kindern. Einigen ihrer Nachbarn machte der Radau dafür umso mehr zu schaffen, was sie gern und wiederholt bekundeten. Frau Sigrist etwa, eine pensionierte Musik- und Klavierlehrerin aus dem zweiten Stock, behauptete regelmäßig, das Geschrei raube ihr den letzten Nerv.

»Sie müssen ja eine ganze Menge letzter Nerven haben«, hatte Ada ihr einmal ganz trocken entgegengehalten.

Auch die Grübels, ein kinderloses, älteres Ehepaar, das direkt über Ada im fünften Stock wohnte, ließen keine Gelegenheit aus, sich wortreich über den Kindergarten zu beschweren. Wann immer sich die Klavierlehrerin und das Ehepaar über den Weg liefen, war klar, worüber geredet wurde. Mit gerunzelten Stirnen, verschränkten Armen und heftigem Kopfnicken empörte man sich über die neuesten Lärmereignisse, bedauerte sich gegenseitig und betonte die Unerträglichkeit dieser Zumutung. Nur wenn Ada in der Nähe war, wurden ihre Stimmen leiser oder das Thema wurde abrupt gewechselt.

Auch Hans hatte diesen Unmutsbekundungen wenig Verständnis entgegengebracht. »Warum sind die überhaupt hier eingezogen?«, hatte er sich des Öfteren unter vier Augen gewundert, mit so viel Empörung in der Stimme, wie sein sanftes Gemüt zuließ. »Die wussten doch, dass es hier einen Kindergarten gibt. Der ist doch schon ewig da.«

Hans hatte die Kinder gemocht. Wenn er mit Hemingway am Spielplatz vorbeigegangen war, waren manche von ihnen an den Zaun gekommen, um den eindrucksvollen Hund zu bewundern, und Hans hatte ihnen erlaubt, ihn zu streicheln. Sie fragten, wie der Hund hieße, und Hans antwortete: »Hemingway!« Und die Kinder sagten: »Häääh? Das ist ja ein komischer Name.« Daraufhin hatte Hans ihnen erklärt, wer Hemingway war: ein Mann, der Geschichten erzählte. Geschichten erzählen fanden die Kinder gut, und Hemingway bekam ein paar extra Streicheleinheiten ab, so als hätte er persönlich *Der alte Mann und das Meer* verfasst.

Direkt neben dem Spielplatz erstreckte sich eine kleine Grünanlage, die gern von den Hundebesitzern der Gegend zum schnellen abendlichen Rundgang genutzt wurde.

Hinter dem Kindergarten, dem Spielplatz und jener Anlage teilte eine Straße das Wohngebiet in zwei völlig gegensätzliche Areale. Linker Hand hatte man vor einigen Jahren mehrstöckige Mietshäuser errichtet, während sich auf der rechten Seite hübsche, großzügige Eigenheime mit prächtigen Gärten aneinanderreihten. Einige dieser Häuser waren bereits älter, andere neueren Datums, doch jedes einzelne bezeugte das Vermögen seiner Besitzer. Ada hatte von ihrem Fenster aus freie Sicht auf einen großen Teil beider Bereiche. Griffbereit, gleich auf dem Fensterbrett, lag Hans' altes Fernglas, das er bei gemeinsamen Ausflügen in die Alpen stets bei sich getragen hatte, um weit entfernte Gämsen und andere Tiere zu beobachten oder Kletterer, die in den Steilwänden hingen. Es war verblüffend, wie nah man die Menschen in ihren Häusern, egal ob rechter Hand oder linker Hand, damit heranholen konnte, als wäre man direkt dabei, mitten in ihren Wohnzimmern, Esszimmern, Küchen oder Schlafzimmern. Tagsüber jedenfalls, oder am Abend, wenn die Lichter in den Wohnungen angingen. Als Hans noch lebte, hatte Ada das Fernglas nie benutzt, doch eines Tages, ein paar Wochen nach seinem Tod, war es ihr in die Hände gefallen. Sie hatte sich an all die vielen Male erinnert, die sie ihn mit dem Fernglas erlebt hatte, und als wäre sie dadurch ihrem Mann wieder ein wenig näher, hatte sie das Glas emporgehoben und vor ihre Augen gehalten. Zum allerersten Mal hatte sie hindurchgesehen und diese erstaunliche Entdeckung gemacht: Alles, was sonst so weit entfernt war, war plötzlich ganz nah. Seither sah Ada fern. Nur schaute sie dabei nicht in den Bildschirm eines Fernsehers, sondern durch die Fenster anderer Wohnungen. Sie sah nicht ein, worin da der große Unterschied bestehen sollte. Es war nicht wesentlich anders, als hätte sie noch ein paar zusätzliche Programme gebucht. Aber jetzt, mitten in der Nacht, lief nichts mehr in dieser gediegenen Gegend. In der Nacht ruhte das Leben. Spätestens gegen Mitternacht gingen alle Lichter aus, und es war Sendeschluss.

Ein einsames Auto fuhr die Straße entlang. Instinktiv erhob sich Ada, um dem Auto hinterherzublicken, doch es war bereits um die Ecke gebogen. Wo sie schon einmal stand, konnte sie auch in die Küche gehen und sich einen Tee machen, dachte sie, verwarf die Idee jedoch sofort. So wach war sie auch wieder nicht. Die Zubereitung eines Tees hätte darauf hingedeutet, dass sie den Tag als angebrochen betrachtete, was sie nicht tat. Sie wollte viel lieber in ihr Bett und schlafen. Einen Tee hätte sie auch gewollt, aber nicht um den Preis ihrer kompletten Nachtruhe. Verstimmt über dieses Dilemma schnalzte sie mit der Zunge.

Als Übergangslösung knipste sie die kleine Leselampe neben ihrem Sessel an und wandte sich dem Stapel bunter Klatschmagazine zu, die ihre Schwiegertochter Lydia immer vorbeibrachte, damit Ada etwas zu lesen habe, wie sie sagte, was reichlich seltsam war angesichts der riesigen Bücherwand im Wohnzimmer. Doch Lydia verstand unter »etwas zu lesen« etwas anderes als Ada, und Adas trocken-ironische Art, sich zu bedanken – »Wunderbar! Ich hatte mich schon gefragt, was Prinz Harry macht« –, entging ihr ebenso wie die vielen Hundert Bücher. Allerdings bot der Inhalt dieser Magazine ausreichend Gesprächsstoff für die Tage mit Karola, der Putzfrau, die seit einem Dreivierteljahr einmal pro Woche die Wohnung auf Vordermann brachte. Susanne hatte auf diese Hilfe bestanden, obwohl sich Ada am Anfang dagegen gesträubt hatte. Ihren Dreck könne sie ja wohl noch allein wegmachen, hatte sie sich echauffiert und war Karola gegenüber entsprechend unfreundlich aufgetreten. Erst als diese sich mit Resolutheit, Witz und einem atemberaubenden Lachen behauptet hatte, hatte Ada Gefallen an der wöchentlichen neuen Gesellschaft gefunden. Jeden Donnerstag immer kurz nach Mittag kam Karola, putzte, bügelte und unterhielt sich mit Ada über Gott und die Welt, über den neuesten Prominentenklatsch und gelegentlich sogar über die Highlights aus Adas täglichem *Fernsehprogramm*. Kleine Wortgefechte und gegenseitige Neckereien gehörten dabei ebenso zum gemeinsamen Ritual wie der nachmittägliche Kaffee mit Kuchen als Abschluss.

Ada streckte gerade ihre Hand nach dem obersten Magazin auf dem Stapel aus, als ihr einfiel, dass sie ihre Lesebrille auf dem Nachttisch liegen gelassen hatte, und da nun Hemingway den Weg dorthin versperrte, konnte sie die Brille nicht holen. Es war also nichts mit Lesen. Grund genug, um ein weiteres Mal mit der Zunge zu schnalzen. Gab es denn gar nichts, das sie tun konnte, um ihre Schlaflosigkeit zu bekämpfen und die dumme Nacht wenigstens ein bisschen unterhaltsam herumzubringen? Kein Licht in den Häusern, kein Leben auf der Straße, kein Tee, keine Klatschmagazine. Warum musste auch irgend so ein Trottel mitten in der Nacht Türen knallen oder welche Geräusche auch immer verursachen, die ihren Moppi aufweckten, der dann sie aufweckte?

Ada war drauf und dran, sich in ihren Ärger so richtig hineinzusteigern, da fiel ihr Hans' Lesebrille ein, die nach wie vor auf ihrem angestammten Platz in seinem Schreibtisch lag. Sie hatte zwar nicht ganz ihre Stärke, aber für die Bilder im Klatschmagazin reichte es allemal.

Sofort stand Ada auf und ging in den angrenzenden kleinen Raum, der Hans als Arbeitszimmer gedient hatte, stets aufgeräumt und nur ausgestattet mit dem Nötigsten: Schreibtisch, Schreibtischsessel, Sideboard und Regal. Und natürlich Hemingways altem Körbchen, aus dem er irgendwann herausgewachsen war und in das er sich dennoch hartnäckig weiter hineinquetschte, obwohl er längst seinen großen Korb im Wohnzimmer besaß. Früher hatte Hemingway gern zu Hans' Füßen gelegen, und auch als Hans nicht mehr da war, hatte der Hund nicht damit aufgehört, sich vor dem Schreibtischsessel in Hans' Arbeitszimmer niederzulassen, so als wartete er nur darauf, dass sein Herrchen wieder auftauchte.

Ada hätte das Zimmer in völliger Dunkelheit betreten können und trotzdem problemlos Hans' Lesebrille gefunden, die sich noch immer an genau der Stelle befand, die Hans für sie vorgesehen hatte: in der obersten Schublade rechts ganz vorn auf seiner uralten, abgegriffenen Brieftasche, die Ada Hans vor Jahrzehnten einmal geschenkt hatte, und gleich neben der Taschenuhr, dem gehüteten, aber niemals getragenen Erbstück seines Vaters.

Ada knipste die Schreibtischlampe an, die einen warmen orangefarbenen Schein auf das dunkelbraun gemaserte Holz warf, setzte sich auf den lederbezogenen Drehstuhl mit der hohen rückenfreundlichen Lehne, schloss die Augen und drehte sich im Kreis. Einmal, zweimal. Endlos hatte sie das früher gemacht und so schnell wie möglich und sich dabei gefühlt wie auf einem Karussell. Und Hans hatte zugesehen und den Kopf über sie geschüttelt, weil er genau wusste, wie schnell ihr schwindlig wurde. »Du bist und bleibst ein Kindskopf, Ada«, hatte er dann gesagt und gelacht.

»Kindskopf!«, klang es zärtlich in Adas Kopf, während sie sich langsam drehte. Leise lachte sie mit Hans und stoppte nach der zweiten Drehung.

Weshalb war sie gleich wieder hergekommen? Ach ja, die Brille. Sie zog die rechte obere Schublade auf und nahm die Brille heraus. Als sie sie aufsetzte, fiel ihr Blick auf ein offenes Kästchen mit Fotografien, die Hans ebenfalls bei seinen wichtigsten Sachen aufbewahrt hatte.

Oben auf dem Schreibtisch stand in einem silbernen Rahmen ihr Hochzeitsbild in Schwarz-Weiß. Daneben, ebenfalls schön eingerahmt, eine Farbfotografie von der ganzen Familie, aus einer Zeit, als die Kinder noch klein waren. Susanne ging schon in die

Schule und war auf dem Foto etwa acht Jahre alt, Thomas war fünf. Ada konnte sich noch genau daran erinnern, wie ihr kleiner Sohn beim Fotografen gequengelt hatte, weil er stillsitzen sollte. Thomas war immer in Bewegung gewesen und genauso lebhaft und energisch wie sie selbst als Kind. Susanne war anders, sie kam mehr nach ihrem Vater. Wie er war sie klug, umsichtig und vernünftig, viel ernster, viel ruhiger als ihr Bruder. Ada hatte sich oft Sorgen um sie gemacht. Sie hatte es immer schade gefunden, wenn Menschen zu vernünftig waren. Sie war der Meinung, wenn man immerzu von Vernunft gebremst wurde, verpasste man etwas im Leben. Hätte Hans Ada nicht gehabt, hätte er auch etwas verpasst. Sie war die treibende Kraft gewesen, die »Na, komm schon« sagte und ihn mitriss, und er, der ruhige, beinahe schüchterne Mann, hatte sich ihr anvertraut und alles bereitwillig mitgemacht. Ada hatte gehofft, Susanne würde auch einen Menschen finden, der ihr ein bisschen die Ruhe nahm, ihre ewigen Bedenken zerstreute und sie zur Unvernunft verleitete. Nur ein kleines bisschen.

Sie ließ ihren Blick einen Moment lang auf den gerahmten Bildern ruhen und schnappte sich anschließend den Stapel aus dem Kästchen in der Schublade.

Zuoberst lag noch einmal das sittsame, fast andächtige Hochzeitsfoto, dem man kaum ansah, wie viel diesem Tag vorausgegangen war und wie sehr sie beide darum gekämpft hatten. Eine uralte vergilbte Kinokarte der *Museum Lichtspiele* war mit einer Büroklammer daran geheftet. Gleich darunter – Ada lachte hell auf – lag ein Bild von ihr und Hans, das entstanden war, als sie gemeinsam auf Marlenes denkwürdiger Geburtstagsfeier Ende der Fünfzigerjahre angeheitert und nicht mehr ganz bei Sinnen *True Love* zum Besten gegeben hatten. Auf dem Foto hatte Ada die Augen geschlossen und den Mund weit geöffnet, Hans presste ihren Kopf an seine Schulter und zog eine Grimasse, die vermutlich Leidenschaft ausdrücken sollte, aber völlig an der Absicht vorbeiging. Er wirkte vielmehr gequält als leidenschaftlich, während Adas Miene eher debil als verliebt daherkam. Es war ein unfassbar schreckliches Foto, und sie hatten jedes Mal wieder Tränen gelacht, wenn sie es in die Finger bekamen. Wie jung sie damals waren, dachte Ada. Zweiundzwanzig oder dreiundzwanzig. Sie schüttelte den Kopf, als könnte das gar nicht möglich sein, dass sie einmal so jung gewesen war, und doch war ihr, als würde sie den Moment, in dem dieses Foto entstanden war, gerade noch einmal erleben, das Klicken hören, den Blitz, so lebhaft war ihre Erinnerung daran. Sie mochten nicht verliebt ausgesehen haben, aber sie waren es, unendlich verliebt. Sie hatten sich diese Momente damals gestohlen, heimlich, und jeden einzelnen so genossen, als wäre es der letzte schöne Moment im Leben.

Auch das nächste Bild zeigte einen solchen Moment: Hans und Ada beim Tanzen im Club. Sie hatten sich dort angemeldet, um zusammen sein zu können, obwohl Hans anfangs gar nicht tanzen konnte, doch er hatte es im Handumdrehen gelernt. Und wie er es gelernt hatte! Auf dem darauffolgenden Bild konnte man sein verblüffendes Talent erahnen: Hans in einer Pose, die bei Fred Astaire nicht besser ausgesehen hätte. Und Ada in seinen Armen. Der Tanzclub! Ada seufzte wehmütig, betrachtete weiter Bild für Bild. Ada und Hans beim Tanzen, auf einem Turnier, mit ihren Freunden Marlene und Emilio, auf der Hochzeit, mit den Kindern. Bei jedem Bild verweilte sie kurz, erinnerte sich und steckte es dann nach hinten. Bei einem der Bilder jedoch erlosch das Lächeln in ihrem Gesicht. Die Erinnerung an den Tag, an dem dieses Bild entstanden war, war lebendiger als jede andere. Ada verstand, weshalb Hans es aufbewahrt hatte, hier, zwischen all den glücklichen Bildern. Es gehörte dazu, und doch mochte sie das Bild nicht ansehen. Auch nicht nach all den Jahren. Rasch steckte sie es weg, hinter die anderen Bilder, die aus schöneren Zeiten, davor und danach. Bilder von Susannes Hochzeit, mit den Enkeln, Jordan und Lulu, und natürlich mit den Hunden, Oscar, Ingeborg und Hemingway. Die letzten Bilder im Stapel hatten fast wieder Ähnlichkeit mit den ersten, sie zeigten ein glückliches Paar in allen möglichen Situationen, nur dass sie beide älter geworden waren, viel älter, alt.

Wie ein Tagebuch, dachte Ada, ihr Leben in Bildern. Eine unbemerkte Träne lief ihr übers Gesicht. Das Leben mit Hans. Vorbei. Es würde kein einziges Bild mehr hinzukommen.

Sorgfältig legte sie die Fotografien zurück in das Kästchen in der Schublade. Hans' Brille ebenfalls. Mit einem Mal war sie müde, sie wollte zurück ins Bett.

Sie knipste die Schreibtischlampe aus, ging ins Badezimmer, um den Bademantel wieder an seinen Platz zu hängen, und benutzte, wo sie schon einmal dort war, die Toilette.

Beim Händewaschen hielt sie den Kopf gesenkt. Ada sah nicht gern in den Spiegel.

»Meine Schöne«, hatte Hans sie bis zuletzt immer genannt. Vermutlich hatte er gar nicht mitbekommen, dass ihr ehemals volles dunkles Haar grau und spröde geworden war, die ehemals satte Farbe ihrer Augen verblasst. Dass sie um mindestens zehn Zentimeter geschrumpft war und dass das Leben in unzähligen Falten seine Geschichten in ihr Gesicht geschrieben hatte, ein ganzes Buch. War das noch schön? Doch es hatte ihr immer genügt, wenn sie es in Hans' Augen war.

Ada wandte sich ab und schlurfte zurück in ihr Schlafzimmer. Vor dem Bett zog sie die Pantoffeln aus und kroch mühsam vom unteren Ende her auf die Matratze, um den Hund nicht zu stören. Er träumte, seine Pfoten zuckten in rhythmischem Galopp. Gerade war sie dabei, eine Liegeposition zu finden, mit der ihr Rücken, ihre Knie und ihre Schultern einverstanden waren, als sie den Lichtschein im Flur bemerkte. Leise stöhnte sie auf. Sie hatte vergessen, das Licht im Badezimmer auszumachen. Und auch die Leselampe im Wohnzimmer war noch an. Es half nichts, sie musste noch mal raus. Eine solch unnötige Verschwendung konnte sie nicht einfach ignorieren. Verschwendung kam nicht infrage.

Verärgert über ihre Vergesslichkeit rappelte sich Ada auf, schob sich erneut an dem schlafenden, schnarchenden Hund vorbei und tapste – diesmal barfuß – zuerst ins Badezimmer und dann ins Wohnzimmer.

Gerade als sie das Licht der Leselampe gelöscht hatte, ging ein anderes Licht an. Draußen. In einiger Entfernung. In einem der Häuser auf der rechten Seite. Es war das einzige Licht in der Dunkelheit. Selbst aus der Ferne glaubte Ada mit bloßem Auge einen Schatten zu erkennen, der sich hinter dem erleuchteten Fenster bewegte, zwei Schatten. Sie war versucht, zum Fernglas zu greifen, um zu sehen, wer da genau wie sie mitten in der Nacht aufgewacht war, doch noch während sie darüber nachdachte, ging das Licht auch schon wieder aus.

Zurück in ihrem Bett vollzog sie abermals die ganze Prozedur, bis sie bequem lag, doch sobald sie ihre Schlafposition gefunden hatte, führten sie ihre Gedanken noch einmal zurück zu dem erleuchteten Fenster, aber mehr noch zu dem Haus, zu dem dieses Fenster gehörte. Wenn sie sich nicht getäuscht hatte, musste es das alte Haus mit dem verwilderten Garten sein, das schon seit vielen Jahren unbewohnt war. Hans und sie hatten dieses Haus geliebt. Sie hatten oft davorgestanden, fassungslos darüber, dass irgendjemand etwas so Schönes einfach leer stehen und verkommen lassen konnte. Vielleicht hatte sich der Besitzer nun endlich des Hauses erbarmt. Aber vielleicht hatte sie sich auch geirrt, und das Licht war doch aus einem anderen Haus gekommen. Das war gut möglich.

Die schmale Sichel des Mondes schien durch das Fenster. Ada betrachtete sie lange und unverwandt. Wie schön sie war, die Mondsichel. Sie stellte sich vor, das Schnarchen käme nicht vom Fußboden, sondern von der benachbarten Bettseite. Sie streckte ihre Hand nach Hans aus und schlief ein.

23. Dezember 1957
Ada und Hans

Hans war anders. Anders jedenfalls, als Ada erwartet hätte, falls sie etwas erwartet hätte. Doch da sie diesem Kinoabend ohnehin nicht mit allzu viel Begeisterung entgegengeblickt hatte, hatte sie sich auch wenig Gedanken darüber gemacht, wie der Freund des Freundes ihrer Freundin, mit dem man sie insgeheim – wie sie sehr genau wusste – verkuppeln wollte, wohl sein würde. Ada hatte sich zu dem Treffen nur überreden lassen, weil sie den Film aussuchen durfte, und sie hatte sich *Ein süßer Fratz* mit Audrey Hepburn und Fred Astaire gewünscht, der wenige Tage zuvor erst angelaufen war. Auf keinen Fall wollte sie sich den neuen *Sissi*-Film antun, auch wenn ihre Freundin Monika einen Flunsch gezogen hatte, und mit den primitiven Vorlieben von Monikas Freund Georg konnte sie noch viel weniger anfangen. Ada liebte Musik und Tanz, sie freute sich auf den Film, und alles andere interessierte sie nicht. Sollte Georg seinen Freund doch mitbringen, ihr war es egal. Ungerührt ließ sie Monika davon schwärmen, wie fantastisch es sei, wenn Ada mit Hans, so der Name dieses Freundes, zusammenkäme, dann könne man so viel gemeinsam unternehmen, so als zwei Pärchen, das sei doch etwas ganz anderes, als wenn Ada sich immer als Anhängsel fühlen müsse. Und überhaupt sei es an der Zeit, dass Ada nun endlich einen Mann fände, immerhin sei sie doch sehr hübsch und bereits einundzwanzig und damit schon bald zu alt. Hans sei genau der Richtige, denn er habe auch keine Freundin. Mehr wusste Ada nicht von dem jungen Mann, der sie davor bewahren sollte, als Mauerblümchen zu verwelken: Freund von Georg und ebenfalls vom anderen Geschlecht verschmäht. Nichts davon war eine wirkliche Empfehlung. Gut, dass es ihr so vollkommen gleichgültig war.

Eine halbe Stunde lang hatte Ada nun zusammen mit Monika in der Kälte vor den *Museum Lichtspielen* in der Lilienstraße gestanden und auf die beiden jungen Männer gewartet, mit denen sie verabredet waren. Schon in der Trambahn auf dem Weg dorthin hatte Monika unentwegt geredet und geschwärmt und Pläne für Pärchen-Nachmittage und Pärchen-Abende und Pärchen-Wochenenden geschmiedet. Und Ada hatte zugehört und sich auf die Zunge gebissen, um alle spitzen Bemerkungen, die ihr dazu einfielen, hinunterzuschlucken. Innerlich hatte sie die Augen verdreht und sich nach Marlene gesehnt, ihrer besten und ältesten Freundin. Während der langen Wartezeit jedoch veränderten sich allmählich sowohl der Inhalt als auch der Ton von Monikas Worten. Die Begeisterung wurde weniger und machte einem immer deutlicher werdenden Unmut Platz, der sich, je weiter die Zeiger der Uhr vorrückten, in blanke Empörung und Wut auf die verspäteten Männer, besonders auf Georg, verwandelte. Dabei ging es längst nicht mehr nur um seine Unpünktlichkeit. Es war drei Minuten vor acht und zwei Minuten nachdem Monika endgültig alles Damenhafte abgelegt hatte und mit üblen Verwünschungen und Schimpfworten Richtung Georg um sich warf, als die beiden jungen Männer um die Ecke kamen.

Georg, wie üblich mit pomadig zurückgekämmten Haaren, Lederjacke und Bluejeans, weil er Elvis ähnlich sehen wollte, und ein großer, dünner, junger Mann, der augenscheinlich niemandem ähnlich sehen wollte, der niemandem ähnlich sah, der anders war: Hans.

Anstelle einer Begrüßung schnaubte Monika »Na endlich!«, drehte sich auf dem Absatz um und marschierte voran ins Kino. Georg warf seinem Freund ein schiefes Grinsen zu und folgte seiner aufgebrachten Freundin.

Hans und Ada, die beiden Mitbringsel, sahen einander betreten an. Keiner hatte sich die Mühe gemacht oder auch nur daran gedacht, sie einander vorzustellen. Sämtliche Benimmregeln und alles, was ein gegenseitiges Kennenlernen erleichtert hätte, waren außer Kraft gesetzt. Sie waren sich selbst überlassen und beide völlig überfordert damit.

Hans räusperte sich und flüsterte ein schüchternes »Guten Abend!«, und Ada erwiderte es mit einem freundlichen Kopfnicken. Sie wollte auch lächeln, war sich jedoch im Nachhinein nicht sicher, ob sie es auch wirklich getan hatte, so überrascht war sie. Von Hans, von seinem Anderssein und von ihrer eigenen Reaktion darauf.

Von einer Sekunde auf die andere kannte sie sich selbst nicht mehr. Sie war nie um Worte verlegen, bei manchen Leuten galt sie sogar als vorlaut, weil sie freimütig ihre Meinung auch zu Themen äußerte, die man besser, nach weitverbreiteter Ansicht, den Männern überließ und um die man sich als Frau nicht zu kümmern hatte. Ada war offen, schlagfertig, schnell im Denken und hatte stets eine Antwort parat, doch als sie nun diesem jungen Mann namens Hans gegenüberstand, da fiel ihr nichts ein. Sie rang darum, etwas zu sagen, irgendetwas, aber sie konnte nicht. Alles, was sie denken konnte, war: Warum ist er so anders? Und da auch Hans schweigsam blieb, folgten sie stumm dem zerstrittenen Pärchen, ihren beiden Kupplern, hinein in den Saal.

Monika saß mit verschränkten Armen in einer der hinteren

Reihen, neben ihr Georg, der noch immer sein schiefes Grinsen im Gesicht hatte und drauflosplapperte, als habe er sich nicht soeben um eine halbe Stunde verspätet, was er mit einer kurzen Erklärung abtat: Seine Uhr sei stehen geblieben. »Pffft!«, kommentierte Monika die Ausrede, lachte höhnisch und winkte Ada zu sich. Da neben Georg kein Platz mehr frei war, musste sich Hans neben Ada setzen. Nur Sekunden später verdunkelte sich der Saal, die Leinwand wurde hell und nach etwas Werbung und einer kurzen Vorschau startete der Hauptfilm, wodurch auch weiterhin jeglicher Zwang zur Kommunikation entfiel.

Ada konnte sich nicht konzentrieren. Es lag nicht an den negativen Schwingungen, die sie von ihrer linken Seite her spürte, dem gelegentlichen gelangweilten Stöhnen von Georg, der lieber in einen Western oder einen Gangsterfilm gegangen wäre, oder den gezischten Ermahnungen seiner angesäuerten Freundin, die Arme und Beine fest verknotet hatte, sodass jeglichem Anschmiegen vorgebeugt war. Nein, Adas Unaufmerksamkeit dem Film gegenüber rührte von ihrem Sitznachbarn zu ihrer Rechten. Was Audrey Hepburn und Fred Astaire vorn auf der Leinwand taten, geriet zur Nebensächlichkeit. Wichtig war, was Hans tat. Manchmal schmunzelte er verhalten, manchmal zog er tief die Luft ein, hielt sie kurz an und atmete ganz lange und sanft wieder aus. Dann und wann hatte Ada das Gefühl, dass er sie ansah, aber vielleicht sah er auch rüber zu Georg, sie konnte es nicht genau sagen, denn sie selbst achtete peinlich darauf, dass sie ihre Augen nach vorn richtete. Keinen Zentimeter schwenkte sie ihren Kopf nach rechts und ihren rechten Arm hielt sie dicht an ihren Körper gepresst, damit sie seinen Arm auf der Lehne nicht berührte. Er sollte nicht wer weiß was von ihr denken. *Was*, fragte sich Ada, *was* soll er nicht von mir denken? Dass er ihr gefiel? Gefiel er ihr denn? Wie konnte sie das sagen, wo sie ihn doch gar nicht richtig kennengelernt hatte, wo das Einzige, das sie ganz sicher von ihm wusste, war, dass er anders war. Vollkommen anders als Georg, auch anders als die beiden Jungs, mit denen sie früher einmal ausgegangen war, Karl und Anton. Karl hatte die ganze Zeit von dem Wagen erzählt, den er wieder flottbekommen hatte, und mit Anton war sie in einen heftigen Disput geraten, nachdem er die Bemerkung hatte fallen lassen, es mache ohnehin für Frauen keinen Sinn zu studieren, denn sie würden ja Kinder kriegen und müssten sich später um die Familie und den Haushalt kümmern. Da hatte er aber was zu hören gekriegt. Ada hatte das Abitur, und sie hätte liebend gern studiert, doch ihr Vater war der gleichen Meinung wie Anton gewesen, also hatte sie wohl oder übel mit einer Schneiderlehre begonnen, doch sie träumte immer noch davon, einmal mehr zu tun, mehr zu sein. Einfach mehr und mindestens so viel wie ein Mann. Ob Hans auch so dachte wie Anton? Er machte nicht den Eindruck. War es das, was anders an ihm war? Dass sich Ada vorstellen konnte, mit ihm zu reden? Richtig zu reden, über alles. Allerdings sollten sie dann doch allmählich mal damit anfangen. Natürlich nicht während des Films, aber danach. Ada nahm sich vor, nach dem Film zu sprechen. Einfach den Mund aufzumachen. Irgendwas würde da schon rauskommen. Man konnte über den Film reden. Sie würden ja wahrscheinlich noch etwas trinken gehen, und dann würden sie sich miteinander unterhalten.

Wieder sein Blick von der Seite. Sie fühlte, wie die Hitze in ihr Gesicht stieg. Wie gut, dass es dunkel war. Aber warum wurde sie rot? Warum klopfte ihr Herz so heftig? Und warum hatte sie sich nicht wenigstens heute einmal ein wenig Mühe mit ihrem Äußeren gegeben? Warum war ihr das alles so gleichgültig gewesen? Sie trug eine Steghose und einen Pullover. Warum kein Kleid wie Monika? So kalt war es doch auch wieder nicht. Und sie hatte nicht einmal Wechselschuhe dabei, sondern saß da in ihren Winterstiefeln. Sie hatte kein bisschen Make-up aufgetragen, nicht einmal Lippenstift. Und ihre Haare hingen dick und schwer herunter, gerade mal, dass sie sie gebürstet hatte. Sie hätte sich eine hübsche Hochsteckfrisur machen oder sich die Haare ein bisschen toupieren können. Sie hätte aussehen können wie eine richtige Frau. Weiblich eben. Sogar Monika behauptete, dass sie ganz hübsch sein konnte, wenn sie wollte, und manche Leute meinten, sie habe sogar ein wenig Ähnlichkeit mit Audrey Hepburn, wegen ihrer dunklen Rehaugen und ihrer dunklen Haare und weil sie so dünn war, aber das hielt sie für Unsinn, denn Audrey Hepburn war für Ada die schönste Frau der Welt, und von schön war sie selbst einmal-um-die-Erde-herum-weit entfernt, doch für gewöhnlich war ihr das egal. Nur jetzt, in diesem Augenblick, im Kino neben Hans, da wünschte sie sich plötzlich, wenigstens ein bisschen schön zu sein, damit sie ihm gefiel. Und sie wusste nicht einmal, warum sie ihm gefallen wollte.

Ada kannte sich nicht mehr aus. Ihr war, als hätte sie mit dem Schritt in diesen Kinosaal eine neue Welt betreten, eine, in der alles anders war, vor allem sie selbst.

Bis zum Ende des Films verfolgte sie jede kleinste Reaktion von Hans, und als der Abspann lief und das Licht im Saal anging, klopfte ihr Herz so heftig, dass sie sicher war, sie würde nie auch nur ein einziges Wort über die Lippen bringen, weil die Wucht ihrer Herzschläge ihre Stimme erzittern lassen würde. Zumindest überwand sie sich, nach rechts zu Hans zu schauen. Er schaute zurück und lächelte. Ein nettes, wenn auch schüchternes Lächeln. Ada erwiderte es geistesgegenwärtig, doch weil sie spürte, wie ihre Mundwinkel bebten, wandte sie sich blitzschnell wieder ab.

»Schöner Film«, sagte Hans. Wie warm seine Stimme war, aber unsicher, bestimmt, weil sie sich von ihm abgewandt hatte. Rasch sah sie ihn noch einmal an, nickte und machte »Mhm!«.

Er lächelte wieder. Winzige Fältchen umspielten hübsche, freundliche Augen. Sie hatten eine undefinierbare Farbe, Grün oder Braun oder beides. Ada wagte nicht zu intensiv hinzusehen. Aber den schönen Mund und das seidige Haar hatte sie noch bemerkt, bevor sie den Blick senkte und so tat, als müsste sie ihren Schal und ihren Mantel ordnen. Monika rüttelte Georg, der weggedöst war, stand auf und verließ den Saal. Ihre Miene war noch ebenso verkniffen wie vor dem Film.

»Wollen wir noch irgendwo etwas trinken?«, fragte Georg gut gelaunt.

»Ich bin müde, ich möchte nach Hause«, erwiderte Monika kalt. »Kommst du mit, Ada?«

Ada fand es furchtbar unhöflich, wie Monika sich verhielt, vor allem, dass sie Hans weiterhin vollständig ignorierte und sich nicht einmal ansatzweise um eine bessere Stimmung bemühte.

»Ähm, möchtest du wirklich nicht noch irgendwo kurz einkehren?«, baute Ada ihr eine Brücke, in der Hoffnung, Monika ließe sich vielleicht von ihr beschwichtigen, wenn schon nicht von Georg.

»Ja, komm schon, Schatz«, fiel Georg ein und versuchte seinen Arm um Monika zu legen, doch sie stieß ihn weg.

»Auf gar keinen Fall. Ich bin müde. Und ich glaube, ich habe mir vorhin beim Warten eine Erkältung geholt. Ich will heim.«

»Ihr hättet ja drinnen warten können«, bemerkte Georg törichterweise, statt die Gelegenheit zu ergreifen, sich noch einmal in aller Demut zu entschuldigen.

»Hätten wir nicht«, zischte Monika. »Gute Nacht! Kommst du, Ada?«

Unmöglich konnte Ada allein mit den beiden Männern noch um die Häuser ziehen, ihr blieb nichts weiter übrig, als Monika zu folgen, obwohl sich alles in ihr dagegen sträubte. Sie hatte doch noch mit Hans reden wollen, ihn richtig kennenlernen, herausfinden, was an ihm so anders war und warum sie ihm gefallen wollte. Nun ging das alles nicht. Und vielleicht würde sie ihn nie wiedersehen.

Schweren Herzens winkte sie den beiden Männern noch einmal zu, lächelte und für den Bruchteil einer Sekunde glaubte sie bei Hans die gleiche Enttäuschung zu bemerken, doch dann hob auch er nur die Hand und erwiderte ihr Lächeln.

Auf dem Weg zur Trambahn, in der Trambahn, nach dem Umsteigen in den Bus, bis sie sich trennten, musste sich Ada Monikas Geschimpfe über Georg anhören.

»Die ganze Zeit macht er das schon so mit mir, die ganze Zeit. Der denkt wohl, er hat es nicht nötig. Der denkt wohl, ich bin ihm sicher. Aber da hat er sich schön getäuscht. Es gibt noch andere Männer. Ha! Ich hab die Nase voll von seinen Eskapaden und von seiner Unzuverlässigkeit. Jetzt ist Schluss. Das war das letzte Mal. Soll er sich doch eine suchen, die das mitmacht.«

Der eigentliche Grund für das Treffen zu viert war längst vergessen. Monika verschwendete nicht den geringsten Gedanken an Ada und Hans. Adas Niedergeschlagenheit, falls diese ihr überhaupt auffiel, schien sie als Mitgefühl für ihre beendete Beziehung mit Georg zu deuten.

Als Ada aus dem Bus ausstieg und allein nach Hause lief, konnte sie kaum die Tränen zurückhalten. Vielleicht, bei näherer Betrachtung, hätte sie ja herausgefunden, dass Hans ein ebenso großer Idiot war wie Georg und Karl und Anton. Vielleicht hätte sie dann festgestellt, dass er doch nicht anders war, aber jetzt würde sie nie die Chance dazu haben, schon gar nicht, wenn sich Monika von Georg trennte. Vielleicht hatte sie gerade ihr großes Glück verpasst. Nur einen kurzen Blick hatte sie darauf werfen dürfen, einen ganz kurzen Blick.

Am nächsten Vormittag traf Ada Marlene in der Stadt und erzählte ihr von dem verkorksten Abend. Erwartungsgemäß ließ Marlene kein gutes Haar an Monika, nannte sie eine egoistische Ziege und überlegte gemeinsam mit Ada, auf welchem Weg sie Hans doch noch einmal wiedersehen könnte.

»Das muss doch möglich sein«, meinte Marlene und schlug sich dabei so fest mit der Faust auf den Oberschenkel, dass das Wort *möglich* mit hoher Wahrscheinlichkeit einen blauen Fleck hinterließ. »Stell dir vor, du denkst jetzt dein ganzes Leben lang, er wäre das große Los gewesen, und in Wirklichkeit war er doch bloß ein Idiot. Das wäre reine Zeitverschwendung. Nein, wir müssen ganz sichergehen, dass er ein Idiot ist.«

Ada lachte. Das mochte sie an Marlene: Die Freundin nahm sie ernst und fühlte mit ihr, konnte jedoch im gleichen Moment so albern sein, dass sie Ada zum Lachen brachte. Marlene hatte die Gabe, alles Schwere leicht zu machen. In Marlenes Gegenwart ging die Sonne auf, und alles wurde ein bisschen heller.

»Mein Gott, Ada«, seufzte Marlene. »Jetzt bist du zum ersten Mal verliebt!«

»Ich bin doch nicht verliebt«, widersprach Ada so heftig, als handelte es sich um eine ansteckende Krankheit. »Ich kenne ihn doch gar nicht. Ich weiß nichts von ihm. Ich habe keine fünf Worte mit ihm gewechselt.«

»Verlieben kann man sich auch stumm«, entgegnete Marlene mit der Miene einer welterfahrenen, reifen Frau.

Ada schüttelte den Kopf. »Das ist doch alles Unsinn. Außerdem hält er mich wahrscheinlich sowieso für eine dumme Kuh, so abweisend, wie ich war. Und wie sich Monika benommen hat! Der muss doch denken, dass ich als ihre Freundin genauso gestrickt bin wie sie.«

»Du denkst doch auch nicht, dass er genauso gestrickt ist wie Georg, oder?«, konterte Marlene.

»Nein, natürlich nicht.«

»Na also.«

»Nichts na also. Ich sollte ihn am besten vergessen. Das muss ich sowieso, jetzt, wo sich Georg und Monika getrennt haben«, sagte Ada und beschloss traurig, das Kapitel mit Hans abzuschließen.

Kaum eine Woche später, am vorletzten Tag des Jahres, kam Ada von der Arbeit nach Hause und wurde noch in der Diele, als sie dabei war, ihren Mantel auszuziehen, von ihrer Mutter aus der Küche heraus mit den Worten begrüßt: »Kennst du einen Hans Friedberg?«

Ada war sprachlos. Wie kam ihre Mutter auf Hans?

»Wer ist denn das?«, bohrte ihre Mutter weiter. Geschirr klapperte.

»Wieso?«, rief Ada Richtung Küche, dankbar, dass die Mutter nicht sah, wie erstarrt sie war.

»Da ist ein Brief von einem Hans Friedberg gekommen. Liegt in deinem Zimmer.«

Das Trommelfeuer in ihrem Innern hielt Ada für den Bruchteil einer Sekunde an Ort und Stelle, doch gleich darauf, noch immer mit einem Arm im Mantel, hetzte sie den Flur entlang zu dem kleinen Raum, den sie bewohnte, riss die Tür auf und blickte sich hektisch um. Neben ihrer Nähmaschine entdeckte sie ihn, den Brief. Weiß und harmlos lag er da. Wie konnte so etwas Harmloses sie so aus der Fassung bringen, dass sie das Gefühl hatte, gar nicht schnell genug atmen zu können, um genügend Luft zu bekommen? Das war doch verrückt. Sie dachte an Marlenes Worte: *Wir müssen ganz sichergehen, dass er ein Idiot ist.* Ada lachte, glücklich, ängstlich, hysterisch. Langsam, so als könnte er sich jeden Moment in die Luft erheben und sich mit Reißzähnen auf sie stürzen, näherte sie sich dem Brief. Vorsichtig nahm sie ihn in die Hand, schnupperte daran und verdrehte über sich selbst die Augen. Hatte sie erwartet, Hans würde seine Briefe parfümieren? Sie lachte erneut auf. Es dauerte eine Ewigkeit, bis sie sich dazu entschließen konnte, den Umschlag zu öffnen. Ihre Hände zitterten, mehrmals drehte sie ihn von einer Seite zur anderen: *An Fräulein Ada Musäus*.

Er hatte also nach ihrem Nachnamen gefragt und die Adresse herausgefunden. Durch Georg wahrscheinlich. Wenn er sich diese Mühe gemacht hatte, konnte es doch nichts Schlimmes sein, das in dem Brief stand. Sie nahm ihre große Schneiderschere zur Hand, zögerte. Was, wenn sie das Briefpapier aus Versehen zerschnitt? Das war unwahrscheinlich, aber sie wollte kein Risiko eingehen, die Schere war viel zu groß und brachial. Sie brauchte etwas anderes, Kleineres, Stumpferes, Zarteres. Schließlich, weil sie nichts fand und es nicht mehr erwarten konnte, benutzte sie ihren Finger, die uneleganteste Lösung, aber elegant war Ada nicht wichtig. Sie wollte wissen, was Hans schrieb und ob er ein Idiot war oder der, für den sie ihn hielt. Die Schrift sprach für Letzteres: Ordentlich und in gleichmäßigen, sanften Schwüngen, nicht zu groß und nicht zu klein, bedeckten die Worte das Papier.

Sehr geehrtes Fräulein Musäus

Ada ließ das Blatt sinken. So schrieb kein Idiot. Sie nahm es wieder hoch und las.

Sehr geehrtes Fräulein Musäus,

ich halte es für mehr als wahrscheinlich, dass Sie mich längst vergessen haben und inzwischen gar nichts mehr mit meinem Namen anfangen können, aber weil ich wiederum Sie nicht vergessen kann und es auch nicht absehbar ist, dass sich das in naher Zukunft ändern wird, wage ich es, mich Ihnen in diesem Brief zu erklären. Meine Würde ist mir nicht annähernd so wichtig wie die winzige, ganz und gar unwahrscheinliche Möglichkeit, dass Sie ähnlich empfinden könnten wie ich.

Schon als ich Sie vor dem Kino stehen sah, wusste ich, dass Sie ein ganz besonderer Mensch sind. Wieso ich das wusste, das wiederum weiß ich nicht, aber ich wusste es. Ich hätte alles dafür gegeben, mich mit Ihnen länger zu unterhalten und Sie näher kennenzulernen, aber zum einen bin ich leider sehr schüchtern, und zum anderen ergab sich keine Gelegenheit mehr, wie Sie wissen. Die schönsten anderthalb Stunden in meinem ganzen bisherigen Leben waren die, in denen ich neben Ihnen im Kino sitzen durfte, und als wir auseinandergingen, war das der schlimmste Moment. Seitdem denke ich an Sie, ohne die Hoffnung, dass es Ihnen genauso geht, und doch musste ich diesen Brief schreiben, und sei es auch nur, damit ich endgültig abschließen kann. Ich habe noch niemals für einen Menschen so empfunden wie für Sie, liebe Ada, das ist alles, was ich Ihnen sagen wollte. Nehmen Sie es mir bitte nicht übel.

Hochachtungsvoll und mit den herzlichsten Grüßen
Hans Friedberg

Adas Welt

Ein seliges Lächeln umspielte Adas Züge, doch sie spürte bereits das sanfte, allmähliche Herausgleiten aus der Schwerelosigkeit des Schlafs. Sie wehrte sich dagegen. Gerade noch hatte sie etwas so Schönes geträumt, sie wusste nicht mehr genau, was, nur dass es schön war, und sie wollte zurück in diesen Traum, doch vergebens. Hemingway stand vor ihrem Bett und hechelte ihr warmen Hundeatem ins Gesicht. Der faulende Backenzahn des Hundes ließ grüßen. Irgendwann musste sie den von Dr. Sahner entfernen lassen. Bald!

»Du stinkst«, murmelte Ada. Hemingway antwortete mit leise gejaulter Begeisterung und schnellem aufgeregten Pfotengetrappel auf der Stelle, denn nun, da sein Frauchen aufgewacht war, ging es bald nach draußen. Ada streckte die Hand aus und kraulte den Boxer im Nacken.

»Du machst das Laken dreckig, Moppi, leg da nicht immer deine Sabberschnauze hin, wie oft soll ich dir das noch sagen?«

Jeden Morgen sagte sie es, es gehörte dazu, genau wie die Schmerzen in ihrem Rücken und in ihren Gliedern beim Aufstehen. Nur langsam konnte sie sich im Bett aufrichten, sich hinsetzen, aufstehen, sich ins Badezimmer begeben – die ersten Bewegungen jeden Morgen waren mühevoll und dauerten endlos. Sie hasste diese Langsamkeit, an der sie nichts ändern konnte. Je älter sie wurde, desto langsamer ging es. Früher hatten sie und Hans darüber sarkastische Scherze gemacht. »Wenn wir einmal hundert sind, werden wir so lange fürs Aufstehen brauchen, dass wir direkt wieder ins Bett gehen können, wenn wir mit allem fertig sind.« Aber so lange hatte Hans nicht gewartet, und Ada fand es nun auch nicht mehr so lustig. Überhaupt nicht.

Hemingway begleitete sie von Zimmer zu Zimmer und wartete, bis sie alles erledigt hatte und schließlich in Schuhen und Mantel vorn bei der Haustür stand. Dann tätschelte sie ihm den Kopf für seine Geduld, sagte »Braver Moppi!« und ließ ihn in sein Geschirr schlüpfen.

Sie hätte beim Gassigehen auf die Leine verzichten können, denn Hemingway blieb immer dicht bei ihr und hörte aufs Wort, aber es gab anderen Leuten ein gutes Gefühl, wenn ein so großer Hund angeleint war. Nicht, dass eine alte, zierliche Frau wie Ada ihn hätte halten können, wenn er nicht pariert hätte. Dann hätte die Leine so viel genützt wie ein Krönchen auf ihrem Haupt.

Im Fahrstuhl traf Ada ausgerechnet auf Frau Sellschuh, eine alleinstehende Nachbarin aus dem sechsten Stock. Die Frau litt offensichtlich unter einer Hundephobie, denn wann immer sie auf Hemingway traf, verfiel sie ein, zwei Sekunden lang in Schockstarre und machte danach einen großen Bogen um den Hund. Überhaupt war sie in Adas Augen recht merkwürdig. Ihr Alter musste irgendwo zwischen vierzig und sechzig liegen, genauer konnte man das wirklich nicht eingrenzen. Ihre biedere Frisur, ihre altbackene Kleidung, ihre leiernde Stimme und ihre ewige Betulichkeit widersprachen auf groteske Weise einem nahezu faltenlosen Gesicht und einer jugendlichen Figur. Soweit Ada wusste, war sie Steuerberaterin, arbeitete meistens von zu Hause aus, und ab und zu bekam sie Besuch von einem Mann, den sie ihren *Bekannten* nannte.

Als Ada mit Hemingway den Fahrstuhl betrat, fuhr der Nachbarin sichtlich der Schreck in die Glieder. Sie drückte sich so eng in eine Ecke des Aufzugs, als wollte sie mit der Wand verschmelzen, dann grinste sie verkrampft und hauchte: »Morgen!« Ada grüßte zurück und ignorierte das Verhalten der Nachbarin. Hans an ihrer Stelle wäre nicht in den Aufzug eingestiegen, sondern hätte mit Rücksicht auf die Ängste der Frau mit Hemingway gewartet, aber das sah Ada gar nicht ein. Hemingway tat ja nichts, und als Therapie schadete es sicher nicht, wenn Frau Sellschuh gezwungen war, sich ihren Ängsten zu stellen. Ada hatte mal davon gehört: *Flooding* nannte man das. Man musste die Leute mit ihren Ängsten konfrontieren. Hätte man Frau Sellschuh einen Vormittag lang mit Hemingway zusammen den Fahrstuhl rauf und runter geschickt, wäre die Phobie wie weggeblasen gewesen.

»Schönes Wetter heute«, kam es zittrig aus der Ecke.

Na also, sie konnte sogar schon Konversation machen. Konfrontation funktionierte.

»Ja, vielleicht wird es ja allmählich mal Frühling«, erwiderte Ada und lächelte Frau Sellschuh aufmunternd an.

Die Tür öffnete sich im Erdgeschoss, und Frau Sellschuh stürmte hinaus, wie vom Fahrstuhl ausgespuckt. »Schönen Tag noch!«, rief sie über die Schulter zurück zu Ada und war auch schon weg.

»Ebenso!«, sagte Ada, obwohl Frau Sellschuh längst über alle Berge war.

Die Eingangstür stand offen. Möbelpacker trugen Kisten und Möbel aus einer der beiden Wohnungen im Erdgeschoss nach draußen. Das junge Paar, das dort vor einem knappen Jahr erst eingezogen war, hatte sich allem Anschein nach getrennt und zog schon wieder aus. Er hatte sich schon länger nicht mehr blicken lassen, und sie sah man nur noch mit einem mürrischen Gesicht, dem es zu anstrengend war, den Mund zu einem Gruß aufzumachen.

»Schöner Kerl!«, sagte einer der Möbelpacker im Vorbeigehen und deutete mit dem Kopf zu Hemingway.

»Danke, das hört er gern«, behauptete Ada.

Die Gassi-Runde mit Hemingway war jeden Morgen und jeden Nachmittag dieselbe: am Kindergarten vorbei, durch die kleine Grünanlage bis zu der Straße, an der sich die beiden unterschiedlichen Wohnareale teilten. Wenige Schritte weiter zur rechten Seite hin, direkt gegenüber der Reihe vornehmer Häuser, lag ein Park mit angegliederter Schrebergartenanlage. Der ideale Ort, um mit Hunden spazieren zu gehen. Mit Hans zusammen war Ada manchmal bei schönem Wetter noch ein Stück weitergegangen bis zum Englischen Garten, und gelegentlich waren sie dabei im Biergarten gelandet, denn, so hatte Hans immer augenzwinkernd erklärt, bei einem so langen Marsch müsse man unbedingt eine Rast einlegen. Inzwischen war Ada der Weg zu weit, und in den Biergarten wollte sie ohnehin nicht mehr einkehren. Wie armselig hätte das denn ausgesehen, eine alte Frau mit ihrem Hund, die allein auf einer Bank sitzt und eine Maß Bier vor sich auf dem Tisch hat. Gott bewahre!

Dafür nahm sie immer noch gern Platz auf der kleinen Bank gleich gegenüber dem schönen alten Haus, wo sie auch mit Hans früher oft gesessen hatte.

Wie sehr hatte ihnen beiden das Haus gefallen! Vom ersten Augenblick an. Gerade weil es so verwildert wirkte, die Farbe ergraut, die Fassade an vielen Stellen überwuchert von wildem Efeu, die meisten Fensterscheiben trüb und schmucklos, die Rahmen aus morschem Holz. Auch der entzückende kleine Holzbalkon an der Seite war so baufällig, dass ihn sicher keiner mehr zu betreten gewagt hätte. Der ehemals hübsche Lattenzaun um das

Haus herum hatte zwar seine Schönheit eingebüßt, war aber wenigstens noch halbwegs intakt. Allerdings war er so niedrig, dass man leicht hätte darübersteigen können und einen freien Blick in den Garten und auf die steinerne Terrasse hatte. Seit Jahrzehnten hatte sich offensichtlich kein Mensch mehr um das Anwesen gekümmert. Alles wuchs und spross und schoss, wohin es wollte, aber genau das verlieh dem Haus seine Schönheit. Es wirkte wie verzaubert, wie aus einem Märchen. Ada und Hans hatten davon geträumt, darin zu wohnen. Natürlich musste es instand gesetzt werden. Was verrottet war, musste erneuert und ausgebessert werden, aber es sollte auf keinen Fall diesen wilden Charme verlieren, der es von den anderen Häusern der Umgebung abhob, von weißen Fassaden und gepflegten, hübschen Gärten, von Perfektion und Hochglanz.

Als sie an dem Haus vorbeiging, dachte Ada an das Licht in der Nacht. Sie musste sich geirrt haben. Es sah ganz genauso aus wie immer.

Auf ihrem Spaziergang durch den Park begegnete Ada den gleichen Leuten wie jeden Morgen, vor allem natürlich vielen anderen Hundebesitzern. Mit manchen wechselte sie ein paar Worte, während die Hunde sich gegenseitig friedlich beschnupperten oder ignorierten, anderen, wie dem schrill und unaufhörlich bellenden Chihuahua und seinem ebenso nervösen Frauchen, ging sie lieber aus dem Weg. Eine junge Frau mit einem Bullterrier mochte Ada besonders gern. Der Hund hieß Jürgen und trug beim Gassigehen ein kleines rosa Stoffhäschen im Maul, was zu seinem weißen Fell sehr hübsch aussah.

»Ich glaube, ich sollte ihn irgendwann einmal darüber aufklären, dass er ein gefährlicher Kampfhund ist«, meinte sein Frauchen, wenn Jürgen ängstlich fiepte und sich hinter ihren Beinen versteckte, sobald ein anderer Hund vorbeikam und er sein Häschen in Gefahr sah. An Hemingway hatte sich Jürgen mit der Zeit gewöhnt und daran, dass die beiden Frauen jeden Morgen ein paar Minuten lang beieinanderstanden und Scherze auf Kosten ihrer zartbesaiteten Schützlinge machten.

Auch die Heinemanns traf Ada nahezu jeden Morgen. Sie kannte die beiden noch aus der Zeit, als ihre Kinder zusammen zur Schule gegangen waren. Frau Heinemann saß seit einem schweren Schlaganfall ein paar Jahre zuvor im Rollstuhl, und Morgen für Morgen zu jeder Jahreszeit, sofern es nicht regnete oder schneite, schob Herr Heinemann seine Frau durch die frische Luft. Mit Ada tauschten sie sich meist darüber aus, was die Kinder und die Enkel so machten. Das heißt, Herr Heinemann tauschte sich aus, Frau Heinemann blieb bei diesen Gesprächen stumm. Ada war sich nicht sicher, ob sie alles verstand oder überhaupt irgendetwas. Sie lächelte und nickte des Öfteren, aber das tat sie immer, egal worum es ging. Ada bewunderte Herrn Heinemann, der sich standhaft weigerte, seine Frau aus ihrer gewohnten Umgebung zu reißen und in ein Pflegeheim zu geben, obwohl ihn die Pflege seiner Frau seine ganze Kraft kostete. »Ich kann das alles ganz gut allein schaffen«, meinte er leichthin und mit zuversichtlicher Miene, der man jedoch die tägliche Anstrengung von Woche zu Woche mehr ansah.

Deshalb, so vermutete Ada, nannten die Leute Hans' Tod einen schönen Tod. Er hatte nicht leiden müssen. Und sie auch nicht. Dabei hätte sie es bevorzugt, ihn mit Hemingway an ihrer Seite noch ein paar Jahre im Rollstuhl durch die Gegend zu schieben. Bis in den Englischen Garten und im Biergarten Rast machen. Dann hätten sie da zusammen sitzen können. Das wäre wenigstens ein langsamer Abschied gewesen. Oder überhaupt ein Abschied. Ob Herr Heinemann sich insgeheim das Gegenteil wünschte, konnte niemand sagen.

Ada wünschte den beiden einen schönen Tag. Frau Heinemann hob die Hand, so weit sie es vermochte, und drehte sie ein paarmal hin und her. Es sah in etwa so aus wie das Winken der Queen, nur dass es bei der Frau im Rollstuhl nicht majestätisch wirkte, sondern ein wenig bizarr und unendlich traurig. Ada winkte zurück und ging weiter. Sobald sie einmal den ganzen Park umrundet und Hemingway alle Geschäfte erledigt und alle Markierungen gesetzt hatte, trat sie den Heimweg an.

Die Möbelpacker hatten den Wagen inzwischen beladen und schickten sich an loszufahren. Die junge Frau, das Überbleibsel jenes getrennten Nachbarpärchens, verließ gerade ihre ehemalige Wohnung. Ada grüßte, obwohl sie nicht erwartete, zurückgegrüßt zu werden. Die junge Frau sah sie einen Moment lang an, als müsste sie überlegen, was im Falle des Gegrüßt-Werdens zu tun sei. Dann fiel es ihr ein, und sie murmelte im Vorbeigehen einen Gruß.

»Alles Gute für Sie!«, rief ihr Ada hinterher. Die Frau blieb an der Eingangstür stehen und drehte sich um. »Danke!«, sagte sie erstaunt. Ihre Augen wanderten von Ada zu Hemingway. »Wir wollten uns auch mal einen Hund zulegen«, fügte sie unvermittelt hinzu.

Ada lächelte und schwieg. Was hätte sie dazu sagen sollen? Gut, dass sie von der Idee Abstand genommen haben? Ein Leid weniger? Sie hielt nichts von sinnlosem Gerede und leeren Floskeln, deshalb sagte sie nichts.

»Auf Wiedersehen«, sagte die Frau. »Und Ihnen auch alles Gute.«

Ada fuhr mit dem Fahrstuhl in den vierten Stock und freute sich aufs Frühstück. Nicht, dass sie großen Hunger gehabt hätte, das nicht, aber Frühstück hatte Tradition. Als Hans noch gelebt hatte und schon im Ruhestand war, hatten sie sich endlos Zeit genommen, hatten sich unterhalten, Zeitung gelesen und sich darüber ausgetauscht, was es Neues in der Welt gab. Dazu war das Radio gelaufen.

Hemingway tapste brav seine Pfoten auf dem großen Handtuch ab, so wie es ihm Hans vom ersten Tag an beigebracht hatte. »Irgendwann können wir uns nicht mehr gut bücken, dann muss der Hund seine Pfoten selbst abputzen«, hatte er in weiser Voraussicht gemeint. Immerhin waren sie damals beide schon über siebzig gewesen, so alt, dass sie sich eigentlich gar keinen Hund mehr anschaffen wollten, nachdem ihre alte Labradorhündin Ingeborg von ihnen gegangen war, aber dem kleinen tapsigen Boxerwelpen, der sie aus einer Zelle im Tierheim mit riesigen, flehenden Augen ansah, konnten sie nicht widerstehen.

Erst als der Hund versorgt war, schaltete Ada das Radio an und setzte sich mit einer Tasse Kaffee und einem Marmeladenbrot an den Küchentisch. Im Radio lief Popmusik. Ihr Knie zuckte unter dem Tisch rhythmisch im Takt, und ihre Gedanken gingen auf die Reise, wanderten zurück zur vergangenen Nacht und zu dem Licht. Sie war fast sicher, dass es aus dem alten Haus gekommen war, auch wenn es nicht danach aussah, als wäre da jemand eingezogen. Sie würde es jedenfalls im Auge behalten und später noch mal nachsehen. Und am Abend vor allem.

Nach zwei Bissen von ihrem Brot wollte Ada den Teller am liebsten voller Widerwillen von sich schieben, doch sie hatte Karola im Ohr und Susanne, die sie ständig ermahnten, genug zu essen. Als wäre sie ein kleines Kind. Ada schnaubte, biss ein weiteres Mal in das Brot, trank Kaffee zum Runterspülen und wippte dabei weiter mit dem Knie zur Musik. Dann spürte sie, dass sie zur Toilette musste, und das war nun wirklich ein Grund, das Essen zu unterbrechen. Sie musste das Badezimmer aufsuchen. Rasch. Ganz rasch. In letzter Zeit hatte sie, was das anging, einige Probleme. Ein weiteres Zeichen ihres Alters. Ada hasste es, und genau aus diesem Grund sträubte sie sich auch gegen die dringend notwendige Toilettensitzerhöhung mit Haltegriffen an der Seite, die ihr von Susanne immer wieder angepriesen wurde, seit sie einmal erwähnt hatte, dass sie so schlecht vom Klo hochkäme. Nein, einen weiteren Beweis dafür, dass es schnurgerade bergab ging, brauchte sie wirklich nicht, und schon gar nicht in Form einer solch unwürdigen Alte-Leute-Sitzerhöhung.

Voller Ungeduld erledigte sie, was zu erledigen war, und nachdem sie sich mit Mühe vom Sitz hochgehievt und sich die Hände gewaschen hatte, lief sie geradewegs zu ihrem Sessel im Wohnzimmer und schnappte sich das Fernglas. Ihre Ellbogen ruhten gut gepolstert auf einer eigens präparierten schmalen Decke auf dem Fensterbrett, sodass sie es möglichst lange aushielt. Sie wollte ja nicht mitten in einer spannenden Beobachtung abbrechen müssen, weil ihre Arme wehtaten oder sie das Fernglas nicht länger halten konnte. Es war immerhin ein relativ großes und schweres Fernglas, ein gutes eben. Unzählige Leute hatte sie damit kennengelernt, ganze Familien, hatte Feste mitgefeiert, Abendessen beigewohnt, Streitereien genauso beobachtet wie die Versöhnungen hinterher. Komödien und Dramen. Es war hochinteressant. Weil Ada die Leute nicht mit Namen kannte, hatte sie sich selbst welche für sie ausgedacht, je nachdem, was passte. Bei den Mustermanns zum Beispiel war alles perfekt, mustergültig eben: die Einrichtung, die Kleider, die Kinder, alles. Mit fassungsloser Bewunderung hatte Ada an Heiligabend beobachtet, wie Frau Mustermann den Weihnachtsbaum geschmückt hatte. Es war, als wäre man Zeuge der Entstehung eines Kunstwerks gewesen. Später, beim gemeinsamen Essen mit der Familie, hatte Ada davon erzählt.

»Sag mal, beobachtest du etwa Leute durchs Fernglas?«, hatte Susanne daraufhin mit schockiert aufgerissenen Augen gefragt.

»Ja, natürlich«, hatte Ada geantwortet. »Ohne Fernglas könnte ich ja nichts erkennen.« Thomas und die Enkel hatten gelacht, doch Susanne hatte ihr mehrmals den Satz »Das kannst du doch nicht machen!« um die Ohren gehauen.

»Wieso denn nicht?«, hatte Ada gefragt. »Ich tu doch nichts Schlimmes. Ich gucke doch nur.«

Susanne hatte nach Luft geschnappt, das Wort *Privatsphäre* in den Raum geworfen und ihrer uneinsichtigen Mutter vergeblich zu erklären versucht, warum es eben doch schlimm war, was sie tat.

»In Klatschblättern lesen ist auch nichts anderes!«, argumentierte Ada.

»Das ist sehr wohl etwas anderes.«

»Ich lasse mir jedenfalls keine Vorschriften machen, was ich in meiner Wohnung tun darf und was nicht.« Danach hatte Ada sich stur gestellt und gedroht, nach Hause zu gehen.

Ähnlich amüsiert und so gelassen wie Thomas und ihre Enkel reagierte Karola auf Adas ausgeprägten Voyeurismus.

»Na, was machen die Mustermanns?«, fragte sie etwa, woraufhin Ada bereitwillig Auskunft darüber gab, was sich im Leben der Leute zutrug, und so manches davon wurde am Kaffeetisch diskutiert, als handelte es sich dabei um ureigene Angelegenheiten.

Mit geübtem Finger drehte Ada am Rad für die Schärfe, so lange, bis sie das alte Haus glasklar erkennen konnte. Sie hätte leicht in die Räume hineinschauen können, doch die Fensterscheiben reflektierten zu dieser Tageszeit die Sonne. So viel konnte sie jedenfalls feststellen: Da regte sich nichts. Sie musste gegen Abend noch einmal nachsehen.

Langsam ließ sie das Fernglas über die umliegenden Häuser

gleiten. Um diese Uhrzeit war nirgendwo viel los, die Kinder waren in der Schule, die meisten Erwachsenen in der Arbeit. Frau Doppelpack, die natürlich nicht wirklich Frau Doppelpack hieß, hängte Windeln draußen im Garten auf. Sie hatte drei Monate alte Zwillinge, von denen abwechselnd einer immer schrie, und machte sich trotzdem die Mühe, Stoffwindeln statt Wegwerfwindeln zu benutzen.

Die Frau unterbrach ihre Arbeit und warf einen alarmierten Blick ins Innere des Hauses, wahrscheinlich grölte gerade wieder eins der süßen Kleinen. Ada verfolgte die Entwicklung der Zwillinge seit ihrer Geburt im Januar und wusste von daher über das Schreiverhalten der Babys ziemlich gut Bescheid. »Und bei dem Stress auch noch Stoffwindeln«, sagte sie zu sich.

Es klingelte. Mal wieder der Paketbote. Man wusste, dass Ada immer zu Hause war, und gab gern Pakete für sämtliche Nachbarn bei ihr ab, egal, ob der eigentliche Adressat daheim war oder nicht.

Es klingelte noch mal. »Ich komm ja schon!«, rief Ada, während sie den Flur entlanglief. Kaum hatte sie geöffnet, da streckte ihr ein junger Mann in Gelb-Rot auch schon ein kleines Paket entgegen. »Für Pauly. Is keiner da.«

»Soso!«, sagte Ada. Sie nahm das Paket und malte einen gleichgültigen Schnörkel auf das Gerät, das er ihr unter die Nase hielt. Kaum war sie damit fertig, nuschelte der Mann etwas, das aller Wahrscheinlichkeit nach »Auf Wiedersehn« heißen sollte, und hastete die Treppe hinunter.

»Auf Wie-der-sehn!«, rief ihm Ada hinterher. »Und beim nächsten Mal bitte nur halb so oft klingeln, ja? Ich bin nicht taub, nur langsam.« Das Treppenhaus sorgte für ausreichend verstärkenden Hall, sodass der Angesprochene, und vermutlich auch jeder andere im Haus, es gut hören konnte.

Ada deponierte das Paket auf dem kleinen Sideboard in der Garderobe und machte sich auf den Weg zurück ins Wohnzimmer. Als sie durch den Flur ging, bemerkte sie einen unangenehmen Geruch aus dem Badezimmer. Sie musste nicht Sherlock Holmes sein, um zu erraten, was das wohl sein mochte. »Du liebe Zeit!«, murmelte sie, während sie die Toilettenspülung drückte, was sie zuvor vergessen hatte. »Bin ich denn belämmert?« Hemingway erschien neben ihr im Türrahmen und hielt seine Nase in die Luft. »Dir gefällt das auch noch, was?«, lachte Ada, drängte den Hund hinaus und schloss die Tür. Bei einem Blick in die Küche stellte sie fest, dass da immer noch das Frühstücksgeschirr samt halb angegessenem Marmeladenbrot stand. Seufzend stellte sie den Teller für später beiseite, spülte den Rest ab und schaltete das Radio aus.

Anschließend nahm sie wieder in ihrem Sessel Platz, der fehlende Schlaf der vergangenen Nacht machte sich allmählich bemerkbar. Die Geräuschkulisse von draußen lullte sie ein, Ada döste weg und schreckte erst durch den lang gezogenen durchdringenden Schrei eines Mädchens aus dem Kindergarten wieder auf. Jede Operndiva wäre auf die Stimmgewalt dieses Kindes neidisch geworden. Ada richtete sich ein wenig in ihrem Sessel auf und sah den Kindern eine Zeit lang zu.

Gegen Mittag bereitete sie sich eine Gemüsesuppe aus der Tüte und machte danach ein weiteres kleines Nickerchen im Sessel. Wenn sie nachts aufwachte, dann war sie tagsüber müde, wenn sie dann allerdings tagsüber den Schlaf nachholte, war die Wahrscheinlichkeit groß, in der Nacht erneut aufzuwachen. Ein Problem, das sich kaum lösen ließ.

Nachdem Ada von der Nachmittagsrunde mit Hemingway zurückgekehrt war, klingelte Frau Pauly an der Tür, um das Paket abzuholen. Überschwänglich bedankte sie sich. Wie gut, dass es

Ada gebe. Frau Pauly war verheiratet und hatte zwei Kinder, den Mann sah man nie, obwohl er existierte, das wusste Ada. Mehr wusste sie nicht. Die Kinder waren höflich, die Frau auch. Ab und zu drang derbes Geschimpfe aus der Wohnung, das bis in die unteren Stockwerke zu hören war.

Am frühen Abend rief wie immer Susanne an, fragte, was sie immer fragte – was die Mutter so gemacht habe, ob sie auch genügend essen und trinken würde –, und erzählte anschließend von den Kindern: Jordan und Lulu, zwei Teenagern am Rande der Pubertät. Jordan an ihrem Ende und Lulu am Anfang.

»Wir kommen am Wochenende zum Kaffee, wenn es dir recht ist«, sagte Susanne zum Abschluss.

»Ja, natürlich. Die Kinder auch?«, wollte Ada wissen.

»Ähm, ich weiß nicht«, antwortete Susanne zögerlich. »Vielleicht.«

»Lass nur. Die haben sicher was vor«, meinte Ada. Sie wollte keinesfalls eine Großmutter sein, die ihre Enkel zu Pflichtbesuchen nötigte.

Als sie aufgelegt hatte, löschte sie das Licht im Wohnzimmer, nahm das Fernglas zur Hand und machte es ihren Armen auf der Fensterbank bequem. Später würde sie im Fernseher die Nachrichten anschalten, aber vorher lief das Hauptprogramm vor ihrem Fenster. In den Häusern brannte jetzt fast überall Licht, die Leute waren zu Hause, und von Vorhängen und Rollos hielten die meisten heutzutage nicht mehr viel. Außerdem vermutete sicher niemand, dass eine alte Frau ein paar Hundert Meter weiter mit dem Feldstecher ihren Alltag ein wenig unterhaltsamer gestaltete.

An diesem Abend jedoch interessierte sich Ada vor allem für eins: ob in dem alten Haus wieder das Licht angehen würde. In *ihrem* Haus, Hans' und Adas Haus. Insgeheim war es das immer gewesen. Wenn sich jetzt jemand anderes an ihrer Stelle den Traum erfüllt hatte, dort zu leben, dann musste Ada wissen, wer.

Sie hob das Fernglas vor die Augen und hatte das Haus im Handumdrehen gefunden. Es lag da in völliger Dunkelheit. Nebenan bei Familie Doppelpack wanderten die Eltern mit jeweils einem plärrenden Zwilling auf dem Arm umher. Die Mutter unten, der Vater oben im ersten Stock. In dem schmucken, neuen Haus auf der anderen Seite, bei der von Ada sogenannten Familie Seltsam, saßen wie gewöhnlich die beiden Kinder und der Mann jeweils in ihren Zimmern an ihren Schreibtischen vor ihren Computern, die Mutter lief unten in der Küche hin und her. Plötzlich standen alle gleichzeitig auf, verschwanden und erschienen wenig später im Esszimmer neben der Küche. Der Tisch befand sich direkt am Fenster. Es gab Pasta mit zwei verschiedenen Soßen. Das erinnerte Ada daran, dass sie selbst auch eine Kleinigkeit essen sollte.

»Langweiliger Tag, was, Moppi? Nicht ganz so aufregend wie sonst«, sagte sie zu dem Hund und verzog ironisch das Gesicht, während sie ihr Abendbrot zu den Nachrichten aß. »Aber morgen kommt Karola.« Ein Lichtblick wenigstens. Das Highlight der Woche.

Später würde sie mit Hemingway noch einmal auf eine kleine Runde gehen, sie würde noch ein bisschen *fernsehen*, dann war der Tag auch schon beendet. Und dann kam die Nacht. Und dann wieder ein Tag, wenn man nicht das Glück hatte, wie Hans friedlich im Schlaf in eine andere Welt hinüberzudämmern. Oder ins Nichts. Ada war sich da nicht so sicher, was es sein würde. Sie hoffte auf eine andere Welt, eine, in der idealerweise Hans auf sie warten würde, aber dass es ganz bestimmt so sein würde – nein, diesen Glauben hatte sie nicht.

Nach der Gassi-Runde und kurz bevor sie sich zu Bett begab,

warf sie wie gewohnt, als wollte sie damit all ihren Nachbarn hinter ihren Fenstern eine gute Nacht wünschen, einen Blick durch das Fernglas. Ein langsamer Schwenk von links nach rechts.

In dem alten Haus brannte Licht.

Kein Zweifel. Links Familie Doppelpack, rechts Familie Seltsam, in der Mitte, in dem alten Haus dazwischen, ein hell erleuchtetes großes Fenster gleich unter dem Dach. Ada hielt die Luft an. Dann hatte sie also doch richtig gesehen. Doch das Zimmer war leer. Sie wartete. Irgendjemand musste da sein, irgendjemand hatte ja schließlich das Licht angemacht. Doch es tauchte niemand auf.

Ada ließ das Fernglas sinken. Sie war müde. Morgen, dachte sie, morgen würde sie sich das weiter ansehen.

Hemingway schlief bereits eingerollt in seinem Korb.

Ada ging ins Schlafzimmer, machte es ihrem alten Körper so bequem wie nur möglich und setzte die Lesebrille auf. Aus der Schublade ihres Nachtschränkchens holte sie einen vergilbten Briefumschlag, aus dem sie einen stark abgegriffenen Briefbogen herauszog. Das Papier war an manchen Stellen so dünn, dass es zu zerreißen drohte. Behutsam faltete sie es auseinander.

»Stell dir vor, da sind Leute in unser Haus gezogen«, sagte sie und strich zärtlich über das Papier. Dann, so wie jeden Abend vor dem Einschlafen, las sie den Brief:

Sehr geehrtes Fräulein Musäus …

1958
Kaffee im Hause Musäus

Ada schrieb zurück. Sofort! Sofort, nachdem sie die durch ihren ungeduldigen Finger zerrissene Stelle mit Hans' Anschrift wieder zusammengefügt und entziffert hatte.

Und dann schrieb Hans wieder zurück. Fassungslos vor Glück. Und dann wieder Ada. Und dann wieder Hans. Die Briefe flogen nur so hin und her und mit ihnen die Gefühle. Was sie bei der persönlichen Begegnung verpasst hatten, das holten sie in ihren Briefen nach. Sie lernten einander kennen und erzählten von sich.

Ada erzählte von ihrer Lehre und dass sie nach dem Abitur viel lieber an der Universität hätte studieren wollen, irgendetwas mit Kunst, doch dass ihr Vater es nicht erlaubt hatte. Wie überwältigt war sie, als sie im nächsten Brief las, dass Hans genau das tat: Er studierte Kunstgeschichte. Auch Hans' Vater hätte ihn lieber in einem anderen Beruf gesehen, hätte sich gewünscht, dass er, so wie er selbst, Journalist werden würde, doch Hans war nicht der Typ dafür. Er sei nicht wie sein Vater, meinte er. Ada erfuhr, dass Hans' Vater im Widerstand gegen die Nazis gewesen war. In den frühen Dreißigerjahren hatte er als Journalist bei der *Münchener Post* gearbeitet. Den Nazis war diese sozialdemokratisch orientierte Zeitung von jeher ein Dorn im Auge gewesen. Spätestens nachdem sie nach der Machtergreifung die Redaktionsräume überfallen hatten, war Hans' Vater klar, dass er in Deutschland nicht bleiben konnte, schon gar nicht mit seinen jüdischen Wurzeln. Mitsamt seiner Frau und seinem ältesten Sohn Walter wanderte er nach Schweden aus, wo Hans zur Welt kam und wo die Familie den Krieg überstand. Nicht ohne Risiko, denn Hans' Vater war weiterhin politisch aktiv und hatte Kontakte nach Deutschland und zu Kreisen des Widerstands. Zweimal kehrte er heimlich und unter Lebensgefahr zurück, um berichten zu können. Hans' Worten war eine tiefe Bewunderung für seinen Vater zu entnehmen, aber gleichzeitig auch die Resignation darüber, dass er selbst diese übergroßen Fußstapfen nie würde ausfüllen können. Die Biografie seines Vaters – dieser Eindruck verstärkte sich, je länger Ada ihn kannte – schien Hans manchmal zu erdrücken, und die Beschäftigung mit seinen Kunstwerken war für ihn die Flucht in eine Welt, zu der dieser Vater keinen Zugang hatte.

Ada erzählte sehr viel weniger von ihren Eltern. Zum einen wegen der Familiengeschichte von Hans, zum anderen war sie ohnehin ein Mensch, der nach vorn blickte und nicht zurück. Alles, worüber sie Hans zunächst informierte, war: Ihr Vater war der Dominante, ihre Mutter die Hausfrau, die die beiden Kinder erzogen hatte, Ada und ihre zehn Jahre ältere Schwester Hilde. Sie wohnten seit Kurzem in dem neuen Wohngebiet im Osten der Stadt, der Parkstadt Bogenhausen, was Hans sehr interessant fand. Die Stadt begann den Krieg endgültig hinter sich zu lassen und sich ein neues Gesicht zuzulegen. Die Siedlung war keine architektonische Meisterleistung, aber ein äußeres Zeichen für einen Neubeginn – und dringend notwendig, denn München platzte mit inzwischen einer Million Menschen aus allen Nähten.

Zwei dieser Menschen hatten sich nun gefunden. Sie spürten es mit jeder Zeile, die sie einander schrieben und die sie voneinander lasen. Nach etlichen dieser wunderbaren, offenen, glücklichen, poetischen – was Hans anging – Briefe wagten sie es, sich zu verabreden. Fast ein Monat war seit jenem ersten Kinobesuch vergangen. Sie wollten es noch einmal mit einem zweiten versuchen und einigten sich auf *Der Prinz und die Tänzerin* mit Marilyn Monroe. Adas Vater allerdings durfte nicht erfahren, dass sie sich einen Film mit diesem »liederlichen Weibsbild« ansehen wollte. Überhaupt diese amerikanischen Filme und diese, wie er sie nannte, »Negermusik«, die man jetzt überall ungestraft spielen durfte, all das war ihm im gleichen Maße zuwider, wie seine jüngste Tochter Ada es liebte: die Filme, die Musik, Jazz – für sie war es der Atem der Freiheit und Unabhängigkeit, die sie sich erträumte. Sie wollte nicht wie ihre Mutter enden: als brave, pflichterfüllende Frau, die es nicht wagte, ihren Mund aufzumachen und ihrem Mann mit seinen verbohrten Ansichten Paroli zu bieten. Jedes Mal, wenn Ada eine Platte von Ella Fitzgerald hörte, war es ein Akt der Rebellion. Ihr Vater konnte ihr verbieten zu studieren, aber er konnte ihr nicht vorschreiben, was oder wen sie lieben durfte.

Doch damals im späten Januar 1958 war das noch längst kein Thema zwischen ihr und Hans, als sie einander endlich wiedersahen.

Allerdings war fast nichts ein Thema. Überwältigt und strahlend starrten sie einander an, als sie sich vor dem Kino gegenüberstanden, reichten einander die Hände, obwohl sie sich um den Hals fallen wollten, murmelten verlegene Worte der Begrüßung und wussten anschließend kaum, was sie sagen sollten, obwohl sie in ihren Briefen niemals solche Hemmungen empfanden. Wie viel schwieriger es doch war zu sprechen, als zu schreiben, einander in die Augen zu schauen anstatt auf ein Blatt Papier. Sie waren froh, als der Film sie aus dieser Peinlichkeit erlöste, schließlich konnte man sich nicht die ganze Zeit über nur glücklich anglotzen und anlächeln.

Adas Herz klopfte mit Macht und ununterbrochen gegen den Kinosessel, während sie sich darum bemühte, der Liebesgeschichte auf der Leinwand zu folgen; doch ihre eigene Liebesgeschichte ließ es kaum zu.

Ja, sie hatte sich verliebt. Als Marlene es ihr auf den Kopf zugesagt hatte, da hatte sie es noch von sich gewiesen. Als sie und Hans einander Briefe schrieben, da hatte sie noch gedacht, man könne sich doch nicht über diese Briefe ineinander verlieben. Aber jetzt, da sie neben ihm saß, war sie sich sicher. Schon im selben Moment, als sie Hans wiedergesehen hatte, hatte es keinen Zweifel mehr gegeben. Sie hatte gedacht, sie müsste zerspringen vor Glück, und das war selbst für Ada ein Indiz von überwältigender Beweiskraft. Plötzlich wusste sie auch, was ihn so anders machte: Es waren ihre Gefühle für ihn, die sich mit nichts vergleichen ließen. Die Wärme, die sie umgab, wenn er sie anlächelte, seine klugen, undefinierbaren Augen, das Grübchen am Kinn, seine rührend verlegenen Gesten, wenn er sich an der Nase kratzte oder sich sein Haar aus der Stirn strich, seine Stimme, einfach alles an ihm. Was allein sie noch verunsicherte, war die Frage, ob er sie umgekehrt genauso mochte. Das hatte er zwar in seinen Briefen immer versichert, doch vielleicht jetzt, wo er sie wiedersah, bekam er ein anderes Bild von ihr, und seine Gefühle änderten sich. Das war doch möglich.

Da fühlte sie plötzlich seine Hand an ihrem Handrücken, seinen Finger eigentlich nur, wie er sich schüchtern vortastete und darum bat, ihre Hand halten zu dürfen.

Nein, es war nicht möglich, dass sich seine Gefühle geändert hatten. Er empfand genau wie sie. Ada öffnete ihre Hand, und unmerklich verwoben sich ihre Finger mit seinen. Hand in Hand saßen sie da bis zum Ende des Films. Erst als sie beim Gehen ihre Mäntel anziehen mussten, ließen sie einander los, noch immer verlegen, aber glücklich. Sie unterhielten sich über den Film, der dankenswerterweise Gesprächsstoff bot, und Hans begleitete Ada zur Trambahn. Noch einmal hielten sie sich an der Hand, dachten darüber nach, ob sie sich zum Abschied küssen durften, doch dann kam die Bahn, und Ada stieg ein. Sie winkten einander zu und lächelten.

Ein paar Tage später kam ein Brief von Hans.

Liebste Ada,
ich hätte dich zum Abschied küssen sollen. Warum hab ich das nur nicht getan? Ich hab es mir so gewünscht.

Und Ada schrieb zurück:

Liebster Hans,
wir holen es nach, versprochen. Und überhaupt sollten wir uns küssen, wann immer uns die Gesprächsthemen ausgehen, falls du damit einverstanden bist.

Hans war sehr damit einverstanden. Sie verabredeten sich zu einem Spaziergang im Englischen Garten und küssten sich unentwegt, auch wenn ihnen diesmal einiges eingefallen wäre, worüber sie sich hätten unterhalten können.

Von da an war alles ganz leicht, fast so, als wären sie schon immer ein Paar gewesen, als hätten sie sich schon immer gekannt und sich schon immer geliebt.

Adas Mutter wusste von ihrem »Verehrer«, wie sie Hans nannte, sie war ja diejenige, die immer die Briefe in Adas Zimmer legte, und sie verabschiedete sich jedes Mal mit einem kleinen Augenzwinkern, wenn Ada mit Hans verabredet war. Adas Vater jedoch wurde erst nach einer gewissen Zeit darüber informiert, dass seine Tochter einen festen Freund hatte, und wie zu erwarten, äußerte er auf der Stelle, den jungen Mann wolle er sich doch mal ansehen. Gebieterisch wie immer saß er dabei am Kopfende des Esstischs, die Fäuste links und rechts neben dem Teller, bewaffnet mit Messer und Gabel.

»Natürlich«, sagte Ada so beiläufig und unbefangen wie möglich, während sie sich ihre Serviette auf den Schoß legte.

»Er kann ja nächstes Wochenende zum Kaffee kommen«, schlug ihre Mutter vor. Mit verbindlichem Lächeln wechselte ihr Blick zwischen ihrer Tochter und ihrem Mann, der so aussah, als würde er sich bereits innerlich auf das Verhör vorbereiten.

Ada tat, als bemerkte sie es nicht, doch ihr war klar, was Hans bevorstand.

Verzweifelt dachte sie darüber nach, wie sie ihn darauf vorbereiten sollte. Sie konnte ihn unmöglich ins offene Messer rennen lassen. Im Geiste sah sie ihn schon vor sich, wie ein Angeklagter der Inquisition, dem man die Folterinstrumente zeigte. Sie musste Hans erklären, mit wem er es zu tun haben würde.

Nervös überbrachte sie ihm die Einladung.

»Weißt du, mein Vater will dich kennenlernen. Meine Mutter natürlich auch.«

»Kann ich verstehen«, meinte Hans. »Machst du dir Sorgen, sie könnten mich durchschauen und herausfinden, dass ich ein ganz schlimmer Finger bin, der ihre Tochter ins Unglück stürzen wird?« Er legte den Kopf schief, sah sie von unten her an und lachte aufmunternd.

»Ja, genau das.« Halbherzig stimmte sie in sein Lachen ein. Dann wurde sie wieder ernst. »Weißt du, mein Vater ist ein bisschen schwierig. Und er ... na ja, sagen wir mal ... mein Vater und dein Vater standen früher nicht gerade auf der gleichen Seite.« Obwohl klar war, was sie mit *früher* meinte, fügte sie hinzu: »Mein Vater war in der Partei. Und er will auch heute noch nicht wirklich wahrhaben, was die Nazis angerichtet haben.«

Hans' Lächeln wurde ein wenig ernster, doch es verschwand nicht.

»Mach dir keine Sorgen«, sagte er zärtlich und zog Ada ganz nah an sich. »Es spielt für mich keine Rolle, was dein Vater früher getan oder nicht getan hat. Viele waren damals Anhänger der Nazis, und viele waren in der Partei. Die meisten wussten es nicht besser, und ich kann mir vorstellen, dass es für manch einen auch heute noch schwer ist, den Tatsachen ins Auge zu schauen.«

»Ja, wahrscheinlich.« Mehr sagte sie dazu vorerst nicht. Sie verschwieg, dass ihr Vater durchaus zu denen gehört hatte, die genug gewusst hatten.

Hans besaß die Fähigkeit, beinahe jedem Menschen Verständnis entgegenzubringen und jedem mit gutem Willen und ohne Vorbehalte zu begegnen. Das war eine der Eigenschaften, die Ada zutiefst an ihm bewunderte und liebte. Vielleicht würde er das sogar bei ihrem Vater schaffen, falls dieser sich beherrschen konnte. Allerdings hielt sie es für unmöglich, dass ihr Vater etwas gegen Hans haben würde, denn war er nicht alles, was sich Eltern für ihre Tochter wünschen konnten? Freundlich, höflich, fleißig, vernünftig. Keiner von diesen Halbstarken. Keiner, der so aussehen und so sein wollte wie Elvis oder James Dean. Hans rauchte nicht einmal. Ihre Eltern würden ihn mögen, es war undenkbar, dass sie es nicht tun würden.

Als Hans an einem schönen sonnigen Sonntagnachmittag Anfang Mai die Klingel neben dem Namensschild der Familie Musäus betätigte und Ada mit vor Aufregung geröteten Wangen und leuchtenden Augen die Tür öffnete, da waren sie noch voller Hoffnung, und alles war gut. Hans überreichte Frau Musäus einen kleinen Blumenstrauß und wurde Herrn Musäus vorgestellt. Adas Vater war nicht zur Tür gekommen, sondern im Wohnzimmer in seinem Sessel geblieben, wie ein König auf seinem Thron bei einer Audienz. Hans reichte ihm mit einem angedeuteten Diener die Hand und stellte sich vor: »Hans Friedberg«.

»Friedberg?«, wiederholte Herr Musäus mit gerunzelter Stirn. »Kannte ich mal einen. War ein Jude.«

»Nehmen Sie doch bitte Platz!«, warf Adas Mutter rasch ein, berührte Hans sanft am Ellbogen und deutete auf das Sofa. »Ich mache gleich einen Kaffee. Oder trinken Sie lieber Tee?«

»Kaffee bitte. Danke sehr!«

»Ich hoffe, du magst auch den Kuchen, den hab nämlich ich gebacken. Also pass auf, was du sagst«, kündigte Ada scherzend an und setzte sich neben ihn. Damit, so hoffte sie, war das gefährliche Thema abgehakt.

»Was machen Sie denn so, Herr Friedberg, wenn ich fragen darf?«, begann Adas Vater mit dem Verhör.

»Ich studiere. Kunstgeschichte im Hauptfach.«

»Aha! Kann man damit was werden?«

»Ja, sicher«, sagte Hans lächelnd. »Ich bin sehr ehrgeizig und daher auch sehr zuversichtlich.«

»Soso!« Herr Musäus zündete sich eine Zigarre an. »Sind Sie eigentlich nicht wehrpflichtig?«, fragte er, nachdem er einen tiefen Zug gemacht und beim Ausatmen das halbe Wohnzimmer in Rauchschwaden gehüllt hatte. »Müssen denn nicht alle in Ihrem Alter neuerdings wieder zum Wehrdienst?«

»Ich bin Wehrdienstverweigerer.«

Das hatte Ada bisher noch nicht gewusst, es hatte sie auch nicht interessiert. Ihren Vater jedoch, den interessierte so was. Sie konnte mühelos an seinem Gesicht ablesen, was er dachte: Wehrdienstverweigerer? Früher wären solche wie du an die Wand gestellt worden. Das dachte er.

»Und aus welchem Grund, wenn ich fragen darf?«

Immer dieses *Wenn ich fragen darf*, das nichts anderes hieß als: Auf diese Frage erwarte ich gefälligst eine befriedigende Antwort. Ada tastete nach Hans' Hand.

»Ich bin Pazifist«, sagte Hans freundlich. »Ich möchte mich nicht an eventuellen militärischen Auseinandersetzungen beteiligen.«

»Das sollen die anderen machen, was?«, erwiderte Herr Musäus mit bissigem Unterton, und noch bevor Hans den Mund aufmachen konnte, um ihm etwas entgegenzusetzen, fragte der Mann mit der qualmenden Zigarre weiter: »Was sagt denn Ihr Herr Vater dazu?«

»Mein Vater unterstützt diese Haltung voll und ganz. Er ist selbst Pazifist.« Hans blieb ganz ruhig. Als Adas Hand in seiner zitterte, drückte er sie.

»Und was macht der so? Ihr Vater?«

Adas Mutter kam ins Wohnzimmer. »Kaffee ist gleich fertig.«

»Mein Vater ist Journalist.«

»Ada, möchtest du deinen Kuchen anschneiden? Ada hat einen Apfelkuchen gebacken.« Die Mutter rieb sich nervös die Hände.

»Journalist?«

»Ja, er hat früher bei der *Morgenpost* gearbeitet, dann ist er mit meiner Mutter und meinem älteren Bruder nach Schweden emigriert, dort bin ich auf die Welt gekommen. Vor gut zehn Jahren sind wir wieder zurückgekehrt, und seitdem arbeitet mein Vater bei der *Süddeutschen.*«

Herr Musäus presste die Kiefer zusammen.

»Emigriert?«, fragte er leise.

»Wollen wir jetzt nicht Kaffee trinken?«, mischte sich die Mutter ein, sichtlich beunruhigt über den Verlauf des Gesprächs.

»Mein Vater war jüdischer Herkunft und ein entschiedener Gegner der Nazis, er hat schon früh erkannt, wohin Hitler Deutschland führen würde. Da ist er lieber gegangen.«

Ada wünschte sich, Hans wäre weniger ausführlich, weniger offen und weniger deutlich gewesen. Er war doch sonst so zurückhaltend, warum denn nicht jetzt? Doch sie wusste nur zu genau, warum nicht jetzt. Vor ihm saß ein Mann, der alles tat, um ihn zu provozieren. Feindselig starrte Eduard Musäus Hans ins Gesicht. Ohne auf die Zigarre zu achten, krallte er sich mit den Fingern in die Lehnen seines Sessels, als müsste er sich daran festhalten, um sich nicht auf den jungen Mann zu stürzen.

»Wohin Hitler Deutschland geführt hat?«, bellte Adas Vater laut und abgehackt. Seine Augen schossen Blitze gegen Hans. Er streckte seinen Körper und zeigte mit der Zigarrenhand auf ihn: »Ihr! Ihr habt Deutschland ins Verderben geführt. Ihr Landesverräter, ihr Juden, ihr Pack. Ihr seid schuld, dass Deutschland den Krieg verloren hat, dass Deutschland in Schutt und Asche gelegt wurde und dass wir jetzt vor den Besatzungsmächten kuschen müssen. Was aus Deutschland geworden ist, dafür seid *ihr* verantwortlich.«

Ada war wie erstarrt, ihre Hand klammerte sich so fest an die von Hans, dass es ihm wehtun musste, doch er zuckte mit keiner Wimper. Nur sein Atem ging immer rascher, während Adas Vater ihn anbrüllte.

»Eduard ...«, flüsterte Adas Mutter.

»Und du«, wandte sich ihr Vater nun an Ada, »du wagst es, mir dieses Gesindel ins Haus zu bringen? Wehe, ich sehe dich auch nur noch ein einziges Mal mit dem!« Er stand auf, sein Mund zuckend und bebend vor Erregung, und wies zur Tür. »Raus! Raus! Raus!« Immer lauter wurde er, und er brüllte auch noch, als Hans längst aufgestanden und durch den Flur geeilt war. Ada lief hinter ihm her.

»Du bleibst gefälligst hier!«, befahl ihr Vater mit Donnerstimme.

»Ich denke nicht daran!«, schrie Ada erbost zurück, packte ihren Mantel und folgte Hans aus der Tür.

Schwarzwälder Kirsch mit Karola

Am Donnerstag gegen eins kam Karola und stürmte wie üblich direkt in die Küche. »Aha!« Sie stemmte die Fäuste in ihre Hüften, was angesichts ihrer hünenhaften Gestalt auf manch einen durchaus Eindruck gemacht hätte, doch auf Ada überhaupt nicht.

»Was: Aha?«

»Sie haben schon wieder nur eine Tütensuppe gegessen.«

»Na und? Alte Menschen brauchen nicht mehr so viel.« Erhobenen Hauptes wandte sich Ada ab und ging ins Wohnzimmer, wo sie es sich in ihrem Sessel bequem machte. Karola quittierte die Halsstarrigkeit der alten Frau mit einem unwirschen Laut, scheuchte Hemingway aus dem Weg und machte sich an die Arbeit.

»Kennen Sie die Frau Wels aus der Nummer 15?«, rief sie Ada hinterher. »Die ist auch alt und macht gar nicht den Eindruck, als ob sie wenig braucht. Wer die mal aus dem Bett hieven muss, wenn sie zum Pflegefall wird, ist nicht zu beneiden.« Karola war eine Freundin deutlicher Worte, was Ada gut gefiel, selbst wenn diese unverblümte Offenheit manchmal scharf am Rande der Taktlosigkeit vorbeischrammte.

»Ja, die kenne ich«, rief Ada zurück. »Und deshalb weiß ich überhaupt nicht, warum Sie sich darüber beschweren, dass ich mein Gewicht halte.« Sofort tauchte Karola im Türrahmen auf, erneut die Fäuste in den Hüften. »Gewicht halten nennen Sie das? Soll ich Ihnen mal verraten, wie ich das nenne?«

»Nicht nötig!«

Karola verzog das Gesicht, verschwand in der Küche und kam ein paar Sekunden später mit einem randvollen Glas mit Wasser zurück. »Hier! Trinken! Sie haben wahrscheinlich heute den ganzen Tag noch nichts getrunken.«

»Aber dafür eine Suppe gegessen«, entgegnete Ada prompt.

»Suppe essen ist nicht trinken.«

»Aber es ist Flüssigkeit, und darum geht es doch beim Trinken, oder?« Triumphierend hob sie die Brauen, während sie voller Unschuld ihre Hände in ihrem Schoß faltete.

Karola presste die Lippen zusammen, machte einen tiefen Atemzug und hielt Ada weiter das Glas vors Gesicht, bis sie es schließlich nahm und daran nippte.

»Brav!«

»Sie sind ein richtiger Zuchtmeister, wissen Sie das?«

»Genau das, was Sie brauchen, so widerborstig, wie Sie sind.«

»Ich sollte Sie entlassen.«

»Ich sollte kündigen.«

»Na, dann sind wir uns ja wenigstens in einem Punkt einig.«

Karola lachte, dass die Wände wackelten und Hemingway sich mit angelegten Ohren bei seinem Frauchen verkroch. Ada kraulte dem Hund beruhigend die Ohren und kicherte in sich hinein. Sie genoss die kleinen Reibereien mit Karola. Es war herrlich, jemanden zu haben, mit dem man sich ein bisschen kabbeln konnte. Über Tütensuppen.

Während Karola die Wohnung putzte, saugte, wischte und aufräumte, schnappte sich Ada das Fernglas und bettete ihre Ellbogen auf das Fensterbrett. Unten auf dem Bürgersteig lief ein Mann mit seinem Dackel, der ihr sonst nur während der Abendrunden in der Grünanlage begegnete, nie tagsüber. Der Dackel hieß Eberhart und war Hemingways erklärter Erzfeind. Jedes Mal, wenn die beiden Hunde aufeinandertrafen, knurrte Eberhart Hemingway leise mit gefletschten Zähnen an, als wollte er ihn in der Luft zerreißen, wenn er ihn zu fassen bekäme. Der nette junge Mann mit Nickelbrille am anderen Ende der Leine entschuldigte sich dann immer peinlich berührt und zog seinen Hund so entschieden aus der Gefahrenzone, als hielte er es ernsthaft für möglich, der Zwerg könnte dem massigen Boxer Gewalt antun. Hemingway seinerseits übersah Eberhart geflissentlich.

Ada verfolgte Hund und Herrchen mit dem Fernglas durch die ganze Anlage bis vor zur Straße, wo sie in einem der Hauseingänge auf der linken Seite verschwanden.

»Na, wie ist das Programm?«, erkundigte sich Karola, die neben ihr auftauchte.

»Bisher nicht besonders spannend«, sagte Ada, ohne das Fernglas abzusetzen. Sie schwenkte nach rechts. »Kann es sein, dass in das alte Haus Leute eingezogen sind?«, fragte sie dann.

»In welches alte Haus?«

»Na, da hinten.« Ada wollte den Finger austrecken, um in die Richtung zu zeigen, knallte aber mit der Spitze an die Scheibe. »Aua!« Sie schüttelte die Hand mit dem verunglückten Finger und deutete dann noch mal auf das Haus. »Da hinten, sehen Sie? Das schöne alte Haus, das seit Jahren leer steht.«

Karola kannte das Haus nicht. Wie auch? Sie wohnte ja nicht in der Gegend.

»Da, schauen Sie mal durch.« Ada hielt ihr das Fernglas hin, doch Karola wehrte mit beiden Händen ab.

»Nein, nein, nein! Ich sag ja nichts, wenn Sie das machen, aber ich schaue ganz sicher nicht in fremde Häuser.«

»Jetzt haben Sie sich doch nicht so«, murrte Ada. »Ich will Ihnen ja nur ein Haus zeigen, das leer steht. Da wohnt keiner, da ist nichts dabei«

»Sie haben aber doch gesagt, da ist jemand eingezogen.«

»Ich sagte, dass ich es nicht genau weiß. Wahrscheinlich nicht. Vielleicht.«

»Also was jetzt?«

»Himmeldonnerwetter, jetzt schauen Sie einfach nach. Da hinten das dritte Haus auf der rechten Seite. Man kann es von hier aus gut sehen. Runtergekommenes Gebäude, verwilderter Garten. Los jetzt, stellen Sie sich nicht so an!«

Ada drängte Karola das Fernglas auf und schob ihren Kopf in die richtige Richtung.

»Dieses heruntergekommene Haus mit dem ganz großen Fenster oben unter dem Giebel?«, fragte Karola, die das Fernglas so hielt, als wäre es mit lauter spitzen Dornen gespickt.

»Ja, sehen Sie es?«

»Ist doch wohl offensichtlich, wenn ich es schon beschreibe, oder?«

»Und?«

»Ich sehe da keinen. Kommt mir ziemlich verlassen vor.« Karola stellte das Fernglas auf dem Fensterbrett ab und widmete sich wieder ihrer Arbeit.

»Hm!«, machte Ada nicht sehr zufrieden. Sie setzte das Fernglas erneut an und schwenkte zurück zu den Mietshäusern auf der linken Seite.

»Ha!«, rief sie.

»Was ist denn?« Karola, die gerade das Bügelbrett aufbaute, kam alarmiert herangeeilt.

»Eberhart bändelt mit Schneewittchen an.«

»Wer ist Schneewittchen?«

»Das hübsche Mädchen mit den langen schwarzen Haaren.«

»Und Eberhart?«

»Ein Dackel«, erklärte Ada. »Ohhhh! Sie küssen sich!«

Karola sah sie entgeistert an und ging zu ihrem Bügelbrett zurück.

»Wie schön!«, strahlte Ada und schaute noch eine Weile hemmungslos zu.

»Passiert noch was?«, fragte Karola.

Ada setzte das Fernglas kurz ab. »Ach! Selbst nicht gucken wollen, aber dann genau nachfragen.«

»Dann sagen Sie es mir halt nicht.«

Ada schaute noch einmal nach. »Sie ziehen sich zurück. Schade!«, seufzte sie, legte das Fernglas endgültig zur Seite und wandte sich Karola zu, um sich mit ihr wie immer während des Bügelns über das aktuelle Weltgeschehen und den neuesten Klatsch auszutauschen, je nachdem, was gerade mehr hergab, wobei sich in letzter Zeit alles ein bisschen zu vermischen schien.

Etwas später, während Karola die restliche Wohnung putzte, begab sich Ada mit Hemingway auf die nachmittägliche Runde.

Als sie zurückkehrten, war die Luft in der Wohnung bereits angereichert mit herrlichem Kaffeeduft, der den zitronenfrischen Putzmittelgeruch angenehm überlagerte.

»Heute gibt es Schwarzwälder Kirsch«, verkündete Karola und deckte den runden Tisch im Wohnzimmer, der sich vergrößern ließ, falls einmal viele Gäste da waren.

»Ach du liebe Zeit!«, rief Ada. »Ist denn heute Feiertag?«

»Wieso das?«

»Schwarzwälder Kirsch gab es früher nur zu besonderen Anlässen.«

»Zum Beispiel?«, fragte Karola, während sie Kaffee einschenkte und die beiden mächtigen Tortenstücke auf ihre Teller verteilte.

»Hochzeiten. Runde Geburtstage. So was.«

»Hochzeitstage?«

»Ja, möglich«, antwortete Ada.

»Das sollten Sie aber doch wissen, Sie hatten doch eine ganze Menge Hochzeitstage, nicht wahr?«, meinte Karola und schob sich einen großen Bissen in den Mund, wohingegen Ada ihren Kuchen in homöopathischen Dosen zu verzehren pflegte.

»Wir haben Hochzeitstage nie groß gefeiert«, sagte Ada.

Karola ließ die Gabel sinken. »Nein? Warum denn nicht?«

Ada zuckte mit der Schulter. »War eben so.«

Es war nicht immer so, fiel ihr ein. Anfangs, die ersten Hochzeitstage, hatten sie immer auf besondere Weise gefeiert. Nie hätten sie diesen Tag verstreichen lassen, ohne ihn gebührend zu würdigen. Dann, als die Kinder da waren, änderte sich das ein wenig. Und schließlich kam eine Zeit, da hatten sie nicht mehr gewusst, ob es noch etwas zu feiern gab.

»Aus keinem besonderen Grund«, fügte sie hinzu. »Und außerdem war unser Hochzeitstag im August. Im August sind Ferien. Susanne fährt zu dieser Zeit immer mit ihrer Familie in Urlaub. Und Thomas und Lydia haben immer etwas zu tun.«

Thomas und Lydia hatten keine Kinder, aber sie waren beide selbstständig, und auch sonst hatten sie, wie Ada sagte, immer etwas zu tun: Arbeit, Verpflichtungen, Freunde, Hobbys. Davon wollte sie die beiden nicht abhalten, nur um einen Hochzeitstag zu feiern, gleichgültig, der wievielte es war. Und dass Susanne ihre Urlaubspläne deswegen über den Haufen geworfen hätte, wäre erst recht nicht infrage gekommen. In Wahrheit hielt es Ada für unwahrscheinlich, dass ihre Kinder den Hochzeitstag ihrer Eltern als etwas Besonderes betrachtet hatten, das man groß feiern musste, doch daran waren sie und Hans selbst schuld gewesen.

»Wie lange waren Sie und Ihr Mann eigentlich verheiratet?«, fragte Karola weiter. Ada rechnete nach.

»1963 haben wir geheiratet«, sagte sie.

»Dann konnten Sie 2013 ja sogar Goldene Hochzeit feiern.«

»Ja«, bestätigte Ada. »Das konnten wir.«

Mit einem Mal wurden ihre Gesichtszüge ganz weich. Sie erinnerte sich. Sie waren damals in ein teures Restaurant gegangen, hatten Champagner bestellt und auf den Tag angestoßen, an dem sie einander fünfzig Jahre zuvor endlich das ersehnte Ja-Wort geben durften, den Tag ihres größten Glücks. Und sie hatten auf die fünfzig Jahre angestoßen, die diesem Tag gefolgt waren, auf die guten Zeiten genauso wie auf die schlechten, denn, wie hatte Hans doch gesagt: »Es hat alles dazugehört.«

»Wir haben die Goldene Hochzeit allein gefeiert. Zu zweit.« Ada flüsterte es fast. »Und es war sehr, sehr schön. Es war so schön wie früher.« Sie verharrte einen Moment lang in der Erinnerung, dann hob sie ihre Kaffeetasse, räusperte sich und meinte in ihrem normalen, leicht schnoddrigen Tonfall, zu dem Kuchen brauche sie unbedingt mehr Kaffee. Karola schenkte bereitwillig nach.

»Und? Was gibt es bei Ihnen Neues?«, fragte Ada und änderte damit abrupt die Richtung der Unterhaltung.

Karola winkte ab. »Immer das Gleiche. Arbeit. Männer. Arbeit. Männer.« Sie gluckste. Wenn sie Traurigkeit überspielen wollte, gluckste sie. Das hatte Ada erst mit der Zeit herausgefunden. Karola gehörte, ganz ähnlich wie sie selbst, zu den Menschen, die sich Traurigkeit nicht erlaubten. Sie war der Meinung, es gehe ihr gut, wenn sie gesund war, ein Dach über dem Kopf hatte, Arbeit und genug zu essen. Alles andere war nicht von Bedeutung. Karola lachte sich ihre Welt heiter, und wenn ihr wirklich einmal die Leerstellen in ihrem Leben bewusst wurden, dann gluckste sie. Statt zu klagen.

»Ja, die Männer«, sagte Ada.

Es gab keine in Karolas Leben. Vielleicht war sie ihnen zu hünenhaft, zu laut, zu fröhlich, zu ehrlich, zu lieb, zu dominant. Irgendeine Erklärung mit einem zu davor musste es geben. Doch was immer es war, es bekümmerte Ada, sich vorstellen zu müssen, dass es in Karolas Leben Momente in der Nacht gab, in denen sie ebenso von Einsamkeit überwältigt wurde wie sie selbst. Nur dass es bei Ada auch andere Zeiten gegeben hatte, während es für Karola ewig so zu bleiben schien.

»Letzte Woche hab ich einen kennengelernt«, erzählte Karola.

»Ja?«

»Mhm!«

»Und nun?«

Karola zuckte mit den Schultern. »Mal sehen. Er ist kleiner als ich. Aber welcher Mann ist das nicht. Von daher ...« Sie gluckste wieder.

»Manche kleineren Männer mögen größere Frauen.«

»Ja. Einmal. Oder zweimal. Im Bett ist es ja egal.«

Ada hörte die Resignation in den groben Worten, und diesmal fiel ihr keine Antwort ein, mit der sie Karola hätte aufmuntern können. Stattdessen beugte sie sich vor und tätschelte ihre Hand.

»Mal sehen«, flüsterte Karola und tätschelte Adas Hand zurück. Dann widmete sie sich wieder ihrem Kuchen. »Wie haben Sie sich eigentlich kennengelernt? Sie und Ihr Mann?«, fragte sie auf einmal, legte die Gabel beiseite und die Unterarme gekreuzt vor sich auf den Tisch. Ihre gespannte Miene signalisierte den Wunsch, eine Liebesgeschichte zu hören. Wenn sie schon in ihrem eigenen Leben nichts dergleichen erfahren konnte, so bewegte Karola doch die Hoffnung, im Leben anderer, zumindest in dem eines Paares, das mehr als fünfzig Jahre Seite an Seite verbracht hatte, möge es eine solche Geschichte geben.

»Kennengelernt? Ach Gott!«, seufzte Ada, die nicht sicher war, ob sie Lust hatte, Dinge aus ihrem Leben zu erzählen, die ihr alles bedeuteten, während es für andere lediglich nette Begebenheiten waren. Doch Karola war nicht irgendjemand, und sie sah sie so erwartungsvoll an, dass Ada sich einen Ruck gab.

»Man hat uns verkuppelt«, erklärte sie.

»Verkuppelt?«

»Ja«, nickte Ada. Vor ihrem inneren Auge tauchte Hans neben Georg auf, groß, dünn und so anders als alle anderen.

»Wer hat Sie denn verkuppelt?«, wollte Karola wissen.

»Freunde«, sagte Ada. »Ein Pärchen, das sich selbst noch am gleichen Abend getrennt hat.«

»Wie bitte?«, rief Karola. »Das scheint ja dann nicht so perfekt geklappt zu haben.«

»Nein«, lachte Ada bei dem Gedanken an jenen verkorksten und trotzdem so wunderbaren ersten Kinoabend mit Hans und den beiden Freunden. »Das hat anfangs ganz und gar nicht geklappt.« Sie erzählte Karola die Geschichte, und als sie zu Ende war, waren ihre Wangen gerötet, und ihre Augen glänzten wie die eines jungen Mädchens, so als würde sie immer noch neben Hans im Kinosessel sitzen, zu befangen, um ein einziges Wort von sich zu geben, ja sogar zu befangen, um auch nur einen winzigen Blick auf seine Seite zu werfen.

»Und wie haben Sie sich dann doch wiedergesehen?«, wollte Karola natürlich wissen. Da erzählte Ada auch noch von Hans' erstem Brief und all den vielen Briefen, die zwischen ihnen hin- und hergeschickt wurden.

»Macht man das heute noch? Briefe schreiben?«, fragte Ada. Karola zuckte mit den Schultern. Natürlich, woher sollte sie das wissen? Sie erhielt sicher nie einen Liebesbrief und hatte wahrscheinlich auch noch keinen geschrieben, egal ob *man* das heutzutage noch machte oder nicht. Ada hätte sich ohrfeigen können.

»Nun ja, und irgendwann haben wir uns dann auch getroffen. Und sind zusammengekommen«, verkürzte Ada den weiteren Verlauf.

Karola seufzte tief. »Was für eine schöne Geschichte!«, sagte sie in einem so zarten Ton, wie man ihn bei ihr nie für möglich gehalten hätte.

»Hmm …«, machte Ada leise. Sie fand auch, dass es eine schöne Geschichte war, aber sie dachte nie darüber nach. Es war eben ihre Geschichte. Hatte nicht jeder Mensch zu Beginn einer Liebe eine ähnlich schöne Geschichte zu erzählen? Voller Glückseligkeit und Romantik? Nur dass man mit den Jahren diese Geschichte allmählich vergaß. Sie wurde verdrängt von Gewohnheit und Alltäglichkeit und manchmal auch von weniger schönen, weniger glückseligen Geschichten.

Sie dachte an ihre Kinder, die noch nie nach der Kennenlerngeschichte ihrer Eltern gefragt hatten, vielleicht weil es für sie keine Frage wert war und sie sich nicht vorstellen konnten, dass es zwischen ihr und Hans einmal so etwas wie Romantik und Verliebtheit gegeben hatte. Die Kinder hatten sie oft streitend erlebt. Alle intimeren Momente hatten sie ihnen vorenthalten. Die Schlafzimmertür war immer verschlossen gewesen, und Küsse hatten sie selten ausgetauscht. Richtige schon gar nicht. Da hätten sie sich vor den Kindern geschämt. Vor den Kindern zu streiten, hatten sie sich nicht geschämt.

»Wann war das denn?«, unterbrach Karola dankenswerterweise Adas zunehmend unangenehmer werdenden Gedanken.

Ada hob den Kopf und überlegte: »Wann wir uns kennenlernten? Das war 1957. Einen Tag vor Heiligabend.«

»Dann hat es aber bis zur Hochzeit noch eine ganze Zeit lang gedauert«, wunderte sich Karola. »Und ich dachte immer, früher hätte man eher Nägel mit Köpfen gemacht.«

»Eigentlich schon«, sagte Ada und lachte bitter. »Aber das war in unserem Fall nicht so einfach.« Als sie keine Anstalten machte, Karola in die näheren Umstände einzuweihen, und weil es auch schon spät war, begann diese den Tisch abzuräumen und das Geschirr zu spülen. Dann verabschiedete sie sich, natürlich nicht ohne die üblichen Ermahnungen für Ada, gut auf sich achtzugeben und genug zu essen und zu trinken. »Und nicht immer nur Tütensuppen!«

»Jaja!«

»Jaja ist keine Antwort.«

»Ach! Wollen Sie mir meine Antworten jetzt auch noch vorschreiben? Wie hätten Sie's denn gern?«

»Ein kurzes *Zu Befehl!* würde mir genügen.«

»Jetzt aber raus mit Ihnen!«

Ein ohrenbetäubendes Lachen war die Antwort. »Bis nächste Woche!«, rief Karola fröhlich, während sie die Tür hinter sich zuzog.

Hemingway stand wie immer noch eine Weile verdattert im Flur, bis ihn Ada zu sich rief.

»Du magst Karola auch, stimmt's, Moppi?«, sagte sie zu dem Hund. »Ich weiß, du würdest sie noch lieber mögen, wenn sie ein bisschen weniger laut wäre, aber dann wäre es auch nicht unsere Karola.«

Sie schaltete den Fernseher an, aber weil das Programm nicht wirklich interessant war, nahm sie zwischendurch immer mal wieder das Fernglas zur Hand und sah sich an, was in ihrer Nachbarschaft los war. Und als auch dort nichts Spannendes vor sich ging, griff sie zu dem Roman, den sie vor ein paar Wochen angefangen hatte und mit dem sie so gar nicht vorankam. Früher hatte sie die meisten Bücher innerhalb weniger Tage verschlungen, doch Lesen fiel ihr in letzter Zeit schwer. Sie konnte sich nicht gut konzentrieren und musste oft ganze Absätze zweimal lesen, weil ihre Gedanken abdrifteten und sie dann nicht mehr wusste, was sie eigentlich gelesen hatte. Vielleicht lag es an der kleinen Schrift. Die vielen Buchstaben auf einer Seite, dicht gedrängt nebeneinander, machten sie ganz nervös. Auch diesmal war es nicht anders, trotzdem beschäftigte sie sich mit dem Roman, bis Susanne anrief und die üblichen Befindlichkeitsfragen abhakte.

»Bis Sonntag dann!«

»Ja, bis Sonntag. Ich freu mich.«

Nach den Acht-Uhr-Nachrichten ließ Ada das Gerät noch ein wenig flimmern. Da lief irgendeine Spielshow mit Kindern und Prominenten. Ada wettete mit sich selbst, dass Mustermanns das gleiche Programm anschauten. In manchen Wohnungen konnte man den Fernseher der Leute sehen und in Mustermanns großem Wohnzimmer besonders gut. Wie vermutet, saß die ganze Familie auf der Couch aufgereiht und verfolgte die Show. Statt bei sich, in ihrem eigenen Fernseher, schaute Ada ein bisschen bei den Mustermanns mit, so als säße sie mit ihnen auf der Couch. Ab und zu sprangen die beiden Kinder begeistert auf oder rissen die Arme in die Höhe. Ada lachte und fand wesentlich mehr Gefallen an der Show, als wenn sie allein geschaut hätte. Hemingway stupste sie mit der Schnauze an.

»Ja, gleich, Moppi.«

Der Hund stupste sie noch einmal, diesmal so energisch, dass Adas Arme samt Fernglas verrutschten.

»Ich hab doch gesa ...« Sie verstummte. Das Fernglas war bei dem alten Haus gelandet, und in dem großen Fenster unter dem Giebel brannte Licht.

Hemingway machte sich nun akustisch bemerkbar, eine Mischung aus Jammern und Grunzen und das eindeutige Signal, dass es dringend war. Gezwungenermaßen unterbrach Ada ihre Observation und tat dem Hund den Gefallen, doch anders als an anderen Abenden durchquerte sie die gesamte Grünanlage und lief bis zu einer Stelle, von wo sie das Haus aus der Nähe sehen konnte. Tatsächlich, da oben brannte Licht.

»Los, Moppi, mach schon, hattest es doch so eilig!«, spornte sie den Hund an, sich mit seinem Geschäft zu sputen. »Jetzt hab ich es eilig. Hopp, hopp!«

Hemingway krümmte artig den Rücken und setzte seinen Haufen so geschickt in einen Busch, dass Ada fand, sie könne ihn guten Gewissens dort liegen lassen. Hastig trat sie den Nachhauseweg an und grüßte nur flüchtig, als ihr der knurrende Eberhart und sein glücklich aussehendes Herrchen begegneten. Sie konnte es kaum erwarten, wieder in ihrer Wohnung zu sein. Hemingway trottete hechelnd und mit weit aufgerissenen Augen neben ihr her.

So schnell wie möglich sperrte Ada die Tür auf und huschte, ohne Licht anzumachen, zu ihrem Platz am Fenster, während der Hund auf dem Handtuch im Gang tapsend seine Pfoten putzte.

»Wie kann man nur so neugierig sein?«, hätte Hans gesagt.

»Als ob du an meiner Stelle nicht neugierig gewesen wärst«, murmelte Ada, während sie sich so hinsetzte, dass sie es bequem hatte, und noch einmal die Schärfe einstellte.

Sie war außer Atem, das Bild im Fernglas zitterte unruhig. Doch das, was sie sah, ließ sie sogar noch mehr zittern. Da waren tatsächlich Leute in dem Haus, oben hinter dem großen beleuchteten Fenster unter dem Giebel. Ein Mann und eine Frau. Ein Paar. Und sie tanzten.

Ada lachte hell auf. Verzweifelt versuchte sie, sich zu beruhigen, damit das Fernglas in ihren Händen nicht so zitterte und das Bild nicht so wackelte. Sie konnte es nicht fassen, da tanzte ein Paar in *ihrem* Haus. Das hätten sie auch getan, sie und Hans. Wenn sie jemals dort eingezogen wären, dann hätten sie den großen Raum hinter dem Fenster auf genau die gleiche Weise eingeweiht wie die beiden. Vielleicht war es ihre allererste Nacht im neuen Haus. Möbel konnte Ada keine entdecken. Umso besser, dann hatte man viel Platz, gerade so wie in einem Tanzsaal. Hätte sie doch die Musik hören können! Und wäre Hans doch hier gewesen und hätte es sehen können! Hätte sie doch noch einmal mit ihm tanzen können ...

1958
Schau mir in die Augen

Ada dachte nicht daran, ihrem Vater zu gehorchen. Sie dachte nicht daran, Hans aufzugeben. Sie dachte einfach nicht daran. Niemals. Doch es war schwer.

»Es tut mir leid, Ada«, entschuldigte sich Hans. »Aber ich musste doch ehrlich sein. Was hätte ich denn sonst sagen sollen? Es war doch nichts Unrechtes.«

Nein, das Unrecht lag ganz auf der Seite von Eduard Musäus. Als Ada am Abend nach Hause kehrte, machte er in gleicher Weise weiter, wie er aufgehört hatte, und sie konnte nur ahnen, was sich ihre Mutter vorher alles hatte anhören müssen, unwidersprochen natürlich, obwohl sie ganz anderer Ansicht war als ihr Mann. Mit Fassungslosigkeit und Tränen hatte sie reagiert, als sie zum ersten Mal einen Bericht über die KZs der Nazis und Bilder der Opfer nach ihrer Befreiung gesehen hatte. Sie war eine von denen gewesen, das hatte sie später zugegeben, die die Augen verschlossen hatten. Schwach war sie gewesen, ihrem Mann ergeben, so wie es sich für eine deutsche Frau gehörte. Nur zu wenig Kinder hatte sie dem Führer geschenkt. Nur zwei Töchter in all den Jahren, von denen wenigstens die ältere sich im Arbeitsdienst hatte nützlich machen können. Hilde, die zehn Jahre älter war als Ada, hatte früh geheiratet und das Elternhaus verlassen. Man sah sie selten. Ada vermutete, dass Hilde, ähnlich schwach wie die Mutter, aber gleichzeitig auf der Suche nach einem anderen Leben, dem Vater aus dem Weg gehen wollte, doch sie sprach nie mit der Schwester darüber, zu groß waren der Altersunterschied und die Distanz.

Ada war die Einzige, die es wagte, sich ab und zu gegen den Vater aufzulehnen. Sie hatte manchmal sogar das Gefühl, dass er die Streitgespräche mit ihr mochte, vielleicht, weil sie sein Liebling war. Ihr gestand er mehr Widerworte zu als den anderen Frauen seiner Familie. Er beschwerte sich zwar über die Musik, die sie hörte, aber sie hörte sie trotzdem. Und wenn er über die vielen Kriegsflüchtlinge wetterte, die nach München gekommen waren und die man nun einquartieren musste, ausgerechnet dort, wo Eduard Musäus mit seiner Familie wohnte, dann fing Ada an, mit ihm zu diskutieren. Er ließ es zu, ohne ihr den Mund zu verbieten. Er ließ sie sogar reden, wenn sie versuchte, ihm die ungeheuerlichen Verbrechen der Nazis vor Augen zu führen. Dann wurde er zwar wütend und herrschte sie an, was sie schon davon wisse, Hitler habe nur getan, was nötig war für Volk und Vaterland, aber zumindest ertrug er ihre Ansichten. Er ließ Ada sagen und denken und tun, was sie wollte. Aber bei der Sache mit Hans hatte diese Großzügigkeit ein Ende. Das machte er völlig klar, als sie an jenem Abend nach Hause kam.

»Du wirst diesen Kerl nicht wiedersehen. Ich verbiete dir das, hast du mich verstanden?!«

Egal, was sie sagte, er blieb dabei. So einen würde er nicht in seinem Haus dulden, nicht in seiner Familie, nicht an der Seite seiner Tochter.

Ada sparte sich jede weitere Mühe zu widersprechen. Sie würde sich heimlich mit Hans treffen, der Vater musste es ja nicht erfahren. Irgendwann würde sie genug Geld verdienen, dass sie sich eine eigene Wohnung leisten konnte, und dann würde sie ausziehen.

Das sagte sie auch zu Hans. Er nickte. Sie küssten sich. Und noch während sie sich küssten, war ihnen beiden klar, dass es nicht das war, was sie wollten. Sie wollten keine heimliche Beziehung, als sei es etwas Unanständiges, sich zu lieben, oder als sei Hans ein Monster. Sie wollten zusammenbleiben, sie wollten sich nah sein, so nah, wie man sich nur sein konnte, wenn man sich liebte, und das wollten sie tun, wann immer sie Lust dazu hatten. Sie wollten, das war völlig klar, auch wenn sie es noch lange nicht aussprachen, heiraten, Kinder haben. Zusammen alt werden. Heimlich ging das nicht. Und eine eigene Wohnung für eine alleinstehende junge Frau in Ausbildung? Undenkbar. Zudem hatte Ada Pläne für die Zeit nach ihrer Lehre. Sie wollte Mode entwerfen, dafür interessierte sie sich. Sie wollte ihr Zeichentalent einsetzen, und sie wollte mehr, als nur Kleider nähen und ausbessern. Hans wiederum studierte noch. Man konnte es drehen und wenden, wie man wollte, sie konnten sich nicht offen widersetzen. Auch wenn sich dieser Zustand Jahre hinziehen konnte, sie hatten keine Wahl.

Zu allem Überfluss waren auch Hans' Eltern nicht von der Verbindung begeistert. Sie hatten gehört, was sich bei Hans' Besuch ereignet hatte, und rieten ihrem Sohn ohne Umschweife dazu, sich doch besser eine andere zu suchen. Die Tochter eines verbohrten alten Nazis – ausgerechnet! Das müsse doch wirklich nicht sein. Als Ada die beiden kennenlernte, an einem heißen Tag im Frühsommer, hatte sie das Gefühl zu erfrieren, so kalt und reserviert begegnete man ihr. Nichts von der Wärme, die Hans ausstrahlte, war auch nur ansatzweise in seinem Elternhaus zu finden. Jedenfalls nicht, wenn sich Ada dort aufhielt.

Ada und Hans blieb nichts weiter übrig, als sich heimlich zu treffen, und das längst nicht so oft, wie sie es gewollt hätten. Manchmal behauptete Ada, sie ginge mit Freundinnen aus, doch das war eine wacklige Angelegenheit, zumal als Einzige ihrer Freundinnen Marlene eingeweiht war. Auch Überstunden taugten nur bedingt als Alibi, und an den Wochenenden erwartete ihr Vater ohnehin ein geselliges Familienleben, auch wenn man nur stumm zusammensaß, las, nähte oder auf dem Sofa in die Fernsehtruhe glotzte.

Sie schrieben einander weiterhin. Adas Mutter fing Hans' Briefe ab und legte sie in Adas Schrank, sodass ihr Mann nichts davon erfuhr. Mehr konnte sie nicht tun.

»Wie soll das nur weitergehen?«, heulte sich Ada eines Tages bei Marlene aus, als sie sich in ihrer Mittagspause in einem kleinen Schwabinger Café nahe der Münchner Freiheit trafen. »Wir sind doch keine Schwerverbrecher. Was haben wir denn getan, dass wir uns verstecken müssen und nicht ganz normal wie alle anderen auch zusammen sein können?«

»Na ja, wie *alle* anderen würde ich jetzt nicht gerade sagen«, erwiderte Marlene und hob vielsagend die Brauen. Adas verwirrter Blick verlangte nach sofortiger Aufklärung. Marlene beugte sich verschwörerisch vor und raunte: »Ich hab da vor einiger Zeit bei einem Fototermin einen Italiener kennengelernt, ein Gastarbeiter. Was meinst du, was meine Eltern sagen würden, wenn sie das wüssten?« Marlene kicherte bei der Vorstellung. »Ein Italiener! Meine Mutter würde der Schlag treffen.«

»Und seid ihr zusammen?«, fragte Ada mit großen Augen.

»Ja, natürlich, was denkst du denn?«

»Und warum weiß ich davon nichts?«

Marlene zuckte mit den Schultern. »Jetzt weißt du's ja. Und so lange kennen wir uns auch noch nicht.«

»Und wie macht ihr das? Euch heimlich treffen, meine ich.«

Marlene grinste von einem Ohr bis zum anderen.

»Wir tanzen.«

»Bitte?«

Marlene lachte ihr helles, perlendes Lachen, bei dem ihre weißen Zähne mit ihren blauen Augen um die Wette blitzten. Ein blondes Fräuleinwunder, in das sich jeder Mann verlieben konnte, und nun hatte es also einen Italiener getroffen.

»Emilio hatte die Idee. Er tanzt für sein Leben gern. Nicht sehr gut, offen gesagt, aber leidenschaftlich.« Marlene lachte wieder. Vor Adas Augen erschien das Bild eines kleinen dunkelhaarigen Mannes, der hingebungsvoll und wild auf einer Tanzfläche herumhüpfte und seine lachende blonde Freundin im Kreis herumwirbelte. Wenn ihre Vorstellung von Emilio der Realität auch nur halbwegs nahekam, dann mochte sie ihn jetzt schon.

»Wir treffen uns in einem Tanzclub hier in Schwabing, zweimal die Woche«, erklärte Marlene, packte ein Päckchen Zigaretten aus und zündete sich eine an. »Ist gar nicht weit von hier.« Sie zog und blies den Rauch mit Rücksicht auf Ada in die andere Richtung. »Das ist so ein richtiger Proficlub, aber die haben auch Kurse für Amateure und Anfänger und so. Leute wie Emilio und mich eben.« Sie lehnte sich zurück, schlug die Beine übereinander, kreuzte die Arme und fügte mit listigem Grinsen hinzu: »Oder dich und Hans.«

Ada sah sie zweifelnd an, Marlene jedoch war regelrecht hingerissen von der eigenen Idee. »Du könntest sagen, dass du mit mir dorthin gehst, und müsstest nicht einmal lügen. Zweimal die Woche könntest du dich problemlos mit Hans treffen, und keiner würde es merken. Und natürlich gehen wir nach der Tanzstunde noch in ein Café. Also wir beide.« Sie zwinkerte. »Zweimal die Woche!«

Adas Miene blieb skeptisch. »Und da kann man einfach so hingehen?«, fragte sie. »Das kostet doch auch sicher etwas, oder?«

Marlene wischte Adas Bedenken mit einer Handbewegung weg. »Ja, da kann man einfach so hingehen. Es gibt eine monatliche Mitgliedsgebühr, aber das ist nicht so wild. Ist auch nicht teurer, als wenn man ein paarmal ins Kino geht. Und es macht Spaß. Du kannst doch tanzen, ganz gut sogar, oder nicht?« Ada nickte. »Außerdem ist der Club gleich hier in der Nähe deiner Arbeit, das wäre erstens sehr bequem, und dein Vater würde noch weniger Verdacht schöpfen.«

Ada sah auf die Uhr: »Apropos Arbeit, ich muss los.« Sie stand auf. »Ich sag dir Bescheid, ja?«

»Mensch, Ada, das wäre doch die Lösung, meinst du nicht?«

»Vielleicht«, sagte Ada, legte ein paar Münzen vor sich auf den Tisch und hastete zurück an die Nähmaschine.

Je mehr sie sich Marlenes Idee durch den Kopf gehen ließ, desto besser gefiel sie ihr. Endlich könnten sie und Hans einander oft und sogar regelmäßig sehen. Ihr Vater war inzwischen sicher davon überzeugt, dass seine Tochter ihm gehorchte, so selten, wie sie ausging. Nach der Arbeit kam sie immer gleich nach Hause, nur ab und zu ging sie mit einer Freundin ins Kino oder ein Tanzcafé – wie sie behauptete. Hans und sie waren sehr vorsichtig, so vorsichtig allerdings, dass es kaum auszuhalten war. Mit dem Tanzclub, so überlegte Ada, könnte sich das alles ändern.

Eines Abends beim Essen begann sie mit ihrer Mutter, ihrer heimlichen Komplizin, eine Unterhaltung.

»Heute in der Mittagspause hat mich übrigens Marlene besucht.«

»Ach ja? Das ist ja nett. Wie geht's ihr denn?«

»Gut. Hat viel zu tun. Sie hat mich übrigens schon wieder gefragt, ob ich mit ihr in diesen Tanzclub gehe. Neulich, als wir im Kino waren, hat sie mich schon gedrängt.«

»Und du willst nicht? Du hast doch immer gern getanzt. Das wäre doch was für dich, oder nicht?«

»Das wird schon so ein halbseidener Schuppen sein«, mischte sich Herr Musäus ein. »Da hast du ganz recht, dass du da nicht hinwillst.« Er tätschelte Ada die Hand und warf seiner Frau einen finsteren Blick zu.

»Nein, nein, so ist es gar nicht«, widersprach Ada ihrem Vater sofort. »Das ist ein vollkommen seriöser Tanzclub, ziemlich bekannt sogar, die richten Turniere aus und Bälle und so. Da wird nicht jeder reingelassen. Aber es wäre halt zweimal die Woche, gleich nach der Arbeit, ich weiß nicht, ob mir das nicht zu viel wird.« Mit einer gequälten Miene unterstrich sie ihre angeblichen Bedenken.

»Wo ist denn dieser Club?«, lieferte ihre Mutter das nächste Stichwort.

»Na ja, der ist auch in Schwabing, eigentlich bei meiner Arbeit gleich um die Ecke, aber trotzdem ...«

Ihr Vater schwieg und konzentrierte sich auf sein Mahl. Ihre Mutter dagegen hörte auf zu essen und wischte sich die Hände an der Serviette ab.

»Ada!«, begann sie in ernstem Ton. »Ich will dir mal was sagen. Ich finde, du bist in letzter Zeit eine richtige Stubenhockerin geworden. Ich verstehe dich einfach nicht. Da hättest du eine schöne Gelegenheit, deine Freizeit zu gestalten, wärst mit einer Freundin zusammen, würdest vielleicht auch mal jemanden kennenlernen ...«, dabei senkte sie ein wenig die Stimme, als wäre es ihr peinlich, so offen ihrer Hoffnung Ausdruck zu geben, ihre Tochter käme irgendwann einmal unter die Haube. Ada bewunderte insgeheim das schauspielerische Talent ihrer Mutter. Sie spielte mit und schlug betroffen die Augen nieder. »Noch dazu jemanden aus gutem Hause«, fügte ihre Mutter hinzu. »Und was machst du?« Sie legte eine kleine Kunstpause ein, dann warf sie ihrem Mann einen hilfesuchenden Blick zu. »Eduard! Bitte!« Er, das Familienoberhaupt, sollte ein Machtwort sprechen.

Herr Musäus räusperte sich. »Also, Ada, wenn das so ist …«

»Siehst du! Dein Vater sagt es auch«, unterbrach Frau Musäus ihren Mann.

»Also schön, wenn ihr unbedingt dafür seid, dann geb ich Marlene eben Bescheid, dass ich mir das mal ansehe«, seufzte Ada und setzte mit verzagtem Lächeln hinzu: »Ich will ja nicht, dass ihr euch meinetwegen sorgt.«

»Wunderbar!«, freute sich Adas Mutter, und der überrumpelte Vater tätschelte seiner Tochter ein weiteres Mal die Hand.

Überraschenderweise war Hans schwerer von der Idee mit dem Tanzclub zu überzeugen als Herr Musäus. Als Ada ihn am darauffolgenden Abend vor der Uni traf und bereits das Anmeldeformular dabeihatte, erbleichte er geradezu. Noch während sie davon schwärmte, wie oft sie einander von nun an sehen könnten, wurde sein Ausdruck immer panischer.

»Was ist denn?«, fragte Ada, als sie schließlich bemerkte, dass Hans alles andere als begeistert war.

»Ich …«, er druckste herum, »ich kann nicht tanzen.«

Sie winkte ab. »Ach geh, ein bisschen kann das doch jeder!«

»Nein, wirklich, ich nicht. Überhaupt nicht.« Er wirkte todunglücklich.

»Aber wie kommst du denn darauf?«, fragte sie.

»Ich hab noch nie getanzt. Kein einziges Mal. Ich war, glaub ich, der Einzige in meiner Schule, der keinen Tanzkurs besucht hat. Ich bin wahrscheinlich der Einzige in ganz München.«

»Aber dann wird es doch mal Zeit, meinst du nicht?«

»Die werden mich sofort rauswerfen, Ada, ich bin total unsportlich. Ich weiß schon, warum ich mich der Kunst verschrieben habe und mit dem Kopf arbeite. Alles, was ich mit meinem Körper anstelle, geht schief.«

»Alles?«, fragte Ada mit spitzbübischem Grinsen. Hans wurde rot und blickte zu Boden. Mit einem hellen Lachen schlang sie ihre Arme um ihn, stellte sich auf die Zehen und begann ihn leidenschaftlich zu küssen.

»Ada«, murmelte er, doch er konnte und wollte sich nicht gegen sie wehren. Er hob sie hoch, und ohne dass sich ihre Lippen trennten, verbarg er sich mit ihr im Eingang des Gebäudes, um nicht von allen Leuten gesehen zu werden. Die paar Studenten, die um diese Zeit noch vorbeigingen, störten sie nicht weiter.

»Lass es uns versuchen«, flüsterte Ada zwischen Küssen und Umarmungen. »Wenigstens versuchen. Was kann schon passieren?«

»Dass ich mich bis auf die Knochen blamiere und du dich so für mich schämst, dass du mich nicht mehr magst.«

Ada war völlig perplex. »Davor hast du Angst? Im Ernst? Davor?« Sie nahm sein Gesicht in ihre Hände und zwang ihn, sie anzusehen. »Du dummer, dummer, dummer Kerl. Es gibt nichts auf der ganzen Welt, das mich dazu bringen könnte, dich nicht mehr zu mögen. Gar nichts!«

Voll Zärtlichkeit strich er über ihr Haar und flüsterte: »Meine Schöne …«

Vierzehn Tage später standen sie zusammen mit Marlene, Emilio und zwölf anderen Paaren in einem der beiden großen Tanzsäle im ersten Stock des Clubs. Im Nebenraum trainierten die Profis, wie ihre Tanzlehrerin, eine elegante Dame mit perfekter Figur und weit schwingendem Rock, sie zu Beginn wissen ließ. Im Erdgeschoss befand sich ein sogenannter Erfrischungsraum, der sich durch das Öffnen einer großen Ziehharmonikatür in einen kleinen Ballsaal verwandeln ließ. Es war ein beeindruckendes Ambiente.

»Ist es nicht fantastisch?«, schwärmte Marlene. »Nachher können wir unten noch eine Kleinigkeit trinken, was meint ihr?« Sie zwinkerte Ada zu und gab ihr auf ähnlich nonverbale Weise zu verstehen, wie attraktiv sie Hans fand. Ada wiederum fand Emilio bezaubernd. Mit offenen Armen war er auf sie zugekommen und hatte sie begrüßt wie alte Freunde. Sein Deutsch war gebrochen, aber seine Herzlichkeit unmissverständlich. Mit seinem lebhaften, lustigen Wesen half er Hans, seine Nervosität zu überwinden.

»Bitte Aufstellung, meine Herrschaften«, kommandierte die Lehrerin. Hans warf Ada einen hilfesuchenden Blick zu, doch Marlene war es, die sich meldete. »Frau Wesendonk, es gibt hier übrigens ein neues Paar.«

Die Dame wurde aufmerksam und kam quer durch den Saal zu ihnen geschwebt.

»Und was für ein Paar!«, strahlte sie, während sie Ada, ganz besonders aber Hans unverhohlen musterte.

»Ich hab noch nie getanzt«, brach es aus Hans heraus. Gedämpftes Gekicher kam von den anderen.

Frau Wesendonk zog ihre sorgfältig gezupften Brauen nach oben: »Noch nie?«

Ada fürchtete mit einem Mal, als Nächstes würde sie sagen: »Und was wollen Sie dann hier?« – Und damit ihren ganzen schönen Plan zunichtemachen.

»Ada Musäus, Hans Friedberg«, stellte Ada sie beide vor, bevor die Dame, deren Augen noch immer mit großem Interesse auf Hans ruhten, weitersprechen konnte.

»*Ich* hab schon mal getanzt«, betonte Ada. »Und ich glaube, ich kann es ganz gut«, setzte sie kühn hinzu.

Die Brauen der Tanzlehrerin sanken nach unten. »Na, dann sollte das ja kein Problem sein. Es schadet nichts, wenn sich der Mann auch mal von einer Frau anleiten und führen lässt, nicht wahr?« Der anzügliche Unterton war nicht zu überhören. Hans' verschwitzte Hand klammerte sich fest um Adas. »Wir fangen mit einem Langsamen Walzer an. Einfach die Musik wirken lassen und mitmachen, ja?«

Sie wandte sich ab, ging wieder zu ihrem Platz, schnappte sich auf dem Weg dorthin einen der männlichen Teilnehmer und rief: »Musik!« Dann erklärte sie die Schrittfolge noch einmal für Anfänger – mit anderen Worten: für Hans. Ada schob ihn in Position, platzierte seine Hände an die Stellen an ihrem Körper, wo sie hingehörten, und sagte: »Hör einfach auf die Musik und mach alles, was ich mache. Lass dich einfach ...«

» ... führen!«

»Genau!«

Frau Wesendonk hatte ihren vorübergehenden Partner wieder zu seiner eigentlichen Tanzpartnerin entlassen und kommandierte: »*Eins*, zwei, drei. *Eins*, zwei, drei. Uuuuund ...«

Alle Paare setzten sich in Bewegung, und Hans vollführte die ersten Tanzschritte seines Lebens. Mit steifen Knien wiederholte er die Schrittfolge, die er gerade gelernt hatte, verkrampft klammerte er sich an Ada.

»Schau nicht auf deine Füße, schau mich an, schau mir in die Augen!«, befahl Ada. Er tat es, er tat alles, was sie sagte. Vertrauensvoll richtete er den Blick in ihre großen Rehaugen, verlor sich in ihrem Strahlen. Er vergaß, wo er war, vergaß, dass er etwas tat, was er nicht konnte, und kam erst wieder zu sich, als er ein lautes »Seeehr gut!« hörte.

»Da sieh mal einer an, unser Anfänger!«, rief Frau Wesendonk, die in der Mitte des Kreises aus tanzenden Paaren stand. »Haben wir da etwa ein echtes Naturtalent entdeckt?«

Hans zuckte zusammen, stolperte über seine eigenen Füße und wurde knallrot. Alle lachten, doch Ada warf voller Freude die Arme um seinen Hals und küsste ihn. »Du tanzt einfach unglaublich, Hans, einfach unglaublich!«

Ein neuer Nachbar

Ada sah dem Paar in dem alten Haus noch eine ganze Weile zu. Sie vergaß die Zeit und summte jeweils die passende Melodie zu jedem Tanz. Langsamer Walzer! Der erste Tanz, den sie mit Hans zusammen getanzt hatte. Der erste Tanz, bei dem sich herausgestellt hatte, was für ein großartiger Tänzer in Hans steckte und wie unglaublich elegant er sich bewegen konnte. Jeden Tanz, den er neu lernte, beherrschte er innerhalb kürzester Zeit.

Ada lächelte durch ihr Fernglas hindurch dem tanzenden Paar zu, das nichts davon ahnte, dass es eine Zuschauerin hatte. Sie hätte bis in alle Ewigkeit zusehen mögen, hätte sie nicht plötzlich ihre Arme gespürt, und als sie sie einmal spürte, begannen sie auch schon so wehzutun, dass sie kaum mehr das Fernglas halten konnte. Vorsichtig setzte sie es ab, rieb sich die Arme, schnalzte unwirsch mit der Zunge und ging zu Bett.

Am nächsten Tag hielt schon wieder ein Möbelwagen vor der Tür. Die leere Wohnung im Erdgeschoss hatte bereits einen neuen Mieter gefunden.

Als Ada von ihrer Morgenrunde mit Hemingway zurückkam, stand ein älterer Herr im Hauseingang und versuchte, die Möbelpacker zu dirigieren.

»Mit der obersten Kiste müssten Sie bitte vorsichtig sein«,

mahnte er scheu einen riesigen Kerl, der gleich drei Kisten auf einmal balancierte.

»Dann müssen Sie *zerbrechlich* draufschreiben«, keuchte der Möbelpacker.

»Es ist nicht direkt etwas Zerbrechliches, aber es handelt sich dabei um sehr alte, antiquarische Bücher. Deshalb sag ich es Ihnen ja, weil es nicht draufsteht.«

»Bücher gehen nicht so leicht kaputt.« Mit lautem Knall plumpsten die Kisten gleich hinter der Wohnungstür auf den Boden, der ältere Herr zuckte zusammen, Hemingway heulte auf und leckte sich ängstlich das Maul.

»Was issen mit dem los?«, fragte der Riese mit verächtlichem Grinsen im Vorbeigehen.

»Er ist allergisch gegen Hohlköpfe«, antwortete Ada. Der Möbelpacker zögerte verdutzt, doch dann beschloss er, so zu tun, als hätte er nichts gehört, und ging weiter.

Der neue Nachbar, der eben noch ein bekümmertes Gesicht ob seiner möglicherweise beschädigten Kostbarkeiten gemacht hatte, lächelte.

»Friedberg«, stellte sich Ada vor. »Vierter Stock.«

»Lenz, Erdgeschoss, wie Sie sehen. Und wie heißt denn der hübsche Junge, den Sie da haben?«

»Hemingway.«

Herr Lenz streckte dem Hund die Hand hin und ließ sich beschnuppern. Die Fahrstuhltür ging auf, und Frau Sellschuh trat heraus. Sie grüßte flüchtig, aber vor lauter Mühe, dem Hund möglichst weiträumig auszuweichen, entging ihrer Aufmerksamkeit ein weiterer bis obenhin beladener Möbelpacker, und prompt prallte sie in der Tür mit ihm zusammen. Der Mann stieß einen derben Fluch aus, und Frau Sellschuh suchte das Weite.

»Oje«, murmelte Herr Lenz. »Tja, dann werde ich mal ...«,

sagte er zu Ada und streichelte Hemingway noch einmal über den Kopf.

»Viel Glück!«, wünschte Ada und verabschiedete sich.

Am Nachmittag beim Einkaufen traf sie Herrn Lenz wieder.

»Ach, hallo!«, rief er, sichtlich erfreut über das Wiedersehen. Er sah viel entspannter aus als am Morgen und schob einen halb vollen Einkaufswagen vor sich her. »Ich dachte, ich statte erst einmal meine Küche aus, damit ich nicht verhungere.«

»Sind die Umzugsleute schon fertig?«, fragte Ada.

»Ja, Gott sei Dank!« Herr Lenz verdrehte die Augen gen Himmel und lachte. »Jetzt steht alles herum wie Kraut und Rüben. Aber so ist das nun mal.«

Ada nickte verständnisvoll, obwohl ihr letzter Umzug schon eine Ewigkeit her war. »Haben Sie Hilfe?«, fragte sie.

»Meine Tochter und mein Schwiegersohn kommen später vorbei.«

»Wohnen die hier in München?«

»Ja, deswegen bin ich auch hierhergezogen. Ich wollte in der Nähe meiner Kinder leben. Falls mal etwas sein sollte. Man weiß ja nie.«

»Das ist sehr vernünftig«, fand Ada, und diesmal war es Herr Lenz, der zustimmend nickte. Dabei sah er aus, als hätte er ein ähnlich zwiespältiges Verhältnis zu dem Wort *vernünftig* wie Ada.

»Und gefällt es Ihnen hier?«

»In München oder in dieser Gegend?«

»Beides.«

Er wiegte bedächtig den Kopf. »München ist eine sehr schöne Stadt. Und das hier ist eine gute Gegend. Viel Grün. Und so praktisch, dass alles so nah beieinander ist: die Trambahn, Einkaufsmöglichkeiten ... alles sehr schön.«

»Aber?«

»Na ja«, sagte Herr Lenz ein wenig traurig. »Sie wissen ja: die Sache mit dem alten Baum.«

»Den verpflanzt man nicht.«

»Nein.«

»Manchmal ist es aber besser für den Baum«, entgegnete Ada. »Eben *vernünftig*.« Diesmal setzte sie das Wort zwischen deutlich vernehmbare Gänsefüßchen. Herr Lenz schmunzelte.

»Wissen Sie was?«, schlug Ada vor. »Lassen Sie uns die Unterhaltung doch einfach in den nächsten Tagen bei einem gemeinsamen Kaffee fortsetzen. Hemingway würde sich über Ihren Besuch genauso freuen wie ich.«

»Sehr, sehr gern«, erwiderte Herr Lenz freudestrahlend.

»Schön«, sagte Ada.

Als sie mit ihren Einkäufen nach Hause kam, standen im Eingangsbereich des Hauses Frau Sigrist und Frau Grübel und empörten sich wieder einmal über das Geschrei aus dem Kindergarten. Als sie Ada bemerkten, verstummten sie augenblicklich wie ausgeknipst. Die alte Frau hatte ihnen bereits mehrere Male auf ihre trockene Art eine Antwort erteilt, bei der es ihnen die Sprache verschlagen hatte. Selbst Frau Grübel, eine kleine stämmige Person, die dazu neigte, einen handfesten Ton anzuschlagen, sobald sie deutlich machen wollte, dass eine andere Meinung als ihre indiskutabel sei, hatte darauf nichts zu erwidern gewusst.

Ada grüßte die beiden Nachbarinnen, und diese grüßten betont freundlich zurück.

»Kommen Sie mit nach oben?«, fragte Ada, als der Fahrstuhl ankam, obwohl sie genau wusste, dass die zwei nur darauf warteten, dass sie verschwinden würde und sie ungestört weiterreden konnten. Frau Grübel und Frau Sigrist schüttelten die Köpfe, murmelten »Nein danke!« und taten so, als wollten sie gern noch ein bisschen länger nur so in der Gegend herumstehen. Ada drückte auf den Knopf zum vierten Stock, und die bedröppelten Mienen der Nachbarinnen verschwanden hinter der sich schließenden Tür.

Beim Verlassen des Fahrstuhls stieß Ada mit Leo, ihrem Etagennachbarn, zusammen.

»Ups! Entschuldigung!«, sagte der junge Mann und wich mit katzenhafter Geschmeidigkeit zurück, um Ada Platz zum Aussteigen zu lassen. Von unten drangen nun wieder die sich ereifernden Stimmen der Nachbarinnen zu ihnen herauf.

»Nichts passiert!«, sagte Ada freundlich.

Leo wohnte mit seinem Freund John zusammen in einer WG. Beide waren Studenten, jobbten nebenher und teilten sich die Wohnung, weil es günstiger war, aber es gab gewisse Leute im Haus, die sich hinter vorgehaltener Hand fragten, ob die beiden ein *Homo-Paar* wären.

Ada hatte die beiden Studenten näher kennengelernt, nachdem Hans gestorben war. Die anderen Nachbarn hatten allenfalls betreten und leise bei der Begegnung im Treppenhaus kondoliert. Leo und John hatten den Mut gehabt, an ihre Tür zu klopfen, und Ada hatte sie hereingebeten. Sie hatten sich Zeit für sie genommen, geredet und ihre Hilfe angeboten. Seither verband sie ein herzliches Verhältnis.

Leo glitt hinter Ada in den Fahrstuhl und rief ihr einen Gruß an Hemingway zu, bevor sich die Tür schloss.

Der Hund kam ihr entgegen und warf wie gewohnt zuallererst einen Blick in die Einkaufstüten.

»Weg da mit der Schnauze!«, befahl Ada. Hemingway hob seinen Kopf und blickte sie vorwurfsvoll an. »Schönen Gruß von Leo.« Sie ignorierte die klagenden Augen des Hundes, trug die Einkaufstüten in die Küche und sprach weiter. »Unten lassen sie sich mal wieder über die Kinder aus. Dass die nie genug davon kriegen! Es gibt doch genügend andere Sachen, über die man sich aufregen kann, meinst du nicht?« Hemingway, der ihr gefolgt war, antwortete nicht, hörte aber aufmerksam zu.

Nachdem Ada die Einkäufe ausgepackt und eingeräumt hatte, ging sie zielstrebig ins Wohnzimmer, doch mitten im Raum blieb sie ratlos stehen. »Was wollte ich denn jetzt hier?« Wenige Sekunden zuvor, drüben in der Küche, hatte sie es noch gewusst. »Himmeldonnerwetter!«, rief sie, stemmte die Fäuste in die Seiten und schüttelte über sich selbst den Kopf. Immer öfter kam es vor, dass sie vergaß, in welcher Absicht sie ein bestimmtes Zimmer aufgesucht hatte, und nahezu täglich stand sie vor irgendwelchen Schubladen oder Schranktüren und hatte keine Ahnung mehr, weshalb sie sie geöffnet hatte. Diese Vergesslichkeit machte sie krank.

»Ach ja«, fiel es ihr wieder ein. »Die Vase!« Sie wollte eine Vase aus dem Wohnzimmerschrank holen, um die Blumen ins Wasser zu stellen. Das war es. Doch kaum hatte sie einen Fuß vor den anderen gesetzt, um zum Schrank zu gehen, da fror sie ein zweites Mal mitten in der Bewegung ein. Die Blumen! Sie hatte sie vergessen. Sie wollte welche kaufen, weil sie es gernhatte, wenn im Frühjahr etwas Blühendes auf dem Tisch stand, aber sie hatte gar keine gekauft. Sie hatte Herrn Lenz getroffen und war mit ihm ins Gespräch gekommen. Und da hatte sie die Blumen vergessen.

Das Klingeln des Telefons riss sie aus ihrer Erstarrung und bewahrte sie davor, über ihr nachlassendes Gedächtnis schockiert zu sein.

Es war Marlene. Ihre alte Freundin, die sie schon von Kindesbeinen an kannte, war eine der wenigen Übriggebliebenen. Ab und zu rief sie an, um Ada ihr Leid zu klagen, und wenn Ada zur Abwechslung einmal selbst etwas zu klagen hatte, dann klagte Marlene auch darüber. Ada konnte diese von Trübsal und Endzeitstimmung geschwängerten Telefonate manchmal nur schwer ertragen, aber was sollte sie tun? Marlene war genau wie Ada Witwe und genau wie Ada fast immer allein. In letzter Zeit redete sie oft davon, in ein Seniorenheim zu gehen, aber am allerliebsten, so sagte sie, würde sie einfach die Augen zumachen.

Ada nahm das Telefon zur Hand und meldete sich. Marlene erkundigte sich nach Adas Befinden und eröffnete nach dem zu erwartenden »Danke, ganz gut!« sogleich ihren Jammermonolog, der sich diesmal keinem speziellen Thema widmete, sondern eher allgemeiner Natur war und das Dasein im Alter an sich beklagte. Sie habe den ganzen Tag nichts zu tun und säße nur allein herum, die Knochen täten ihr weh, sie könne nicht schlafen, sie habe gar keine Lust mehr, das Wetter, die Menschen, die Welt und so weiter. Ada ließ sie reden. In ihrem Kopf drängten sich ab und zu Bilder eines blonden, lebensfrohen Mädchens zwischen die Worte der lamentierenden alten Frau am anderen Ende der Leitung.

»Na ja«, schloss Marlene, »aber man will ja nicht klagen, nicht wahr, Ada?«

»Ja, genau, Marlene«, erwiderte Ada und verzog ihr Gesicht stumm zu einer schmerzverzerrten Grimasse.

Wie immer versicherte man sich gegenseitig, sich bald einmal zu besuchen, ließ jedoch ebenfalls wie immer offen, wann genau und wer wen. Es kam praktisch nie zu diesen Besuchen. Vielleicht könnte Susanne sie einmal bei Marlene vorbeifahren, überlegte Ada, nachdem sie aufgelegt hatte. Sie nahm sich vor, ihre Tochter danach zu fragen, doch als Susanne später anrief, hatte sie es schon wieder vergessen.

Auch beim darauffolgenden Sonntagsbesuch ihrer Tochter dachte Ada nicht mehr daran.

Susanne hatte Kuchen mitgebracht. Und ihren Mann.

Robert stand draußen auf dem Balkon und telefonierte. Zum wiederholten Mal. Entweder er musste jemanden anrufen, oder es klingelte, und er entschuldigte sich mit den Worten: »Oh! Tut mir leid, aber da muss ich schnell ran. Das ist wichtig.« Susanne stöhnte dann oder schnalzte ungeduldig mit der Zunge, ganz wie ihre Mutter, während Robert ihr einen verzweifelten Blick zuwarf und auf dem Balkon verschwand. Ada fragte sich, warum er ausgerechnet auf den Balkon ging. Vielleicht damit jeder sehen konnte, was für ein bedeutender Mann er war, dass er am heiligen Sonntagnachmittag noch geschäftlich telefonieren musste. Robert war Inhaber einer florierenden Eventagentur, da gab es keine Sonntage, wie er betonte. Susanne arbeitete ebenfalls in der Agentur, schließlich hatte auch sie ein betriebswirtschaftliches Studium vorzuweisen, und in der Firma ihres Mannes mitzuarbeiten, hatte viele Vorteile. Sie konnte sich ihre Zeit einteilen, und ganz nebenbei hatte sie ein Auge auf ihn. Robert sah gut aus, war erfolgreich und wenn sein Ohr nicht gerade an einem Handy klebte, flirtete er auch ganz gern. Allerdings erwähnte Susanne so oft, wie gern Robert flirtete und wie unverhohlen ihm manche Frauen hinterherstarrten, dass Ada heimlich den Verdacht hegte, ihre Tochter wäre im Grunde sehr stolz auf die Platzhirschqualitäten ihres Mannes. Und wenn ständig sein Handy klingelte oder er wichtige Gespräche führen musste, dann war Susannes Stöhnen ebenfalls nur aufgesetzt. In Wahrheit war sie froh darüber, ihrer Mutter zeigen zu können, wie erfolgreich und gefragt Robert war und wie gut sie es mit ihm getroffen hatte.

»Schmeckt dir der Kuchen?«, fragte Susanne.

»Oh ja, sehr gut«, antwortete Ada, die wie immer nur winzige Bissen in ihren Mund schob und endlos darauf herumkaute.

»Ist doch nett, dass Robert heute mal mitgekommen ist, oder?«, fragte Susanne weiter.

»Ja, das stimmt«, sagte Ada, nachdem sie den Kuchenbrei in ihrem Mund endlich mit etwas Kaffee runtergespült hatte. Roberts Gedeck war noch unberührt. Er telefonierte nach wie vor. »Schön, ihn auch mal wiederzusehen«, fügte sie hinzu und schaute dabei nach draußen auf den Balkon. Susanne folgte ihrem Blick.

»Wir haben demnächst eine Riesenveranstaltung zu stemmen. Bei einem ganz großen Kunden«, erklärte sie, beugte sich ein wenig über den Tisch, so als säßen sie in einem Straßencafé statt in Adas Wohnzimmer, und formte nahezu lautlos, aber überdeutlich mit den Lippen die Buchstaben: »BMW!« Dann lehnte sie sich wieder zurück, grinste und zuckte zweimal mit den Brauen.

Ada wusste, dass ihre Tochter nun eine beeindruckte Reaktion von ihr erwartete, also formte sie ihrerseits den Mund zu einem großen »Ohhh!« und verlieh ihrem Gesicht einen dazu passenden imponierten Ausdruck. Susanne freute sich. Robert kam herein und steckte das Handy in die Innentasche seines Jacketts.

»Na?«, fragte Susanne. Robert grinste.

»Das läuft«, sagte er, setzte sich endlich an den Tisch und nahm sich ein Stück Kuchen. Susanne schenkte Kaffee ein.

»Du, ich hab mir gedacht, ich lasse Papas Grab fürs Frühjahr von einer Gärtnerei herrichten, was meinst du?«, bemerkte sie beiläufig zu ihrer Mutter. »Du kannst es nicht machen, ich hab wenig Zeit und Thomas ...«, sie verdrehte die Augen, »also der wohl auch nicht. Und von Lydia will ich gar nicht erst reden. Jedenfalls, eine Gärtnerei macht das ganz professionell, und so viel kostet das gar nicht. Dann sieht das Grab auf alle Fälle wieder schön aus.«

Ada wusste nicht, wie das Grab vorher ausgesehen hatte oder wie es im Moment aussah. Sie war seit der Beerdigung erst ein einziges Mal auf dem Friedhof gewesen und das auch nur Thomas zuliebe, der als Steinmetz den Grabstein hergestellt hatte. Sie mochte den Friedhof nicht. Vielleicht hätte sie ihn mehr gemocht, wenn Hans nicht dort gelegen hätte, vielleicht hätte sie dann die besondere Atmosphäre dieses ruhigen und schönen Ortes genießen können, aber so ...

Es behagte ihr nicht, vor einem Stein zu stehen mit Hans' Namen darauf, vor einem Beet mit blühenden Pflänzchen und Sträuchern, hübsch zurechtgemacht, und sich vorzustellen, der Mann, mit dem sie ihr Leben verbracht hatte und den sie täglich vermisste, läge da zwei Meter tief unter der Erde. Wo immer Hans jetzt sein mochte, dort war er jedenfalls nicht.

»Mach das ruhig so, wie du denkst, mein Schatz«, meinte Ada. »Du hast recht, Hauptsache, es sieht schön aus.« War es nicht vollkommen gleichgültig, wie es aussah?

»Eben«, sagte Susanne. »Und wenn es neu bepflanzt ist, sollen wir dann nicht mal zusammen hingehen und es uns anschauen?« Immer wieder versuchte sie, die Mutter dazu zu ermuntern.

Ada nickte verhalten. »Ja, vielleicht machen wir das mal«, erwiderte sie und fragte im nächsten Atemzug: »Wie geht es den Kindern?« Themenwechsel.

Susanne erzählte von Lulus Wunsch nach einem Nasenpiercing und Jordans musikalischen Ambitionen.

»Schlagzeug! Stell dir vor!«

»Ihr habt doch ein Haus, da geht das doch.«

»Trotzdem. Piccoloflöte wär mir lieber.«

»Das kann auch sehr schrecklich klingen am Anfang.«

»Alles kann schrecklich klingen am Anfang«, bemerkte Robert.

»Ringo Starr drüben spielt auch Schlagzeug, und das in einer Mietwohnung«, erzählte Ada.

»Wer? Ringo Starr von den Beatles?«, fragte Susanne verwirrt.

»Na, nicht der echte«, erklärte Ada und zeigte mit der Gabel Richtung Fenster. »Drüben. Ein Nachbar. Der spielt Schlagzeug, deshalb hab ich ihn Ringo Starr genannt, ich weiß ja nicht, wie der richtig heißt.«

»Du hast den durchs Fernglas beobachtet?«, fragte Susanne entsetzt. Robert grunzte in seine Tasse. »Mama, du musst dir das mal abgewöhnen. Das geht doch nicht.«

»Das tut dem doch nicht weh, wenn ich ihm zuschaue, da hat der wenigstens mal Publikum«, widersprach Ada ihrer fassungslosen Tochter und erzählte weiter, dass die Nachbarn rechts und links und über und unter Ringo jedes Mal, wenn er spielte, wie aufgescheuchte Hühner herumliefen und zeterten. Ada vermutete, dass sie sich den Lärm nicht mehr länger gefallen lassen würden.

»Bin gespannt, wie sich das noch entwickelt«, meinte sie und schob endlich das letzte Stück ihres Kuchens in den Mund. Susanne starrte ihre Mutter an, als hätte sie sich gerade vor ihren Augen in ein weißes Kaninchen und wieder zurück verwandelt. Robert streichelte seiner Frau über die Hand und grinste sie an. *Lass sie*, sagten diese Geste und dieser Blick, und Ada registrierte es. Es gab Seiten an Robert, die sie nicht leiden konnte, sein wichtiges Getue etwa, und dann gab es da die unübersehbare Liebe zu seiner Frau und seinen Kindern und eine Großherzigkeit, die nur wenige Menschen besaßen. Er war nicht ihre Idealvorstellung von einem Mann für ihre Tochter gewesen, aber er war der Mann, den sich ihre Tochter ausgesucht hatte. So wie sie damals Hans.

Susanne holte tief Luft, verzichtete jedoch auf jeden weiteren Kommentar und wechselte stattdessen erneut das Thema.

»Da ist ein neuer Nachbar unten eingezogen? Habe ich das richtig gesehen?«

»Ja, hast du. Ein sehr netter älterer Herr, in meinem Alter, schätze ich. Ich hab ihn zum Kaffee eingeladen.«

»Schön!«, freute sich Susanne. »Das ist aber wirklich schön.«

Als die beiden weg waren, sank Ada erschöpft in ihren Sessel. Sosehr sie sich über Besuch freute, besonders von ihrer Familie, so sehr strengte es sie in letzter Zeit an. Müde legte sie die Hände in den Schoß und schloss die Augen.

Unter all die hypnotischen, sich ineinander verquickenden und einander überlagernden Geräusche von draußen und drinnen mischte sich der Klang eines Klaviers und trat nach und nach immer deutlicher aus dem akustischen Wirrwarr hervor. Es war kein angenehmer Klang, denn wer immer da spielte, spielte schlecht und holprig. Es konnte nicht Frau Sigrist sein, denn die spielte hervorragend, und am Sonntag hatte sie sicher keinen ihrer gelegentlichen Schüler, denen sie Unterricht gab, um ihre Rente aufzubessern. Wer also konnte das sein? Es kam von oben irgendwo. Ada hatte es zuvor schon ein paarmal gehört. Immer dasselbe Stück, so bekannt, dass man selbst bei diesem holprigen Geklimper erkennen konnte, was es einmal werden sollte, aber Ada kam nicht darauf, wie es hieß oder von wem es war. Ein bekannter Schlager.

Stellenweise klappte es schon ganz gut, jedenfalls was die Melodie mit der rechten Hand betraf, doch immer, wenn der Klavierspieler tapfer genug war, die linke Hand als Begleitung dazuzunehmen, kam das Spiel ins Stocken. Man hörte geradezu das Suchen mit den Fingern nach den richtigen Tönen, das hastige Korrigieren, wenn die falsche Taste getroffen wurde, die Erleichterung an Stellen, die sich flüssiger spielen ließen, und den Schreck, wenn der Fluss binnen Sekunden wieder ein Ende fand. Und dann erneutes Suchen. Das Lied stolperte versatzstückartig vor sich hin. Ein Laie, ein Anfänger übte Klavier. Übung macht den Meister, dachte Ada unwillkürlich. Sie blendete alle anderen Geräusche aus und hörte nur noch die unermüdlichen Versuche, das Lied von Anfang bis Ende zu spielen. Und dann wieder. Und wieder. Ada summte mit. Und wieder.

Sie wachte auf, als Hemingway seinen Kopf auf ihren Schoß legte. Das Klavierspiel war zu Ende.

»Ach du liebe Zeit!«, murmelte sie. »Jetzt hätte ich fast dein Essen verschlafen.«

Hastig wollte sie sich aus dem Sessel aufrappeln, doch sie drohte das Gleichgewicht zu verlieren, schwankte ein wenig und blieb sitzen, bis sie sich wach genug fühlte, um den Hund zu versorgen.

Später, auf dem Heimweg nach ihrer Abendrunde mit Hemingway, traf sie auf Herrn Lenz, der gerade von einem Besuch bei seiner Tochter zurückkehrte.

»Heute war anscheinend überall Familientag. Ich hatte auch Besuch von meiner Tochter.«

»Was soll man an einem langweiligen Sonntag auch sonst anstellen?« Plaudernd schlenderten die beiden alten Leute nebeneinander her Richtung Hauseingang.

»Wie weit sind Sie mit der Einrichtung?«, fragte Ada.

»Es gibt jetzt immerhin schon einen freien Weg zwischen dem Badezimmer und dem Schlafzimmer«, erwiderte Herr Lenz.

»Das ist sehr wichtig.«

»Sie sagen es.« Sie lachten.

»Was ist eigentlich mit unserem Kaffee? Möchten Sie nicht mal vorbeikommen?«, fragte Ada.

»Das möchte ich sogar sehr gern.«

»Wie wäre es mit morgen?«

»Morgen habe ich leider am Nachmittag einen Arzttermin, aber an allen anderen Tagen bin ich abkömmlich.«

»Dann am Dienstag?«

»Wunderbar.«

Bei der Eingangstür angekommen, zog Herr Lenz seinen Schlüssel aus der Tasche und steckte ihn ins Schloss.

Er rüttelte sachte und schob ihn ein paarmal hin und her, bis er sich endlich drehen und die Tür sich öffnen ließ.

»Irgendwie passt der Schlüssel nicht richtig«, erklärte er. »Bei der Wohnungstür ist es das Gleiche.«

»Und der Ersatzschlüssel?«

»Genauso.«

»Das müssen Sie reklamieren.«

»Hab ich schon. Ich kriege neue, aber das dauert, und bis dahin muss ich hoffen, dass die Tür immer irgendwie aufgeht und ich nicht am Ende noch im Freien übernachten muss.« Er versuchte, empört zu wirken, aber es gelang ihm nicht. Ada zweifelte daran, dass er das überhaupt konnte: empört sein oder ärgerlich. Er erinnerte sie, was das betraf, ein wenig an Hans.

»Ich bin sicher, einer der Nachbarn würde Sie reinlassen und Ihnen im Notfall auch Asyl gewähren«, meinte Ada.

Herr Lenz lächelte verlegen. »Ja, ich denke auch.«

Der Fahrstuhl kam.

»Bis Dienstag also«, verabschiedete sich Ada.

»Ja, bis Dienstag. Ich freue mich«, sagte Herr Lenz.

Ada freute sich auch. Sie fühlte sich in Gegenwart des neuen Nachbarn so wohl wie selten, es war ein Gefühl wie Aufatmen. Sanft streichelte sie Hemingway über den massigen Schädel. Der Hund sah aus, als wüsste er, worüber sie nachdachte. »Na, was meinst du, Moppi?« Sie bedauerte, dass er es ihr nicht sagen konnte. Dass sie mit ihm nicht über all das reden konnte, was sie bewegte. Sosehr sie Hemingway liebte, die Gespräche mit ihm waren äußerst einseitig. Der Hund ging in seinen Korb, und Ada versank mit ihren Gedanken in ihrem Sessel am Fenster.

Ein Martinshorn, das kurze Zeit später ertönte und immer lauter wurde, riss sie aus dieser Versenkung. Ein zweites kam dazu. Dann noch eins und noch eins. Ein Großeinsatz am Abend. Ada beugte sich ein wenig vor, um etwas zu sehen. Mehrere Feuerwehrautos hintereinander rasten die Straße entlang. In solchen Fällen ließ sie das Fernglas dort, wo es war. Sie wollte nicht Zeugin von Katastrophen sein und sich am Unglück von Menschen weiden und es so nah wie möglich heranholen. Sie schaltete auch die Nachrichten aus, wenn es ihr zu viel wurde. Im Alter und besonders seit Hans tot war, hatte sie sich angewöhnt, vor bestimmten Dingen die Augen zu verschließen, diesen Luxus gönnte sie sich. Weit in der Ferne, dort wo die Fahrzeuge hinrasten, sah man Qualm aufsteigen. Erst als das Geräusch der Martinshörner immer leiser wurde, griff Ada zum Fernglas, ließ es durch die Zimmer der Menschen wandern, verweilte hier und da, bis sie, wie so oft in letzter Zeit, das erleuchtete Dachgeschossfenster der beiden Tänzer erreichte.

Adas Miene hinter dem Fernglas verwandelte sich und begann zu strahlen, als sie sah, was sie sehen wollte: Sie tanzten, und innerlich tanzte Ada mit.

1959/1960
True Love

»Passt mal auf, ihr zwei«, sagte Marianne Wesendonk. »Wir finden, ihr seid mittlerweile gut genug, um euch mal an ein Turnier heranzuwagen. Ihr solltet bei dem in Fürth antreten. Wenn das gut läuft, könnt ihr im nächsten Jahr anfangen, an Ranglistenturnieren teilzunehmen. Hättet ihr Lust? Was sagt ihr?«

Ada und Hans standen außer Atem und ratlos vor ihr. Außer Atem waren sie, weil sie gerade eine Stunde lang Quickstepp getanzt hatten, und ratlos, weil eine Turnierteilnahme ihre Geheimhaltungspläne zu durchkreuzen drohte. Wie sollte Ada verheimlichen können, wer ihr Tanzpartner bei einer solchen Veranstaltung war? Womöglich würde sich ihr Vater vor lauter Stolz das Turnier sogar ansehen wollen. Er hatte schon nach Abschlussbällen gefragt, und Ada hatte ihm erklärt, dass es so etwas in ihrem Club gar nicht gebe, was natürlich eine Lüge war. Es fanden durchaus Bälle statt, der große Jahresball des Clubs zum Beispiel, doch auf den hatten Ada und Hans bisher verzichtet. Alles, was sie wollten, hatten sie: Sie konnten zweimal pro Woche zusammen sein, miteinander tanzen und hinterher noch unten im Café sitzen oder ausgehen oder Zeit mit Marlene und Emilio in Emilios winzigem Apartment verbringen. Sie waren frei und keiner erhob Einspruch, weil es keiner wusste. Sie hatten nicht damit rechnen können, dass sich Hans als solch begnadeter Tänzer entpuppen und mit Ada zusammen in kürzester Zeit Furore im Club machen würde. Keiner konnte glauben, dass er noch nie zuvor getanzt hatte. Längst waren sie nicht mehr in der gleichen Gruppe wie Marlene und Emilio, sondern im Saal nebenan bei den sogenannten Profis. Außerdem hatten sich ihre Mitgliedsbeiträge auf ein Minimum reduziert.

»So ein Talent muss man fördern«, hatten die Verantwortlichen im Club entschieden. »Fördern und fordern.« Die Teilnahme an einem Turnier war nicht nur eine Herausforderung, sondern auch eine große Ehre. Das hatten die beiden nun davon.

»Na? Freut ihr euch nicht?« Marianne Wesendonk wartete auf den Begeisterungssturm.

»Ist das Turnier nicht im Oktober?«, vergewisserte sich Hans, um Zeit zu gewinnen.

»Ganz recht, das Turnier in Fürth findet im Oktober statt«, bestätigte ihm die Tanzlehrerin und wippte ungeduldig mit der Schuhspitze eines ihrer Pumps.

»Oje, da habe ich eine wichtige Prüfung«, behauptete Hans.

»Ach ja, richtig«, half Ada sofort. »So was Blödes aber auch! Und hast du nicht gesagt, dass du in der Zeit davor allerhöchstens einmal pro Woche trainieren kannst?« Es war bitter, aber dieses Opfer mussten sie bringen.

»Was?«, rief Marianne Wesendonk. »Ausgerechnet! Also nur einmal pro Woche trainieren, geht natürlich überhaupt nicht. Da muss ich euch leider wieder von der Liste streichen. Sehr schade!«

Ada und Hans seufzten scheinheilig und setzten Trauermienen auf, bis Marianne Wesendonk davongestöckelt war.

»Mist!«, sagte Ada leise.

»Ja«, stimmte Hans zu. »Aber das geht ja wohl auf keinen Fall.«

»Auf *gar* keinen Fall.«

Glücklicherweise besserte sich ihre Stimmung bald wieder. Es war Marlenes Geburtstag, und bei Emilio stieg an diesem Abend ein Fest mit so vielen Freunden, wie eben in die Wohnung passten.

Ada und Hans hatten für Marlene eine Platte mit ihrem aktuellen Lieblingslied gekauft, obwohl Ada einen deutlich anderen Geschmack hatte und das Lied für eine grauenhafte Schnulze hielt: *True Love*, gesungen von Bing Crosby und Grace Kelly. Marlene freute sich unbändig und legte die Platte gleich auf. Schwärmerisch schloss sie die Augen, schlang die Arme um Emilios Hals und drehte sich mit ihm auf der Stelle. Emilio strahlte. Ada konnte sich nicht erinnern, dass sie ihn jemals anders gesehen hatte als strahlend. Immer trug er dieses große Lächeln im Gesicht. Er hatte an diesem Abend ein ganz besonderes Geschenk für Marlene: einen Ring. Einen besonderen Ring.

»Mia cara, willste du …?« Er hatte seinen Antrag nicht einmal ganz ausgesprochen, da sprang ihm Marlene jauchzend in die Arme und rief ein Dutzend Mal: »Ja! Ja! Ja! Ja! …« Immer wieder. Und diesmal liefen Emilio Tränen über sein strahlendes Gesicht. Der Jubel war riesig. Man stieß auf die Verlobung an und auf den Geburtstag und auf das Leben. Ada dachte einen kurzen Moment lang darüber nach, was wohl Marlenes Eltern dazu sagen würden, denn sie wussten immer noch nichts von dem italienischen Freund ihrer Tochter, aber sie verdrängte den Gedanken. Wahre Liebe findet einen Weg, dachte sie, ließ sich ihr Glas nachfüllen und küsste Hans, als gäbe es kein Morgen. Je länger der Abend dauerte, desto ausgelassener wurde die Gesellschaft, sogar Hans wurde von der allgemeinen Heiterkeit angesteckt und verlor jegliche Zurückhaltung.

»Er hat einen Schwips!«, verkündete Ada dem Geburtstagskind.

»Du hast selber einen Schwips«, erwiderte Hans und grinste.

»Ihr habt beide einen Schwips«, erklärte Marlene lallend. »Wir haben alle einen Schwips, und so soll das auch sein an einem Tag wie diesem. Prost!« Sie hob das Glas und forderte Emilio auf, die neue Platte noch einmal aufzulegen. »Auf die wahre Liebe!«, rief Marlene. »On se tru lav, oder wie das heißt.« Sie hickste ein bisschen.

Als Bing Crosby zu singen begann, erhob sich Hans, schnappte sich Ada und sang sie mit schmachtendem Ausdruck an. Alle brachen in Lachen aus, doch Ada stieg sofort in die Vorstellung mit ein und spielte Grace Kelly. Übertrieben gestikulierend und grimassierend stellten sie die wahre Liebe dar, sangen laut und inbrünstig, und als Emilio mit dem Fotoapparat um sie herumsprang und einen Schnappschuss nach dem anderen machte, legten sie sich erst richtig ins Zeug und versorgten ihn mit vermeintlich leidenschaftlichen Posen höchster Verliebtheit. Bei den Schlusstakten stiegen alle mit ein und sangen aus voller Kehle mit, so laut, dass wenig später der Nachbar gegen die Tür polterte und drohte, die Polizei zu rufen.

Emilio entschuldigte sich damit, dass seine zukünftige Frau Geburtstag habe und sie beide ihre Verlobung feierten. Da hatte der Nachbar Verständnis und bat nur noch darum, etwas leiser zu sein.

Es war einer der letzten glücklichen Abende, die die vier Freunde miteinander verlebten. Mit dem Ring, der eigentlich den Grundstein für das große Glück legen sollte, begann das große Drama.

Emilio wollte Marlene heiraten, und er war davon überzeugt, dass er ihr inzwischen auch etwas bieten konnte. Er hatte eine sichere Arbeitsstelle, verdiente genug, und er würde sie glücklich machen. Und dazu wollte er ganz offiziell, wie sich das in seinen Augen gehörte, um ihre Hand anhalten.

Doch Marlene war nervös. Sie wollte es Emilio nicht zeigen,

aber sie vertraute sich Ada an. Sie sei nicht sicher, wie ihre Eltern reagieren würden, gestand sie, und sie habe Angst davor. Ada konnte sie gut verstehen, war sie doch in einer ganz ähnlichen Situation, aber sie war davon überzeugt, dass alles gut gehen würde, wenn Marlenes Eltern sahen, wie sehr die beiden einander liebten. Sie würden doch wohl das Glück ihrer Tochter über all diese lächerlichen Vorbehalte stellen können. Das glaubte Ada.

In den folgenden Wochen sahen die Freunde einander nicht mehr oft, denn Hans und Ada mussten schließlich wegen ihrer Schwindelei auf eine Probe pro Woche verzichten. Und auch Marlene und Emilio tauchten nicht mehr im Tanzclub auf. Ada nahm an, dass Marlene aufgrund ihrer Arbeit als Mannequin verhindert war, vielleicht hatte man sie in einer anderen Stadt gebucht. Und Emilio machte ab und zu Überstunden.

Erst Ende Oktober trafen sie ihn nach dem Kurs wieder. Er wartete unten im Erfrischungsraum auf sie, wie immer mit einem Lächeln im Gesicht. In der Hand hielt er einen Umschlag, den er ihnen entgegenstreckte.

»Das wollte ich euch geben, bevor ich nach Italien gehe«, sagte er.

»Bevor du nach Italien gehst?«, fragte Ada verblüfft, ohne den Umschlag zu nehmen.

»Ja«, sagte Emilio schlicht. Er lächelte immer noch.

Hans nahm den Umschlag, öffnete ihn und lachte. Er enthielt einige Fotos von der Feier. Auf dem ersten sahen er und Ada besonders komisch aus, mit offenen Mündern und verdrehten Augen. Er zeigte die Fotos Ada. Emilio wartete, bis sie alle durchgesehen hatten. Dann reichte er ihnen die Hand und verabschiedete sich: »Arrivederci!«

»Emilio …« Ada war wie betäubt. »Was …?«

Hans legte seinen Arm um ihre Schulter. »Ich hoffe, du kommst wieder, Emilio«, sagte er. »Du wirst uns fehlen.«

Emilio nickte. »Ihr mir auch.« Das Lächeln verschwand nicht. Tapfer war es in sein Gesicht gemeißelt. Ada fragte sich, wie viel Kraft es ihn kostete.

Es war das letzte Mal, dass sie den liebenswerten jungen Italiener sahen, auch später erfuhren sie nie, ob er wieder nach Deutschland zurückgekehrt war oder nicht.

Es war nicht schwer zu verstehen, was Emilios Abreise bedeutete. Doch wie es dazu gekommen war, dazu fehlte Ada jegliches Vorstellungsvermögen.

Gleich am nächsten Tag suchte sie Marlene zu Hause auf.

»Marlene, du hast Besuch, Ada ist da«, rief Marlenes Mutter nicht übermäßig freundlich, als sie Ada die Tür öffnete. Marlene kam sofort aus ihrem Zimmer, griff nach ihrem Mantel und zog Ada am Arm mit sich.

»Wir gehen ein bisschen spazieren«, erklärte sie ihrer Mutter, während sie an ihr vorbeiging, ohne sie anzusehen.

Wortlos liefen die Freundinnen nebeneinanderher, durch die vornehme Prinzregentenstraße Richtung Friedensengel, wo sie in den Park einbogen. Marlene hatte die ganze Zeit über die Arme vor der Brust gekreuzt und starrte vor sich hin.

»Emilio hat uns die Fotos gebracht«, fing Ada an. »Die von der Feier. Als wir so beschwipst waren und *True Love* gesungen haben, weißt du noch?«

Marlene blieb stehen und starrte weiter ins Leere.

»Marlene?«, sagte Ada nach endlos langer Zeit, in der sie darauf gewartet hatte, dass die Freundin endlich etwas von sich geben sollte.

»Wir haben Schluss gemacht«, blaffte sie Ada an, als wäre es deren Schuld.

»Aber ...«

»Ich hab's ihm gesagt. Ich hab ihn gewarnt«, rief Marlene, dann löste sie endlich ihre Arme vor der Brust, griff in die Manteltasche und zog eine Zigarette und ein Feuerzeug hervor. »Er wollte unbedingt um meine Hand anhalten. Ich hab ihm zugeredet, er solle lieber noch damit warten. Wir hätten so weitermachen können wie bisher, das lief doch gut. Aber nein, er wollte nicht hören. Er wollte heiraten. Sofort.«

»Aber du hast doch Ja gesagt.«

»Ja, natürlich hab ich Ja gesagt, aber doch ... nicht gleich. Ich konnte doch nicht ahnen, dass er so mit der Tür ins Haus fallen würde.«

Vor allem nicht in dieses vornehme Haus eines Firmenchefs in der Prinzregentenstraße, dachte Ada bei sich.

»Er sagte, er will das anständig machen, und er will immer mit mir zusammen sein und Kinder haben. Nicht irgendwann, sondern jetzt.« Marlene zog so verzweifelt an der Zigarette, als wollte sie sich damit die Sinne vernebeln. Nicht mehr an das denken, was im Zuge Emilios ehrenhafter Anständigkeit und seiner Liebe zu ihr geschehen war.

»Meine Eltern sind aus allen Wolken gefallen. Auf zivilisierte Weise, versteht sich. Mein Vater hat Emilio erklärt, dass er uns seinen Segen nicht geben kann und dass er sich für mich eine andere Zukunft vorstellt. Das müsse er schon verstehen.« Marlene lachte bitter auf. »Und Emilio hat es verstanden.« Unvermittelt brach sie in Tränen aus. »Dieser Dummkopf!«, schluchzte sie. »Dieser unglaubliche, anständige Dummkopf!«

Ada legte die Arme um sie, streichelte ihr über den Rücken und ließ sie weinen.

»Mein Vater hat mich hinterher rundgemacht. Und er hat mir gedroht, mich rauszuwerfen und mich zu enterben und was nicht alles, wenn ich mich weiter mit diesem ›Itaker‹, wie er ihn nennt, einlasse. ›Einlasse?‹, habe ich gesagt. ›Wir wollen heiraten.‹« Sie schüttelte den Kopf. »›Meine Tochter heiratet einen anständigen Mann‹, hat er gesagt.« Sie lachte wieder. »Ein anständiger Mann, das bedeutet für meinen Vater: einer mit viel Geld.«

»Und was machst du jetzt? Emilio hat gesagt, er geht nach Italien zurück.«

»Was soll ich denn machen?«, rief Marlene aus. »Emilio respektiert die Entscheidung meines Vaters.«

»Und du?«, fragte Ada ungläubig. »Akzeptierst du sie denn auch so einfach? Lässt du ihn einfach gehen?«

»Was soll ich denn tun, Ada? Was?« Marlene breitete hilflos die Arme auseinander und betonte jedes einzelne Wort. »Sag's mir, bitte!«

»Du solltest dich zu Emilio bekennen«, antwortete Ada, ohne dass sie auch nur eine Sekunde darüber nachgedacht hatte.

Marlene lachte auf. »Das sagst ausgerechnet du.«

»Ich würde mich zu Hans bekennen«, echauffierte sich Ada. »Ich würde ihn nicht einfach so weggehen lassen.«

»Du würdest dich also gegen deine Eltern stellen mit allen Konsequenzen?«

»Ja, wenn es nicht anders ginge, würde ich das. Lieber würde ich unter einer Brücke schlafen, als Hans aufzugeben.«

»Du hast leicht reden, für euch stellt sich die Frage nicht. Ihr seid nicht so blöd, aus eurer Deckung rauszukommen.«

»Irgendwann müssen wir das auch.«

»Dann reden wir weiter, wenn es so weit ist.« Marlene drückte ihre Zigarette an einem Baum aus, drehte sich auf dem Absatz um und ging.

Sie sahen einander nur noch selten, im Tanzclub hatte Marlene einen neuen Tanzpartner, außerdem war sie ohnehin in einer anderen Gruppe. Ab und zu ging man hinterher noch miteinander etwas trinken, aber nicht sehr oft. Über Emilio wurde nicht mehr gesprochen, und das machte Ada fassungslos. Gleichzeitig dachte sie mehr und mehr darüber nach, was aus ihr und Hans werden sollte. Die Heimlichtuerei konnte nicht ewig so weitergehen.

Eines Tages im Frühjahr hatte Marlene plötzlich einen neuen Freund. Sie wurde von ihm nach dem Training abgeholt und stellte ihn Hans und Ada vor. Er war wesentlich älter als sie, sehr gediegen und ernst, steif geradezu. Er hatte eine Apotheke in Bogenhausen. Marlene hatte er durch ihre Eltern kennengelernt. Helmut hieß er. Helmut legte keinen größeren Wert darauf, näher mit Marlenes Freunden bekannt gemacht zu werden. Es genügte ein Blick, um zu wissen, dass sie praktisch nichts gemeinsam hatten. Man gab einander die Hand, wechselte zwei, drei höfliche Belanglosigkeiten und verabschiedete sich. Als Ada ihnen hinterhersah, dachte sie an Emilio.

Mit einem Mal liefen ihr Tränen übers Gesicht. Ungestüm warf sie sich in Hans' Arme und weinte in seinen Mantelkragen hinein.

»Ada? Was ist denn?«

»Versprich mir, dass wir einander nie verlassen, Hans«, schluchzte sie. »Egal, was passiert. Wir werden einander nie verlassen, solange wir uns lieben.«

»Nein, das werden wir nicht, versprochen!«, flüsterte er. »Oder denkst du, ich will riskieren, dass du bei so einem Apotheker endest?« Ada lachte wider Willen, obwohl ihr nicht nach Scherzen zumute war.

»Warum hat Marlene das getan?«

»Ich weiß es nicht, aber das muss ich auch nicht. Sie muss es wissen und damit leben«, sagte Hans.

Nach einigen weiteren Wochen erhielt Ada Post von Marlene. Sie und Helmut, der Apotheker, hatten sich verlobt und luden zur Hochzeit im Sommer.

Ada war, als würde man ihr den Boden unter den Füßen wegziehen. Sie verstand die Welt nicht mehr. Noch vor einem Dreivierteljahr war Marlene mit Emilio zusammen gewesen, hatte ihn heiraten wollen. Sie hatte ihn doch geliebt, oder nicht? Eines wusste Ada jedenfalls ganz genau: dass sie nicht zu Marlenes Hochzeit gehen würde. Nie und nimmer würde sie sich das ansehen. Diese Heuchelei! Sie würde eine Ausrede finden. Oder die Wahrheit sagen. Marlene konnte sich sowieso denken, was sie von ihr und dieser neuen Beziehung hielt.

Zufällig ergab es sich, dass an dem Hochzeitstermin ein weiteres Turnier stattfand. Und abermals fragte Marianne Wesendonk, ob sie Hans und Ada auf die Liste der Teilnehmer setzen durfte. Hans wollte gerade den Mund aufmachen und Marlenes Hochzeitstermin, der sich dafür perfekt eignete, als Grund vorbringen, sich einmal mehr zu drücken, da unterbrach ihn Ada und sagte: »Ist gut, Marianne, setz uns auf die Liste. Diesmal sind wir dabei.«

»Großartig!«, rief Marianne Wesendonk und trug ihre Namen sofort ein.

»Was ist denn in dich gefahren? Wie willst du das deinen Eltern erklären? Stell dir vor, die wollen sich das ansehen!«

»Dann sollen sie«, sagte Ada. »Sollen sie doch sehen, mit wem ich tanze. Und mit wem ich zusammen bin. Sollen sie es doch endlich sehen. Ich bin jedenfalls keine Marlene.«

Hans stand der Mund offen. »Bist du dir im Klaren darüber, was du da tust?«

»Ja«, antwortete Ada mit entschlossener Miene. »Kämpfen, mit offenem Visier.«

Durch den Regen

Der Montag war ein schöner, sonniger Frühlingstag, deshalb unternahm Ada eine Spritztour mit der Straßenbahn in die Stadt. Das machte sie ab und zu, um in Bewegung zu bleiben und mal etwas anderes zu sehen als ihre unmittelbare häusliche Umgebung. Hin, irgendwo aussteigen, Kaffee trinken und dabei Leute beobachten – ausnahmsweise einmal aus der Nähe und nicht durch einen Feldstecher – und wieder zurück. Diesmal jedoch passierte ihr auf der Rückfahrt etwas, das ihr noch passiert war: Sie stieg eine Station zu spät aus. So verblüfft und erschrocken stand sie an der Haltestelle, dass sie zunächst gar nicht wusste, wo genau sie sich befand. Erst als sie ihren Kopf mehrmals in alle Richtungen wandte und dabei die kleine versteckte Buchhandlung an der Ecke entdeckte, in der sie früher ihre Bücher gekauft hatte, erkannte sie die Station.

»Himmeldonnerwetter noch mal!«, schimpfte sie so laut vor sich hin, dass sich Passanten nach ihr umdrehten. Ada kümmerte sich nicht darum, sondern stapfte mit erhobenem Arm, damit die Autofahrer sie beachteten, über die Straße. Sie hätte auch die nahe gelegene Ampel benutzen können, doch dann hätte sie einen Umweg von mehreren Metern in Kauf nehmen müssen. Dazu hatte sie keine Lust, also vertraute sie darauf, dass man die Verkehrsbehinderung ihrem Alter zuschrieb und sie gnädigerweise nicht überfuhr.

Wo sie schon einmal die ganze Strecke bis nach Hause laufen musste, machte sie auch gleich noch ein paar Besorgungen. Sie wollte einen Kuchen backen, das hatte sie schon ewig nicht mehr getan. Susanne brachte immer gekauften Kuchen mit und Karola ebenfalls. Man wollte ihr keine Mühe bereiten, obwohl sie ihr Leben lang gebacken hatte und es im Schlaf konnte. Im Kochen war sie nie ein Genie gewesen, aber beim Backen schon. Wenn Hans früher nach Hause gekommen war und die ganze Wohnung nach frischem Kuchen geduftet hatte, dann hatte er immer die Nase in die Luft gereckt, die Augen geschlossen und »Mmmmh!« gemacht, ganz lang und glücklich.

Ada würde für Herrn Lenz einen Kuchen backen, aber erst am nächsten Morgen, damit er auch ganz frisch war. Sie freute sich richtig auf den Besuch.

Weil sich der Himmel gegen Abend bedrohlich zuzog, verlegte sie ihren Abendspaziergang mit Hemingway ein wenig vor. Eberharts Herrchen musste die gleiche Idee gehabt haben, denn er begegnete ihr trotz der unüblichen Zeit. Der Dackel hinkte, knurrte fast gar nicht und wirkte sehr kläglich. Ob Ada ihm eventuell einen guten Tierarzt empfehlen könne, fragte der Mann, sein früherer sei leider verstorben. Ada gab ihm die Adresse von Dr. Sahner, dem sie selbst blind vertraute und der sogar Hausbesuche machte, wenn nötig. Eberharts namenloses Herrchen bedankte sich herzlich und wünschte eine gute Nacht. Ada wünschte gute Besserung. Die ersten Regentropfen waren bereits zu spüren, deshalb beließ sie es bei einer kurzen Runde und ging gleich wieder nach Hause. Kaum war sie in ihrer Wohnung angekommen, da schüttete es wie aus Kübeln. Sie machte kein Licht, sondern stellte sich ans Fenster und sah hinaus.

Ada liebte den Regen. Besonders wenn er, so wie jetzt, vom Himmel strömte. Das erinnerte sie an einen Tag im Sommer, als sie noch ganz jung war. Sie und Hans waren durch die Stadt gebummelt. Es war ein heißer, sonniger Tag gewesen, doch der Himmel hatte sich immer mehr zugezogen, und plötzlich, nach einem einzigen gewaltigen Donnerschlag, hatten sich alle Schleusen in den Wolken geöffnet. Die Leute waren vor den herabstürzenden Wassermassen unter die nächsten Dächer und in Hauseingänge geflohen, wo auch immer man Schutz finden konnte, nur Ada war mitten auf dem Odeonsplatz stehen geblieben, hatte die Arme ausgebreitet und ihr Gesicht dem Himmel entgegengestreckt. »Komm doch, du wirst ganz nass!«, hatte Hans gerufen. Doch Ada hatte gelacht und angefangen zu singen. »I'm singin' in the rain«, hatte sie gegen den Regen angebrüllt und dabei gesteppt, obwohl sie es nie gelernt hatte. Sie hatte einfach getanzt und war mit umherschwingenden Armen in den Pfützen herumgestapft, dass es nur so spritzte. »Du bist vollkommen verrückt, weißt du das?«, hatte Hans geschimpft, war zu ihr gerannt, hatte ihr nasses Gesicht in seine Hände genommen und sie dabei so fasziniert angesehen, als wäre sie eines seiner geliebten Kunstwerke, das Wertvollste. »Meine Schöne!«, hatte er geflüstert und sie geküsst.

Daran dachte Ada, als sie in den strömenden Regen hinausblickte. In der Ferne ging ein Licht an. Sie wusste, wo. Wie in Trance setzte sie sich in den Sessel, griff zu ihrem Fernglas und sah hindurch. Durch das Glas und durch den Regen, der sich wie ein durchsichtiger Schleier vor das Bild legte, das sich ihr bot: das tanzende Paar. Im Regen.

Am Dienstagnachmittag pünktlich um vier Uhr stand Herr Lenz mit Blumen vor Adas Wohnungstür und klingelte.

»Maiglöckchen!«, rief Ada anstelle eines Grußes, als sie öffnete. Herr Lenz lächelte. »Bitte schön!«, sagte er.

»Sie konnten aber nicht wissen, dass das meine Lieblingsblumen sind«, meinte sie und nahm den Strauß entgegen.

»Wirklich?«, freute sich Herr Lenz. »Dann hab ich ja alles richtig gemacht. Im Blumenladen hat man mich gewarnt, dass Maiglöckchen giftig seien, aber ich fand sie so hübsch.«

»Wunderhübsch! Und ich werde sie bestimmt nicht essen.«

Ada bat ihn herein und ging voraus ins Wohnzimmer. Während Hemingway begeistert um den Gast herumsprang und mit dem Schwanz hin und her peitschte, füllte sie Wasser in eine Vase und stellte die Blumen auf den bereits gedeckten Tisch.

»Moppi, sei nicht so aufdringlich, und lass Herrn Lenz doch erst mal herein«, schimpfte Ada.

»Lassen Sie ihn nur, ich freue mich, dass er sich freut und nicht denkt, er muss die Wohnung gegen mich verteidigen.«

»Hemingway? Verteidigen?« Ada lachte auf. »Hemingway gehört zu der Sorte Hund, die Einbrechern den Ball zum Spielen bringen, was, Moppi? Ich muss nur noch den Kaffee aufbrühen«, erklärte sie. »Nehmen Sie ruhig schon mal Platz.«

Von der Küche aus beobachtete sie, wie Herr Lenz mit offenem Mund vor der Wand mit dem großen Nussbaumregal stehen blieb.

»Das ist ja ein Traum von einem Bücherregal!«, rief er.

»Ja, das ist es«, erwiderte Ada. »Mein Mann hat es anfertigen lassen. Er wollte unbedingt ein schönes Regal, das die ganze Wand bedeckt. Ich war dagegen, aber er hat mich überzeugt, und heute ist es das Erste, was jeder bewundert, wenn er hier reinkommt.«

»Sie haben es überhaupt sehr schön hier!«, stellte Herr Lenz anerkennend fest, während er Platz nahm und dabei den Kopf nach allen Seiten drehte. »Sehr gemütlich!«

»Danke!«, sagte Ada, brachte den Kaffee aus der Küche und verteilte den Kuchen auf die Teller. Apfelkuchen mit Sahne.

»Herrlich!«, freute sich Herr Lenz. »Ich liebe Apfelkuchen! Haben Sie den etwa selbst gebacken?«

»Natürlich«, antwortete Ada. »Wenn ich einmal nicht mehr Kuchen backen kann, dann ist wirklich Hopfen und Malz verloren.«

Herr Lenz probierte und gab ein lang gezogenes, glückliches »Mmmmh« von sich, während er langsam und genüsslich das Stück Kuchen in seinem Mund kaute. »Wunderbar!«

Ada lächelte geschmeichelt.

»Das war wirklich eine gute Entscheidung, hier einzuziehen«, meinte Herr Lenz, als sein Mund wieder leer war. Viele kleine Lachfältchen umspielten seine Augen. Wie er wohl ausgesehen haben mochte, als er jünger war? Mit Sicherheit sehr gut, er sah noch immer gut aus, auch wenn das Leben die gleichen untrüglichen Altersspuren bei ihm hinterlassen hatte, die auch Adas Gesicht zeichneten.

»Hat man Ihnen neue Schlüssel gegeben?«, fragte Ada.

»Hat man.«

»Prima!«

»Ja, zum Glück.«

»Wir haben eine sehr angenehme Hausverwaltung hier.«

»Und eine hübsche.«

»Wie bitte?«

Herr Lenz schmunzelte und erzählte, eine junge Dame mit blonder Löwenmähne, endlos langen Beinen und üppigen, gut sichtbaren Kurven habe die neuen Schlüssel vorbeigebracht.

»Was für ein Service!«, bemerkte Ada trocken.

»Vielleicht hat man gehofft, ich würde bei dem Anblick einen Herzstillstand erleiden.«

»Entweder sind Sie sehr gesund oder die junge Dame war doch nicht hübsch genug«, schlussfolgerte Ada.

»Ersteres. Das hat mir mein Arzt gestern noch bestätigt.«

Das hatte der Arzt Hans auch immer bestätigt, erinnerte sich Ada im Stillen.

Ob Herr Lenz schon Bekanntschaft mit den übrigen Bewohnern gemacht habe, fragte sie. Eine Frau Grübel, Frau Sigrist und Frau Sellschuh habe er kennengelernt, erzählte Herr Lenz.

»Das lässt sich nur schwer vermeiden«, meinte Ada, und Herr Lenz lachte. Andere Mieter waren ihm nur flüchtig begegnet, und einige hatte er noch gar nicht zu Gesicht bekommen.

»Es gibt zwar nur vierzehn Parteien hier im Haus, aber da sind Leute darunter, die kenne selbst ich kaum, weil man ihnen so gut wie nie begegnet«, sagte Ada. »Ich habe zum Beispiel keine Ahnung, wer gerade neben Frau Sellschuh im sechsten Stock wohnt. Ein gewisser Dr. Meyer, so steht es auf dem Türschild, aber wer ist das? Wie sieht er aus? Alle paar Monate mal begegnet mir ein Mann mit Bart, der könnte es sein, oder auch nicht. Ich weiß es nicht. Manchmal denke ich, ich sollte einfach fragen: ›Sind Sie Herr Dr. Meyer?‹«

»Oder man fährt in den sechsten Stock, klingelt und schaut, wer aufmacht«, schlug Herr Lenz vor.

»Ja, oder so.«

»Wenn ich es herausfinde, sag ich es Ihnen.«

»Ich bitte darum.«

Daraufhin erzählte Herr Lenz von Nürnberg, von seinem kleinen Haus am Stadtrand und einer Nachbarschaft, in der man sich untereinander gut kannte.

»Als meine Frau starb, waren sie alle da«, erinnerte er sich. »Das werden jetzt im August fünf Jahre.«

»Wie alt war Ihre Frau damals?«

»Erst vierundsechzig. Das ist einfach zu früh.«

»Allerdings.«

»Wobei«, fügte er hinzu, »es ist natürlich immer zu früh, egal wann.«

»Ja, das ist wahr«

»Sie war zwölf Jahre jünger als ich. Der Statistik nach werden Frauen älter als Männer, also bin ich davon ausgegangen, dass sie mich um etliche Jahre überleben würde, wovon sie nichts hören wollte. Ich habe immer versucht, darüber Witze zu machen, und gesagt, dass sie dann endlich auf diese dumme Kreuzfahrt gehen könnte, auf die ich sie auf keinen Fall begleiten wollte. Und die Nächte mit ihren Freundinnen durchratschen und all so was. Und natürlich sich einen zwanzig Jahre jüngeren Mann suchen. Mindestens zwanzig Jahre jünger. Und dann kam alles anders. Sie wurde krank, und da war es vorbei mit den Witzen!«

Er schwieg plötzlich, wurde verlegen, und Ada konnte nur vermuten, dass diese Verlegenheit daher rührte, dass er sich fragte, ob es angebracht war, gleich zu Beginn einer Bekanntschaft derart offen und persönlich zu werden. Doch genau das gefiel ihr.

»Jedenfalls«, fuhr er fort, »die Nachbarn waren immerzu da. Brachten mir Sachen, machten Besorgungen für mich oder setzten sich einfach nur zu mir, damit ich nicht allein war. Meine Kinder kamen natürlich auch und kümmerten sich um alles, Sie wissen schon, alle Formalitäten, die es so zu erledigen gilt, wenn jemand gestorben ist, dieser ganze unselige notwendige Kram, der gemacht werden muss und für den man eigentlich überhaupt keinen Sinn hat in dieser Situation.« Er schnaubte leise und schüttelte den Kopf beim Gedanken an diese Last.

»Ja, das haben meine Kinder auch für mich getan«, erinnerte sich Ada. »Und anstelle der Nachbarn hatte ich natürlich Hemingway«, fügte sie hinzu. Der Hund, der brav in seinem Korb lag, hob den Kopf, als er seinen Namen hörte.

»Ihr Mann ist erst vor Kurzem gestorben, nicht wahr?«

»Vor einem knappen Jahr.«

»Wie lange waren Sie verheiratet, wenn ich fragen darf?«

»Fast dreiundfünfzig Jahre.«

»Eine lange Zeit!«

»Ja. Und zusammen waren wir sogar noch länger, fast sechzig Jahre.« Herr Lenz staunte, gerade so wie Karola gestaunt hatte. Ada lächelte verschmitzt. »Ich weiß schon, was Sie denken.«

»Eine lange Verlobungszeit für damalige Verhältnisse«, sprach Herr Lenz seinen Gedanken aus.

Ada nickte. »Ja. Nun ja, verlobt haben wir uns genau genommen erst, nachdem wir schon fünf Jahre zusammen waren. Drei davon heimlich.«

»Heimlich?« Herr Lenz setzte sich zurecht und legte die Kuchengabel zur Seite. »Also, das klingt jetzt aber wirklich nach einer spannenden Geschichte. Und nach einer romantischen. Die würde ich mir gern anhören.«

Ada seufzte, und über ihr Lächeln legte sich die Bitterkeit, die sie auch im Alter noch empfand, wenn sie an diese Zeit zurückdachte.

»Spannend und romantisch, das sind solche verklärenden Begriffe. Sicher, aus heutiger Sicht mag das so scheinen, wenn man es erzählt, aber damals war es vor allem eins: zermürbend.«

»Und darf ich nach dem Grund dafür fragen? Hatte es mit Ihren Eltern zu tun?«

»Natürlich«, sagte Ada. »Mit meinem Vater vielmehr.« Sie

schenkte Herrn Lenz Kaffee nach und bot ihm noch ein Stück Kuchen an, das er gern annahm.

»Hans und ich hatten auf den ersten Blick nur eine Gemeinsamkeit: Wir sind beide 36 geboren. Allerdings kam er in Schweden zur Welt, ich in Deutschland. Sein Vater war 1934 mit seiner Familie emigriert. Er war Journalist, hatte jüdische Wurzeln und hat die Nazis verabscheut. Meiner dagegen war ein überzeugter Anhänger. Hans' Vater war im Widerstand aktiv, der Arbeitsplatz meines Vaters lag im Parteiviertel der NSDAP.«

»Am Königsplatz.«

»Genau.« Ada lachte kurz auf und erklärte: »Makabererweise hat Hans später in genau demselben Gebäude gearbeitet wie mein Vater, da war es dann allerdings das Zentralinstitut für Kunstgeschichte.«

»Ach du liebe Zeit!«, entfuhr es Herrn Lenz. »Was es für Zufälle gibt!«

»Ja, seltsame Zufälle«, meinte Ada. »Jedenfalls konnte Hans stolz auf seinen Vater sein, und ich musste mich für meinen schämen. Er war kein großes Tier bei den Nazis, gar nicht, aber einer der Unbelehrbaren, auch noch lange nach dem Krieg. Die Gräueltaten seiner Gesinnungsgenossen hat er geleugnet, und wo es nichts zu leugnen gab, hat er sie mit den ungeheuerlichsten Argumenten verteidigt. Alles Fremde, Ausländische, besonders aber Antifaschisten und Juden hat er gehasst.«

»Aber nach dem Krieg ...«

» ... hat er sich eben den Umständen angepasst, wie so viele.«

»Und als Sie den Sohn eines jüdischen emigrierten Journalisten kennenlernten?«

»Sie können sich sicher ausmalen, was da los war«, antwortete Ada und lachte freudlos. »Obwohl, wir konnten es uns ja selbst nicht vorstellen. Nicht in dem Ausmaß. Es waren die späten Fünfzigerjahre, der Krieg war längst vorbei, die Zeiten hatten sich geändert. Ich hatte zwar damit gerechnet, dass mein Vater keine Freudensprünge machen würde, aber es kam viel schlimmer.« Gedankenverloren schob sie Krümel auf ihrem Teller hin und her. In ihrem Kopf spielte sich die unschöne Szene von damals noch einmal ab. »Mein Vater hat Hans aus dem Haus geworfen und mir den Umgang mit ihm verboten«, sagte sie tonlos. Ein überraschter Ausdruck trat plötzlich in ihr Gesicht, als sie Herrn Lenz anblickte. »Wissen Sie, dass ich noch nie mit jemandem darüber gesprochen habe?«

»Nein?«

»Nun ja, damals mit meiner besten Freundin Marlene, aber später nie. Nie mit den Kindern. Die wissen davon so gut wie nichts. Sie haben nur mitbekommen, dass es zwischen ihren Großeltern und ihren Eltern gewisse Spannungen gab. Übrigens auf allen Seiten. Hans' Eltern waren auch nicht gerade begeistert von mir und meinem Nazi-Vater.«

»Und wie ging die Geschichte nach dem Rauswurf weiter?«, wollte Herr Lenz wissen.

Ada erzählte von den heimlichen Treffen im Tanzclub. »Man hat sich damals nicht einfach so über seine Eltern hinweggesetzt, das hätte ich auch gar nicht gekonnt. Und Hans auch nicht.«

»Aber irgendwann offensichtlich doch, oder nicht?«

Ada nickte bedächtig und ernst. »Ja, irgendwann dann doch. Irgendwann mussten wir Farbe bekennen.«

»Und dann?«

»Und dann …« Nachdenklich stützte sie den Ellbogen auf und fuhr sich mit der Hand über den Mund. Sie dachte an die drei Jahre, die nach diesem *irgendwann* folgten. Später hatte sie einmal zu Hans gesagt: »Das waren die Jahre, in denen ich wirklich erwachsen geworden bin.« Kriegsjahre. Durchhaltejahre.

»Tja dann …«, setzte sie noch einmal an. »Wie gesagt, es war zermürbend. Drei Jahre lang ein einziger Kampf.«

»Aber am Schluss haben Sie ihn gewonnen, und die Geschichte hat ein gutes Ende gefunden. Nur darauf kommt es an, nicht wahr?«

»Ja«, stimmte Ada zu und ließ die Hand sinken. »Erstaunlich, wie diese Dinge auch noch nach Jahrzehnten an einem nagen. Oder vielleicht sollte ich sagen: wieder an einem nagen. In letzter Zeit denke ich immer häufiger an die Vergangenheit, zwischendurch, in den langen Jahren unserer Ehe, hatte ich das alles fast vergessen.« Sie lachte. »Dafür vergesse ich heutzutage das, was ich am Tag zuvor gemacht habe. Oder warum ich von einem Zimmer ins andere gegangen bin oder so was.«

Herr Lenz schmunzelte und meinte, das gehe ihm doch genauso.

»Man erinnert sich an das, was wichtig ist«, sagte er. »Oder an das, was wichtig *war*.«

»Ja, wahrscheinlich ist es so«, pflichtete Ada ihm bei.

Herr Lenz blieb fast zwei Stunden, und als er ging, versprachen sie einander, sich bald einmal wieder bei Kaffee und Kuchen zusammenzusetzen.

Schade, dachte Ada, nachdem sie die Tür hinter ihm geschlossen hatte und die leere Wohnung durchstreifte. Stundenlang hätte sie sich noch unterhalten können. Wie üblich führte sie ihr Weg ans Fenster, dorthin, wo sie die leere Wohnung hinter sich lassen konnte. Erst als sie ein leises gutturales Grummeln aus der Küche vernahm, wandte sie sich um. Hemingway saß neben seinem Napf und wartete. »Entschuldige, Moppi, ich hätte dich schon nicht vergessen«, sagte Ada. »Dich doch nicht.«

Sie kümmerte sich um den Hund, gab ihm sein Futter, ging später mit ihm Gassi, doch zwischendurch bei allem anderen drifteten ihre Gedanken immer wieder ab zu dem Gespräch mit Herrn Lenz und zu einer Zeit in ihrem Leben, von der sie manchmal gedacht hatte, sie würde nie enden, nie anders werden, nie gut. Und dann hatte alles doch ein gutes Ende gefunden – das sprichwörtliche Happy End.

Ada kehrte erst wieder aus der Welt dieser Erinnerungen zurück, als es draußen ganz dunkel war. Da setzte sie sich in den Sessel, machte es ihren Armen auf der Fensterbank bequem und schaute durch das Fernglas. Sie hielt sich nicht damit auf, in den anderen Häusern nachzusehen, was dort die Bewohner gerade anstellten. Sie richtete das Glas einzig auf das alte Haus, das finster zwischen seinen Nachbarn lag und zu schlafen schien, doch diesmal wartete Ada. Sie würden schon auftauchen, ganz sicher. Sie wartete und wartete.

1960–1963
Mit offenem Visier

»Du tanzt auf einem Turnier?« Herr Musäus saß am Tisch und befreite eine Weißwurst von der Pelle. Er ließ sich durch die Neuigkeiten nicht unterbrechen und sah nicht auf. Ada betrachtete dies als gutes Zeichen. Hätte er etwas Grundsätzliches gegen das Turnier einzuwenden gehabt, hätte er die Wurst sich selbst überlassen und seine Tochter mit diesem drohenden Blick bedacht, den er immer aufsetzte, wenn ihm etwas gegen den Strich ging.

»Ja, wir sind schon angemeldet – mein Partner und ich«, sagte Ada und lauerte auf die Frage, die sie erwartete: Wer ist denn dieser Partner? Doch die Frage kam nicht. Anscheinend war ihr Vater völlig unbedarft oder gestand seiner erwachsenen Tochter auch Erwachsenenrechte zu. Die Geschichte mit »dem Juden«, wie er Hans nannte, war schon lange her. Er dachte sicher nicht im Traum daran, dass Ada sich ihm widersetzt haben könnte. Ihr Partner! Ein Partner eben. Beim Tanzen hatte man einen Partner, das musste noch nichts bedeuten.

»In München?«, fragte er stattdessen.

»Ja.«

»Und kann man sich das ansehen?«

Da war er, der Schlag in die Magengrube, den Ada zwar erwartet hatte, der aber deshalb nicht weniger unangenehm war. Jetzt gab es kein Ausweichen mehr. Doch Ada war sich darüber im Klaren, dass es nicht ewig so weitergehen konnte: die Heimlichkeiten noch ein bisschen länger treiben und noch ein bisschen und noch ein bisschen. Es ging einfach nicht mehr.

»Ja, das kann man sich ansehen«, antwortete sie, »aber ich weiß nicht, ob es noch Karten gibt.«

»Kannst du nicht welche besorgen?«, fragte der Vater, der nun genüsslich seine Weißwurst verspeiste. Er wirkte entspannt und gut gelaunt.

Adas Mutter fixierte betreten ihren Teller. »Ist das nicht sehr teuer?«, warf sie zaghaft ein.

»Ach was!«, widersprach der Vater. Das Messer in seiner Hand zerschnitt die Luft. »Ein Turnier, auf dem Ada tanzt, gibt es doch nicht alle Tage, oder?«

»Na ja, vielleicht werden wir noch öfter zu Turnieren geladen, je nachdem wie erfolgreich wir jetzt sind.«

»So gut seid ihr?« Stolz lag in seiner Stimme.

»Ziemlich, ja. Mein Partner kann tanzen wie Fred Astaire«, erwiderte Ada kühn. Ihr Vater schnaubte. Ein Amerikaner! Für Eduard Musäus war das keine Referenz. Er ging verächtlich darüber hinweg, nur Adas Mutter lächelte verhalten.

»Besorg uns mal Karten!«, verlangte ihr Vater.

»Ich versuche es.«

Hans war nervös, obwohl er sich einredete, dass er das gar nicht sein musste. Wieso sollte er nervös sein wegen eines Mannes, der ihn nur aus einem Grund ablehnte: wegen seiner Herkunft? Die Antwort darauf war: weil dieser Mann Adas Vater war und weil Ada ihren Vater trotz allem liebte. Hans wusste, wie sehr sie sich wünschte, dass sie nicht zwischen den Fronten stehen würde und sich alle Menschen, die sie liebte, gut verstanden. Sie wünschte sich so sehr, sie müsste sich nicht entscheiden wie Marlene, auch wenn ihre Entscheidung völlig anders ausfallen würde. Hans bewunderte Ada für die Tapferkeit, die sie zeigte und mit der sie beschlossen hatte, sich jedweden Auseinandersetzungen zu stellen. Mit offenem Visier wollte sie ihrem Vater begegnen. Keine Ausflüchte mehr, kein Ausweichen, keine Lügen, kein Verheimlichen – das hatten sie sich beide vorgenommen. Aber dass es einfach werden würde, das erwarteten sie nicht.

Ada und Hans tanzten auf dem Turnier, und Adas Eltern waren unter den Zuschauern. Selbst wenn Eduard Musäus sich nicht mehr daran erinnern sollte, wie Hans ausgesehen hatte, konnte er schwerlich seinen Namen überhören, der mehrmals an diesem Abend genannt wurde: »Mit der Nummer zwölf: Ada Musäus und Hans Friedberg.«

Friedberg, den Namen hatte Adas Vater mit Sicherheit nicht vergessen. Am Ende wurden Ada und Hans Dritte. Sie hätten gewinnen können, doch Ada war mit ihren Gedanken nicht so bei der Sache wie sonst. Sie wartete geradezu auf einen Tumult im Publikum, verursacht von ihrem Vater. Wartete darauf, dass sich seine hasserfüllte Stimme erheben und er laut schreien würde: »Du wagst es, mit diesem Juden zu tanzen!«

Ihr Langsamer Walzer war nicht so schwebend wie sonst, ihr Wiener Walzer nicht schwungvoll und erhaben. Nichts war so wie sonst. Doch Hans hielt sie fest und führte sie sicher über dieses glatte, gefährliche Parkett, auf das sie sich freiwillig begeben hatten.

Als das Turnier zu Ende war, warteten Adas Eltern vor der Halle.

»Ich könnte nach Hause gehen«, schlug Hans vor. »Wir könnten immer noch so tun, als wäre ich nichts weiter als dein Tanzpartner, dir zufälligerweise zugeteilt.«

Es war verlockend. Das ginge. Aber Ada dachte daran, dass

Marlene an diesem Tag geheiratet hatte, und zwar nicht den Mann, zu dem sie Ja gesagt hatte, sondern einen, der ihren Eltern gefiel und der eine Apotheke mit in die Ehe brachte. Ada würde es anders machen und wenn ihre ganze Welt dabei in Stücke zerbrach. Hauptsache Hans blieb ihr.

Hans war also dabei, als Ada vor ihre Eltern trat.

»Glückwunsch!«, sagte ihr Vater kalt und mit feindseligem Blick. In den Augen ihrer Mutter stand die nackte Panik.

»Danke!«, sagte Ada.

Herr Musäus fixierte Hans. »Und das ist dein Partner?«, fragte er überflüssigerweise, doch es hörte sich eher nach einer Drohung an als nach einer Frage. Dass er innerlich kochte, war nicht zu übersehen.

»Ja«, brachte Ada hervor.

Herr Musäus schien auf irgendetwas Zähem herumzukauen, seine Kiefer mahlten, um seinen Mund herum zuckte es angewidert.

»Ihr habt sehr schön getanzt«, sagte Adas Mutter fast flüsternd.

»Aber das hat jetzt ein Ende«, fügte ihr Mann ebenso leise hinzu. Es war das leise Flüstern vor einem Wutausbruch.

»Nein, hat es nicht«, entgegnete Ada. Sie sagte es nicht trotzig wie ein Kind, sondern mit der souveränen Ruhe einer Erwachsenen. Sie wunderte sich selbst über die Klarheit, mit der sie ihm widersprach. Herr Musäus riss die Augen auf und holte tief durch die Nase Luft. Der Ausbruch stand unmittelbar bevor, doch Ada ließ sich nicht beirren.

»Hans und ich, wir werden weiter zusammen tanzen, und wir werden weiter zusammen sein. Ich bin schon lange volljährig, ich habe eine abgeschlossene Ausbildung und Arbeit. Ich lebe mein Leben so, wie ich es will.«

Da holte ihr Vater aus und schlug ihr ins Gesicht. Hans trat voller Empörung vor und wollte sich schützend vor Ada stellen, doch sie schob ihn weg. Ihre Wange glühte von dem Schlag, ihr ganzer Kopf tat weh, doch sie sprach weiter:

»Ich lasse mir von dir nichts vorschreiben, schon gar nicht, mit wem ich zusammen bin.«

»Du lebst unter meinem Dach«, presste ihr Vater zwischen den Zähnen hervor.

»Ich kann ausziehen, wenn du willst.«

»Pah! Ausziehen!«, höhnte er. »Wer gibt dir denn eine Wohnung?«

»Das werden wir ja sehen«, erwiderte Ada.

Ihre Mutter hatte das Gesicht in den Händen verborgen, längst hatten sie die Aufmerksamkeit der Passanten erregt.

»Du kannst gleich heute Abend anfangen zu suchen«, zischte Eduard Musäus, wandte sich ab und ging. Seine Frau zerrte er am Handgelenk mit sich.

Hans war vollkommen aufgelöst, Ada spürte, wie schnell sein Herz schlug, als er sie in die Arme schloss. Doch sie selbst war und blieb völlig ruhig. Der Schlag hatte wehgetan, in jeder Hinsicht, doch es war alles so gekommen, wie sie es erwartet hatte, und jetzt hatte sie es hinter sich. Sie hatte diesen erlösenden Schritt getan und die Wahrheit gesagt. Es fühlte sich an wie eine Befreiung, ganz gleich, was nun auch geschehen würde.

Sie kehrte an diesem Abend so wie immer in die elterliche Wohnung zurück. Ihr Vater sprach kein Wort mit ihr, doch er setzte sie auch nicht vor die Tür. Ob er nur das Aufsehen bei den Nachbarn vermeiden wollte oder ob er es nicht übers Herz brachte, blieb ein Rätsel. Womöglich versprach er sich einen größeren Einfluss auf seine Tochter, wenn er sie in seiner Nähe behielt. Ada andererseits war sich darüber im Klaren, dass ihr Vater mit seiner Einschätzung recht hatte: Wo sollte sie unterkommen? Als unverheiratete, junge Frau auf Wohnungssuche zu gehen, war mit großen Schwierigkeiten und Unannehmlichkeiten verbunden. Auch hoffte sie, ihren Vater mit der Zeit umstimmen zu können, wenn sie die Brücke zu ihm nicht völlig abbrach. Außerdem hätte es zugleich bedeutet, die Brücke zu ihrer Mutter abzubrechen oder diese wiederum zu Heimlichkeiten zu nötigen.

Hätte sie gewusst, wie lange und wie zermürbend die darauffolgende Zeit des Zusammenlebens werden würde, hätte sie es sich vielleicht anders überlegt und den Bruch auf der Stelle herbeigeführt. Nahezu täglich war sie den Anfeindungen ihres Vaters ausgesetzt. Zuzeiten ignorierte er sie vollkommen und behandelte sie wie Luft, dann wieder traktierte er sie mit Drohungen und Hohn und Gemeinheiten.

»Und ich dachte schon, du bekommst keinen ab mit deinen vierundzwanzig Jahren, dabei hast du längst mit dem Juden herumpoussiert.«

Manchmal verspürte Ada den Drang, ihn zu belehren, dass Hans gar kein Jude sei, dass er das nicht einmal den widerwärtigen Nürnberger Gesetzen nach gewesen wäre, doch sie weigerte sich, auf dieses Niveau zu sinken. Es war ganz gleich, was Hans war oder was er nicht war. Für sie war er der wunderbarste Mensch, den sie kannte, das allein zählte.

»Lass dir wenigstens kein Kind machen«, war eine weitere der Unverschämtheiten, die Ada zu hören bekam.

Die Liebe zu ihrem Vater ging mit der Zeit und mit jeder seiner Bemerkungen immer mehr verloren, die Liebe zu Hans dagegen wurde immer stärker. Er gab ihr Halt, und wenn sie mit ihm zusammen war, wusste sie, dass sie alles ertragen konnte.

Sie versuchten, die schönen Seiten des Lebens zu sehen und

sich auf andere Dinge zu konzentrieren. Jede Abwechslung, jede Freude war willkommen. Ada hatte sich in den Kopf gesetzt, steppen zu lernen, und da es im Tanzclub keinen geeigneten Lehrer gab, durchstöberte sie das Archiv nach Aufnahmen berühmter Stepptanznummern von Ginger Rogers und Fred Astaire oder Gene Kelly, sah sie sich stundenlang an und imitierte die Schritte – mit mäßigem Erfolg. Und doch hatte sie eines Tages unverhofft ihren großen Auftritt mitten auf dem Odeonsplatz, mitten im prasselnden Regen. Während alle anderen Leute vor dem Unwetter flüchteten, begann Ada zu singen und zu steppen. Nur Hans blieb bei ihr und erklärte sie für verrückt. Und dann küssten sie sich. Im Regen.

Fast genau fünf Jahre war es her, dass sie einander kennengelernt hatten. Hans promovierte und erhielt eine Stelle am Institut für Kunstgeschichte der Universität. Auf dem Jahresball des Clubs überraschte er Ada mit dem Abschluss eines Mietvertrages für eine eigene Zweizimmerwohnung in Schwabing. Endlich würde er bei seinen Eltern ausziehen, und damit wurde vieles einfacher. Ada war überglücklich, als sie es erfuhr. »Darauf stoßen wir an!«, rief sie und wollte nach ihrem Glas greifen, doch da spielte die Kapelle den ersten Wiener Walzer des Abends. Hans hielt ihre Hand fest.

»Nachher. Erst mal müssen wir dein Kleid zum Schwingen bringen, findest du nicht?«

Sie trug ein selbst genähtes langes Kleid mit einem weit schwingenden Rock und kurzen Puffärmeln, die aus mehreren hauchzarten Stofflagen bestanden. Ihr dunkles Haar war hochgesteckt und offenbarte ihre hübsche Nackenpartie. »Meine Schöne!«, sagte Hans bewundernd, als er sie zur Tanzfläche führte.

»Du willst mich nur wieder schwindlig machen, gib es zu.«

»Ja, das sieht immer sehr lustig aus«, meinte Hans und begann sie herumzuwirbeln. Das Kleid schwang, und Ada lachte. Plötzlich legte er seine Arme enger um sie und flüsterte ganz nah an ihrem Ohr: »Aber etwas anderes will ich noch viel lieber: Ich will dich heiraten. Ich will Kinder mit dir haben, und ich will mit dir alt werden. Ich will mein ganzes Leben mit dir verbringen.«

Für immer würde Ada Wiener Walzer mit diesem Moment verbinden, dem Moment, in dem sie sich leise flüsternd mitten auf dem Tanzparkett verlobten. Leise und mit feucht glänzenden Augen flüsterte Ada zurück: »Das will ich auch.« Und dann tanzten sie weiter durch den Saal, und das Kleid schwang, und Ada wurde schwindlig vor Glück.

Gleich am nächsten Tag unterrichtete Ada ihre Eltern davon, dass sie und Hans heiraten würden. Wieder stand Panik in den Augen ihrer Mutter und wieder unversöhnlicher Zorn in denen ihres Vaters.

»Ich hätte liebend gern euren Segen«, sagte Ada. »Ich würde es mir wünschen. Aber wenn ihr mir den nicht geben könnt, dann ändert das auch nichts. Hans hat eine Stelle und eine Wohnung, und wir werden dort zusammenleben. Es geht nur noch darum, ob ihr das akzeptieren könnt oder nicht. Ob wir weiter Eltern und Kind sein können oder nicht. Ob ihr eines Tages eure Enkel sehen wollt oder nicht.«

Mit dem letzten Satz traf sie ins Schwarze, und das nicht nur bei ihrer Mutter. Diese schmächtige, unterwürfige Frau, die sich noch niemals offen gegen ihren Mann gestellt hatte, bäumte sich mit einem Mal auf.

»Eduard!«, rief sie. Der beschwörende Ton in ihrer Stimme war von solcher Eindringlichkeit, dass er einem ins Herz schnitt.

Allein durch das Aussprechen seines Namens verschaffte sie sich zum ersten Mal bei ihrem Mann Gehör.

Er stand auf und alles, was er sagte, war: »Dann ist das eben so.« Nach diesen Worten verließ er das Haus.

Ada war sich nicht darüber im Klaren, wie sie diese Reaktion interpretieren sollte, ob es Zustimmung war oder die Ankündigung, sich von ihr loszusagen, doch ihre Mutter strahlte sie an, sie wusste, dass es sich um die Kapitulation ihres Mannes handelte. Ada und Hans hatten gewonnen. Sie hatten durchgehalten und gewonnen.

Man konnte nicht behaupten, dass sich Adas Vater irgendwann mit dem Gedanken an die bevorstehende Hochzeit anfreundete, doch er hatte sich damit abgefunden. Er würde die Kirche im Dorf lassen und an der Hochzeit teilnehmen, aber man solle bitte nicht von ihm erwarten, sich mit Verrätern an einen Tisch zu setzen. Ada hatte nicht die Hoffnung, dass ihr Vater in diesem Leben noch einmal ein Einsehen haben und sich ändern würde, was sie traurig fand und furchtbar, aber sie musste diese Tatsache hinnehmen. Und auf der Hochzeit würden sich die beiden Elternpaare eben aus dem Weg gehen.

Eines Tages im Frühjahr, als die Vorbereitungen schon nahezu abgeschlossen waren, kam ein Brief von Marlene. Es war eine Einladung zu ihr in den Vorort, in den sie mit ihrem Mann gezogen war. Der Brief war voller Sehnsucht nach der Freundin, und Ada kannte Marlene gut genug, um zu wissen, dass es ein Hilfeschrei war.

Sie besuchte sie in ihrem kleinen, hübschen Reihenhäuschen. Marlene war Mutter geworden. Das Kind war ein Jahr alt. Ein Mädchen. Sie wiegte es auf ihrem Schoß, als sie sich mit Ada beim Kaffee unterhielt. Das Haus blitzte nur so und Marlene auch, doch es dauerte keine fünf Minuten, bis die Fassade bröckelte und Marlene, die schon bei der Begrüßung Tränen vergossen hatte, zu weinen begann. Sie säße immer nur allein mit dem Kind herum und führe den Haushalt und warte mit dem Essen auf ihren Mann. Als Mannequin durfte sie nicht mehr arbeiten, Helmut wollte das nicht. Nicht einmal ein weiteres Coverfoto, das gutes Geld gebracht hätte, hatte er ihr erlaubt. Er verdiene genug, habe er gemeint, und sie würde dabei nur das Kind und den Haushalt vernachlässigen.

»Und ich liebe ihn nicht, Ada. Ich liebe ihn einfach nicht. Kein bisschen. Ich hätte lieber betteln gehen sollen als das.« Das Kind quietschte vergnügt auf ihrem Schoß. Ada schwankte zwischen großem Mitleid und ohnmächtigem Zorn. Sie betrachtete das Kind, das es nicht gegeben hätte, hätte Marlene ihren Apotheker nicht genommen, und sie fragte sich, welches Kind es nun nicht gab, weil ihre Freundin Emilio nicht geheiratet hatte. Nichts von alledem erwähnte sie. Vor allem Emilio nicht. Was nützte es, in die Vergangenheit zu blicken?

Ada streckte die Arme nach dem Kind aus. »Darf ich sie mal halten?«

Marlene zog die Nase hoch und wischte sich die Augen ab. »Sie fremdelt«, sagte sie. Und wirklich verzog das Kind, kaum war es auf Adas Schoß, das Gesicht, suchte die Mutter und streckte seine Ärmchen nach ihr aus. Marlene nahm die Kleine wieder, herzte sie und lächelte Ada bedauernd an, aber doch mit dem Stolz einer Mutter, die es genoss, für einen kleinen Menschen das Wichtigste auf der ganzen Welt zu sein, der Mittelpunkt seiner Existenz.

»Sie ist süß«, sagte Ada.

»Ja, das ist sie«, erwiderte Marlene und drückte ihr Gesicht gegen das Köpfchen ihrer Tochter.

Als Ada ging, bat Marlene sie, bald wiederzukommen. Ada versprach es. Als sie Hans von diesem Besuch erzählte, war er sofort dafür, Marlene mit ihrer Familie zur Hochzeit einzuladen. »Und außerdem«, fügte er hinzu, Adas geheime Gedanken wie so oft erratend, »wer sollte denn sonst deine Trauzeugin sein?«

Die Hochzeit wurde kein riesiges, rauschendes Fest, denn die finanziellen Mittel waren begrenzt, obgleich sich beide Eltern letztlich dazu herabgelassen hatten, etwas beizusteuern – wie hätte das sonst ausgesehen? Ada schneiderte ihr eigenes Hochzeitskleid und für Hans einen Anzug. Freunde aus dem Tanzclub hatten zusammengelegt und als Hochzeitsgeschenk einen kleinen Festsaal in einem Café direkt am Englischen Garten gemietet. Einige Musiker, die Ada und Hans ebenfalls vom Tanzclub kannten, spielten umsonst. Letztlich wurde es ein sehr schöner Tag.

Adas Schwester war mit ihrer Familie erschienen und Hans' älterer Bruder mit seiner Frau, und zum Glück zeigten die Geschwister des Brautpaares einander nicht die kalte Schulter wie ihre Eltern, sondern verstanden sich sogar ausnehmend gut. Adas Mutter, die immer auf der Seite ihrer Tochter gestanden und sie unterstützt hatte, hielt sich aus Rücksicht auf ihren Mann mit ihren Freudenbekundungen zurück, doch sie drückte Ada nach der Trauungszeremonie besonders fest und herzlich an sich, und Ada flüsterte ihr so leise zu, dass nur sie es hören konnte: »Danke! Für alles!«

Die Eltern von Braut und Bräutigam verabschiedeten sich früh am Abend und taten es, bis auf Adas Mutter, mit den gleichen unbeteiligten Mienen, die sie den ganzen Tag über zur Schau getragen hatten. Ada und Hans machte es wenig aus. Sie feierten umso entspannter mit dem Rest ihrer Familien und ihren Freunden weiter.

Als es schon dunkel war, drückte Hans Ada ein Glas Sekt in die Hand, nahm selbst eins und zog sie mit sich nach draußen, weg von der Gesellschaft, mitten in den Englischen Garten hinein.

»Was hast du denn vor?«, wollte Ada wissen.

»Das ist unser Tag, und ich möchte ihn wenigstens ein paar Minuten lang mit dir allein feiern«, sagte Hans, hob sein Glas und stieß mit ihr an. Daraufhin nahm er sie in die Arme wie beim Tanzen und begann zu singen: »*Wir wollen niemals auseinandergeh'n …*«

Ada lachte hell auf. »Oh nein, Hans, diese Schnulze?«

Hans lachte mit, doch er sang weiter: »*Wir wollen immer zueinandersteh'n …*« Im Walzertakt drehten sie sich auf der Stelle.

»Hättest du das gedacht?«, fragte Hans, seinen Gesang unterbrechend, aber immer weitertanzend, so als hörten sie weiter die Musik des Liedes. »Hättest du gedacht, dass wir diesen Moment einmal erleben?«

»Ich hab es mir gewünscht«, sagte Ada. »Ich glaube, schon als ich dich das allererste Mal gesehen hab.«

»So schön hast du mich gefunden?«, neckte Hans sie schmunzelnd.

»Ja, so schön hab ich dich gefunden«, grinste Ada zurück. »Dein Grübchen am Kinn hatte es mir angetan.«

»Und wie schön ich dich erst fand«, sagte Hans ernst. »Ich kann es immer noch nicht fassen, dass jetzt alles gut ist.«

Ada streichelte über seine Wange und fuhr mit dem Finger über das Grübchen am Kinn. »Die Musik hat ja aufgehört.«

»Sollen wir die gleiche Platte noch einmal auflegen?«

»Meinetwegen«, sagte Ada lächelnd. Da sang Hans das Lied noch einmal, und Ada stimmte mit ein, und sie meinten jedes Wort ernst.

Vor den Eisheiligen

Ihr Kopf war auf die Fensterbank gesackt, ihr Rücken und sämtliche Glieder fühlten sich an, als könnten sie entzweibrechen, in den Händen hielt sie noch immer das Fernglas. Sie war eingeschlafen. Es war bereits kurz vor Mitternacht.

»Himmeldonnerwetter noch mal«, murmelte Ada, als sie langsam den Kopf hob und sich vorsichtig dehnte und reckte. Hemingway schnarchte in seinem Korb vor sich hin. Draußen hinter den Fenstern – hinter dem einen Fenster – war alles dunkel. Ada legte das Fernglas beiseite und ging ins Bett.

In der Nacht träumte sie: Sie saß zusammen mit Hans und Herrn Lenz am Tisch, und sie aßen Kuchen. Das Merkwürdige war, dass sie alle jünger aussahen. Hans jedenfalls sah so aus wie am Tag ihrer Hochzeit. Und auch Herr Lenz sah aus wie Mitte zwanzig. Trotzdem wusste sie, dass er es war. In Träumen wusste man so etwas. Ada freute sich, dass auch sie wieder jung war und so hübsch wie als junges Mädchen mit vollem, langem Haar und lebhaften Rehaugen. Doch als sie ins Badezimmer ging und sich im Spiegel betrachtete, blickte ihr wieder die alte Ada entgegen, mit kurzem, dünnem Haar und müden, trüben Augen. Sie ging nicht wieder ins Zimmer zurück zu den beiden gut aussehenden jungen Männern. Sie blieb, wo sie war. Auf einmal drehte sich das Badezimmer um sie herum, drehte sich, als würde sie Walzer tanzen, drehte sich und hörte nicht auf, bis ihr schwindlig wurde und sie umkippte.

Als sie am Morgen erwachte, wusste sie nicht, wo sie war. Sie lag in ihrem Bett, doch nichts erschien ihr vertraut, so als hätte sich die ganze Welt über Nacht verschoben. Noch immer fühlte sie sich schwindlig. Sie schloss die Augen und wartete darauf, dass es vorbeiging. Eine feuchte Hundeschnauze legte sich auf das Kissen neben ihren Kopf und hauchte warmen Hundeatem in ihr Gesicht. Auf einmal rückte die Welt wieder an die richtige Stelle.

»Moppi!«

Sie hob die Hand und streichelte über Hemingways Kopf, dankbar dafür, dass er ihr die Orientierung zurückgegeben hatte. Zu Hause war sie, in ihrem Schlafzimmer. Wie konnte sie nur so durcheinander sein? Wahrscheinlich wegen dieses dummen Traums.

»Hab ich einen Blödsinn geträumt, Moppi«, erzählte sie dem Hund. Vorsichtig setzte sie sich auf, um zu prüfen, ob der Schwindel zurückkäme. Als das nicht der Fall war, atmete sie auf, schob ihre Beine aus dem Bett und begann den Tag.

Gegen Ende der Woche erhielt Ada überraschend Besuch von ihrem Sohn und seiner Frau.

»Bei Aldi gab's Balkonpflanzen im Angebot«, erklärte Lydia. In den Händen eine Kiste mit Geranien, rauschte sie voller Elan an ihrer Schwiegermutter vorbei durch die Wohnung Richtung Balkon. Thomas folgte ihr mit einem Sack Blumenerde und der Tasche mit den Gartenwerkzeugen. Er hatte es weniger eilig und nahm sich die Zeit, seiner Mutter einen Begrüßungskuss zu geben.

»Bei Aldi?«, fragte Ada.

»Lydia hat heute frei, und mich hat sie dazu gezwungen, ebenfalls freizunehmen, weil sie unsere Terrasse auf Vordermann bringen will. Und da kam sie auf die Idee, dich auch gleich mit Pflanzen zu beglücken.«

»Ist das nicht noch zu früh? Sollte man nicht die Eisheiligen abwarten?«, fragte Ada, die rein gar nichts von Gartenarbeit oder Pflanzen verstand, aber immerhin von den berühmten Eisheiligen schon gehört hatte. Lydia jedoch, die sich bereits auf dem Balkon ausgebreitet hatte und die Pflanzen auf die Kästen zu verteilen begann, rief von draußen: »Unsinn! Eisheilige! Die Pflanzen sind jetzt gerade günstig. Da muss man zuschlagen.«

Thomas reichte ihr die Blumenerde sowie die Werkzeuge an und schloss die Balkontür. Von innen betrachtete er seine junge, vor Energie sprühende Frau beim Bepflanzen der Kästen.

»Laufen die Geschäfte so gut, dass ihr euch einfach so mal freinehmen könnt?«, fragte Ada und setzte sich zu ihm.

»Jaja, die laufen gut«, antwortete Thomas mit einer Gleichgültigkeit, die Ada aufhorchen ließ. »Lydias Boutique brummt richtig«, erklärte er. »Heute kümmern sich Josie, die Aushilfe, und deren Tochter um den Laden. Die muss irgendein Schülerpraktikum machen oder so. Jedenfalls hat Lydia die Gelegenheit genutzt.«

»Und dich gleich miteingespannt.«

Thomas nickte. Unablässig starrte er hinaus zu seiner Frau und mied den Blick seiner Mutter. »Eigentlich hab ich keine Zeit freizunehmen. Na ja, vielleicht leg ich am Wochenende dafür eine Sonderschicht ein.«

»Arbeite nicht so viel, lebe!«

Thomas lachte bitter. »Keine Angst, Mama, das tu ich. Dafür sorgt schon Lydia.«

Mit leerem Ausdruck sah er zu, wie seine Frau im Nu die Balkonkästen in blühende, kleine Oasen verwandelte. Lydia war geschickt und effizient in allem, was sie tat. Allerdings hatte nichts bei ihr allzu große Tiefe, dafür blieb ihr einfach keine Zeit. Sie musste ständig in Bewegung sein, immer etwas unternehmen. Dieses Quirlige war es gewesen, das Thomas anfangs an ihr gefallen hatte. Er war selbst ein fröhlicher Mensch mit einem gewissen Hang zum Übermut, der Spaß im Leben suchte. Mit Lydia konnte er den haben. Allerdings nur den. Er konnte ihr nicht von den Menschen erzählen, denen er täglich begegnete, seit er seinen eigenen Betrieb hatte. Menschen, die Angehörige verloren hatten und einen Grabstein aussuchten. Oft saßen sie ihm gegenüber und erzählten von ihren Liebsten, überlegten, wie der Grabstein aussehen sollte, was den Verstorbenen gefallen hätte, und nicht selten brachen sie dabei in Tränen aus. Ada wusste, dass Thomas all das viel mehr berührte, als er es sich anmerken ließ. Und noch mehr, seit er einen Grabstein für den eigenen Vater herstellen musste. Er hätte eine Frau an seiner Seite gebraucht, mit der er über diese Dinge hätte reden können, die ihm zuhörte und ihm einen Teil dieser Bürde abnahm, aber Lydia war nicht die Frau, die zuhörte. Lydia war die Frau, die anpackte. So wie jetzt – auf dem Balkon.

»Ist alles gut bei euch?«, fragte Ada.

Wie ertappt schreckte Thomas hoch.

»Was? Ja! Sicher!« Er lächelte wenig überzeugend und drückte seiner Mutter flüchtig den Arm. Dann wandte er sich endlich vom Balkon ab und widmete seine Aufmerksamkeit Hemingway.

»Na, mein Großer! Wirst du etwa dick?«, fragte er den Hund, der in seinem Korb lag, und rubbelte ihm das Fell.

»Unsinn!«, wehrte Ada empört ab. »Ich passe doch auf.«

Lydia öffnete die Balkontür und fegte wie ein Wirbelwind durch die Wohnung auf dem Weg ins Badezimmer, um sich die Hände zu waschen. »Na?«, rief sie. »Schaut doch gut aus, oder?«

»Wunderschön!«, rief ihr Ada hinterher, während sie ihrerseits in die Küche ging, um Kaffee aufzusetzen. »Mal sehen, ob sie die Eisheiligen überstehen.«

Thomas grinste.

»Sag mal, war Karola gestern nicht da?«, fragte Lydia, als sie aus dem Bad zurückkam.

»Wieso? Karola? Gestern?« Ada, die gerade Wasser in die Kaffeemaschine goss, hielt inne.

»Ja. Gestern war doch Donnerstag, ich denke, da kommt sie immer. Also im Bad würde ich ja gern noch mal durchputzen, ehrlich gesagt. Der Spiegel sieht jedenfalls nicht sehr sauber aus.«

Ada hörte kaum noch zu. Den Löffel mit dem Kaffeepulver in der Hand, verharrte sie und versuchte sich daran zu erinnern, ob Karola am Tag zuvor bei ihr gewesen war. Sie hatte mit ihr darüber geredet, wie sie Hans kennengelernt hatte, das wusste sie noch, aber war das gestern gewesen? Vergeblich suchte sie in ihrem Kopf die Bilder des vergangenen Tages.

»Soll ich dir mit dem Kaffee helfen?« Lydia stand neben ihr und beobachtete sie.

»Nein danke«, sagte Ada und kippte das Pulver endlich in den Filter. »Und weißt du, ich finde es ganz gut, wenn der Spiegel nicht so blitzeblank ist. Das erhält mir meine Illusionen.« Sie grinste ihre Schwiegertochter augenzwinkernd an, und diese begann schmunzelnd den Tisch zu decken. Als sie sich abwandte, fiel Adas Gesicht wieder in sich zusammen. Der Tag zuvor war wie ausradiert.

Nachdem Thomas und Lydia gegangen waren, rief Ada kurzerhand Karola an und fragte sie nach dem vergangenen Tag.

»Sicher, Frau Friedberg, ich war gestern bei Ihnen. Wir haben noch den Rest vom Apfelkuchen gegessen, und Sie haben von Herrn Lenz erzählt.«

Karola machte keine große Sache daraus, dass Ada sich nicht daran erinnern konnte. Sie füllte kommentarlos die Lücken im Gedächtnis der alten Frau, indem sie sie an Einzelheiten in ihren Gesprächen erinnerte. Allmählich kehrten die Bilder in Adas Kopf zurück, bruchstückhaft wie ein Puzzle, das man zusammensetzte, und nach und nach fand sie einige der Puzzleteile auch selbst wieder.

»Über Lulu haben wir noch geredet, darüber, dass sie sich ein Piercing wünscht, nicht wahr?«

»Genau. Das hat Ihre Tochter Ihnen am Sonntag erzählt, und ich habe Ihnen verraten, dass ich in jungen Jahren mal eins im Bauchnabel hatte.«

»Richtig«, sagte Ada erleichtert. »Jetzt erinnere ich mich wieder.«

»Sehen Sie, Frau Friedberg, alles gar nicht so schlimm. Machen Sie sich mal keine Sorgen. Das kommt vor, wenn man viel im Kopf hat. Wenn Sie mich an manchen Tagen fragen würden, was ich am Tag davor gemacht habe, dann wüsste ich das auch nicht mehr.« Sie lachte ihr dröhnendes Karola-Lachen, und in Adas Ohr klang es in diesem Augenblick wie Musik.

Als sie auflegte, war sie ein wenig beruhigter. So war das eben, sie war nicht mehr jung. Sie war eine alte Frau, deren Gehirn nicht mehr alles fassen konnte. Man konnte im fortgeschrittenen Alter nicht mehr alles behalten und musste das Unwichtige loslassen, damit genügend Platz für das Wichtige blieb. Allerdings gehörten Karola und die Nachmittage mit ihr zu diesen wichtigen Dingen. Und es waren nicht nur ein paar Gesprächsfetzen, die sie vergessen hatte, sie hatte nicht nur vergessen, wie der Nachmittag mit Karola verlaufen war, sie hatte vergessen, dass es ihn überhaupt gegeben hatte. Auch war es nicht so, dass sie zu viel im Kopf hatte, im Gegenteil, eher zu wenig. Sie spulte ihre tägliche Routine ab, und darüber hinaus gab es kaum etwas, womit sie sich intensiv beschäftigen musste.

Ada schaltete den Fernseher an, damit es in der Wohnung ein Geräusch gab, das die quälenden Gedanken in ihrem Kopf übertönte. Als Susanne anrief, erzählte Ada nur davon, dass Thomas und Lydia sie besucht hatten und Lydia den Balkon mit Pflanzen hergerichtet hatte.

»Vor den Eisheiligen?«, fragte Susanne, und ihre Mutter lachte.

Eine Woche nachdem Herr Lenz bei Ada zu Gast gewesen war, erwiderte er die Einladung. Hemingway durfte sein Frauchen begleiten und wurde mit einer eigens für ihn hergerichteten Hundedecke und einem darauf platzierten Hundekeks willkommen geheißen.

»Ich hoffe, das ist in Ordnung«, sagte Herr Lenz, als der Hund sich sofort auf den Schatz stürzte und die Decke als sein neues Reich eroberte.

Herr Lenz zeigte Ada seine liebevoll eingerichtete Wohnung, in der es viel zu entdecken gab: Antiquitäten, Bilder und Reiseandenken, kleine Besonderheiten, von denen fast alle eine Geschichte hatten, die er auf spannende, oft humorvolle Weise zum Besten gab, wenn Ada ihn danach fragte. Auf einigen Fotos waren seine Frau und seine beiden Kinder zu sehen.

»Ihre Frau war sehr schön«, bemerkte Ada.

»Ja«, sagte Herr Lenz. »Das war sie. Und lustig dazu. Wir haben immer viel miteinander gelacht.«

»Das ist wichtig«, meinte Ada.

»Ja, das ist wahr. Langweilig wurde es mit ihr jedenfalls nie.«

Ein leises Aber schwang in seinen Worten mit. Ada hätte zu gern etwas darüber erfahren.

»Wollen wir uns nicht setzen?«, schlug Herr Lenz vor. »Da redet es sich gemütlicher.« Er hatte Kuchen vom Bäcker geholt und bereitete zwei Cappuccini zu. »Die Maschine hat mir meine Tochter vor zwei Tagen geschenkt, damit sie anständigen Kaffee bekommt, wenn sie mich besucht, sagt sie. Sie sind jetzt also meine Testperson, ist das in Ordnung?«

»Völlig!«

Er brachte die beiden Cappuccini und gesellte sich zu Ada.

»Ich denke, Ihre Tochter wird zufrieden sein«, meinte Ada, nachdem sie den Kaffee probiert hatte.

»Ich hoffe«, lachte Herr Lenz. »Sie hat das Temperament und die Impulsivität meiner Frau geerbt. Wenn der etwas gegen den Strich ging, konnte sie zu einer echten Furie werden.«

Da war es also schon, das Aber von vorhin.

»Dann verstehe ich jetzt, warum es nie langweilig wurde mit Ihrer Frau«, sagte Ada schmunzelnd.

»Ja«, seufzte Herr Lenz. »Flora war mitunter recht schwierig, aber wer ist das nicht?«

»Hans war nicht schwierig«, erwiderte Ada sofort. »Und Sie scheinen es auch nicht zu sein, oder täuscht das?«

Herr Lenz lächelte verlegen. »Nein, ich denke nicht, dass das täuscht.«

»Sehen Sie«, meinte Ada. »Schwierig ist nichts Schlechtes, es ist nur schlecht, wenn zwei schwierige Menschen aufeinandertreffen. Dann wird es …«

» … *sehr* schwierig«, ergänzte Herr Lenz.

»Genau!« Über diese Erkenntnis mussten sie beide herzlich lachen.

»Flora hieß Ihre Frau?«, fragte Ada.

»Ja.«

»Schöner Name!«

»Das stimmt.«

»Wie haben Sie einander kennengelernt?«

Herr Lenz rieb sich verlegen die Nase. »Sie war meine Schülerin.«

»Oh!«, rief Ada und riss verblüfft die Augen auf.

»Genau wie Sie und Ihr Mann mussten wir unsere Beziehung anfangs geheim halten, natürlich aus anderen Gründen. Nach ihrem Abitur haben wir dann aber bald geheiratet.« Und nach einer weiteren Verlegenheitsgeste fügte er hinzu: »Wir mussten sozusagen.«

»Wie schön!«, meinte Ada. »Bei uns hat es so lange gedauert, dass wir schon gar nicht mehr dachten, dass es noch einmal mit Kindern klappen würde. Ich war schon zweiunddreißig, als Susanne auf die Welt kam. Heutzutage ist das ganz normal, aber damals war das uralt beim ersten Kind.« Sie seufzte. »Und dann, als es endlich so weit war, da …« Sie unterbrach sich und dachte an den Tag, an dem sie festgestellt hatte, dass sie endlich schwanger war.

»Wissen Sie, ich hatte mir mein Leben schon eingerichtet. Ich hatte mich an den Gedanken gewöhnt, dass Hans und ich allein bleiben würden und ich weiter in meinem Beruf arbeiten würde.«

»Was waren Sie denn von Beruf?«

»Ich war Schneiderin, aber ich konnte sehr gut zeichnen, und ich hatte tausend Ideen, also wollte ich Kleider nicht nur schneidern, sondern sie entwerfen. Als ich schwanger wurde, war ich gerade dabei, mir etwas aufzubauen. Außerdem war es die Zeit, in der Frauen anfingen, etwas für sich selbst zu wollen, damit konnte ich mich sehr gut identifizieren.«

»Das kann ich mir bei Ihnen gut vorstellen. Meine Frau war da ganz anders. Sie hatte nie diesen Ehrgeiz.«

»Daran ist nichts falsch.«

»Nein, sicher nicht.«

»Hätten Sie es sich anders gewünscht?«

Herr Lenz schien lange darüber nachdenken zu müssen, dann zuckte er mit den Schultern. »Hätte. Wäre. Das ist alles müßig. Es war am Ende gut so, wie es war. Wir waren glücklich. Im Großen und Ganzen.«

»Ja, wir auch«, sagte Ada. Sie sagte es mit der gleichen felsenfesten Überzeugung und dem gleichen leise mitschwingenden Unterton wie Herr Lenz.

Schweigend tranken sie Kaffee und aßen Kuchen, ihre zweifelnden Gedanken flirrten durch den Raum wie scheue Vögel, die sich nicht einfangen lassen wollten.

Ada genoss es, mit Herrn Lenz zu reden, auch über Dinge, über die sie nie mit irgendjemand anderem sprach, doch es schmerzte auch.

»Finden Sie es mitunter auch schwierig, über die Vergangenheit zu reden?«, fragte sie in die Stille hinein. Es war, als hätte sie einen Gedanken, den sie nur hatte denken wollen, unabsichtlich laut geäußert.

»Ja«, sagte Herr Lenz. »Aber ich tue es im Grunde gern. Ich sehe mir gern Bilder von früher an. Oder erzähle von damals. Oder ich denke an bestimmte Ereignisse, ganz für mich. Wenigstens in der Erinnerung ist der Partner dann immer noch ein bisschen lebendig.«

»Ist er das?«, fragte Ada. Herr Lenz sah sie erstaunt an. »Ich meine«, erklärte sie, »ist er das wirklich? So wie er war? Mit allem, was man an ihm geliebt hat, und auch mit dem, was man an ihm ertragen hat? Denn – vielleicht ist es bei Ihnen ja anders –

aber wenn man sehr lange mit jemandem zusammen ist, dann nicht nur, weil man ihn liebt, sondern auch, weil man ihn erträgt, mit seinen Fehlern und Unzulänglichkeiten. Mit allem, was einem nicht an ihm gefällt oder was einen vielleicht sogar verletzt. Ist es nicht so, dass in der Erinnerung nur das Schöne bleibt und der Rest weggefiltert wird? Die Erinnerung ist doch meist nur ein Zerrbild dessen, was wir einmal geliebt haben.«

»Und ist das so schlecht?«, fragte Herr Lenz seinerseits. »Wenn nur das Schöne bleibt? Ist es nicht auch eine Art Liebeserklärung, wenn zuletzt nur noch das von Bedeutung ist, was gut war und schön? Und wenn alles andere in den Hintergrund tritt und verblasst?«

Ada zuckte mit den Schultern und dachte nach. Dann schüttelte sie den Kopf. »Es mag als Liebeserklärung gelten, aber lebendig ist etwas anderes.«

Herr Lenz dachte eine Weile nach, dann nickte er.

»Ich weiß schon, was Sie meinen, Frau Friedberg. Ich erzähle gern von meiner lustigen, schönen und liebenswerten Frau, denn so lebt sie in meiner Erinnerung, aber das, was ich wirklich vermisse und worüber ich nie rede, ist, wie sehr ich mich zum Beispiel geschämt habe, wenn sie in der Öffentlichkeit etwas Unüberlegtes oder ganz und gar Törichtes von sich gegeben hat. Hinterher haben wir uns darüber gestritten. Ich habe ihr ihre Taktlosigkeit vorgeworfen und sie mir meine Engstirnigkeit. Und nach einer Weile haben wir gemeinsam darüber gelacht und uns darüber lustig gemacht, wie pikiert die Leute auf Floras Unbekümmertheit reagierten und sich hinter ihrem Rücken über sie aufregten. Auch über ihre Verschwendungssucht rede ich nicht, darüber, dass sie nicht rechnen konnte und es auch nicht wollte. Wie oft haben wir uns deshalb in die Haare bekommen. Einmal ging sie hin zu ihrem Schrank und hat mir alle ihre Kleider vor die

Füße geworfen und mich angeschrien: ›Da hast du alles wieder, was ich von deinem kostbaren Geld gekauft habe. Nimm es einfach!‹ Und ich habe zurückgeschrien: ›Was will ich mit deinen Klamotten?‹ Anschließend haben wir uns darüber gezankt, wer die ganze Unordnung nun aufräumen sollte. Irgendwann standen unsere Kinder in der Tür und haben uns mit großen Augen angesehen. Wir, laut schreiend inmitten eines Kleiderhaufens.«

Ada musste herzlich lachen, und Herr Lenz schmunzelte.

»Das sind die Dinge, die ich vermisse und die das Leben mit Flora komplett gemacht haben.«

»Genau das meinte ich.«

»Es tut weh, sich daran zu erinnern.«

»Oder daran, womit man die gemeinsame Zeit vergeudet hat.«

»Auch das.«

»Wir können es drehen und wenden, wie wir wollen«, schloss Ada, »der Tod ist ein Halunke, der einem das Wertvollste nimmt, ohne dass man etwas dafür bekommt.«

Herr Lenz atmete tief ein und mit einem Seufzer wieder aus.

»Es ist schön, sich mit Ihnen zu unterhalten«, sagte er.

»Ich unterhalte mich auch gern mit Ihnen.«

»Noch einen Kaffee?«

»Gern!«

Simultan hoben sie ihre Tassen zum Mund, simultan stellten sie sie wieder ab.

»Es gibt nicht mehr viele Leute in meinem Umfeld, mit denen ich über solche Dinge reden könnte«, meinte Herr Lenz.

»Bei mir auch nicht.«

»Viele ehemalige Freunde sind tot oder weggezogen. So wie ich zu den Kindern. Oder sie leben im Altersheim.«

»Das kenne ich.«

»Gehen Sie eigentlich gern ins Theater?«, fragte Herr Lenz unvermittelt.

»Sehr gern, aber ich komme gar nicht mehr dazu«, antwortete Ada, ganz überrascht über den plötzlichen Themenwechsel.

»Würden Sie mit mir eine Aufführung besuchen?«

Ada war zu verblüfft, um sofort zu antworten, doch dann lächelte sie unwillkürlich und hocherfreut.

»Ja«, sagte sie. »Ja! Das würde ich sehr gern!«

Herr Lenz strahlte. »Wunderbar! Das ist wirklich wunderbar!«

1963–1971
Träume

Ada und Hans waren sich über zwei Dinge vollkommen einig: erstens, dass sie so schnell wie möglich eine größere Wohnung brauchten, und zweitens, dass kein Mensch auf der ganzen Welt so glücklich war wie sie beide. Nicht einmal in ihren kühnsten Träumen hätten sie sich vorstellen können, wie schön es sein würde, immer zusammen zu sein. Jeden Tag und jede Nacht.

»Es ist erstaunlich, wie viel besser Tanzpaare werden, wenn sie miteinander Sex haben«, erklärte Marianne unverblümt, nachdem sie die beiden bei einer Rumba beobachtet hatte. Hans hätte im Erdboden versinken mögen, doch Ada meinte ganz gelassen: »Weißt du, wir haben vor, zur Weltspitze vorzustoßen, falls dir das eine Vorstellung verschafft.« Ein vielsagender Augenaufschlag unterstrich die Botschaft.

»Bis die Kinder kommen, nicht wahr«, bemerkte Marianne und lachte.

Kinder jedoch kamen keine. So lebendig und erfüllt ihr Liebesleben auch war, fruchtbar war es jedenfalls nicht. Auch nach zwei Jahren war Ada noch nicht schwanger, eine Tatsache, durch die sich sowohl ihre als auch Hans' Eltern immer wieder zu ungebetenen Kommentaren hinreißen ließen, womit die ohnehin seltenen Besuche bei den Eltern noch seltener wurden.

Zu ihrer eigenen Überraschung stellte Ada fest, dass sie nicht besonders unter ihrer Kinderlosigkeit litt. Überhaupt nicht eigentlich. Sie wünschte sich Kinder mit Hans, aber wenn es nicht klappte, betrachtete sie das nicht als Weltuntergang. Es ging ihr nur auf die Nerven, ständig danach gefragt zu werden.

»Wenn wir keine Kinder kriegen, holen wir uns eben einen Hund«, antwortete sie leichthin und absichtlich provokant, als Marlene sie mitfühlend danach fragte, ob es ihr denn nicht zu schaffen mache.

Ada fühlte sich zum ersten Mal in ihrem Leben frei. Frei von ihrem Vater, frei von jeglichen Erwartungen, frei, das zu tun, was sie wollte. Sie hatte Träume, Pläne, Ambitionen, und Hans unterstützte sie dabei, ohne den geringsten Vorbehalt. Ada wollte Modedesignerin werden. Schneiderin zu sein, genügte ihr nicht. Sie beherrschte ihr Handwerk und war sehr gut darin, aber Nähen fand sie im Grunde langweilig. Allein das Entwerfen und Gestalten machte ihr wirklich Spaß.

»Ich könnte versuchen, beim Film unterzukommen oder am Theater als Kostümbildnerin«, überlegte sie, als sie mit Hans darüber sprach. »Hauptsache, ich kann Sachen entwerfen. Oder meine eigene Modekollektion. Kannst du dir das vorstellen?«

»Das kann ich mir sogar sehr gut vorstellen«, meinte Hans. »Die Mannequins laufen über den Laufsteg und präsentieren deine Sachen, und am Schluss kommst du auf die Bühne, holst dir den Applaus ab und verbeugst dich, und die Leute sagen: ›Schaut mal, Ada Friedberg sieht ja fast genauso aus wie Audrey Hepburn.‹«

Ada prustete. »Quatsch!«

»Kein Quatsch! Und dann wirst du berühmt, und Audrey Hepburn hört von dir und kommt zu dir und lässt sich von dir ihre Sachen entwerfen.«

»Spinner!«

»Und dann wirst du noch berühmter, und die *Christine* schreibt über dich. Einen ganz großen Artikel.«

»Wer?«

»Die *Christine*. Die Zeitschrift, bei der Marlene früher mal auf dem Cover war.«

Ada brach in schallendes Gelächter aus. »Du meinst die *Constanze.*«

»Dann eben die *Constanze*.« Hans bewarf sie mit einem Kissen. »Lach mich nicht aus.«

»Ich lache dich nicht aus. Ich lache *über* dich.«

»Wo ist da der Unterschied?«

»Ähm ...« Ada hörte verblüfft auf zu lachen. »Keine Ahnung!«, rief sie dann, prustete und musste sich gegen weitere Kissen zur Wehr setzen.

Ada hatte den richtigen Mann an ihrer Seite, und es war die richtige Zeit. Eine Zeit im Umbruch, in der sich nach und nach alles änderte. Man fing an, die althergebrachten Rollenbilder und Klischees zu hinterfragen. Frauen forderten gleiche Rechte, Unabhängigkeit und Anerkennung. Und Ada war eine dieser Frauen.

»Woher kommt das?«, fragte Hans manchmal verwundert und besonders dann, wenn sie einmal wieder mit Adas Eltern zusammengetroffen waren. »Wieso bist du so anders als sie?«

Für Ada war die Antwort leicht. Ihr ganzes Leben lang hatte sie ihre Mutter beobachtet, wie unterwürfig sie war, wie sie sich den Mund verbieten ließ, wann immer sie es gewagt hatte, eine Meinung zu äußern, bis sie irgendwann gänzlich verstummt war und sich darauf beschränkt hatte, das Essen auf den Tisch zu bringen. So wollte sie nicht werden, das war Ada schon früh klar.

»Ich habe an meiner Mutter gesehen, wie Menschen verkümmern, wenn sie sich nicht entfalten können, wenn sie in eine Rolle gedrängt werden und alle Träume begraben müssen. Und das will ich nicht.«

»Welche Träume hat deine Mutter begraben?«

Ada winkte ab. »Einige. Viele.« Einer davon jedoch fiel ihr als Allererstes ein.

»Während des Krieges kam mein Vater plötzlich mit der Nachricht nach Hause, dass wir umziehen würden. Raus aus unserer zu engen, kleinen, eher armseligen Wohnung in eine große, wunderschöne. Ich glaube, du kannst dir denken, wem die Wohnung vorher gehört hat.«

»Juden.«

»Richtig. Meiner Mutter gefiel es nicht, dort zu leben. Als Kind konnte ich mir nicht erklären, wieso, die Wohnung war doch so wundervoll und so groß. Nur das Klavier, das in dieser neuen Wohnung stand, das hat sie geliebt. Jeden Tag setzte sie sich hin und spielte. Immer dasselbe Lied. Oder vielmehr: Sie versuchte es. Sie konnte es nicht und wurde kaum besser. Manchmal hat sie angefangen zu weinen. Sie hat mir dann erklärt, dass sie als Kind immer davon geträumt hatte, Pianistin zu sein, aber ihre Eltern waren zu arm, und sie hatten kein Geld für ein Klavier oder auch nur für Unterricht. Sie spielte auf dem Küchentisch, tat so, als hätte sie die Tasten eines Klaviers vor sich.«

Dann erzählte Ada davon, wie mutig ihre Mutter war, als die Bomben fielen, und wie sie sich mit ihren Kindern allein aus der Stadt geflüchtet hatte, nachdem das Haus, in dem sie gelebt hatten, ausgebombt worden war. »Dass uns nichts passiert ist und dass wir die Nachkriegszeit überstanden haben, das haben wir meiner Mutter zu verdanken. Nicht meinem Vater. Meiner Mutter. Mein Vater hat sich hauptsächlich weggeduckt. Nur nicht auffallen! Damals hat er keine großen Töne gespuckt wie heute, sondern war schön still und hat angeblich so wie alle anderen von nichts gewusst. Er war ein Feigling, meine Mutter war die Tapfere.«

Wenn Ada von ihrer Mutter sprach, dann zu gleichen Teilen mit Bewunderung und Mitleid. Zum Schluss jedoch siegte jedes Mal die Wut darüber, dass diese mutige, aufrichtige, kluge und ambitionierte Frau in einem Leben feststeckte, das ihr kaum Luft zum Atmen ließ.

»Ich will es anders als meine Mutter, verstehst du?«

»Natürlich.«

Manchmal konnte Ada ihr Glück kaum fassen. Dass ihr von allen Menschen ausgerechnet Hans begegnet war und dass er sich genauso in sie verliebt hatte wie sie sich in ihn. Er war noch immer anders als andere Männer seiner Zeit. Das, woran sich andere nur allmählich gewöhnten, war für ihn Normalität, und Adas Wünsche waren seine Wünsche.

Über ein Kind hätten sie sich gefreut, aber als die Jahre vergingen, fanden sie sich damit ab, dass es nicht sein sollte. Sie nahmen es hin und arbeiteten an der Verwirklichung ihrer Träume: Hans machte Karriere an der Universität als Kunsthistoriker, Ada arbeitete als Schneiderin und sparte jeden Pfennig für die Ausbildung auf der Modeschule.

Zum Tanzen kamen sie immer seltener. Zur Weltspitze vordringen zu wollen, das war natürlich ein Scherz gewesen. Sie hatten immer weniger Zeit, um für Turniere zu trainieren, und irgendwann ließen sie es ganz bleiben und waren froh, wenn sie einmal pro Woche den Club besuchen konnten.

Stattdessen nähte Ada Turnierkleider für andere Tänzer. Mit ein bisschen Wehmut zwar, aber sie verdiente damit Geld und konnte ihre kreative Ader ausleben, außerdem erhöhte es ihre Chancen, an der Modeschule genommen zu werden.

Eines Abends kam Hans spät nach Hause und fand Ada noch

immer an ihrer Nähmaschine im Wohnzimmer. Die Maschine besaß einen Fußantrieb, und wenn Ada das Pedal unablässig mit ihrem Fuß betätigte, klang es, als würde ein kleiner Traktor durchs Zimmer rauschen. Auf der Couch lagen Stoffbahnen, Schnittmuster verteilten sich über den Esstisch, am Boden lagen Verschnitt und Abfall. Ada sah nicht auf und trat und trat und trat das Pedal. Es war zu laut für diese späte Uhrzeit, doch das kümmerte Hans nicht, vielmehr erstaunte es ihn, dass Ada noch so spät arbeitete, und noch viel mehr, dass sie ihn gar nicht beachtete. Sie starrte vor sich auf die ratternde Nadel und das Stück Stoff, das hin und her glitt – sinnlos scheinbar.

»Ada?«

Sie schien ihn nicht zu hören. Er trat hinter sie und legte eine Hand auf ihre Schulter. Da hörte sie auf zu treten. Das Geräusch der Maschine erstarb langsam, und nach ein paar Sekunden herrschte vollkommene Stille in dem kleinen, viel zu engen Raum.

»Wir brauchen wirklich eine größere Wohnung«, sagte Ada unvermittelt und tonlos. Etwas stimmte nicht mit ihr.

»Ja«, erwiderte Hans sanft. »Du brauchst mehr Platz.«

»Nicht ich«, sagte Ada. Noch immer starrte sie vor sich hin, sah ihn nicht an und ergriff nicht seine Hand wie sonst.

Er kniete sich neben sie, sodass er in ihr Gesicht sehen konnte. »Ada? Was ist denn?«

»Ich bin schwanger.«

Sie hatten sich diesen Moment immer anders vorgestellt. Taumelnd vor Glück. Strahlend vor Glück. Überwältigt vor Glück. Jetzt saß sie vor ihrer stumm gewordenen Nähmaschine mit ausdruckslosem Gesicht, und er kniete neben ihr auf dem Boden und wusste nicht, was er tun sollte.

Schließlich nahm er ihre Hand. Sie ließ es geschehen, doch

ihre Hand erwiderte nicht den Druck, sondern lag schlaff in seiner.

Sie konnte seine Ratlosigkeit spüren, und doch hätte sie sich lieber verkrochen, als mit ihm über ihre Gefühle zu reden und darüber, warum sie spät am Abend noch die Nähmaschine quälte. Und warum sie sich nicht so freuen konnte, wie sie es normalerweise getan hätte.

Schließlich nahm sie alle Kraft zusammen, gab sich einen Ruck und sah Hans ins Gesicht.

»Heute ist der Brief von der Modeschule gekommen. Er lag im Briefkasten, bevor ich zum Arzt gegangen bin.«

»Sie haben dich aufgenommen?«

Sie nickte.

Hans strahlte. »Das ist doch ...« Großartig, wollte er sagen, doch sie legte ihm die Hand auf den Mund.

» ... jetzt nicht mehr wichtig«, führte sie seinen Satz zu Ende.

»Aber wieso denn nicht?«, widersprach er.

»Hans, ich bekomme ein Kind. Ich bin im dritten Monat.«

»So weit schon?«

»Ich dachte mir nichts dabei, als die Blutung ausblieb, das kann schon mal passieren, und wir versuchen es nun schon so lange. Aber nach einer gewissen Zeit dachte ich, ich sollte zum Arzt gehen. Er hat festgestellt, dass ich schwanger bin.«

Sie sah ihm an, dass er jubeln wollte, sie umarmen und durch die Luft wirbeln, doch er tat es nicht.

»Ich werde nicht auf die Modeschule gehen«, sagte Ada. »Sie werden mich dort wahrscheinlich sowieso nicht nehmen wollen, wenn absehbar ist, dass ich unterbrechen muss.«

»Aber vielleicht ja doch, du kannst doch mit denen reden.«

Ada schüttelte den Kopf. »Nein, ich glaube nicht, dass das Sinn hat. Außerdem weiß ich gar nicht, ob ich das könnte: ein

Baby und gleichzeitig die Ausbildung und den Haushalt. Wie sollte das gehen?«

»Aber ich helfe dir doch. Wir machen alles zusammen.«

Ada lachte. »Ach Hans!«

»Was denn? Du kannst alles machen, Ada. Du kannst Mutter sein und Modedesignerin und … du kannst alles sein, und du kannst alles machen. Ich helfe dir doch.«

Er wünschte sich so verzweifelt, dass sie sich über das Kind freute, damit er sich auch freuen und dieses Glück, endlich die ersehnte Familie zu haben, empfinden durfte.

Zärtlich strich sie ihm durch sein seidiges Haar. »Ach Hans!«, sagte sie noch einmal, ohne zu lachen und ohne an ihm zu zweifeln, unendlich liebevoll.

Und dann schossen die Tränen aus ihren Augen. »Wir bekommen ein Kind, Hans! Stell dir vor, wir bekommen nun doch noch ein Kind.«

Sie fielen einander in die Arme, fielen auf den Boden und wälzten sich küssend und weinend zwischen Stoffresten und liebten sich bis tief in die Nacht.

Es wurde ein Mädchen. Ein kleines, braves Mädchen, das immer nur kurz jammerte, wenn es etwas wollte, und sich dann sogleich beruhigen ließ.

Susannchen wurde von den Großeltern, allen Tanten und Onkeln und allen Freunden gleichermaßen geliebt und bewundert.

Eduard Musäus sprach leise in ihrer Gegenwart, wurde rot vor Verlegenheit, wenn er sie halten sollte, und bedachte sie mit innigen Blicken, wenn sie bei seiner Frau im Arm einschlief.

Hans' Eltern entpuppten sich als besonders zärtliche Großeltern, und plötzlich wurde es in ihrer Gegenwart wärmer und freundlicher.

Marlene wurde Patentante. Heulend saß sie an Susannes Bettchen, schniefte und versprach, dem Kind würde nie etwas fehlen, falls ihren Eltern etwas zustoßen sollte, was der Herrgott verhindern möge. Sie sprach in letzter Zeit viel vom Herrgott.

Ada und Hans fanden eine neue Wohnung, waren sich aber darüber im Klaren, dass sie, falls ein weiteres Kind käme, erneut umziehen müssten. Die Modeschule wurde hintenangestellt. Später, wenn Susanne größer wäre, könnte man noch einmal darüber nachdenken. Allerdings hätte sie dann vielleicht schon ein Geschwisterchen, und Ada wäre wieder älter, womöglich zu alt, um noch einmal die Schulbank zu drücken, Mitte dreißig. Sie verdrängte alle Gedanken daran. Was war schon die Modeschule gegen ihr großes privates Glück?

Draußen auf den Straßen tobten die 68er und räumten mit dem Establishment auf, mit den alten Zöpfen, mit der Vergangenheit, mit verstaubten Ansichten und Sitten, und in Adas Welt hielt die Bürgerlichkeit Einzug. Hans ackerte, und Ada versorgte Kind und Haushalt. Drei Jahre nach Susanne kam Thomas, der im Gegensatz zu seiner pflegeleichten Schwester ein wahres Energiebündel war und in jeder Minute Aufmerksamkeit verlangte. Er war ein lustiger kleiner Kerl, aber anstrengend.

»Ist das nicht perfekt?«, freute sich Marlene mit den glücklichen Eltern. »Jetzt habt ihr ein Pärchen, einen Jungen und ein Mädchen, genau wie wir. Kann man sich mehr wünschen?«

Ada wunderte sich manchmal, wie gut Marlene das verdrängen konnte, was sie sich früher einmal gewünscht hatte, und wie überzeugend sie für die Außenwelt die zufriedene Apothekersgattin spielte. Die Marlene, die sie einmal gekannt hatte, war damals mit Emilio verschwunden.

»Ja, das ist perfekt«, stimmte Ada zu.

Es war auch perfekt. All ihre Wünsche hatten sich erfüllt: Sie hatte Hans geheiratet, den Mann, den sie wirklich und wahrhaftig liebte, den einen. Und nun hatten sie auch noch zwei zauberhafte Kinder. Es hatte alles eine Weile gedauert, aber es hatte sich gelohnt, und ihre Geschichte hatte das ersehnte Happy End.

Den Gedanken an die Modeschule dagegen gab sie endgültig auf. Und auch die Zeit des Tanzens war vorüber.

Viel trinken

»Du willst ins Theater gehen?« Wie so oft war Susannes Tonfall skeptisch und besorgt.

»Ja, in die Oper. Herr Lenz bekommt günstige Karten.«

»Ach so? Sind die Vorstellungen nicht immer schon lange im Voraus ausverkauft? Wie kommt der denn an die Karten? Noch dazu an günstige?«

»Ich weiß nicht, irgendwie über seinen Sohn, außerdem ist das doch völlig egal, Susanne. Er bekommt sie nun mal.«

Herr Lenz hatte es Ada erklärt, als er sie am Tag zuvor gefragt hatte, ob es auch die Oper sein dürfe. Sie hatte vergessen, auf welche Weise er zu den Karten kam. Es seien gute Karten, hatte Herr Lenz versichert, die besten.

»Und wie kommt ihr dahin?«, fragte Susanne weiter, in ihrer Stimme klangen fortwährende Bedenken.

»Wir leisten uns ein Taxi«, erwiderte Ada. »Das geht dann leider von eurem Erbe ab, fürchte ich.«

Daraufhin musste Susanne lachen. »Ist ja schon gut, Mama. Es ist ja nicht so, dass ich es dir nicht gönne. Ich würde auch mal mit dir ins Theater gehen, aber ich habe halt so wenig Zeit.«

»Das weiß ich doch.«

»In welche Oper geht ihr denn?«

»*Madame Butterfly*!«

»Auch das noch!«, entfuhr es ihrer perplexen Tochter. »Da ist es ja sicher erst recht schwer, an Karten zu kommen, oder?«

»Herr Lenz bekommt jedenfalls welche«, schloss Ada, und bevor sich Susanne auch noch nach ihrer Garderobe erkundigen und diesbezüglich Empfehlungen aussprechen konnte, meinte sie, sie müsse nun leider ganz dringend auf die Toilette. Manchmal verhielt sich ihre Tochter ihr gegenüber, als wäre sie die Mutter und Ada das Kind.

»Na schön, dann geh mal schnell«, sagte Susanne dann auch tatsächlich im gleichen Ton, in dem Ada früher ihre dreijährigen Kinder ermahnt hatte, rechtzeitig aufs Töpfchen zu gehen, damit kein Malheur passierte. Seit Hans' Tod fühlte Susanne die Verpflichtung, sich um die Mutter zu kümmern, doch weil sie wenig Zeit hatte, fand dieses Kümmern hauptsächlich am Telefon und in Form besorgter Fragen statt. Susanne meinte es gut, und doch ging Ada dieses Gebaren gelegentlich auf die Nerven, immerhin war sie ein erwachsener Mensch.

Als sie auflegte, stieg ihr ein seltsamer Geruch in die Nase. Es roch angebrannt. Eilig ging sie in die Küche, um nachzusehen, ob sie eine Herdplatte angelassen hatte, doch der Herd war ausgeschaltet. Plötzlich fiel ihr auf, dass sie ganz vergessen hatte, sich etwas zu Mittag zu kochen, nicht einmal die sonst bevorzugte Tütensuppe. In der Spüle gab es Indizien für ein Frühstück, wenigstens das.

»Na, so was!«, murmelte sie. »Wenn Susanne das wüsste! Oder Karola! Wir sagen es ihnen besser nicht, Moppi, was?« Vor lauter schlechtem Gewissen nahm sie gleich eine Scheibe Brot aus dem Kasten und ein paar Scheiben Käse aus dem Kühlschrank, obgleich sie auch weiterhin nicht den geringsten Hunger verspürte. Nur diesen Geruch nahm sie wahr. Wo kam der nur her? Es machte sie verrückt. Sie ließ Brot und Käse auf dem Teller liegen und ging schnuppernd durch die Wohnung. Von draußen konnte es nicht kommen, denn die Fenster waren alle geschlossen.

»Jetzt werden wir ordentlich lüften, dann geht der Geruch schon weg«, erklärte sie dem Hund, der sie stetig begleitete. Frauchen suchte etwas, und neugierig, wie Hemingway war, wollte er wissen, worum es sich dabei handelte. »Riechst du gar nichts?«, fragte Ada und sah ihn an, als erwarte sie eine Antwort, doch Hemingway blickte nur ratlos zu ihr hoch. »Komisch! Ich denke, ihr Hunde habt so eine empfindliche Nase.« Noch einmal ging sie durch alle Räume, überprüfte Kabel und Stecker, schaute hinter Schränke und unter Möbel, doch weder konnte sie die Quelle des Geruchs ausmachen, noch verschwand er. Es war zum Verrücktwerden.

Auf einmal hatte Ada eine Eingebung. Sie marschierte geradewegs zur Eingangstür, trat hinaus in den Flur und klingelte gegenüber bei den Studenten. Nach einer Weile und einem weiteren Klingeln öffnete Leo mit verstrubbeltem Haar und verschlafenen Augen. Quer über seine Wange verlief ein roter Streifen, wie er entstand, wenn man mit dem Gesicht auf einer Buchkante eingeschlafen war.

»Hab ich Sie geweckt?«, fragte Ada mit aufgerissenen Augen. Für den Bruchteil einer Sekunde hatte sie die Befürchtung, sie hätte sich in der Tageszeit geirrt, aber so daneben war sie doch auch wieder nicht.

»Ähm …«, Leo räusperte seine Stimme frei. »Macht nichts. Ich bin wohl unterm Lernen eingeschlafen. Demnächst stehen Prüfungen an.«

»Der Körper nimmt sich eben, was er braucht.«

»Ja, das stimmt. Aber gut, dass Sie geklingelt haben, ich muss nämlich bald zur Arbeit.« Er wartete.

Ada stand vor ihm und lächelte.

»Tja, also ... was gibt es denn, Frau Friedberg? Kann ich Ihnen irgendwie helfen?«, fragte er schließlich, als Ada sich nicht erklärte.

»Was meinen Sie?«, fragte Ada zurück.

»Ich meine, warum Sie geklingelt haben«, erklärte Leo mit gutmütigem Schmunzeln. Ada sah ihn einen Augenblick lang verblüfft an, so als wollte sie sagen: Ich? Geklingelt? Hinter ihr meldete sich Hemingway mit einem leisen »Wuff«, und im selben Moment erinnerte sie sich wieder an den Grund für ihre offene Wohnungstür und warum sie ihren Nachbarn aus dem Schlaf geklingelt hatte.

»Natürlich!«, rief sie, schlug sich an die Stirn und verzog in komischer Verzweiflung über sich selbst das Gesicht. »Was bin ich für ein Trottel!«

Leo musste lachen. »Aber Frau Friedberg!«

Ada stimmte kurz in das Lachen mit ein, bevor sie endlich zum Punkt kam.

»Wissen Sie, da ist so ein komischer Geruch bei mir in der Wohnung, und ich finde einfach nicht heraus, wo der herkommt.«

»Was denn für ein Geruch?«

»Irgendwie verbrannt. Wenn Sie kurz mal mit mir rüberkommen würden, wäre ich Ihnen sehr dankbar.«

»Na klar«, meinte Leo, schnappte sich seinen Türschlüssel und lief der voraustrippelnden Nachbarin hinterher.

»Riechen Sie das?«, fragte Ada, hielt die Nase in die Luft und schnupperte. Leo schnupperte mit und machte bloß: »Hm!« Gemeinsam durchstreiften sie die ganze Wohnung, die Nasen hierhin und dahin reckend. Mit konzentriert zusammengezogenen Brauen, immer wieder intensiv einatmend, versuchte Leo zu ergründen, welchen Geruch Ada meinte, doch seine ratlose Miene sprach Bände.

»Also, verbrannt riecht hier nichts«, sagte er schließlich.

»Nein?«

»Nein. Ich rieche nichts. Überhaupt nicht. Im Gegenteil, es riecht alles richtig schön frisch.« Er schnupperte noch einmal. »Ganz leicht zitronig, würde ich sagen. War Ihre Putzfrau nicht gestern hier?«

»Ja«, bestätigte Ada. Karola benutzte immer dieses Putzmittel, das stark nach Zitrone duftete. Verwirrt stand sie im Zimmer, mitten in dem Geruch, den scheinbar nur sie wahrnahm. »Und Sie riechen wirklich nichts? Kein bisschen?«, vergewisserte sie sich ein letztes Mal, in der Hoffnung, man müsste sich nur ein wenig an die Raumatmosphäre gewöhnen, um jedes olfaktorische Detail entdecken zu können, doch Leo schüttelte den Kopf.

»Ich bin extrem empfindlich mit Gerüchen, Frau Friedberg, ein Brandgeruch würde mir auffallen.«

»Hm ...«, machte nun auch Ada in völliger Ratlosigkeit.

»Seien Sie froh«, tröstete Leo die alte Dame. »Jetzt können Sie ganz beruhigt sein und wissen, dass alles in Ordnung ist.«

Ada nickte stumm. Leo zögerte zu gehen. Sie bemerkte es nach ein paar Sekunden und wollte ihm nicht noch länger seine Zeit stehlen. »Gut!«, rief sie, klatschte in die Hände und lachte ihren jungen Nachbarn an. »Danke, Leo«, sagte sie. »Sie haben ganz recht, alles in Ordnung! Gott sei Dank! Tut mir leid, dass ich Sie mit meiner Schusseligkeit gestört habe.«

»Aber nein, Frau Friedberg, Sie haben mich doch nicht gestört. Sie wissen doch, dass Sie immer Bescheid sagen können, wenn irgendetwas ist.« Er ging vor zur Tür und strich im Vorbeigehen Hemingway über den Kopf. »Schönen Abend noch!«

»Ihnen auch! Und danke noch mal!«

Sie schloss die Tür hinter ihm und blieb noch eine ganze Weile am selben Fleck stehen, als wäre sie dort festgewachsen. Alles in

Ordnung! Nichts war in Ordnung. Wieso roch sie so deutlich etwas, das sonst niemand wahrnahm? Sie drehte sich um und holte noch einmal tief Luft durch die Nase. Sie roch es noch immer. Oder etwa nicht?

Vielleicht lag es daran, dass sie so wenig aß und trank, und das waren nun die Auswirkungen davon: dass nämlich in ihrem Kopf etwas durcheinanderging. Vielleicht sollte sie sich die Ermahnungen von Susanne und Karola mal zu Herzen nehmen. Sie behauptete zwar immer, alte Menschen brauchten nicht mehr so viel, aber womöglich taten sie das ja doch, und sie musste sich eben zwingen, auch wenn sie keinen Hunger hatte.

»Na, dann komm, Moppi!«, sagte Ada zu Hemingway, der abwartend neben ihr stand.

In der Küche lagen noch die einsame Scheibe Brot und der Käse auf dem Teller, und weil es ihr mit den guten Vorsätzen ernst war, holte sie auch noch eine Pfanne und zwei Eier dazu. Während auf dem Herd Spiegeleier brieten, schenkte sie sich ein großes Glas Wasser ein, trank drei Schluck und hatte danach bereits das Gefühl, nicht noch mehr davon hinunterzubringen. Nachdem die Spiegeleier fertig waren, kontrollierte sie mehrmals, ob sie auch den Herd richtig ausgeschaltet hatte. »Wir wollen ja nicht, dass es doch noch anfängt zu brennen, was?«, sagte sie zu dem Hund, kraulte ihm kurz die Ohren und trug den für ihre Verhältnisse reich gefüllten Abendbrotteller zum Esstisch.

Bereits der Anblick machte sie satt. »Das wäre doch gelacht«, murmelte sie und begann zu essen. Langsam und mit einigem Widerwillen, doch sie war nicht bereit, sich in Zukunft noch öfter mit nicht vorhandenen Gerüchen oder dergleichen zu befassen. Sie musste einfach mehr auf sich achten. In Zukunft würde sie dafür sorgen, dass sie die Mahlzeiten nicht mehr vergaß und dass sie immer genug trank. Trinken war das A und O. Das sagten alle

Ärzte. Das hatte ihr damals, als Hans gestorben war, auch der Arzt gesagt, der den Totenschein ausgestellt hatte.

»Sie müssen jetzt viel trinken«, hatte er gesagt und hinzugefügt: »Wasser müssen Sie trinken. Viel Wasser.« Damit sie sich nicht aus Versehen auf seinen Rat hin die Wodkaflasche an den Hals hängen würde. Dann hatte er das Weite gesucht. Er hatte eben irgendetwas sagen wollen, ihr einen Rat geben, das erwartete man von Ärzten. Und was sonst sollte man einer alten Frau sagen, die eines Morgens erwachte und im Bett neben sich ihren Mann tot vorfand? Eingeschlafen. Endgültig.

An die ersten Stunden nach diesem schrecklichen Erwachen konnte sich Ada nicht mehr erinnern. Sie waren weg, als hätte es sie nie gegeben. Sie wusste nicht mehr, was sie getan hatte. Hatte sie geschrien? Um Hilfe gerufen? Vielleicht hatte sie noch eine Zeit lang an Hans' totem Körper herumgezerrt, um ihn wieder ins Leben zu holen und ihn zu zwingen, bei ihr zu bleiben und sie nicht allein zu lassen. Das alles wusste sie nicht mehr. Das Einzige, woran sie sich erinnerte, war diese plötzliche grausame Erkenntnis, was Endgültigkeit bedeutete. Unwiederbringlich, unumkehrbar – endgültig. Zum ersten Mal hatte dieses Wort für sie einen Inhalt erhalten, einen wirklichen, greifbaren, fühlbaren Inhalt. Zum ersten Mal gab es ein Bild dafür: Hans, der nicht mehr atmete, dessen Herz nicht mehr schlug, in seinem Bett. In diesem Moment, so viel wusste Ada noch, wünschte sie sich mit aller Inbrunst, dass auch ihr Herz aufhören möge zu schlagen. Mehr wusste sie nicht mehr. Irgendwann war Susanne bei ihr gewesen, und auch Lydia und Thomas waren gekommen. Und dann dieser Arzt, der den Totenschein ausstellte, Beileid wünschte und ihr riet, sie solle viel trinken. Wasser.

Ada griff nach dem Glas und trank. Sie zwang sich. Zuletzt war das Glas halb leer, und auf dem Teller lagen nur noch einige wenige Krümel. Seufzend lehnte sie sich zurück, wie nach einer schweren Arbeit.

Eigentlich, wenn sie ehrlich zu sich war, wollte sie das alles gar nicht mehr, eigentlich wollte sie loslassen. Sie lebte gern, oder hatte es zumindest immer getan, aber es war so unendlich ermüdend, allein zu sein. Es machte keinen Spaß, alles allein zu machen, allein aufzustehen, die Mahlzeiten allein einzunehmen, allein fernzusehen, allein ins Bett zu gehen. Alles, was man so viele Jahre zu zweit gemacht hatte, plötzlich allein zu tun.

Ein paar große runde Hundeaugen blickten sie an, und in ihrem Kopf hörte sie Hans sagen: »Du bist doch nicht allein, meine Schöne, du hast unseren Moppi.«

Ada streckte den Arm aus, und sofort kam der Hund, leckte ihre Hand und schmiegte seinen Kopf hinein. Dann leckte er weiter.

»Mach mir nichts vor, du Schlingel«, sagte Ada zärtlich. »Du hast es ja nur auf die Käsereste abgesehen, die du mir von den Fingern ableckst.« Hemingway ließ tief aus seiner Kehle ein weinerliches Grummeln ertönen, als fühlte er sich ertappt, und Ada lachte auf. Ihr Moppi und seine seltsamen Geräusche.

Reiß dich zusammen, dachte sie. Es stimmte ja nicht: Sie war nicht allein. Sie hatte Hemingway und die Kinder und Nachbarn wie Leo und John und Herrn Lenz. Sie hatte ihre Unterhaltung und ihren Spaß mit Karola, und sie würde sogar bald in die Oper gehen. Nur eins würde sie nicht mehr: tanzen. Wie gern hätte sie noch einmal so getanzt wie früher. Wie sehr sie es in all den Jahren vermisst hatte, war ihr erst klar geworden, seit sie dieses Paar zum ersten Mal gesehen hatte, die Tänzer in dem alten Haus.

Wie selbstverständlich griff Ada zu ihrem Fernglas. Erst im letzten Moment, als sie bemerkte, dass sie durch die Spiegelung im Fenster nichts sehen konnte, dachte sie daran, das Licht im Zimmer auszuschalten.

Die Mustermanns aßen gemeinsam zu Abend, sehr sittsam, wie gewöhnlich. Servietten neben jedem Teller. Die Doppelpacks hatten Besuch, nun plärrten die Kinder leihweise in den Armen eines fremden jungen Paares, das sich krampfhaft darum bemühte, begeisterte Gesichter zu machen. Die Babys schrien aus vollem Hals. Ada kicherte und wettete mit sich selbst, wie lange die beiden es aushalten würden, bevor sie die Kinder an ihre Erzeuger zurückgaben. Fünf Sekunden? Zehn? Länger? Und wer hielt länger durch, der Mann oder die Frau? Vor dem alten Haus nebenan bewegte sich etwas, außen. Waren da Leute im Garten?

»Komm, Moppi, wir müssen Gassi gehen!«, rief Ada, legte das Fernglas rasch zur Seite und tastete sich im Dämmerlicht durch das Zimmer. »Hopp, hopp! Schnell!«

Im Fahrstuhl begegnete ihr Frau Pauly im Mantel, mit verschränkten Armen und verweinten Augen. Auch das noch, dachte Ada. Sie kannte die Frau zu wenig, um sich nach der Ursache ihres Kummers zu erkundigen. Und sie war mit den Gedanken woanders.

Frau Pauly stürmte aus dem Fahrstuhl, kaum dass sich die Tür geöffnet hatte. Auch Ada hatte es eilig. So schnell sie ihre alten Füße trugen, hastete sie über die Straße und durch die Grünanlage hindurch. Sie ließ Hemingway kaum Zeit, einen geeigneten Ort für sein Geschäft zu erschnüffeln, und als er sich endlich niederließ und tat, was getan werden musste, ließ sie es liegen, statt die Hinterlassenschaft des Hundes wie üblich aufzuheben, um sie zu entsorgen.

»Hopp, hopp!«, forderte sie den Boxer auf, der hechelnd neben ihr herjoggte.

Sie lief bis zum Park, bis zu einer Stelle, von wo aus sie die andere Seite des Hauses und den Garten gut sehen konnte. Dort blieb sie stehen. Selbst ein eher furchtloser Mensch hätte dem dunklen und einsamen Park nicht einfach so den Rücken zugewandt. Und manch einer hätte sich sogar gegruselt bei der Vorstellung, was sich alles in der Dunkelheit verstecken, was alles hinter dem nächsten Busch lauern konnte. Doch Ada störte das nicht, sie achtete nur auf das Haus.

Unten, hinter einem kleinen Fenster neben dem Eingang, brannte Licht, die Vorhänge jedoch waren zugezogen. Plötzlich erschien die Silhouette einer Frau mit langen Haaren, dann die eines Mannes, der deutlich größer war als sie. Die beiden Silhouetten verschmolzen zu einer einzigen.

Ada lächelte. Wenn sie das Haus damals gekauft hätten, dann hätte sie sich jetzt vorstellen können, wie es innen aussah, dort im Eingangsbereich. Aber wenn sie das Haus gekauft hätten, dann würde sie ja darin wohnen. Sie und Hans hätten sich hinter dem Vorhang geküsst. Damals. Als er noch lebte.

Die Silhouette des Paares verschwand, das Licht erlosch.

Wo waren sie jetzt? Oben in dem großen Zimmer, das sie von ihrer Wohnung aus sehen konnte? Oder im Schlafzimmer? Sie wartete auf ein Licht, doch nichts passierte. Im Gebüsch hinter ihr raschelte es. Hemingway ließ ein leises, gefährliches Knurren vernehmen, und Ada erwachte aus ihrer Versenkung.

»Komm, Moppi, wir gehen heim.«

1973
Das alte Haus

Die Wohnung, die Ada und Hans besichtigten, war groß genug für eine vierköpfige Familie mit Hund. Sogar einen Fahrstuhl gab es im Haus, was äußerst praktisch und nicht selbstverständlich war.

»Das ist perfekt«, meinte Hans. »Wir sollten schließlich auch daran denken, dass wir mit neunzig die Treppen in den vierten Stock eventuell nicht mehr schaffen.«

»Mit neunzig? So alt willst du werden?«, fragte Ada, die den quengeligen, übermüdeten Thomas auf dem Arm hatte, während Hans Susanne an der einen Hand und die Leine von Oscar, dem Schäferhundmischling, in der anderen hielt.

»Mindestens«, erwiderte Hans grinsend.

»Lass uns noch ein bisschen spazieren gehen, dann kann Thomas im Kinderwagen schlafen, und wir können uns gleich in der Gegend umschauen«, schlug Ada vor. »Die muss uns ja auch gefallen, nicht nur die Wohnung.«

»Gute Idee!«

Ihr Weg führte sie als Erstes durch die kleine Grünanlage auf der anderen Seite der Straße.

»Schon mal nicht schlecht zum schnellen Gassigehen«, fand Ada. »Und die Bushaltestelle ist direkt vorm Haus.«

»Der Makler hat gemeint, es wäre demnächst sogar eine Trambahnlinie hierher geplant.«

»Ja, was die alles sagen.«

»Ist ja auch egal. Da hinten in der Querstraße sind mehrere Läden, eine Bäckerei, ein Metzger, eine Buchhandlung«, zählte Hans auf. »Alles da.«

»Und der Englische Garten ist auch nicht weit«, fügte Ada hinzu.

»Ist das der Englische Garten?«, fragte Susanne und zeigte auf einen Park ganz in der Nähe.

»Nein, mein Schatz, der ist noch ein Stückchen weiter.«

Vor ihnen lag ein kleinerer Park, an den sich eine Schrebergartensiedlung anschloss.

»Das ist ja wirklich fantastisch!«, rief Ada begeistert. »So viel Grün. Und wie schön das hier ist. Schau mal die Häuser.«

Am Rande des Parks auf der anderen Seite der Straße erstreckte sich eine Reihe traumhafter Einfamilienhäuser, kleine Villen geradezu, mit wundervollen Gärten und Vorgärten, ein Anwesen schöner als das andere.

»Wie reich muss man sein, um sich in München so ein Haus leisten zu können?«, fragte Ada. Im Geiste sah sie ihre Kinder in einem der Gärten spielen, umkreist von Oscar, der sich zwischen den Bäumen und Büschen nach Herzenslust austoben konnte. In einem so großen Haus hätte sie sich ohne Umstände ein eigenes Nähzimmer einrichten können, und Hans hätte ein großes Arbeitszimmer gehabt mit Platz für all seine Bücher und nicht nur eine bessere Abstellkammer. Er müsste nicht auch noch am Wochenende ins Büro ausweichen. Sie hätten mehr Zeit füreinander. An Weihnachten könnten sie einen richtig großen Baum aufstellen und sie hätten ein Extrazimmer, in dem Gäste übernachten könnten. Marlene zum Beispiel. Oder sie könnten ein Zimmer fast leer stehen lassen, ohne Möbel, nur ein Plattenspieler und eine große Fläche zum Tanzen. Wenn die Kinder abends im Bett wären, dann könnten sie wieder einmal tanzen, sie und Hans. Sie vermisste es, aber sie hatten so wenig Zeit. Sie mussten arbeiten, um sich überhaupt eine größere Wohnung leisten zu können. Hans arbeitete Tag und Nacht, sieben Tage die Woche, und sie selbst nahm so viele Änderungsaufträge an wie möglich, um auch etwas beisteuern zu können. Dass sie die Zeit gefunden hatten, Thomas zu zeugen, war ein Wunder.

Ada schob langsam den Kinderwagen vor sich her und träumte, während sie die Häuser betrachtete. Und dann entdeckte sie es. Ein Haus, das anders war als all die anderen: älter, schöner, einsamer. Wie eine vergilbte Schwarz-Weiß-Fotografie inmitten einer Reihe bunter Farbfotos stach es unter den übrigen Häusern hervor. Der Garten war verwildert, das Holz der Fensterrahmen morsch, das Glas der Fenster trüb und verschmutzt, die Fassade grau und an vielen Stellen überwuchert von wildem Efeu. Verwunschen sah es aus, vergessen, verlassen. Es war, als erzählte es eine Geschichte.

Ada und Hans blieben gleichzeitig stehen.

»Ist das nicht schön?«, entfuhr es Ada aus tiefstem Herzen.

»Traumhaft!«

»Denkst du, da wohnt jemand?«

»Sieht nicht so aus.«

»Vielleicht gehört es gar keinem.«

»Irgendjemandem gehört es ganz sicher.«

»Wie kann man so etwas Schönes leer stehen lassen?« Ada schob den Kinderwagen zu einer Bank, die im Park direkt gegenüber dem Haus stand, und setzte sich hin, während sie den Wagen sachte schaukelte, damit das schlafende Baby nicht aufwachte. Hans ließ Oscar von der Leine, Susanne sprang ihrem Hund hinterher und rannte mit ihm über die Wiese.

»Nicht zu weit weglaufen!«, rief Hans ihnen nach, dann ging

auch er zu der Bank. Abwechselnd betrachtete er das alte Haus und Adas sehnsuchtsvollen Blick dorthin, bevor er sich neben sie setzte.

»Woran denkst du?«, fragte Ada, die sein Zögern bemerkt hatte.

»An James Stewart.«

»Was?« Sie lachte auf. »Wieso das denn?«

»Na, wegen diesem Film, in dem er mit seiner Freundin dieses alte, verfallene Haus entdeckt, einen Stein reinwirft und sich wünscht, einmal dort zu leben.«

»*Ist das Leben nicht schön?*«

»Genau.«

»Unser Leben ist auch schön, Hans.«

»Ich weiß.« Mit ausgestrecktem Finger zeigte er auf das Haus. »Stell dir vor, da unten hinter dem kleinen Fenster im Erdgeschoss, da könntest du ein Nähzimmer haben, mit genügend Platz für deine Entwürfe und deine Utensilien. Du müsstest nicht immer alles wegräumen. Du könntest es liegen lassen und am nächsten Tag einfach weitermachen.«

»Und du hättest ein großes Arbeitszimmer.«

»Die Kinder und der Hund hätten den Garten.«

»Wir könnten Sonnenuntergänge von der Terrasse aus beobachten.«

Zögernd wandte er sein Gesicht zu ihr. »Man könnte versuchen herauszufinden, wem das Haus gehört.« Eine tollkühne Idee, auf verzagte Weise geäußert. Ada lächelte zärtlich und strich ihm mit dem Handrücken über die Wange, wie sie es bei Susanne manchmal tat, wenn sie ihr einen Wunsch nicht erfüllen konnte.

»Wie willst du das denn herausfinden? Und selbst wenn, könnten wir uns das niemals leisten.«

»Nein, wahrscheinlich nicht«, gab Hans zu und seufzte. »Ich

würde dir auch gern ein altes Haus schenken. So wie James Stewart.«

Ada legte ihren Kopf an seine Schulter. »Der Gedanke zählt. Ich stelle mir ganz einfach vor, du hättest es getan, und wir erklären das Haus ab jetzt einfach zu unserem Haus.«

Oscar bellte, und Susanne quietschte vor Vergnügen. Sie hatte einen Stock gefunden, den sie unermüdlich warf und den Oscar brav immer wieder brachte. Mit Bellen forderte er sie dann zum erneuten Werfen auf, obwohl der Stock höchstens ein paar Meter weit flog. Hans lief zu ihr über die Wiese.

»Papa, Papa!«, rief Susanne. »Wirf du mal, du kannst weiter!« Und als Hans den Stock warf und dieser so weit flog, dass Oscar zu einem weiten Galopp durch das Gras ansetzen musste, hüpfte Susanne jubelnd auf und ab. Ihr Papa, der Held, der einen Stock so weit werfen konnte wie sonst keiner. Bis in den Himmel hinein, einmal um die Erde herum. So weit, dass der Hund ganz außer Atem kam.

»Noch mal!«, verlangte das Kind, hüpfend wie ein Flummi, und Hans tat ihr den Gefallen, so oft sie wollte. Alles hätte er für seine Liebsten getan.

Einen Monat später zogen sie in die neue Wohnung ein. Im Vergleich zur alten kam sie ihnen unerhört groß vor. Sie hatten nun ein ganzes Zimmer zusätzlich, das Wohnzimmer war sehr viel größer, und sie hatten einen Balkon. Was wollte man mehr? Hans hatte es natürlich weiter zur Uni, aber das war erträglich. Mit dem Rad durch den Englischen Garten war er im Nullkommanichts da, wie er immer sagte. Sie hatten zwar auch ein kleines Auto, aber das benutzten sie allenfalls für größere Einkäufe und Ausflüge in die Alpen. Der einzige Luxus, den sich Hans gegönnt hatte, war ein hochwertiger, teurer Feldstecher, den er auf diesen Ausflügen immer um den Hals trug. Ständig blieb er stehen, schaute hindurch und staunte die Berge an, in denen er irgendetwas in unglaublich weiter Entfernung entdeckt hatte. »Das ist ja nicht zu fassen!«, rief er dann. »Das musst du dir anschauen.« Ada schaute lieber Dinge in unmittelbarer Nähe an, ohne Fernglas, doch Susanne warf gern mal einen Blick hindurch und staunte dann genauso wie ihr Vater.

Im August dieses Jahres feierten Ada und Hans Hochzeitstag. Dass es der zehnte war, das wäre Ada nicht einmal aufgefallen, hätte ihre Mutter nicht eines Tages danach gefragt: »Wie feiert ihr denn euren besonderen Tag in diesem Jahr? Ihr macht kein großes Fest, oder?«

»Wieso ein großes Fest?«, wollte Ada schon zurückfragen, doch dann fiel es ihr ein. Zehn Jahre zuvor hatten sie und Hans endlich ihr ersehntes Ziel erreicht und geheiratet. *Wir wollen niemals auseinandergeh'n*, klang Hans' Stimme in ihrem Ohr.

»Nein, wir haben nichts geplant. Der 16. August fällt in diesem Jahr sowieso auf einen Donnerstag, und da ist Hans von morgens bis abends in der Uni.«

»Das ist aber schade.«

»Nicht so schlimm!« Aber im Grunde hatte sie es doch schlimm gefunden oder zumindest schade, so wie ihre Mutter. In den ersten Jahren war ihr Hochzeitstag ein Heiligtum für sie und Hans gewesen, ein Tag, der gewürdigt werden wollte. Erst seit die Kinder da waren, war das Datum zur Nebensächlichkeit geraten.

Diesmal jedoch machte sich Ada Gedanken darüber, wie sie diesen besonderen Tag aus der Alltäglichkeit eines gewöhnlichen Donnerstags herausholen könnte.

Zehn Jahre! Sie erinnerte sich noch genau, wie es damals war. Und wie es in all den Jahren davor war. Aber an das Gefühl erinnerte sie sich nicht mehr so recht. Zu sehr hatten sie sich mittlerweile an die Selbstverständlichkeit gewöhnt, einander zu haben. Hans und Ada lebten zusammen, sie hatten einander, sie hatten ihre Kinder und ihren Hund. Und nun auch eine größere Wohnung. Jede Unsicherheit war verschwunden. Zum Glück! Etwas anderes war nicht mehr vorstellbar. Ada genoss die Ruhe des Alltags.

Doch nach dem Gespräch mit ihrer Mutter und im Vorfeld des zehnten Hochzeitstags begann sie zu grübeln. Sie hatte alles, was sie sich nur wünschte, was kribbelte da so in ihrem Bauch? Was war das für eine Unrast tief in ihr drin? Oder war es etwa Unzufriedenheit? Sie wagte nicht einmal, diesen undankbaren Gedanken zu Ende zu denken. Stattdessen konzentrierte sie sich darauf, auf welche Weise sie den Hochzeitstag würdigen könnte. Zunächst mal mit einem Geschenk für Hans. Etwas, das er brauchte und das auch schön war, das ihm gefallen würde. Eine Brieftasche. Eine aus richtig gutem Leder. Ada klaubte ihre Ersparnisse, die sie mit ihren Änderungsarbeiten verdient hatte, zusammen, fuhr mit den Kindern in die Stadt und kaufte im teuersten Lederwarengeschäft eine Brieftasche, die eines deutschlandweit anerkannten Kunsthistorikers würdig war. Als sie mit dem teuren, aufwendig verpackten Stück vor die Tür des Ladens trat, kamen ihr Zweifel. Eine Brieftasche! War das nicht unsagbar banal? Unpersönlich? Der kleine Thomas ließ ihr keine Zeit, sich weiter damit aufzuhalten, denn er begann aus vollem Hals zu schreien und verlangte ihre ganze Aufmerksamkeit. Die Brieftasche war vergessen.

Zwei Tage vor dem Hochzeitstag kam Hans von der Arbeit nach Hause und sagte unvermittelt beim Essen zu Ada: »Ich hab hier übrigens etwas für dich.« Damit reichte er ihr einen Umschlag über den Tisch.

Überrascht ließ Ada das Besteck sinken. »Was ist das denn?«

»Schau nach. Es ist leider nicht der Kaufvertrag für das alte Haus, also sei nicht enttäuscht.«

Ada lachte und öffnete den Umschlag. Darin lagen zwei Karten für das Münchner Nationaltheater.

»Ich dachte, wenn zufällig an unserem Hochzeitstag *Die Hochzeit des Figaro* gegeben wird, dann sollten wir das nicht verpassen.«

Ada stand der Mund offen. »Aber …«, stammelte sie, »du musst doch arbeiten.«

»Nein, an diesem Donnerstag nicht, das hab ich schon lange organisiert.«

»Aber die Kinder, die können wir nicht allein lassen.«

»Deine Mutter kommt.«

Adas Mund stand immer noch offen, als würden ihr bestimmt gleich weitere Argumente dafür einfallen, warum das überhaupt nicht sein konnte, dass sie mit Hans zusammen in die Oper gehen würde.

»Freust du dich ein bisschen?«, fragte Hans, unsicher geworden durch ihre Schockstarre. Da sprang sie auf, rannte um den Tisch herum und fiel ihm um den Hals.

»Und wie ich mich freue. Oh Gott, das ist ja übermorgen. Und was soll ich denn anziehen? Ich hab doch gar nichts. Oder doch, ich hab was, Moment!« Sie rauschte ins Schlafzimmer, man hörte, wie sie den Schrank aufriss und jubelnd verkündete, sie ziehe das kleine Schwarze an. Kurz darauf kam sie zurück in einem figurbetonten schwarzen Kleid, in dem sie sehr mondän aussah. »Geht das?«, fragte sie und lehnte sich lasziv gegen den Türrahmen. »Oder lieber das brave Dunkelgrüne? Oder was Helles? Ein Kostüm?«

Hans stand auf und kam zu ihr. »Zieh das an. Ich will ja schließlich mit meiner tollen Frau angeben.«

Sie wollte gerade die Arme um seinen Hals legen und ihn

leidenschaftlich küssen, als sie den interessierten Blick und das breite Grinsen ihrer kleinen Tochter sah. Da beließ sie es bei einem kurzen Kuss auf seinen Mund und zog das Kleid wieder aus.

»Mama und Papa küssen sich!«, ertönte Susannes Singsang aus dem Wohnzimmer.

Der Abend in der Oper wurde traumhaft schön. Fast war alles wieder so wie früher, wie am Anfang, als sie noch ein junges Paar und kinderlos waren. Ada verbot sich, es zu sehr zu genießen. Nach der Vorstellung gingen sie noch in ein nahe gelegenes bayrisches Lokal, um auf ihren Hochzeitstag anzustoßen, nur dass sie statt Sekt Weißbier dazu wählten.

»Ist das lecker!«, schwärmte Hans nach dem ersten kühlen Schluck und wischte sich den Schaum vom Mund.

»Übrigens«, sagte Ada, die diesen Augenblick abgewartet hatte, »hab ich auch noch etwas für dich.« Sie holte das kleine Päckchen aus ihrer Handtasche und schob es über den Tisch. »Mein Geschenk zum Hochzeitstag ist nicht so spektakulär und romantisch wie deins, aber dafür praktisch. Denke ich«, meinte sie verlegen.

Überrascht und gespannt entfernte Hans das Papier, und als er die Brieftasche in Händen hielt, strahlte er voller Freude. »Die ist ja wunderschön, Ada. Die ist ein Traum. Danke! Die werde ich mein Leben lang in Ehren halten, versprochen!« Er rückte näher zu ihr, und sie küssten sich lange und zärtlich, und diesmal kümmerte es sie nicht, wer ihnen dabei zusah.

»So ein schöner Abend«, seufzte Hans auf dem Nachhauseweg. »Wir sollten das viel öfter machen, nur wir zwei.«

Ada nickte. »Das machen wir.«

In der Oper

Das letzte Mal war sie elf Jahre zuvor in der Oper gewesen. Mit Hans. Ganze zwei Mal in ihrem Leben hatte sie bisher die Oper besucht. Das erste Mal an ihrem zehnten Hochzeitstag, das zweite Mal über dreißig Jahre später. Und jetzt, das dritte Mal, mit Herrn Lenz.

Sie trug dasselbe Kleid wie damals vor elf Jahren. Es war schwarz, schlicht, aber elegant mit einem kleinen Kragen am Ausschnitt. Darüber der lange, fliederfarbene Schal, auf den Hans damals bestanden hatte.

»Das Kleid ist schön, aber du brauchst noch einen Farbtupfer dazu. Wir gehen schließlich nicht zu einer Beerdigung«, hatte er gemeint.

Sie hatte sich für den fliederfarbenen Schal entschieden, weil die Farbe gut zum silbrigen Grau ihrer Haare passte. Sie hatte sich vor Hans gedreht, und er hatte bewundernd gelächelt. »So nehme ich dich mit in die Oper, meine Schöne«, hatte er gesagt und ihr einen Kuss auf die Stirn gegeben. Ihre Stirn war genau in Höhe seines Mundes gewesen. *Tosca* hatten sie damals gesehen, ebenfalls eine Oper von Puccini, und als Ada nun neben Herrn Lenz in der dritten Reihe des Münchner Nationaltheaters saß, das Licht im Saal ausging und das Orchester mit der Ouvertüre begann, war ihr, als würde sie in die Vergangenheit zurückgeschleudert, zu dem Abend mit Hans.

Es war ein so schöner Abend gewesen, genauso schön wie an ihrem Hochzeitstag, und wie damals hatte Hans anschließend gesagt: »Wir sollten das viel öfter machen.« Sie hatten in der Pause im Foyer Sekt getrunken. Sehnsüchtig hatte er die Worte betont: *viiiel öfter*. Natürlich waren das die Vorsätze, die man in diesen Momenten des Lebens fasste: Lass uns öfter das Leben genießen. Lass uns öfter glücklich sein. Sie waren danach noch ein paarmal ins Theater gegangen, auch ins Kino oder zum Essen, was man eben so machte, aber alles nur selten – und nie mehr in die Oper. Kleid und Schal hatten seitdem ein vergessenes Dasein im Schrank gefristet, beides war ihr für andere Gelegenheiten zu fein. Erst jetzt hatte sie das elegante schwarze Kleid wieder hervorgeholt und anprobiert. Es war ihr ein wenig zu weit geworden und auch etwas zu lang, aber es sah trotzdem noch gut aus, und Ada beschloss, es anzuziehen. Seitdem dachte sie an Hans.

Sie hatte sich zusammengerissen und versucht, sich auf die Unterhaltung mit Herrn Lenz zu konzentrieren. Sie hatte sich erkundigt, woher er die guten Karten bekommen hatte, und erfahren, dass einer der Sänger ein guter Freund seines Sohnes seit Kindertagen war. Dann hatten sie über Opern im Allgemeinen gesprochen und über *Madame Butterfly* im Besonderen. Ada hatte die Gedanken an Hans verdrängt, doch als die Vorstellung begann und sie ihre Unterhaltung notwendigerweise unterbrechen mussten, war ihr, als würde sie von ihren Erinnerungen wie von einer Flutwelle einfach fortgespült, unfähig, sich dagegen zu wehren, weggetragen aus der Gegenwart in die Vergangenheit. Die Musik nahm sie mit in eine andere Zeit, in der nicht Herr Lenz, sondern Hans neben ihr saß.

An jenem Abend elf Jahre zuvor, als sie nach Hause gekommen

waren, hatten sie sich zum ersten Mal seit langer Zeit wieder geliebt. An diesem Abend war alles wieder wie früher, und ihr Alter spielte keine Rolle. Es war gleichgültig. Sie wollten einander so, wie sie waren. Und sie genossen es genauso sehr wie den Abend in der Oper, genauso sehr wie am Anfang ihrer Liebe. Und wieder hatte Hans gesagt: »Wir sollten auch das viel öfter tun.« Und dann hatten sie gelacht wie zwei Teenager nach einem gelungenen ersten Mal.

Applaus brandete auf. Es war Pause. Die Leute um Ada herum klatschten begeistert. Das war Herr Lenz, der neben ihr saß, machte sich Ada bewusst, und nicht Hans. Herr Lenz, der klatschte und sie dabei anlächelte, so wie Hans sie früher angelächelt hatte. Ada hob ihre Hände und tat, was alle taten, mechanisch und mit den Gedanken noch immer ein wenig in der Vergangenheit.

»Wollen wir ins Foyer gehen, oder möchten Sie lieber hierbleiben?«, fragte Herr Lenz.

»Ich denke, ich sollte die Pause nutzen, um erst mal woanders hinzugehen.« Sie machte eine vielsagende kleine Grimasse.

»Natürlich!«, stimmte Herr Lenz zu. »Da haben Sie recht. Das sollte ich auch.«

Auf der Damentoilette hatte sich bereits eine lange Schlange gebildet, was Ada beim Betreten mit einigem Missvergnügen zur Kenntnis nahm. Mit gequältem Gesicht und demonstrativ zusammengepressten Beinen stellte sie sich am Ende der Schlange an. Als keine der Frauen sie beachtete, begann sie stoßweise und hörbar zu atmen und gelegentlich scheinbar unterdrückt zu ächzen. Die erste Frau drehte sich zu ihr um, dann eine zweite und eine weitere. Als das nächste Mal eine der Kabinentüren aufging, schenkte man Ada freundlicherweise den Vortritt.

»Oh, das ist wirklich nett von Ihnen! Vielen herzlichen Dank!«

Hocherfreut marschierte sie an der gesamten Schlange gut angezogener Damen mit Harndrang vorbei. Mitleidiges Verständnis begleitete sie. Ohne die geringsten Bedenken ließ Ada alle in dem Glauben, man habe sie soeben aus großer Not befreit. Es musste schließlich auch Vorteile mit sich bringen, alt zu sein.

Draußen wartete Herr Lenz bereits auf sie, und sie fragte sich im Stillen, ob er einen ähnlichen Trick angewandt hatte.

»Wollen wir etwas trinken?«, fragte Herr Lenz. »Wir hätten noch etwas Zeit.«

»Besser nicht«, meinte Ada. Am Ende würde aus der eben abgezogenen Show doch noch Ernst werden.

Sie flanierten ein wenig durchs Foyer und begaben sich anschließend wieder zu ihren Plätzen. Als es weiterging, war Ada mehr bei der Sache und verfolgte mit Aufmerksamkeit und Anteilnahme die Tragödie, die sich um die Protagonistin anbahnte und sich nach einer weiteren Pause im letzten Akt in einem hochdramatischen Ende vollzog.

Als der letzte Ton verklungen war und nach einem atemlosen Moment der Stille brach der Saal in tosenden Beifall aus, und auch Ada klatschte voller Ergriffenheit.

»Geht es Ihnen auch so, dass Sie genau wissen, wie die Handlung endet, weil Sie das Stück schon kennen, und doch denken Sie die ganze Zeit über: Es muss doch noch alles gut werden?«, fragte Herr Lenz, als sie sich auf den Weg zur Garderobe machten.

»Hoffnung gegen jede Hoffnungslosigkeit«, sagte Ada. »Ich glaube, das kennt wohl jeder.«

»Ja. Aber manchmal muss man eben das Unausweichliche akzeptieren«, erwiderte Herr Lenz leise. Ada, die gerade auf ihren Mantel wartete, wusste augenblicklich, wovon er sprach. Er dachte an den Tod seiner Frau, für die es in ihrer Krankheit keine Rettung gegeben hatte.

»Bitte schön, Ihr Mantel!«, sagte die Garderobenfrau und schob der unaufmerksamen Besucherin eilig das Kleidungsstück hin.

»Oh, Verzeihung!«, entschuldigte sich Ada, nahm ihren Mantel und machte Platz für die Nächsten in der Schlange. Herr Lenz wirkte noch immer ein bisschen wehmütig, doch wie üblich lächelte er tapfer darüber hinweg.

»Verraten Sie mir, wie Sie eigentlich zu diesen hervorragenden Karten gekommen sind?«, fragte Ada, um ihn auf andere Gedanken zu bringen. Sie liefen nebeneinanderher, den vielen Menschen ausweichend, die aus dem Zuschauerraum und durch die Eingangshalle strömten, und so bemerkte sie zunächst nicht, wie sich die Miene ihres Nachbarn veränderte und sich seine Brauen irritiert zusammenzogen.

»Jaa …«, begann er zögernd.

»Oder ist das ein Geheimnis?«, fügte Ada lachend hinzu.

»Nein, nein«, erwiderte Herr Lenz. »Einer der Sänger ist ein alter Freund meines Sohnes, der hat mir seine Einreichkarten gegeben.«

»Das ist ja praktisch!«, fand Ada.

»Und wie!«, stimmte Herr Lenz ihr zu. »Das war natürlich ein weiterer Grund, nach München zu ziehen, in Nürnberg kenne ich keine Sänger, die mir ihre Karten geschenkt hätten.« Die Irritation war verschwunden und seine Unbefangenheit zurückgekehrt, doch Ada war der kurze Moment des Zögerns nicht entgangen. Sie fragte sich, ob sie irgendetwas Falsches gesagt hatte. Erst als Herr Lenz ganz normal weiterredete, war sie beruhigt und dachte nicht länger darüber nach.

Herr Lenz schlug vor, den Abend beim *Franziskaner* gemütlich ausklingen zu lassen, und Ada hatte nichts dagegen. Sie hatten

Glück und ergatterten einen besonders schönen Platz in dem gut besuchten Lokal.

Mit strahlenden Augen blickte Ada sich um. Wie lange hatte sie so etwas schon nicht mehr gemacht: am Abend in einem schönen Lokal zu sitzen, unter Leuten, und genussvoll und in netter Gesellschaft ein Weißbier zu trinken. Dumpf klangen die Böden der Gläser beim Anstoßen, bitter-süß schmeckte das Bier. »Ahhhh!«, sagte Herr Lenz, als er das Glas absetzte. »Ist das gut!«

Als hätte eine Fee mit dem Finger geschnippt, kippte die Zeit, kippte zum 16. August 1973. Hans wischte sich den Weißbierschaum vom Mund. Ada schob das Päckchen mit der Brieftasche über den Tisch.

Die Zeit kippte zurück in die Gegenwart. Mitten auf dem Tisch lag Adas Hand, als hätte sie soeben etwas vor sich hergeschoben. Dünn, lang und knochig waren die Finger, auf dem Handrücken zeichnete sich jede einzelne Ader durch die alte, pergamentene Haut ab. Nur der Ring war derselbe wie damals an ihrem zehnten Hochzeitstag.

Sie fühlte Herrn Lenz' Blick und sah auf. »Ich war hier in diesem Lokal mit meinem Mann – vor vielen Jahren. An unserem zehnten Hochzeitstag. Ich musste eben daran denken.« Sie zog ihre Hand zurück und trank einen Schluck Bier. Sie klammerte sich an das kalte Glas, als könnte sie sich damit an die Gegenwart klammern, als könnte die Zeit erneut aus den Fugen geraten, wenn sie es zuließ. Herr Lenz könnte sich wieder in Hans verwandeln. Es war mehr gewesen als ein bloßes Daran-Denken, ein paar Sekunden lang hatte sie in der Vergangenheit gelebt, so real hatte es sich angefühlt.

»Das ist aber ein schöner Zufall«, meinte Herr Lenz, dem nichts an ihr merkwürdig vorzukommen schien.

»Wir waren vorher auch in der Oper. Es war eine Überraschung von Hans, sozusagen sein Geschenk.« Während sie sprach, ließ die Angst nach, sich noch einmal in der falschen Zeit zu verirren. »Nach der Vorstellung sind wir hierhergegangen, aber …«, sie drehte sich nach allen Seiten um, »ich glaube, wir waren an einem anderen Tisch. Ich weiß nicht mehr, wo, vielleicht sah es damals auch ganz anders aus.«

»Sind Sie öfter in die Oper gegangen?«, fragte Herr Lenz.

»Nein, nur noch ein einziges Mal, viele, viele Jahre später«, antwortete Ada, ihre Hand schloss sich fest um ihr Glas. »Wir haben es uns zwar vorgenommen, auch nach dem zweiten Besuch, aber …« Sie zuckte ergeben mit den Schultern.

»Aus dem Entschluss wurde nichts«, vervollständigte Herr Lenz den Satz.

Ada schüttelte traurig lächelnd den Kopf. »Nein, daraus wurde nichts.«

Herr Lenz seufzte. »Das war bei uns ganz ähnlich. Wir hatten uns immer vorgenommen, eine Reise nach Australien zu machen und dort quer durchs Land zu fahren. Eine richtig schöne, lange Reise. Wir haben gespart und Pläne gemacht, aber im einen Jahr kam das eine dazwischen, im nächsten Jahr das andere. ›Aber nächstes Jahr ganz sicher‹, haben wir immer gesagt.« Er zuckte genauso mit den Schultern wie zuvor Ada, mit genau der gleichen Bedeutung: Die Reise hatte nie stattgefunden. »Man schiebt viel zu viel auf in seinem Leben. Später werde ich dies und später können wir das. Dabei wissen wir doch überhaupt nicht, ob es ein Später gibt. Wir halten uns alle für unsterblich.«

»Ich bin jedenfalls froh, dass wir den heutigen Abend nicht auf später vertagt haben. Oder auf irgendwann«, meinte Ada.

»Ich auch«, erwiderte Herr Lenz und hob sein Glas. »Auf die, die uns fehlen, und auf die, die noch da sind.«

Darauf stießen sie an und redeten anschließend über andere

Dinge. Der Abend sollte nicht in Wehmut ertränkt werden. Sie unterhielten sich über die Nachbarn, über ihre Kinder und über Freunde von früher, die ihnen noch geblieben waren. Die Sprache kam auch auf Marlene. Ada erzählte von ihrem ständigen Jammern und ihren fortwährenden Überlegungen, in ein Seniorenheim zu gehen.

»Betreutes Wohnen«, sagte Ada.

»Nicht das Schlechteste«, meinte Herr Lenz.

»Endstation!«, entgegnete Ada. Herr Lenz lachte. »Ist es denn nicht so?«, fragte sie ihn, gleichfalls schmunzelnd.

»Vielleicht möchte Ihre Freundin nicht länger allein sein. Im Seniorenheim hätte sie Gesellschaft.«

»Nur dass sie sich diese Gesellschaft nicht aussuchen kann und mit denen vorliebnehmen muss, die da sind«, warf Ada ein. »Und außerdem kann man dabei zusehen, wie sich die Gesellschaft, die man dort hat, die angenehme genauso wie die unangenehme, langsam dezimiert. Ständig hat man den Tod vor Augen, ständig stirbt jemand, und man fragt sich: Wann bin ich dran? Wie in einer Warteschlange.«

Herr Lenz sah sie amüsiert an. »Sie haben mitunter ein ziemlich düsteres Gemüt, Frau Friedberg, das muss ich schon sagen.«

»Aber es stimmt doch, oder nicht?«

»Ja, Sie haben recht, und wenn ich so darüber nachdenke, dann bin ich jetzt noch glücklicher darüber, dass ich selbst von dieser Idee Abstand genommen habe, wo mir die Nachteile so drastisch vor Augen geführt werden.«

»Ach du liebe Zeit, das hatten Sie doch nicht allen Ernstes in Erwägung gezogen.«

»Die Überlegung war da«, gestand Herr Lenz. »Immerhin bin ich nun schon einundachtzig.«

»Aber noch fit wie ein Turnschuh«, entgegnete Ada. »Das haben Sie doch selbst neulich gesagt, als Sie vom Arzt gekommen sind.«

»Das schon«, sagte er und lächelte geschmeichelt. »Fit wie ein Turnschuh.«

»Mein Sohn sagt das immer.«

»Sagt er das über Sie?«

»Ja, über mich auch.« Doch Thomas hatte es vor allem über seinen Vater gesagt.

»Jedenfalls«, schloss Herr Lenz, »habe ich diese Idee ganz schnell verworfen. Noch bin ich dazu in der Lage, mich selbst zu versorgen. Ich fühle mich, ehrlich gesagt, noch zu jung für das Altersheim. Ist das nun eigensinnig?«

»Natürlich«, sagte Ada. »Aber was bleibt einem Menschen in unserem Alter denn sonst noch, wenn nicht der Eigensinn?«

»Ganz meine Meinung! Vielleicht sollten wir Ihre Freundin beim nächsten Mal mitnehmen und sie ein wenig mit unserem Eigensinn anstecken.«

»Ich glaube kaum, dass uns das gelingen würde«, meinte Ada skeptisch. »Sie hat nie gelernt, eigensinnig zu sein oder wenigstens eine eigene Meinung zu haben. Sie hat den falschen Mann geheiratet, der den falschen Einfluss auf sie hatte, und seit er tot ist, weiß sie nichts anderes mit sich anzufangen, als zu jammern und sich selbst leidzutun.«

»Den falschen Mann?«

In kurzen Worten erzählte Ada von Marlene und Emilio und dem Ende ihrer Beziehung.

»Das ist ja tragisch«, fand Herr Lenz.

»Das ist nicht tragisch, das ist furchtbar«, erwiderte Ada. »Es ist furchtbar, so etwas Wertvolles einfach wegzuwerfen. Man hat nur ein Leben.«

»Das ist wahr.«

Die Gläser waren leer, der Kellner kam, und Herr Lenz bezahlte die Rechnung. Mit dem Taxi waren sie kaum zwanzig Minuten später schon zu Hause.

»Das war ein sehr schöner Abend«, meinte Herr Lenz, während sie langsam den kurzen Weg von der Straße zum Hauseingang zurücklegten.

»Das fand ich auch«, pflichtete Ada ihm bei.

»Sollen wir gleich den nächsten Theatertermin festlegen, damit wir es nicht wieder vor uns herschieben?«, fragte Herr Lenz. »Oder wir könnten uns bei einem gemütlichen Nachmittagskaffee in Ruhe eine schöne Vorstellung aussuchen. Ich bin sicher, ich kann für alle möglichen Vorstellungen Karten organisieren.«

Von der Straße her drangen die Geräusche schneller Schritte und ein leises Wortgefecht zu ihnen, sodass Ada abgelenkt den Blick dorthin wandte. Ein Paar ging vorbei, er sehr groß und schlank, sie mit langem, dunklem Haar. Sie gingen so schnell, dass sie kurz darauf schon um die Ecke verschwunden waren.

»Aber natürlich können wir uns auch etwas Zeit lassen, wenn Ihnen das lieber ist«, hörte Ada Herrn Lenz' Stimme.

»Was? Nein«, beeilte sie sich zu entgegnen. Er musste es als Ablehnung verstanden haben, dass sie sich von ihm abgewandt hatte. »Verzeihen Sie bitte, ich war einen Moment lang unaufmerksam. Die Leute eben, ich glaube, die kenne ich. Oder auch nicht, ich weiß es nicht.« Sie bemerkte selbst, wie sie ins Stammeln geriet. »Entschuldigen Sie bitte. Was haben Sie gesagt?«

Herr Lenz folgte ihrem Blick zur Straße, dann lächelte er und wiederholte seinen Vorschlag.

»Das ist eine sehr gute Idee«, fand Ada und freute sich aufrichtig. »Wo wollen wir den Kaffee trinken? Bei Ihnen oder bei mir?« Sie hob eine Sekunde lang frech die Brauen, dann mussten sie beide lachen und hielten sich die Hand vor den Mund, weil in der Stille der Nacht das kleinste Geräusch zu einem Dröhnen wurde.

»Ich glaube, diesmal bin ich wieder dran, oder?«, meinte Ada. »Dann backe ich uns wieder einen Kuchen.«

»Aber das müssen Sie doch nicht, Frau Friedberg.«

»Aber das will ich, Herr Lenz.«

Vor dem Fahrstuhl verabschiedete sich Ada und fuhr nach oben. Hemingway begrüßte sie mit freudigem Schwanzwedeln, bei dem sein ganzes Hinterteil hin und her schwang, dazu machte er kleine, hohe Freudenlaute und versuchte, die Hände seines Frauchens abzulecken.

»Jaaa, mein Schatz, ich hab dich auch vermisst, aber Hunde dürfen leider nicht in die Oper«, erklärte Ada, während sie das Fell des Boxers kraulte. Auf dem Wohnzimmertisch lag ein Zettel von Leo:

War mit Hemingway draußen. Braver Hund. Alle Geschäfte erledigt.
Gruß Leo!

»Leo schreibt, du bist ein Braver, Moppi!« Sie setzte sich in ihren Sessel, und Hemingway, der sich vor ihr niederließ und seinen Kopf auf ihren Schoß legte, wurde für sein Bravsein ausgiebig liebkost. »Soll ich dir ein bisschen von der Oper erzählen?« Da der Hund keine Anzeichen von Desinteresse zu erkennen gab, begann Ada über den Abend zu reden. Hemingways Kopf sank währenddessen auf ihren Schoß, ermüdet von ihrer Stimme fielen ihm die Augen zu. »Und soll ich dir noch etwas sagen?«, schloss Ada. »Bald gehen wir wieder in die Oper. Herr Lenz meint, er bekommt mit Sicherheit wieder so gute Karten. Ich habe keine Ahnung, wie er das anstellt, aber irgendwann muss er mir das mal verraten, sofern es kein Geheimnis ist.« Sie kicherte. »Jetzt geh schön ins Bett, Moppi, du schläfst ja schon.«

Behutsam schob sie den Kopf des Hundes von ihrem Schoß. Hemingway trottete zu seinem Korb, rollte sich ein und schlief weiter. Ada griff zum Fernglas und sah in die Nacht hinaus, sah zu dem alten Haus und dem hell erleuchteten Zimmer unterm Dach. Zuvor, auf der Straße, waren das die beiden gewesen? Hatten sie sich gestritten? Nun ja, manchmal kam das vor. Ada wartete geduldig, bis das Paar hinter dem Fenster erschien und tanzte.

1974–1980
Graue Tage

Das Leben war aufregend. Es passierte so viel. In der Welt, in Deutschland, in München. Man hatte plötzlich das Gefühl, die Zeit raste, so schnell veränderte sich alles. Als befände man sich in einem Karussell, das immer schneller und schneller fuhr, auf dem die Leute nach Lust und Laune aufsprangen, sich ihre Plätze suchten und lauthals johlten, weil es eine pure Lust war, sich diesem Tempo hinzugeben. Nur Ada stand außerhalb dieses Karussells und sah zu. Ihre Welt stand still, sie machte nicht mit. Sie sah ihrem Mann und sogar ihren Kindern zu, wie sie ein Teil des Ganzen waren, wie sie sich veränderten, wuchsen, sich weiterentwickelten, wie sie etwas erlebten, nur sie selbst, so kam es ihr vor, war außen vor. Ada war kein Mensch, der zum Jammern neigte oder gar zur Depression, also unterdrückte sie jegliche Gedanken dieser Art, wenn sie von ihnen überfallen wurde, meist nachts, wenn sie nicht schlafen konnte. Sie ärgerte sich über sich selbst, denn – immer und immer wieder sagte sie sich das – wenn jemand mit seinem Leben zufrieden sein konnte, dann doch wohl sie.

Susanne kam in die Schule und erhielt von Anfang an nur die besten Noten. Gleich gegenüber ihrem Haus wurde ein Kindergarten eröffnet, in den Thomas aufgenommen wurde. Es war so praktisch. Ada fand eine Halbtagsstelle als Änderungsschneiderin in einem Kaufhaus. Und Hans begann neben seiner Tätigkeit an der Universität auch noch am Zentralinstitut für Kunstgeschichte zu arbeiten. Er war überglücklich. Sein Schwiegervater kam nicht umhin, mit grimmiger Miene anzumerken, dass er »seinerzeit« in genau demselben Gebäude gearbeitet hatte. Zum Glück machte er diese Bemerkung nicht in Gegenwart von Hans' Eltern. Hans und Ada überhörten es geflissentlich, nur die kleine Susanne riss den Mund staunend auf und fragte: »Warst du auch ein Kunsthistoriker, Opa?«

Adas Mutter klatschte in die Hände und rief: »Meine Güte, Susi, bist du ein schlaues Mädchen, du weißt sogar schon, was ein Kunsthistoriker ist?« Susanne nickte stolz. »Kannst du mir das auch erklären?« Das Kind legte sofort los und erzählte alles, was sie über die Arbeit ihres Vaters wusste, und das war eine Menge, denn Hans beschäftigte sich sehr viel mit seiner Tochter. Was der Opa früher in dem Gebäude gemacht hatte, war damit vergessen, und Adas Mutter hatte einmal mehr die Situation und den Hausfrieden gerettet.

Oft musste sie das nicht mehr tun, denn Eduard Musäus starb ein halbes Jahr später an einem Herzinfarkt. Irgendwann hatte er sich einmal zu oft über die sozialdemokratische Regierung aufgeregt und über die Gesellschaft, in der es keine Moral und keinen Anstand mehr gab, in der niemand mehr seinen festen Platz zu haben schien, so wie es sich seiner Meinung nach gehörte, und über so manches mehr, was ihm an den neuen Zeiten nicht gefiel. Je älter er wurde, desto mehr hatte er sich in seinen Groll hineingesteigert, und seine Frau konnte sich Tag für Tag, Abend für Abend sein verbittertes Hadern anhören. Sätze wiederholten sich gebetsmühlenartig, und seine Faust schlug dazu den Takt auf die Tischplatte, auf die Sessellehne oder in die Luft, bis sie sich schließlich in ihrer Erregung verkrampfte, erschlaffte und auf der

Sessellehne liegen blieb. Eduard Musäus hatte sich aus der Welt verabschiedet. Seine geliebte Enkelin Susanne betrauerte ihn und fragte, ob sie Opa nun nicht mehr sehen könne, nie mehr. Dabei rannen ihr dicke Tränen die Wangen hinab. Als Ada das sah, musste auch sie weinen. Sie weinte aus Trauer darüber, dass es ihr nicht möglich war zu trauern wie ihr Kind, weil sie noch immer den Schlag ins Gesicht spürte – damals nach dem Tanzturnier, weil ihr Vater zeitlebens Hans abgelehnt und verachtet hatte, weil seine Ansichten sie angewidert hatten, weil er ihre Mutter terrorisiert hatte. Trotz allem war es ihr Vater, und sie hätte gern um ihn getrauert.

Nach dem Tod ihres Mannes sank auch Adas Mutter mehr und mehr in sich zusammen, obwohl man hätte meinen können, sie würde noch einmal aufblühen und ein Leben ohne Bevormundung genießen, doch ein solches Leben zu führen, hatte sie nie gelernt. Sie starb nur zwei Jahre nach ihrem Mann, und auf ihrer Beerdigung weinten alle. Im darauffolgenden Jahr kam Hans' Vater ums Leben, als er versehentlich vor eine Straßenbahn lief. In seinem Testament vermachte er Hans seine goldene Taschenuhr, die schon den Krieg mit ihm im Exil überstanden hatte, ein Symbol für Standfestigkeit und Mut und eine letzte Mahnung an seinen jüngsten Sohn, den weichgespülten Kunsthistoriker, so jedenfalls verstand es Hans. Er sprach nicht darüber, aber Ada wusste es. Manchmal betrachtete Hans die Uhr, und Ada wusste, dass in seinem Kopf die alten Vorwürfe seines Vaters wach wurden, keinen anderen, glorreicheren Weg beschritten zu haben, nicht Journalist geworden zu sein, sich nicht nach dem Vorbild des Vaters entwickelt zu haben. Hans trug die Uhr niemals, sondern bewahrte sie sorgsam in seinem Schreibtisch auf.

Waren es die vielen Tode, die das Leben mit einem Mal so grau erscheinen ließen, so wie mit einer Staubschicht bedeckt?, fragte sich Ada. Oder waren es die Tage, die so gleich waren, alle Tage, einer wie der andere? Es wurde hell und wieder dunkel, es wurde Sommer und dann Winter, es wurde Sonntag und dann wieder Montag, und alle Tage waren irgendwie gleich, mit minimalen Varianten. Die Kinder wurden größer, kamen in eine Schule, kamen in eine andere Schule, erzählten davon, brachten Freunde mit. Mal war man gut gelaunt, mal schlecht. Mal regnete es, dann schien die Sonne. Und draußen, da tobte das Leben.

Wenn Ada mit Marlene zusammenkam, dann fühlte sie sich wie ein Spiegelbild ihrer besten Freundin, und das erschreckte sie. Sie war doch eigentlich ganz anders. Und einmal, da hatte Ada einen ganz furchtbaren Gedanken, mitten in der Nacht, als Hans vollkommen erschöpft von der Arbeit und sehr leise schnarchend neben ihr schlief. Sie dachte: Vielleicht spielt es ja am Ende gar keine Rolle, ob man den Mann, den man heiratet, wirklich liebt oder nicht, wenn am Ende alles gleich aussieht.

Als hätte sie es laut ausgesprochen, schlug sie sich erschrocken die Hand vor den Mund, dann kroch sie dicht an Hans heran und schmiegte sich an ihn. Im Schlaf drehte er sich zu ihr und schlang seinen Arm um sie. Wie kann ich nur so etwas denken, dachte Ada, wie kann ich nur.

Sie liebte Hans, sie liebte ihre Kinder, über alles, sie war glücklich über ihr gemeinsames Leben, aber etwas war leer in ihr. Ihre Arbeit als Änderungsschneiderin half dabei kein bisschen, ganz im Gegenteil. Hier eine Hose oder einen Rock kürzer machen, da einen Abnäher und dort ein paar andere Knöpfe. Enger, weiter, kürzer, länger, etwas herauslassen oder einsetzen. Es ödete sie an. Sie konnte doch mehr, sie hatte Turniertanzkleider genäht, Anzüge, ihr Hochzeitskleid. Sie konnte zeichnen und Schnittmuster entwerfen. Sie konnte so viel mehr als das, was man von ihr verlangte.

»Du könntest dich selbstständig machen«, schlug Hans vor.

»Und was tun?«

»Kleider nähen für Leute, selbst entwerfen.«

»Und wo sollte ich das tun? Hier in unserer Wohnung?«

»Du könntest ...«

Es fingen viele Sätze mit »Du könntest« an, doch es führte zu nichts. Der Zug war abgefahren, wie man so schön sagte. Zehn Jahre zuvor, da hätte sie die Chance gehabt, doch inzwischen war sie über vierzig. Ihre Möglichkeiten waren begrenzt, sie musste froh sein, wenn sie eine Stelle hatte und mitverdienen konnte.

Hans arbeitete schon seit sie umgezogen waren wie ein Verrückter und noch mehr seit er seine neuen Aufgaben am Zentralinstitut hatte. Selbst wenn er zu Hause war, auch am Wochenende, beschäftigte er sich oft stundenlang mit Forschungsprojekten, saß am Schreibtisch und schrieb an Publikationen. Manchmal musste er für seine Arbeit verreisen. Auch ins Ausland. Er fragte Ada ab und zu, ob sie nicht mitkommen wolle, man könne sich dann in Paris oder Florenz nebenbei ein paar schöne Tage machen, doch das lehnte sie jedes Mal mit dem Hinweis auf die Kinder ab. Eine Zeit lang machte Hans Vorschläge für deren Betreuung: Seine Mutter würde gern auf die beiden aufpassen, oder die beiden könnten das Wochenende bei Marlene verbringen. Davon wollte Ada nichts wissen. Hans' Mutter, fand sie, war zu alt für diese Verantwortung, das könne man ihr nicht zumuten, und Marlenes Mann Helmut sei mit Sicherheit nicht begeistert. Immer klangen ihre Absagen wie Ausreden, wie trotzige Weigerungen, einmal etwas Schönes mit Hans gemeinsam zu erleben. Schließlich gab er seine Vorschläge auf und fuhr mehrmals im Jahr allein ins Ausland. Er sah die Welt, und Ada sah im Wesentlichen die Gegend zwischen dem Kaufhaus, in dem sie arbeitete, der Schule und ihrer Wohnung. Oft, wenn sie mit Oscar unterwegs war, saß sie auf der Bank im Park und betrachtete das alte Haus, und dann breitete sich in ihr das Gefühl aus, ihre eigentliche Welt läge dort in diesem alten Gebäude mit der grauen Fassade, den morschen Fensterrahmen und dem verwilderten Garten. Sie fürchtete, eines Tages käme ein Bagger und würde alles plattmachen, das Haus abreißen, niederreißen, einebnen. Dem Erdboden gleich. Verwunderlich wäre es nicht gewesen. Warum wurde das Haus nicht verkauft, vermietet, irgendetwas damit gemacht? Leute, die sie bei Gelegenheit danach fragte, zuckten nur die Schultern. Ein alter Mann behauptete, den Besitzer noch gekannt zu haben, der sei nach Amerika ausgewandert, aber so genau wisse er das auch nicht mehr.

»Wahrscheinlich wird es immer weitervererbt, als Geldanlage, wissen Sie?«, meinte er und fügte erbost hinzu: »Und dann lassen sie es einfach verrotten. Ein richtiger Schandfleck ist der alte Kasten.«

Ada drehte sich empört zu ihm um. »Es ist überhaupt kein Schandfleck. Es ist das schönste Haus weit und breit, und das, obwohl es gar nicht den Versuch macht, schön zu sein. Wenn Sie dafür kein Gespür haben, dann tun Sie mir leid.« Sie stand auf und bemerkte beim Davongehen mit Entsetzen, dass ihr die Tränen in die Augen stiegen. Warum hatten die Worte des alten Mannes sie so beleidigt, als hätte er über sie selbst gesprochen? Und wie konnte sie nur so grob zu ihm sein? Als sie sich umdrehte, um zurückzugehen und sich zu entschuldigen, sah sie, wie er ihr einen bösen, ja geradezu hasserfüllten Blick zuwarf, da erinnerte er sie an ihren Vater, und sie lief davon.

Sie hätte Hans gern von der Begebenheit erzählt, aber Hans war gerade in London, und als er zwei Tage später wiederkam, war es nicht mehr wichtig. Er erzählte von London, von all den Orten, die er besichtigt, von Leuten, mit denen er gesprochen hatte,

Leuten, die teilweise im Palast ein und aus gingen. Was war dagegen die Begegnung mit einem alten Mann auf einer Parkbank, der ihr Haus einen Schandfleck nannte? Was war überhaupt ihr alltägliches Leben gegen das von Hans? Das Einnähen von Reißverschlüssen gegen das Erforschen kunsthistorischer Bedeutsamkeiten? Von Hans' Arbeit nahm man unter Umständen sogar auf der anderen Seite der Welt Notiz, ihre Arbeit beachtete allenfalls die Besitzerin der Hose mit dem kaputten Reißverschluss.

Und bis auf die wenigen Freunde, die ihnen von früher geblieben waren, klaffte auch ihr jeweiliger Bekanntenkreis auf eklatante Weise auseinander.

Was verbindet uns eigentlich noch außer den Kindern, fragte sich Ada in einer weiteren schlaflosen Nacht. Über zwanzig gemeinsame Jahre, war die Antwort. Doch die Frage, die sofort darauf folgte, war: Reicht das? Andererseits, so ging ihr innerer, nächtlicher Dialog mit sich selbst weiter, andererseits war doch eigentlich alles in Ordnung. Sie verstanden sich nach wie vor gut. Vielleicht stritten sie häufiger als früher, das schon, früher hatten sie sich nie gestritten, kaum. Aber das waren Banalitäten, und im Übrigen konnte man sich mit Hans ohnehin nicht richtig streiten, denn er hielt einem Streit nicht lange stand, dann zog er sich zurück, und Ada blieb mit ihrem Groll allein. Etwas anderes, das schon lange nicht mehr so war wie früher, waren die Zärtlichkeiten, die sie kaum noch austauschten. Flüchtige Küsse, flüchtige Umarmungen, meist im Rahmen einer Begrüßung oder eines Abschiedes. Kaum jemals innig, niemals leidenschaftlich, die Kinder waren ja da und mussten das nicht unbedingt sehen. War es das, was man Alltag nannte, wenn sich kein Tag mehr vom anderen abhob und sich eine Gewohnheit breitmachte, die unerträglich und angenehm zugleich war?

Wie immer, wenn sie mit ihrem Gedankenbandwurm zu keinem Ende kam und ihn loswerden wollte, schmiegte sie sich eng an Hans. Seine Nähe war der Schutzwall, an dem jeder Zweifel an ihrem Leben abprallte. Solange sie diese Nähe spürte, fanden ihre Gedanken Frieden, und alles machte einen Sinn. Im Schlaf drehte Hans sich um, legte seinen Arm um sie und murmelte leise: »Meine Schöne!«

Irrungen und Wirrungen

Karola stand an der Spüle und widmete sich dem Abwasch. Sie grinste zufrieden über den Berg an schmutzigem Geschirr. Unter den Sachen vom Frühstück befand sich diesmal ein Eierbecher, und zu Mittag hatte es sogar Bratkartoffeln gegeben. Ein Topf und eine Pfanne zeugten davon, dass Ada richtig gekocht hatte.

»Heute keine Tütensuppe?«, fragte Karola naseweis, als Ada in die Küche kam und sich demonstrativ ein Glas mit Wasser nachfüllte.

»Nein, heute nicht«, entgegnete Ada in ähnlichem Tonfall. »Und gestern auch nicht, falls Sie fragen wollten.«

»Sondern?«

»Hackbraten«, antwortete Ada. »Der Rest davon steht noch im Kühlschrank. Schauen Sie ruhig nach.«

Karola ließ die Spülbürste sinken und starrte Ada mit offenem Mund an, dann wischte sie sich geschwind die Hände an einem Tuch ab, trat einen Schritt zur Seite und riss die Kühlschranktür auf. Da standen doch tatsächlich ein Teller mit einem Rest Hackbraten und daneben eine kleine Schüssel mit Gemüse zum Aufwärmen.

»Frau Friedberg!«, rief Karola mit dröhnender Stimme. »Das ist ja die reinste Völlerei!« Sie stützte die Hände in die Hüften, bog sich nach hinten und lachte so laut, dass sämtliche Nachbarn der angrenzenden Wohnungen an dem Heiterkeitsausbruch teilhaben durften.

»Hat man Ihnen schon einmal gesagt, dass es nicht zuträglich ist, wenn man sich über seinen Arbeitgeber lustig macht?«, fragte Ada mit betont mürrischer Miene und verschränkten Armen.

»Nein, hat man nicht, gut, dass Sie es erwähnen«, antwortete Karola und wischte sich eine Lachträne aus dem Augenwinkel.

Dann wurde sie ernst. »Nein, wirklich: großes Lob, Frau Friedberg. So gefallen Sie mir!«

»Ach, sonst gefalle ich Ihnen nicht?«

Karola grunzte. »Sie gefallen mir immer, nur Ihr Essverhalten war bisher nicht so das Gelbe vom Ei.«

»Na ja, ich wollte mir Ihre Standpauken eben nicht länger anhören«, entgegnete Ada, immer noch spielerisch auf Krawall gebürstet, dann jedoch, mit einem sanften Unterton, fügte sie hinzu: »Und ich habe mir vorgenommen, noch ein paarmal die Oper zu besuchen.«

»Oh, là, là!«, rief Karola sogleich. »Altes Herz wird wieder jung.«

»Nicht gleich übertreiben, ja?«, wies Ada sie zurecht.

»Ich mach doch nur Spaß, Frau Friedberg, das wissen Sie doch«, erwiderte Karola gutmütig. »Und ich freue mich, dass Sie sich so gut mit Herrn Lenz verstehen.«

Ada tätschelte ihr im Vorbeigehen den Arm.

Nachdem Karola die Küche geputzt hatte, gesellte sie sich mit dem Bügelbrett und der Wäsche zu Ada, die wie üblich mit dem Fernglas am Fenster saß.

»Erzählen Sie mir, wie es in der Oper war?«, fragte Karola.

Ada ließ das Fernglas sinken und verharrte einen Augenblick lang auf diese Weise. »Wunderbar!«, flüsterte sie. »Es war einfach wunderbar. Hans und ich hatten einen so schönen Abend.«

Karola, die gerade dabei war, eine Bluse von Ada auf dem Brett zu drapieren, blickte auf. »Herr Lenz meinen Sie, nicht wahr?«

Ada drehte sich zu ihr um. »Wie? Ja, genau. Was hab ich gesagt?«, fragte sie nun wieder in normaler Lautstärke.

»Sie haben Hans gesagt«, erklärte Karola beiläufig und widmete sich wieder der Bluse. Sorgfältig zog sie das Kleidungsstück zurecht und ließ das zischende Bügeleisen darübergleiten.

»Ja«, erwiderte Ada, und ihre Gedanken verloren sich erneut im Zuschauerraum der Oper, umgeben von sanfter Dunkelheit und berauschender Musik.

»War es ausverkauft?«, fragte Karola, wendete die Bluse und rückte den Falten mit einem Dampfstoß zu Leibe.

»Ich denke schon«, meinte Ada. »Das ist die Oper ja meistens, und Puccini ist natürlich besonders beliebt.«

»Ich kenne mich da gar nicht so genau aus«, bekannte Karola.

»Ich auch nicht, aber Hans kannte sich gut aus. Er hat die Vorstellung ausgesucht und mich einfach nur mitgenommen.« Ihre Stimme wurde wieder leiser, wieder fast nur ein Flüstern. »Er hat mir auch gesagt, was ich anziehen soll, und als ich mich vor ihm gedreht habe, sagte er: ›So nehme ich dich mit.‹« Sie beendete den Satz mit einem verhaltenen Lachen.

Karola hielt inne. Auf ihrer Stirn bildeten sich zwei steile Falten. »Und *Madame Butterfly* ist von Puccini?«, fragte sie.

»Ja, das ist auch von Puccini, aber wir waren in *Tosca*.« Noch immer lag ein entrücktes Lächeln auf Adas Miene.

»Oh, ich dachte, wegen … wegen dem Programmheft, das draußen auf dem Sideboard liegt. Da steht *Madame Butterfly* drauf«, erklärte Karola behutsam.

»Auf dem Programmheft?«

»Ja, es liegt auf dem Sideboard im Flur.« Das Dampfbügeleisen zischte.

Ada stand auf, ging nach draußen und kam mit dem Programm in der Hand zurück, dabei blätterte sie eine Seite nach der anderen um, während ihre Augen verwundert auf und ab wanderten, als suchten sie nach einem Fehler. Sie hatten doch *Tosca* angeschaut. Und sie hatte wieder an Rom gedacht, weil ja *Tosca* in Rom spielte. Es war *Tosca* gewesen.

Aber das war Jahre her.

Und Hans war ja gar nicht mehr da.

Mit Herrn Lenz hatte sie doch die Oper besucht. Mit Herrn Lenz. *Madame Butterfly*. Adas Finger krallten sich fester in das Programmheft. Karola bügelte und stand mit dem Rücken zu ihr. Ada hatte den Eindruck, dass sie sie absichtlich nicht ansah. Was hatte sie da nur geredet? Wie konnte sie nur alles so durcheinanderwerfen? Sie schämte sich. Und sie machte sich Sorgen, doch das wollte sie sich vor Karola nicht anmerken lassen. Sie musste etwas sagen.

»Natürlich«, rief Ada aus und schlug sich mit der flachen Hand gegen die Stirn. »Heute scheine ich aber auch alles durcheinanderzubringen. In *Madame Butterfly* waren wir. Herr Lenz und ich.« Sie warf das Programm auf den Tisch und ging wieder zu ihrem Sessel.

Karola hängte die fertig gebügelte Bluse über einen Kleiderbügel. »Das kann man ja leicht verwechseln«, behauptete sie. »Ist doch nicht schlimm.« Sie schenkte Ada ein kurzes Lächeln und legte die nächste Bluse aufs Brett.

Ada nickte stumm. Karolas rücksichtsvolle Freundlichkeit machte ihre Sorge umso größer. Mit so viel Schwung, wie sie im Augenblick übrighatte, erhob sie sich von ihrem Sessel, kaum, dass sie Platz genommen hatte, und meinte, es sei Zeit, mit Hemingway Gassi zu gehen, dabei könne sie auch gleich ihren Kopf ein bisschen durchlüften, denn offensichtlich habe er das nötig.

Sie lachte, und Karola lachte mit. Aber leise und nicht dröhnend laut wie sonst.

Ada ging mit Hemingway in den Park und ließ ihn dort von der Leine, damit er ein bisschen laufen und schnüffeln konnte. Sie setzte sich auf die Bank vor dem alten Haus, in dem sich wie gewöhnlich tagsüber nichts regte und das so verwunschen aussah wie eh und je. Das Haus gab ihr Ruhe, und die Gedanken, die in ihrem Kopf kreisten, lösten sich in dieser Ruhe langsam auf.

Hemingway sprang auf der Wiese mit einem kleinen Terrier herum, doch nach kurzer Zeit kam er an und ließ sich neben der Bank auf den Boden sinken. Die Zunge hing ihm aus dem Maul. Der kleine Terrier wollte ihn zum Weiterspielen animieren, doch er wurde von seinem Frauchen herbeigerufen und spurtete schließlich davon.

»Was ist denn mit dir los, Moppi, hat dich der kleine Wildfang so fertiggemacht?« Hemingway hechelte. Ada gab ihm etwas Zeit, sich zu erholen, bevor sie sich auf den Rückweg machten, doch der Boxer wirkte weiterhin sehr mitgenommen. Tapfer, aber schwerfällig setzte er Schritt vor Schritt und bewältigte den kurzen Weg mit Mühe. Zu Hause machte er sich gleich über seinen Wassernapf her und brach danach buchstäblich in seinem Korb zusammen.

»Also Moppi!«, sagte Ada, verblüfft und besorgt zugleich.

Sie erzählte Karola von dem anstrengenden Spielkameraden ihres Hundes, während Hemingway ins Reich erholsamer Träume hinabglitt und entspannt vor sich hin schnarchte.

Die beiden Frauen setzten sich an den vorbereiteten Kaffeetisch, wo zwei Stück Beerentorte auf sie warteten.

»Ich hätte doch auch wieder einen Kuchen backen können«, meinte Ada. Sie erzählte, dass Herr Lenz sie demnächst wieder zum Kaffee besuchen würde und sie ihm wieder einen selbst gebackenen Kuchen versprochen habe.

»Finde ich gut, dass Sie in letzter Zeit so viel Gesellschaft haben und auch mal ausgehen.«

»Ja, das tut mir gut«, bestätigte Ada, und nach einer Weile, in der sie nachdenklich ihre Kuchengabel auf dem Teller hin und her geschoben hatte, sagte sie: »Ich sollte endlich auch mal Marlene besuchen.«

»Gute Idee!«, stimmte Karola zu. »Wie lange haben Sie beide sich nicht mehr gesehen?«

»Das letzte Mal war an Hans' Beerdigung.«

»Oh!«, entfuhr es Karola. »Natürlich!«

Ada lachte ein wenig bitter. »So natürlich war das noch nicht einmal. Ich musste sie regelrecht bitten. Es nähme sie zu sehr mit, sagte sie zu mir.« Ada lachte noch einmal auf. »Es nähme *sie* zu sehr mit! Sie!« Sie schüttelte den Kopf und stocherte in ihrer Torte herum, zerteilte sie, nahm ein Stück auf die Gabel und meinte schließlich: »Trotzdem werde ich sie besuchen!« Dann steckte sie die Gabel in den Mund, als wäre damit der Entschluss besiegelt.

Noch am selben Abend teilte sie ihr Vorhaben Susanne mit.

»Ich werde Marlene besuchen. Fährst du mich?«

»Wann immer du willst.«

»Gut. Danke!«

Marlene, die sie gleich darauf anrief, war einerseits erfreut über die Ankündigung, doch gleichzeitig ließ sie erkennen, dass ein Besuch für sie mit Unbill und Umständen verbunden war. Ada rollte am Telefon mit den Augen und ging nicht darauf ein, sondern fragte sie nach einem Termin.

»Da muss ich mal im Kalender nachsehen.«

»Was denn? Hast du so einen vollen Terminplan, dass du nicht auswendig weißt, wann du Zeit für eine alte Freundin hast?«

Sie einigten sich auf Samstag in acht Tagen.

»Kuchen bring ich mit«, erklärte Ada, und Marlene war beruhigt.

Beim letzten Gassigehen mit Hemingway begegnete ihr Eberhart mit seinem Herrchen in der Grünanlage. Der Hund knurrte in gewohnter Manier, doch sein Herrchen, statt ihn wie üblich zurechtzuweisen und sich zu entschuldigen, strahlte und freute sich geradezu über das Verhalten des Dackels.

»Wie Sie sehen, ist Eberhart wieder voll in Form«, lachte der junge Mann. »Dr. Sahner war wirklich eine hervorragende Empfehlung. Vielen Dank noch mal dafür.«

Ada hatte keine Ahnung, wovon er sprach.

»Dr. Sahner! Der Tierarzt!«, wiederholte der junge Mann noch einmal. »Sie haben mir doch den Tipp gegeben, als Eberhart so stark gehinkt hat. Wissen Sie nicht mehr?«

»Ach so, ja, natürlich«, erwiderte Ada, obwohl in ihrem Gehirn nichts dergleichen gespeichert war.

»Hat Eberhart komplett wieder hingekriegt. Und nett ist der auch noch.«

»Ja, das stimmt.«

»Ich soll Sie übrigens grüßen.«

»Danke. Ich muss wohl mit unserem Hemingway auch mal wieder hin.«

»Ja? Dann alles Gute. Und entschuldigen Sie bitte, wenn Eberhart ab jetzt wieder ganz der Alte ist und sich danebenbenimmt.« Der junge Mann lachte, und Ada lachte mit. Doch als sie weiterging, fuhr sie fort, in ihrem Gedächtnis nach der Begebenheit zu forschen, von der ihr Eberharts Herrchen gerade erzählt hatte. Eberhart hatte gehinkt? Und sie hatte dem Mann Dr. Sahner empfohlen? Wann sollte das denn gewesen sein? Mit Macht verdrängte sie die Sorgen, die wieder in ihr emporkrochen. Sie wurde eben ein bisschen vergesslich in letzter Zeit. Ein Beinbruch in ihrem Alter war schlimmer. Oder ein Schlaganfall, wie das Beispiel lehrte. Sie wollte wirklich nicht in der Haut von Frau – wie hieß sie doch gleich? Nach einigen Schritten fiel es ihr ein: Frau Heinemann. In Frau Heinemanns Haut wollte sie nicht stecken.

Hemingway war immer noch nicht gut zu Fuß. Als sie beim Hauseingang angelangt waren, hechelte er schon wieder. Dabei war es noch nicht einmal besonders warm. Wie würde das erst im Sommer werden? Sie nahm sich vor, so bald wie möglich einen Termin beim Tierarzt zu vereinbaren.

Während Hemingway in seinem Korb in tiefen Schlaf fiel, setzte sich Ada im dunklen Wohnzimmer ans Fenster. Durch das Fernglas sah sie, worauf sie Abend für Abend wartete: das Paar in dem alten Haus beim Tanz. Die Frau warf lachend ihr Haar in den Nacken, der Mann zog sie einen Moment lang an sich und küsste ihren Hals an der Stelle gleich unter dem Ohr.

Der Tag hatte Ada mitgenommen, doch nun, wo sie den beiden Tänzern zusah, wurde sie ruhiger und ruhiger, genauso wie damals, wenn sie sich nachts an Hans geschmiegt hatte, da hatte alles Nachdenken und Grübeln und Sich-Sorgen ein Ende gehabt.

Lange saß sie so am Fenster, zwischendurch nickte sie ein und wachte dann wieder auf, und weil die beiden Tänzer immer noch da waren – mal tanzten sie, mal redeten sie miteinander oder tranken etwas –, schaute sie weiter zu. Erst mitten in der Nacht ging sie zu Bett, und entsprechend müde war sie am nächsten Morgen. So müde, dass sie sich gegen Mittag noch einmal hinlegte und einschlief.

Ein lautes, schrilles Geräusch schreckte sie auf. Verschlafen sah sie sich um, draußen hatte es angefangen zu regnen. Als sich das Geräusch wiederholte und Hemingway zur Tür lief, wurde Ada bewusst, dass es die Klingel war. Jemand klingelte an ihrer

Haustür, und sie sollte öffnen. »Ach du liebe Zeit, wer ist denn das?«, schimpfte sie vor sich hin, rappelte sich auf und richtete beim Gehen ein wenig ihr kurzes, vom Liegen zerdrücktes Haar. Nachdem sie den Öffner betätigt hatte, machte sie die Tür einen Spaltbreit auf und spähte hinaus. Der Fahrstuhl rauschte nach oben, und als er aufging und Susanne heraustrat, wurde Ada plötzlich klar, dass Sonntag sein musste. Wieso war Sonntag? War nicht am Tag zuvor Karola erst da gewesen? Oder wie lange war das her?

»Hallo!«, rief Susanne strahlend und irgendwie erwartungsvoll. Ada bemühte sich, zurückzustrahlen und sich ihre Verwirrung nicht anmerken zu lassen.

»Hallo!«, erwiderte sie den Gruß so munter wie möglich. Robert war auch wieder dabei und ... »Wen habt ihr denn da mitgebracht?«

»Überraschung!«, rief Susanne und erklärte: »Jordan wollte doch auch mal wieder seine Oma besuchen. Lulu ist leider bei einer Freundin zum Geburtstag eingeladen, aber sie hat angekündigt, nächsten Sonntag mitzukommen. Oder übernächsten, je nachdem.«

»Hallo Oma!«, sagte der lange, dünne Junge mit den tiefblauen Augen und den verstrubbelten Haaren. Er trat auf Ada zu und gab ihr einen Kuss auf die Wange. Seine Hände steckten dabei weiter in den Hosentaschen der weiten, tief sitzenden Baggy-Jeans.

»Schuhe aus!«, kommandierte Susanne und ging mit gutem Beispiel voran. »Es ist ein dermaßenes Sauwetter da draußen, es könnte allmählich wirklich mal Sommer werden.«

»Ein richtiges Frühjahr würde mir fürs Erste genügen«, meinte Robert. Alle entledigten sich gehorsam ihrer nassen Schuhe und begrüßten Hemingway, für den Jordan sogar seine Hände aus den

Hosentaschen nahm. Keiner bemerkte, dass Ada wie vom Donner gerührt beim Eingang stehen blieb.

Wen habt ihr denn da mitgebracht?

Es war keineswegs eine Floskel gewesen oder eine Neckerei, weil sich der Enkel so lange nicht hatte blicken lassen. Sie hatte es genauso gemeint, wie sie es gesagt hatte. Wie konnte sie nur?!

Sicher, sie hatte ihn schon seit einiger Zeit nicht mehr gesehen, und sie war nicht darauf gefasst gewesen, dass er dabei sein würde, sie war nicht einmal darauf gefasst gewesen, dass überhaupt Sonntag war, aber um Himmels willen, er war doch ihr Enkelsohn. Wie konnte sie ihn nicht auf den allerersten Blick erkennen? Das war doch nicht normal. Ihren Jordan, der als kleiner Junge mit einem Cowboyhut auf dem Kopf auf Hans' wippenden Knien gesessen und lauthals Indianergeheul ausgestoßen hatte. »Das passt aber doch nicht zusammen«, hatte ihn Susanne belehrt. »Entweder bist du Cowboy, oder du bist Indianer, du kannst nicht alles sein.«

»Doch, kann ich!«, hatte Jordan gerufen. »Stimmt's, Opa?«

»Natürlich kannst du«, hatte Hans lachend erwidert. »Du kannst alles sein, was du willst, und alles gleichzeitig.«

Ihr erster Enkel! Noch immer sah sie ihn vor sich, wie er als Neugeborener in den Armen seiner Mutter lag, so winzig und schon damals mit diesen verstrubbelten Haaren. Als er klein war, hatte er mit Hans zusammen die höchsten Türme aus Bauklötzen gebaut, und als Lulu, seine kleine Schwester, auf die Welt kam, hatte er bei den Großeltern übernachtet und zwischen ihnen im großen Bett geschlafen. Er hatte sich eine Höhle aus Kissen und Decken gebaut und so getan, als sei er ein Löwe. Abwechselnd hatte er sich mit Gebrüll auf seine Oma und dann wieder auf seinen Opa gestürzt und hatte aus voller Kehle gelacht, wenn sie vor Angst bibberten und um Gnade winselten, obwohl das bei einem

Löwen natürlich völlig sinnlos war. Ada erinnerte sich an seinen ersten Tag im Kindergarten und seinen ersten Tag in der Schule, sie erinnerte sich an fast alles und an manches davon so klar, als sei es nur ein paar Tage her. Wieso nur hatte sie ihn eben nicht auf den ersten Blick erkannt?

Jetzt hörte sie ihn mit Hemingway spielen. Der Boxer wechselte zwischen seinen albernen Wa-Wa-Lauten, einem spielerischen Knurren und einem empörten Schnauben hin und her. Jordan und er kämpften um den dicken Seilknoten, an dem der Hund immer herumkaute. Auf einmal kam Hemingway mit dem Knoten im Maul um die Ecke getrabt und legte ihn stolz vor Ada ab, die immer noch im Flur stand. Gewonnen!

»Toll, Moppi«, lobte ihn sein Frauchen und begann, sich wieder zu fangen. »Hat er dich am Leben gelassen, Dodi?«, rief sie ins Wohnzimmer. Dodi, so hatte Jordan sich als Kleinkind immer selbst genannt, weil er Jordan nicht aussprechen konnte, und seine Familie hatte es übernommen.

»Ja, knapp«, antwortete Jordan.

»Er mag es nicht, wenn man ihn Dodi nennt«, bemerkte Susanne, die in der Küche den Kaffee vorbereitete.

»Oma darf das«, widersprach Jordan sogleich. Ada trat mit Hemingway ins Zimmer. Jordan saß auf dem Boden neben Hemingways Korb und grinste liebevoll zu ihr hoch. Ada ging zu ihm und streichelte ihm über die Haare. »Mein Spatz!«, sagte sie. »Fast hätte ich dich eben nicht erkannt. So groß bist du geworden.« Sie fühlte sich besser, wenn sie die Wahrheit wenigstens andeutete. Jordan sprang auf und stellte sich neben sie. »So groß, ich könnte dir glatt auf den Kopf spucken, Oma. Würde ich natürlich nie tun.«

»Jordan, benimm dich!«, mahnte Susanne, während Robert auf dem Balkon telefonierte.

»Oma versteht doch Spaß, gell, Oma?«

»Natürlich. Außerdem würde ich zurückspucken.«

Jordan antwortete mit einem frechen Lachen.

»Und? Hast du schon eine Freundin?«, führte Ada den Plausch mit ihrem Enkel fort. Er wandte sich verlegen grinsend ab.

»Na?«

»Nein.« Doch sein Grinsen blieb und verriet, dass es da etwas gab, was Teenager mit der Familie eher nicht teilen wollten.

»Such dir eine Hübsche aus«, riet Ada. »Wenn euch dann der Gesprächsstoff ausgeht, hast du wenigstens noch was zum Gucken.«

»Mama!« Susanne, die dabei war, den Tisch zu decken, schnalzte empört, doch Jordan lachte erneut über seine humorvolle Oma. Dann beugte er sich herab und flüsterte ihr ins Ohr: »Sie ist hübsch, Oma!« Ada kicherte und drückte ihn.

Der schöne Nachmittag machte den unglückseligen Anfang wett, und als Ada später am Abend mit den Ellbogen auf ihrer Fensterbank lehnte und das Fernglas so lange über die Häuser und durch die Wohnungen hindurch schweben ließ, bis sie dort angekommen war, wo sie hinwollte, hatte sie diese ersten Minuten des Besuchs ihrer Familie fast schon vergessen. Sie vertiefte sich in den Anblick der breiten Fensterfront unterm Dach und wartete geduldig, bis das Licht anging und die beiden Tänzer auftauchten. Lange musste sie nicht warten, doch das Paar war nicht allein. Eine junge Frau war bei ihnen, ein Gast anscheinend, und der Mann tanzte diesmal mit ihr, während seine Frau auf der Seite stand und zuschaute. Ada ließ das Fernglas sinken. Das wollte sie nicht sehen.

Mit einem Mal begann ihr Herz zu klopfen, unregelmäßig und hart schlug es gegen ihre Brust. Es war die Art Herzklopfen, die ihr Angst machte, weil es ihr zeigte, dass etwas nicht stimmte, die Art Herzklopfen, die immer noch schlimmer wurde, weil man nicht wusste, was nicht stimmte. Plötzlich dachte sie wieder an den Nachmittag. Etwas stimmte nicht mit ihr.

Oktober 1981
Rom

»Ich muss nach Rom. Kommst du mit? Komm doch mit, nur dieses eine Mal. Rom! Stell dir vor!« Die Tasche flog in die Ecke, kaum dass er durch die Tür getreten war.

Rom! Allein dieses Wort brachte ihren Körper zum Kribbeln. Die Stadt ihrer Träume seit Jahrzehnten, und zwar nicht etwa ihrer reichen Geschichte oder der alten und berühmten Bauwerke wegen, sondern einzig wegen eines Films, *Ein Herz und eine Krone*, wegen Audrey Hepburn und wegen dieser Worte am Ende des Films – Synonym für das Bekenntnis zur Liebe: *»Rom! Rom war unbeschreiblich schön. Ich werde diesen Besuch hier niemals vergessen – solange ich lebe.«* Seit sie diesen Film gesehen hatte, träumte Ada von Rom. Hans wusste das.

»Du musst mitkommen, ja?«, sagte er, stellte sich, noch immer im Mantel, vor sie hin, fasste sie links und rechts an der Schulter und blickte ihr beschwörend in die Augen.

»Wann denn, und wie lange?«, fragte Ada.

»Nur ein paar Tage, am 20. Oktober fahre ich hin.«

Ada überlegte. Nur ein paar Tage gingen vielleicht, die Kinder waren nicht mehr so klein. Thomas wurde im Oktober zehn, und Susanne war mit ihren dreizehn Jahren schon so vernünftig wie eine kleine Erwachsene. Trotzdem benötigten sie eine Aufsichtsperson. Ihre Schwester Hilde vielleicht.

»Du könntest Hilde anrufen und fragen, ob sie nicht ein paar Tage Urlaub in München machen möchte«, schlug Hans vor, als hätte er ihre Gedanken erraten.

Ada lächelte, und nach weiteren drei oder vier Sekunden des Zögerns nickte sie und aus dem Lächeln wurde ein frohes Lachen. Hans warf die Arme um sie und wirbelte sie herum wie in alten Zeiten. Und wie früher verloren sie sich danach in einem leidenschaftlichen Kuss.

»Was ist denn, Papa, warum jubelt ihr so? Haben wir was gewonnen?« Thomas kam ins Zimmer gerannt, Hans und Ada fuhren auseinander wie ertappt.

»Äh, nein, mein Spatz, wir haben nichts gewonnen.«

»Och, schade!«, maulte Thomas. »Ich dachte schon, wir hätten im Lotto gewonnen.«

Für Ada fühlte es sich ein bisschen so an wie ein Lottogewinn. Rom! Sicher, es waren nur ein paar Tage, und die meiste Zeit würde Hans mit Kollegen in der Galleria Borghese verbringen und sich mit Caravaggio befassen, aber sie selbst könnte sich in dieser Zeit Rom ansehen, und die Abende würden sie gemeinsam verbringen. Nur sie beide, ganz allein.

Doch dann kam es anders. Thomas fing sich auf seiner eigenen Geburtstagsfeier einen üblen und äußerst hartnäckigen Infekt ein. Als er an dem Wochenende vor Reiseantritt immer noch schlapp im Bett herumlag, hustete und kaum etwas essen wollte, was bei ihm wirklich bedenklich war, beschloss Ada, die Reise abzusagen, und Hans machte gar nicht erst den Versuch, sie vom Gegenteil zu überzeugen. Er gab zu, dass es auch ihn beruhigte, Ada zu Hause bei ihrem kranken Sohn zu wissen. Sie versicherten einander, die Reise nachzuholen. Zu irgendeinem anderen Zeitpunkt würden sie gemeinsam nach Rom fahren, dann hätten sie auch mehr Zeit füreinander, weil Hans nicht arbeiten müsste. Damit trösteten sie sich.

Am Dienstagmorgen in aller Herrgottsfrühe brach Hans zum Flughafen auf. Bereits ein paar Stunden später rief er Ada aus Rom an. Er sei gut gelandet, und das Hotel sei sehr schön. Dann erkundigte er sich nach Thomas, der sich auf dem Weg der Besserung befand.

»Gut«, sagte er abschließend. »Dann stürze ich mich jetzt auf Caravaggio und versuche, mich zwischendurch noch mal zu melden.«

»Tu das«, erwiderte Ada gut gelaunt und mit so wenig Wehmut, dass sie selbst überrascht war. Sie hätte jetzt in Rom sein können, aber hätte es ihr Spaß gemacht, den ganzen Tag allein in der Stadt zu verbringen? Vielleicht, vielleicht aber auch nicht.

Hans rief am nächsten Abend wieder an und klang selig. Er schwärmte von der Zusammenarbeit mit den italienischen Kollegen. Zudem hatte ihm das kunsthistorische Institut in Florenz eine deutsche Doktorandin, die fließend Italienisch sprach, zur Seite gestellt, was eine große Hilfe war. Man teilte seine Leidenschaft für Caravaggios Kunst, schätzte sein umfassendes Wissen und war von seiner Forschungsarbeit begeistert. Hans klang wie im siebten Himmel. Ada freute sich für ihn und war im Grunde froh, dass sie zu Hause geblieben war. Ihre Anwesenheit hätte ihn nur daran gehindert, sich ganz seiner Arbeit zu widmen und bis in die Nacht hinein zu fachsimpeln. Auch an seinem letzten Abend in Rom meldete Hans sich noch einmal. »So schön es auch hier ist, ich bin froh, wenn ich wieder zu Hause bin«, erklärte er »Ich freue mich auf die Kinder und auf Oscar und München und mein eigenes Bett – und vor allem auf dich.« Dann lachte er, schickte Ada einen Kuss durchs Telefon und sagte: »Bis morgen!«

Dieses euphoriegetränkte, halb sehnsüchtige, halb davonhuschende *Bis morgen hatte Ada noch lange im Ohr.*

Noch Jahre danach hasste Ada es, wenn jemand zu ihr »Bis morgen« sagte.

Am nächsten Tag holte sie Hans vom Flughafen ab. Später würde sie sich an diesen Moment erinnern und sich darüber wundern, dass sie es von der ersten Sekunde an gewusst hatte. Irgendetwas war falsch. Als er sie sah, winkte er und lächelte, und sie winkte und lächelte zurück. Und als er vor ihr stand, schloss er sie in seine Arme und drückte sie so fest, dass sie kaum Luft holen konnte.

»Hans, du erdrückst mich ja«, lachte sie.

»Entschuldige«, murmelte er und ließ sie los. Er ließ den Kopf und die Arme hängen und konnte nicht verbergen, dass etwas nicht stimmte, so wie es Ada aus unerklärlichen Gründen schon aus der Entfernung gespürt hatte.

»Was ist denn?«, fragte sie, weil sie es fragen musste, weil alles andere unnatürlich gewesen wäre, auch wenn sich etwas in ihr gegen die Frage sträubte.

»Ich bin müde«, sagte er. »Hab nicht gut geschlafen.«

Auf der Heimfahrt im Taxi saßen sie nebeneinander, er mit geschlossenen Augen. Zu Hause packte er gleich seinen Koffer aus, verstaute Papiere und Mappen in seinem Arbeitszimmer, setzte sich an den Schreibtisch, ordnete, las, machte sich Notizen, schrieb – war geschäftig. Als die Kinder nach Hause kamen, begrüßte er sie, erkundigte sich, wie es in der Schule war, erzählte von Rom, aber nur flüchtig und lauter Dinge, die man auch in einem Reiseführer oder einem Geschichtsbuch hätte nachlesen können. Zwischendurch wirkte er so, als wäre er gar nicht anwesend. Sogar Susanne fiel es auf, und sie bemerkte ganz unbedarft, dass die Arbeit in Rom sicher sehr anstrengend gewesen war, weil ihr Vater einen so erschöpften Eindruck machte. Hans nickte. Er würde sich ein wenig hinlegen. Für den Rest des Nachmittags verkroch er sich im Schlafzimmer und kam erst am frühen Abend wieder heraus, wobei er noch schlechter aussah als zuvor.

Nach dem Abendessen gingen die Kinder ins Bett, Ada setzte sich vor den Fernseher und Hans an den Schreibtisch.

Er mied sie. Ihren Blick, ihre Gegenwart. Er sprach nicht mit ihr, er fasste sie nicht an, seit dem Wiedersehen nicht mehr, als würde er sich an ihrer Haut verbrennen.

Ada saß vor dem Bildschirm, und ihr Herz klopfte immer schneller, so unregelmäßig, als wäre es aus dem Takt geraten. Sie nahm die unbekannte Bedrohung so deutlich wahr wie ein Beutetier den Räuber, der sich in der Dunkelheit anschleicht, und genauso wenig wusste sie, woher die Bedrohung kam, wie schlimm sie war, wie tödlich.

Auf einmal vernahm sie einen kurzen hohen Laut. Und noch einen. Als würde jemand nach Luft schnappen. Sie lauschte und machte den Fernseher leise. Es kam aus dem Arbeitszimmer. Es kam von Hans. Etwas musste in Rom geschehen sein, und es war nicht schwer, sich auszumalen, was es war, auch wenn es schier unvorstellbar schien. Ada wusste, was los war, sie wusste nur nicht, ob sie es hören wollte. Sie hätte so tun können, als hätte sie nichts mitgekriegt, und einfach auf der Couch sitzen bleiben können. Doch das hätte das Unvermeidliche nur hinausgezögert.

Ada stand auf und ging ins Arbeitszimmer. Zaghaft öffnete sie die Tür. Hans saß in seinem Sessel, den Kopf in die Hände gestützt, das Gesicht verborgen.

»Hans!«, flüsterte Ada. Er schluchzte auf und weinte leise weiter. »Was ist denn?«, fragte sie, ohne sich von der Stelle zu bewegen. Ihr Herz hämmerte unbeholfen und unrhythmisch in ihrer Brust.

Hans hob nach endlos langer Zeit den Kopf, wischte sich das Gesicht ab und ließ die Hände sinken. Ada blieb in der Tür stehen. »Du willst mir etwas sagen, nicht wahr?«

Er nickte, doch es dauerte, bis er sprechen konnte.

»Gestern Abend«, begann er schließlich und suchte gleich wieder nach Worten, als wäre Deutsch plötzlich eine fremde Sprache für ihn. Nach und nach, gebrochen und abgehackt, kamen die Sätze aus seinem Mund. »Wir waren gestern Abend noch beim Essen. Alle Kollegen. Auch die Doktorandin, Manuela.«

Adas Herz überschlug sich. Ich will ihren verdammten Namen nicht wissen, dachte sie, ich will ihn nicht wissen.

»Wir waren alle gut gelaunt und glücklich, weil die Zusammenarbeit so fantastisch und so ergiebig war«, fuhr Hans fort, den Blick auf die Schreibtischplatte fixiert. »Manuela und ich hatten den gleichen Weg. Wir hatten getrunken. Ziemlich viel. Sie hängte sich bei mir ein und auf einmal ...«, er atmete tief ein, » ... ich weiß nicht, wieso ...«, wieder eine Pause, » ... haben wir uns geküsst.«

Geküsst? War das alles? Oder war es nur der Anfang? Ada stand reglos da in ihrem Türrahmen, als wäre sie selbst so leblos wie ein Bild.

»Ich weiß nicht, wie das passiert ist und warum ich das getan habe, Ada. Auf einmal ... war es so.« Beschämt huschten seine Augen zu ihr hin und gleich wieder zurück zur Schreibtischplatte.

»Nur geküsst? Nicht mehr?«

»Ich weiß nicht, wie lange das ging. Eine ganze Weile.«

Das! Was meinte er damit: das. Was genau war *das*?

»Nicht mehr?«, fragte Ada noch einmal.

Er schüttelte den Kopf. »Vor ihrem Hotel hat sie mich gefragt, ob ich mit raufkäme.«

»Und?«

»Ich bin auf einmal aufgewacht. Ich hab an dich gedacht. Und daran, dass ich gerade dabei war, dich zu betrügen. Ich hab Nein gesagt und bin gegangen.«

Er hatte nicht mit ihr geschlafen. Sie hatten sich nur geküsst. Eine wilde Knutscherei vermutlich nach einem geselligen, feuchtfröhlichen Abend. Es war nicht so schlimm wie befürchtet. Es war nichts weiter passiert, er hatte mit einer anderen Frau herumgemacht, aber nicht mit ihr geschlafen. Sie konnte sich beruhigen, alle Aufregung umsonst.

»Es tut mir so leid, Ada. Ich dachte, ich könnte so tun, als wäre nichts gewesen, es war ja auch nichts, sie bedeutet mir nicht das Geringste, gar nichts, aber dann hab ich gemerkt, wie es mich belastet, dass das passiert ist, wie es mich bedrückt, dir etwas zu verheimlichen. Das will ich einfach nicht.« Seine Augen füllten sich wieder mit Tränen. »Ich liebe dich doch.«

Endlich erwachte das Bild in seinem Rahmen zum Leben. Ada ging zu Hans und vor ihm in die Hocke, wie bei einem kleinen Kind, das man trösten musste. Zärtlich strich sie ihm durch die Haare und umarmte ihn. »Das weiß ich doch, Hans, mach dir keine Gedanken, das weiß ich.« Sie war so unendlich froh, dass sich ihre schlimmsten Befürchtungen nicht bewahrheitet hatten. Sie lachte sogar ein bisschen vor lauter Erleichterung. Wie erlöst schlang Hans seine Arme um sie, und diesmal ließ er sie nicht mehr los. Sie küssten einander, leidenschaftlich, weil nicht die Gefahr bestand, dass die Kinder um die Ecke kämen.

»Verzeihst du mir?«

»Natürlich!«

Natürlich ...

Sie gingen ins Bett, schliefen miteinander, als wollten sie der Belanglosigkeit der Knutscherei mit der Doktorandin die Tiefe einer wahren Liebe entgegensetzen.

Am nächsten Tag frühstückten alle gemeinsam. Es war Samstag, und die Kinder hatten keine Schule und lümmelten um den Tisch herum. Die Sonne schien.

»Wollen wir am Nachmittag ein bisschen spazieren gehen?«

»Gern!«

Susanne kam nicht mit, weil sie für eine Schulaufgabe lernen musste, Thomas nicht, weil er mit Freunden Fußball spielen wollte. So gingen Hans und Ada allein mit Oscar. Hans hatte den Fotoapparat dabei. »Das gibt heute noch ein paar schöne Herbstbilder.« Sie gingen durch den kleinen Park, an dem alten Haus vorbei, weiter und weiter bis zum Englischen Garten.

»Sollen wir mal nachsehen, ob der Biergarten bei dem schönen Wetter geöffnet hat?«, schlug Hans vor.

»Gern!«, antwortete Ada.

Er war geschlossen. Die Strahlen der Sonne fielen schräg durch die bunten Blätter der Kastanienbäume.

»Ist das nicht schön?« Hans schoss ein Foto nach dem anderen. »Stell dich mal da hinten zu den Tischen, da kommt das Licht ganz toll hin.« Ada tat ihm den Gefallen und lehnte sich an einen Stapel mit zusammengeklappten Biertischen.

»Bitte lächeln!«, rief Hans. Ada versuchte es, doch es wollte ihr nicht gelingen. Hans ließ die Kamera sinken und sah sie fragend an. Mit aller Kraft zog sie die Mundwinkel nach oben. Sie fühlte, wie gezwungen es aussah, dieses Lächeln. Wieso schlug ihr Herz schon wieder in diesem falschen Rhythmus, und wieso fühlte sie sich so leer, als hätte man sie innerlich ausgehöhlt?

Hans schoss ein paar Fotos. Adas Mundwinkel waren schon längst wieder herabgesunken. Sie wandte den Blick ab und sah durch die Baumkronen hindurch in den Himmel. Sie wollte weg sein. Sich verstecken, sich auflösen, für sich sein. Er hatte eine andere Frau geküsst. Eine andere Frau hatte Hans geküsst. Er hatte sie angefasst, sie hatte ihn angefasst. Eine Manuela, die sich nicht darum scherte, dass er verheiratet war und sein Mund und sein Körper fremdes Terrain.

Ada konnte dieses Bild nicht aus ihrem Kopf löschen: eine junge, hübsche Frau, die sich mit Caravaggio auskannte, die Italienisch sprach und sich nicht scheute, sich das zu nehmen, was sie gerade haben wollte – Hans. Und Hans, der nicht Nein sagte, erst dann, als sie ihn aufs Zimmer einlud.

»Ada?«

»Was?«

»Ich habe gefragt, ob wir zurückgehen wollen.«

»Ja.«

Sie riefen Oscar und liefen stumm nebeneinander nach Hause.

Marlene

Montags rief Ada bei Dr. Sahner an und erhielt für Mittwoch einen Termin. Die Tierarztpraxis befand sich nur ein paar Querstraßen weiter, gleich neben einem griechischen Lokal, in dem Ada und Hans früher häufig ihre Abende verbracht hatten. Erst in den letzten Jahren waren die Besuche bei *Spiros* seltener geworden und hatten zu den Dingen gehört, die *man auch mal wieder machen sollte*.

Hemingway hatte Dr. Sahner schon viele Male besucht und nichts dagegen einzuwenden. Der Doktor war nett, und die Sprechstundenhilfe spendierte dem braven Boxer immer ein paar Hundekekse. Auch im Wartezimmer hielt er sich gern auf und beobachtete mit großem Interesse die unterschiedlichsten Tiergenossen, doch diesmal blieb ihm dazu nicht viel Zeit.

»Hemingway, du bist dran!«, rief die Sprechstundenhilfe. Im Vorbeigehen steckte sie ihm rasch etwas zu. Routiniert schnappte Hemingway nach dem begehrten Happen und tat so, als wäre nichts gewesen. Ada nahm es seufzend hin, während die Sprechstundenhilfe entschuldigend mit den Schultern zuckte. Hemingway kannte den Weg und ging zielstrebig und gar nicht ängstlich voraus ins Behandlungszimmer.

»Hallo, mein Dickerchen!«, rief der Doktor und begrüßte den Hund überschwänglich.

»Na, Sie müssen reden, Herr Doktor«, bemerkte Ada mit Blick

auf den dicken Bauch des Tierarztes. Er lachte amüsiert und reichte ihr die Hand zur Begrüßung. Ihre kleine, schmale Hand verschwand dabei komplett in seiner riesigen. Der Mann war groß und breit, gebaut wie ein Bär, und der dunkle Bart in seinem Gesicht begünstigte diesen Eindruck. Allerdings hatte seine Statur den Vorteil, dass er auch so mächtige Tiere wie Hemingway nahezu mühelos auf den Behandlungstisch hieven konnte, was er sogleich tat.

Hemingway hielt still und machte nicht die geringsten Schwierigkeiten.

»Wenn doch alle meine Patienten so gutmütig wären wie du.« Bevor er mit der Untersuchung begann, schenkte der Arzt Hemingway noch ein paar Streicheleinheiten. »Neulich hatte ich einen Dackel hier, der hielt sich für einen Werwolf. Zumindest hat er sich so benommen. Ich kann Ihnen sagen!« Er schnitt eine verzweifelte Grimasse.

»Der hieß nicht zufällig Eberhart?«, fragte Ada.

»Doch, genau, so hieß der.«

»Na, so was! Den kenne ich.«

»Ach ja, richtig«, fiel es Dr. Sahner ein. »Sein Herrchen sagte, er käme auf Empfehlung einer älteren Dame mit Boxer. Ich hätte mir denken können, dass er Sie damit meinte.«

»Tatsächlich?«, wunderte sich Ada. »Falls das so ist, dann muss ich mich aufrichtig dafür entschuldigen.«

Der Doktor lachte. »Nicht nötig, solche Kandidaten hab ich zur Genüge. Müssen ja auch zum Doktor.« Damit wandte er sich Hemingway zu und begann mit der Untersuchung. »Sie sagten am Telefon, Hemingway sei in letzter Zeit schnell erschöpft?«

»Ja, das stimmt.«

Der Arzt schaute sich die Ohren und Augen des Hundes an, maß Fieber, tastete ihn gründlich ab und streckte und bog alle vier Gliedmaßen. Hemingway ließ es über sich ergehen. Nach ein paar Tests nahm der Arzt sein Stethoskop und hörte Herz und Lunge ab. Sein bisher zufriedener Gesichtsausdruck änderte sich, auch wenn er sich weiterhin bemühte, entspannt auszusehen. Adas Aufmerksamkeit entging dies nicht.

»Ich achte wirklich sehr darauf, dass er nicht zu dick wird. Er ist doch nicht zu dick, oder?«

Der Doktor schmunzelte. »Nein, sein Gewicht ist normal, auch wenn ich ihn gern Dickerchen nenne. Achten Sie weiterhin darauf, dass das so bleibt. Und auch, dass er sich nicht überanstrengt. Wenn die Tage jetzt länger und wärmer werden, sollten Sie nicht zu lange mit ihm Gassi gehen. Vor allem nicht in der Mittagssonne. Und keinesfalls Treppen. Treppen sind tabu.«

»Wir haben einen Aufzug im Haus«, sagte Ada ein wenig nervös, denn der Arzt redete nach ihrem Empfinden verdächtig lange. Er redete sonst nie so lange, sondern sagte nur: »Alles prima! Und weil du so brav warst, gibt's noch einen Keks.« Diesmal gab es keinen Keks. Dr. Sahner umfasste Hemingway mit gekonntem Griff und beförderte ihn wieder auf den Boden.

»Ist alles in Ordnung, Herr Doktor?«, fragte Ada.

Der Arzt ging zum Medikamentenschrank und holte eine Packung Tabletten heraus. »Davon geben Sie ihm bitte jeden Tag eine. Hemingways Herz ist ein bisschen mitgenommen, aber das ist keine Seltenheit bei Tieren in seinem Alter und vor allem bei seiner Größe. Machen Sie sich keine Sorgen. Von nun an muss er eben zu jedem Abendessen eine Tablette nehmen, das ist alles.«

»Ach du je!«, murmelte Ada, nahm die Tabletten entgegen und streichelte über Hemingways Fell.

»Und natürlich müssen Sie weiterhin strikt auf seine Ernährung und sein Gewicht achten. So wenig zusätzliche Leckereien wie möglich. Falls etwas sein sollte, rufen Sie an, dann komme ich zu Ihnen ins Haus. Sie müssen nicht mit dem Hund hierherlaufen.«

Dr. Sahner schenkte Ada ein aufmunterndes Lächeln, als er sich von ihr verabschiedete. Hemingway wartete vergeblich auf seine kulinarische Belohnung, stattdessen musste er mit einer letzten Streicheleinheit vorliebnehmen.

»Komm, Moppi!«, forderte ihn Ada auf. »Beim nächsten Mal wieder.« Dabei warf sie Dr. Sahner einen flehenden Blick zu, in der Hoffnung, er würde ihr Versprechen bestätigen und damit ihre Hoffnung auf bessere Zeiten nähren. Doch er beließ es bei dem Lächeln und meinte abschließend nur: »Besser wird es nicht mehr, aber man kann damit leben.«

Als Ada die Tierarztpraxis verließ und unten auf der Straße stand, spürte sie mit einem Mal ein ohnmächtiges, dumpfes Gefühl von Ausweglosigkeit. Es kostete sie keine Mühe, das Unausgesprochene zwischen den Worten des Arztes herauszuhören. Sie war gut informiert: Boxer gehörten zu den Hunderassen, die häufig an einer bestimmten Herzkrankheit litten, und Hemingway war nicht mehr jung. Sie konnte eins und eins zusammenzählen. »Aber man kann damit leben«, hatte der Arzt gesagt. Und sie hatte die Tabletten. Man konnte damit leben. Hemingway konnte gut und gern noch ein paar Jahre älter werden, man musste nur auf ihn achten. Und das tat sie schließlich.

»Das schaffen wir schon, was, Moppi?« Liebevoll kraulte sie den Nacken des Hundes und schmunzelte, als er mit einem vertrauensvollen, katzenartigen Schnurren antwortete. Dann hob sie den Kopf und wollte gerade einen Fuß vor den anderen setzen, um den Nachhauseweg anzutreten, als sie wie gelähmt innehielt. Der Schock fuhr ihr in sämtliche Glieder. Wo war sie denn? Wo musste sie denn hin? Nach Hause, ja, aber in welche Richtung? Urplötzlich kannte sie sich nicht mehr aus. Als hätte sie sich nie zuvor in dieser Gegend aufgehalten. Sie drehte sich um, doch alles, was sie sah, schien fremd und verwirrte sie noch mehr. Leute gingen an ihr vorbei, sie hätte sie fragen können, doch wieso sollte sie nach einem Weg fragen, den sie kannte, den sie schon tausendmal gegangen war? Man fragte nach dem Weg, wenn man irgendwo fremd war, aber das war sie doch nicht.

Ada versuchte, nicht die Nerven zu verlieren. Der Besuch beim Doktor hatte sie aus der Bahn geworfen, sie musste nur zur Ruhe kommen, dann ging es schon. So sprach sie sich innerlich Mut zu, doch in Wahrheit wollte sie schreien. Sie konnte kaum die Tränen zurückhalten. »Moppi«, flüsterte sie. »Du kennst doch den Weg, nicht wahr? Lauf schön nach Hause.« Hatte er sie verstanden oder die Verzweiflung in ihrer Stimme gehört? Was immer es war, Hemingway lief los, und Ada folgte ihm. Langsam ging sie neben dem Hund her und ließ sich von ihm leiten. Auf einmal platzte der Knoten, auf einmal kannte sie sich wieder aus. Da war *Spiros*, und da vorn war die Straße, die zu ihrem Hause führte. Vorbei das kurze schwarze Loch in ihrem Gedächtnis. Grenzenlose Erleichterung durchströmte sie. Man musste nur ein bisschen warten, dann ging es vorbei. So wie der Moment, als sie Jordan nicht erkannt hatte. Es waren immer nur kurze Momente. So wie man für einen Moment nichts sehen konnte, wenn man von einem Blitz geblendet wurde. Das war nicht schlimm, es kam ja alles wieder. Schritt für Schritt schüttelte sie den Schreck auf dem Nachhauseweg ab.

Am darauffolgenden Samstagnachmittag besuchte Ada Marlene. Sie konnte kaum fassen, dass dieses Treffen tatsächlich zustande kam. Hemingway durfte zu John und Leo in Obhut, während Susanne ihre Mutter samt dem versprochenen Kuchen zu ihrer alten Freundin fuhr.

Marlene wohnte noch immer in demselben kleinen, gediegenen Reihenhaus im Vorort, das sie vor vielen Jahren mit ihrem verstorbenen Mann Helmut, dem Apotheker, bezogen hatte. Helmut hatte die Ruhe geschätzt und den Trubel der Großstadt, wie er es nannte, verabscheut. Bei ihm hatte es sich stets so angehört, als würden in jeder Ecke von München wüste Gelage stattfinden. Im Laufe der Jahre hatten sich Hans und Ada an Helmut gewöhnt, aber mehr nicht. Nie war zwischen ihm und ihnen etwas entstanden, das man als Freundschaft hätte bezeichnen mögen, zu kühl und zu humorlos war Marlenes Mann. Die wenigen Besuche in dem ruhigen Vorort gerieten zu steifen Veranstaltungen, die Gespräche zur mühsamen Konversationsakrobatik. Die Kinder verstanden sich einigermaßen untereinander, aber dass das Band zwischen den Familien niemals zerrissen war, lag einzig und allein an der tiefen Freundschaft und Zuneigung zwischen Ada und Marlene.

Nun stand Ada nach langer Zeit wieder einmal vor der Tür des Reihenhauses und klingelte. Der kleine Vorgarten war hübsch und gepflegt wie eh und je. Alles war so ordentlich, wie es sich in einer Reihenhaussiedlung gehörte. Nach dem zweiten Klingeln öffnete Marlene die Tür. Sie sah aus wie aus dem Ei gepellt. Ihre Dauerwellenfrisur war am Hinterkopf toupiert, und um den Hals trug sie eine lange goldene Kette mit goldenen Blattornamenten in regelmäßigen Abständen. Dazu ihr Sonntagskleid. Marlene hatte diese alte Tradition immer beibehalten: Es gab Alltagskleider und Sonntagskleider, die man nur bei Festlichkeiten, an Feiertagen oder eben am Sonntag anzog. Sie hatte sich also fein gemacht für den Besuch ihrer alten Freundin.

»Ada!«, rief sie und breitete die Arme aus. Ihre Augen wurden feucht, und als Ada mit einem strahlenden Lächeln in ihre Umarmung sank, fing Marlene an zu schluchzen.

»Na, na!«, mahnte Ada. »Mit Tränen werde ich aber nicht gern begrüßt.«

»Entschuldige!« Marlene schluchzte noch ein letztes Mal und wischte sich über die Augen, dann lachte sie und zog Ada mit sich ins Haus.

»Gut siehst du aus, Marlene«, sagte Ada.

»Ach na ja«, winkte die Freundin ab, konnte jedoch nicht verhehlen, dass sie geschmeichelt war. »Du auch. Du bist nur zu dünn. Im Alter braucht man etwas zum Zusetzen.« Sie selbst hatte einiges zum Zusetzen.

»Dagegen können wir direkt etwas unternehmen«, erwiderte Ada und hielt Marlene die Tüte mit dem Kuchen hin.

»Oh, das wäre doch nicht nötig gewesen«, sagte Marlene, so wie es in ihrer Welt üblich war.

»Gut zu wissen, dann besorgst du das nächste Mal den Kuchen«, erklärte Ada.

Marlene überhörte die Neckerei geflissentlich und trug den Kuchen in den Essbereich gleich hinter der Küche.

Dem Esszimmer schloss sich direkt das Wohnzimmer an, von wo aus man zur Terrasse und in einen kleinen Garten gelangen konnte. Tisch und Stühle auf der Terrasse waren sorgsam mit durchsichtigen Planen verhüllt.

»Wollen wir uns bei dem schönen Wetter nicht raussetzen?«, schlug Ada vor. Endlich schien die Sonne mit aller Kraft, und es war nahezu sommerlich warm, doch Marlene, die bereits den Esstisch gedeckt hatte, verzog das Gesicht.

»Ich weiß nicht«, zierte sie sich. »Ist das nicht ein bisschen umständlich?«

»Umständlich?« Ada lachte. »Na, komm schon, Marlene, ein paar Umstände tun uns doch gut. Ganz abgesehen von der frischen Luft und der Sonne.« Sie öffnete die Terrassentür und begann resolut, die Planen von der Sitzgruppe zu entfernen.

»Das ist doch einfach herrlich hier draußen!«, rief sie und breitete die Arme aus, als wollte sie die ganze Welt damit umfangen.

»Schon gut, schon gut, ich komme ja«, ergab sich Marlene ihrem Schicksal. Sie packte das Geschirr auf ein Tablett, und Ada half ihr, auch noch den Rest ins Freie zu tragen. Zehn Minuten später saßen sie bei Kaffee und Kuchen in der Sonne.

»Ist das nicht schön?«, schwärmte Ada. Nun, da sie die *Umstände* hinter sich hatten, entspannte ein Lächeln Marlenes Züge und glättete die vielen Falten, die ihr nach Jahren des Jammerns und Klagens eine stete Trauermiene verliehen. Sie streckte ihr Gesicht der Sonne entgegen, schloss die Augen und seufzte behaglich: »Ja, das ist schön!«

Ada betrachtete sie. Es war seltsam mit alten Menschen, ein ganzes Leben grub sich in ihr Gesicht, formte es, veränderte es, manchmal so sehr, dass man sich selbst nicht mehr im Spiegel sehen wollte. Aber dann gab es Augenblicke wie diesen, da war all das vergessen, und alles war wieder wie früher. Die Marlene, die gerade vor ihr saß, erinnerte sie an die Marlene von damals, mit der sie zum Tanzen gegangen war und ins Kino, mit der sie geschwärmt und Geheimnisse geteilt hatte. Und Hoffnungen. War wirklich inzwischen so viel Zeit vergangen?

»So müsste es bleiben«, hauchte Marlene.

»Ja«, sagte Ada und dachte: Wäre das nicht ein perfektes Ende? Mit einer alten Freundin in der Sonne sitzen und Kuchen essen, die Gesellschaft genießen und das Leben. Bis zum Schluss.

»Ich habe mich übrigens im Stift angemeldet.« Marlene öffnete die Augen, um Adas Reaktion zu sehen. »Ich verkaufe das Haus, damit kann ich es finanzieren.«

»Das reicht?«, fragte Ada.

»Wenn ich keine hundert werde.«

»Dann wollen wir mal das Beste hoffen.«

Sie grinsten und tauschten Blicke, wie es nur Menschen taten, die einander sehr lange und gut kannten.

»Du bist nicht überrascht?«, fragte Marlene.

»Nein, eigentlich nicht. Ich denke, für dich ist es gut so.«

»Für dich wäre das nichts, oder?«

»Ich könnte es mir nicht leisten. Meine Rente reicht für die Miete und das Leben, übrig bleiben tut da nicht viel. Und das bisschen, was ich gespart habe, ist für meine Beerdigung. Ich will auf keinen Fall, dass die Kinder mit dem Quatsch belastet werden.«

»Ach du liebe Zeit, lass uns nicht über Beerdigungen reden.«

»Worüber dann? Krankheiten? Die Kinder? Den europäischen Hochadel?«

»Wie geht es Hemingway?«, erkundigte sich Marlene.

»Neulich war ich mit ihm beim Tierarzt, jetzt muss er Herztabletten nehmen«, erklärte Ada. »Er ist auch nicht mehr der Jüngste.« Sie dachte daran, was nach dem Arztbesuch vorgefallen war.

»Und sonst?«, fragte Marlene, als wären Adas unausgesprochene Gedanken zu ihr durchgedrungen.

»Ich werde immer vergesslicher.«

»Ja, ich auch«, erwiderte Marlene. »Ich weiß oft nicht, welcher Wochentag gerade ist, dann muss ich nachschauen.«

»Wo? Im Kalender?«

»Der würde mir ja nichts nützen. Nein, in der Fernsehzeitung. Ich mache den Fernseher an und vergleiche mit der Zeitung, was gerade kommt, dann weiß ich es.«

»Das ist nicht dein Ernst.«

»Leider doch.«

Ein paar Sekunden lang sahen sie einander betreten an, dann prusteten sie los und lachten so laut, dass es noch ein paar Reihenhäuser weiter zu hören war.

»Es ist einfach schrecklich, alt zu werden«, keuchte Marlene und wischte sich die Lachtränen aus den Augen.

»Ja, aber die Alternative wäre auch nicht schön«, gab Ada zu bedenken, und sie lachten weiter. Sie beruhigten sich mit ein paar Bissen von ihrem Kuchen, bis Ada die Gabel hinlegte, sich in ihrem Sessel zurücklehnte und tief durchatmete.

»Neulich habe ich Jordan nicht erkannt.«

»Deinen Enkel?«

»Ja.«

»Hm ...«

»Es war nur ganz kurz, nur im ersten Moment, aber trotzdem.«

»Machst du dir Sorgen?«, fragte Marlene. Ada zuckte mit den Schultern. Machte sie sich Sorgen?

»Es hat mich erschreckt.«

»Willst du zum Arzt gehen?«

»Nein«, sagte Ada. »Was hab ich davon, wenn ich weiß, ob es nur normale Vergesslichkeit ist oder ob es dafür einen hässlichen Namen gibt? Wo ist da der Unterschied?«

»Da hast du recht«, pflichtete Marlene ihr bei. »Mach dir keine Gedanken, auf mich machst du einen geistig sehr fitten Eindruck. Fitter als ich.«

»Das ist ja auch nicht schwer.«

Erneut dröhnte das Gelächter der beiden alten Frauen durch die Siedlung.

»Wir hätten das schon viel früher tun sollen. Und öfter. Uns gegenseitig besuchen, meine ich«, sagte Ada.

»Ja, man ist zu bequem.«

»Du bist zu bequem, und ich kann es nicht leiden, wenn du so viel jammerst.«

»Ich weiß, aber es hilft mir«, erklärte Marlene. »Ich jammere mir alles von der Seele, weißt du. Ich kann die Dinge nicht ändern, aber ich kann jammern. Ich habe dann das Gefühl, ich unternehme etwas, auch wenn es nicht so ist.«

»Verstehe!«

»Ja?«

»Vielleicht sollte ich auch jammern«, überlegte Ada.

»Worüber?«

»Darüber, dass Hans nicht mehr da ist.« Sie spürte den Kloß, der sich in ihrer Kehle breitmachte, und kämpfte dagegen an.

»Du vermisst ihn sehr, stimmt's?«

Ada nickte, der Kloß wollte nicht verschwinden. Marlene griff mit der Hand über den Tisch und legte sie auf Adas Arm.

»Das war der Vorteil daran, dass Emilio und ich uns getrennt haben«, sagte sie plötzlich. »Ich musste nicht erleben, wie er stirbt. Ich kann mir vorstellen, dass er immer noch lebt. Irgendwo, mit irgendjemandem.«

Sie hatten Emilio in all den Jahren nie wieder erwähnt, und Ada hatte sich oft gefragt, ob Marlene überhaupt noch an ihn dachte. Sie legte ihre freie Hand auf die ihrer Freundin. Beiden liefen Tränen aus den Augen. Die eine weinte um den Mann, den sie verloren hatte, die andere um das Leben, das sie nicht hatte haben dürfen.

»Ich habe zu Hause noch Fotos von früher. Von uns allen: von Hans und mir und Emilio und dir. Lustige Fotos. Wenn du willst, kann ich sie dir einmal zeigen«, sagte Ada.

Marlene nickte. »Ja, die würde ich gern sehen.«

»Es war eine schöne Zeit.«

»Manchmal wünsche ich mir, ich könnte die Uhr zurückdrehen«, schluchzte Marlene mit einem Mal voller Verzweiflung. »Ich würde alles anders machen. Und ich würde jede Sekunde genießen, jede einzelne Sekunde. Warum merkt man immer zu spät, wie kostbar das Leben ist?«

»Es ist noch nicht zu spät«, erwiderte Ada sanft. »Wir sind noch da. Aus dem Rest können wir immer noch das Beste machen.« Dann schnitt sie eine Grimasse und fügte hinzu: »Im Rahmen unserer Möglichkeiten.« Und einmal mehr beendete ihr vereintes Lachen die Traurigkeit.

So ging es den ganzen Nachmittag. Sie redeten, erinnerten sich, lachten, weinten, manchmal abwechselnd, manchmal beide auf einmal. Sie saßen da bis in den frühen Abend hinein, bis Susanne an der Tür klingelte, um ihre Mutter abzuholen.

Als sich die Freundinnen voneinander verabschiedeten und sich dabei in den Armen lagen, wurden sie alle beide wehmütig, denn wer wusste schon, ob sie einander wiedersehen würden.

»Vielleicht bin ich das nächste Mal schon im Stift«, meinte Marlene. »In einer netten, kleinen Ein-Zimmer-Endstation.«

»Das sehe ich mir sehr gern an«, erwiderte Ada. Sie lachten zusammen über Susannes entsetztes Gesicht und winkten einander ein letztes Mal zu.

»Und nicht so viel jammern, Marlene!«, rief Ada über die Schulter.

»Wir telefonieren«, gab Marlene zur Antwort.

Susanne hielt Ada die Autotür auf und half ihr beim Einsteigen. »War's schön?«, fragte sie.

»Sehr schön«, sagte Ada und verweilte in Gedanken während der gesamten Autofahrt in dem Reihenhaus im Vorort.

1982–1985
Schweigen

Das Schweigen blieb. Rom hatte sich wie ein Keil zwischen sie gebohrt. Ada, die seit jeher die Lebhaftere von beiden war, diejenige, die die Initiative ergriff und Hans mitriss, ihn animierte und ermunterte, die Ideen hatte und Vorschläge machte und Unterhaltungen startete, verstummte und zog sich zurück. Ganz ohne es zu wollen, ganz ohne Absicht. Sie wollte ihn nicht bestrafen, das war es nicht. Sie bemühte sich um Normalität und Unbefangenheit, aber es gelang ihr nicht. Dass eine so kleine Wunde so wehtun konnte! An manchen Tagen konnte sie Hans kaum ansehen. Sie war dankbar für die tägliche Routine, die ihrem Leben einen Rhythmus gab. Sie brauchte sich am Morgen nur in den Tag einzuklinken und am Abend wieder auszuklinken. Alles, was dazwischenlag, lief ab wie ein Uhrwerk, auch die Gespräche. Die Kinder waren der Puffer zwischen ihr und Hans und zugleich das Bindeglied, das sie zusammenhielt.

Verzeihst du mir? Natürlich!

Nur vergessen konnte sie es nicht.

In der Adventszeit traf sich Ada mit Marlene zu Weihnachtseinkäufen in der Innenstadt, doch der Trubel dort war so unerträglich, dass sie bald das Weite suchten und schlussendlich in Schwabing landeten, im selben Café, in dem sie sich früher manchmal in Adas Mittagspause getroffen hatten und das ganz in der Nähe des Tanzclubs lag.

Während Marlene umständlich ihren Mantel, ihre warme Stola, ihre Handtasche und diverse Einkaufstüten auf den Sitzen ordnete und drapierte, sodass sie nicht im Weg waren, aber gleichzeitig auch nicht runterfielen, dachte Ada daran zurück, wie sie viele Jahre zuvor hier gesessen und jenen schicksalhaften Plan mit der Tanzerei ausgeklügelt hatten, damit Hans und sie sich ungehindert treffen konnten. Sie rechnete im Kopf nach: Fast fünfundzwanzig Jahre war das schon her. Das Café hatte damals noch ganz anders ausgesehen, die Inneneinrichtung, die Wanddekoration, die Fenster, die Raumaufteilung, alles. Alles war anders gewesen.

»Ist was, Ada?«

»Was?«

»Du schaust so komisch«, meinte Marlene und wandte sich gleich darauf an die Kellnerin, die gerade vorbeikam. »Wir hätten gern zwei Cappuccini. Und ... möchtest du Kuchen, Ada?« Ada schüttelte den Kopf. »Nein? Also, für mich bitte ein Stück Apfelkuchen.«

Apfelkuchen. Den hatte Ada gebacken, als Hans zum ersten Mal zu ihr nach Hause gekommen war, doch er hatte keine Gelegenheit erhalten, ihn zu probieren. Ihr Vater hatte ihn vorher rausgeworfen. Was hatten sie alles über sich ergehen lassen? Wie lange hatten sie darum gekämpft, zusammen sein zu können. Und jetzt?

»Hans hat mich betrogen«, sagte sie halblaut zu Marlene.

»Was?«, fragte diese unwillkürlich zurück, obwohl sie es verstanden haben musste.

»Er hat mich betrogen.«

»Unmöglich! Das glaub ich nicht. Hans doch nicht.«

»Doch.«

Marlene richtete sich in ihrem Stuhl auf.

»Kannst du bitte etwas ausführlicher werden, Ada? Hat er eine Affäre, hat er eine Freundin?«

Ada schüttelte den Kopf. Marlenes Fragen hatten etwas Inquisitorisches. Sie bereute, das Thema angeschnitten zu haben.

»Nein?«, interpretierte Marlene das Kopfschütteln. »Was meinst du dann mit ›Er hat mich betrogen‹?«

»Er hat in Rom mit einer anderen Frau rumgemacht.«

»Rumgemacht? Was willst du damit sagen? Hat er mit ihr geschlafen?« Marlene saß noch immer kerzengerade am Tisch, wie ein Richter hinter seinem Pult.

»Nein. Er hat nicht mit ihr geschlafen. Er hat sie geküsst. Einmal. Am letzten Abend.«

Wie lächerlich sich das anhörte: Er hat eine andere Frau geküsst. Die Formulierung schrie förmlich nach einem »Na und?«.

»Nur geküsst?«

»Na ja, ein bisschen Körpereinsatz wird schon dabei gewesen sein, eben rumgemacht, du weißt doch, wie das geht, oder?« Ada war gereizt und bremste sich im letzten Moment, bevor sie hinzufügen konnte: Oder hast du das nach all den Jahren mit Helmut vergessen?

»Ja, das weiß ich, trotzdem frage ich dich, ob das alles war. Sie haben also nicht miteinander geschlafen? Im Klartext: Er hat nicht ...?« Durch eine begleitende Geste gab sie ihren Worten überflüssige Eindeutigkeit.

Ada wandte sich angeekelt ab. »Bah! Nein! Marlene, du bist echt ...«

»Ich wollte nur ganz sichergehen, dass ich auch richtig verstanden habe, worüber du dich aufregst.«

»Ich rege mich nicht auf.«

»Du sitzt da wie ein Jammerlappen.«

»Du meinst, so wie du normalerweise?«

»Ja, genau!«

Ada wandte den Blick ab, weil sie nicht lachen wollte, es aber nicht hätte unterdrücken können, wenn sie Marlene weiter angesehen hätte. Von der Seite hörte sie Marlenes verhaltenes Kichern. Die Kellnerin kam und brachte die Bestellung. Als sie wieder weg war, beugte sich Marlene nach vorn.

»Hans hat also eine andere Frau geküsst und ein bisschen gefummelt, das ist alles?«

»Ja.«

Marlene lehnte sich zurück, schlug die Beine übereinander und suchte sich endlich wieder eine entspannte Sitzhaltung.

»Hat er es dir gebeichtet?«

»Ja.«

»Natürlich. Typisch Hans!«

»Und?«

»Und was?« Marlene aß ihren Kuchen und sah Ada beinahe gelangweilt an. »Er hat eine andere Frau geküsst. Na und?«

Da war sie, die Reaktion, die zu erwarten gewesen war.

»Ada, wie kannst du das so schwernehmen? Wie kannst du da von Betrug reden? Das war ein einmaliger, winzig kleiner Fehltritt, ein Ausrutscher, nicht der Rede wert. Ihr habt doch, weiß Gott, anderes hinter euch. Hans liebt dich über alles, das weißt du doch genau. Seid froh, dass ihr euch habt.« Marlenes Stimme begann bedenklich zu schwanken.

»Ich weiß«, sagte Ada ein wenig kleinlaut, denn es schmerzte zu sehen, dass die Wunden bei Marlene noch immer nicht verheilt waren. »Ich weiß, dass ich mir keine Gedanken machen muss und dass ich mich nicht aufregen sollte und dass es mich nicht belasten dürfte. Ich habe auch zu ihm gesagt, dass ich ihm verzeihe, und ich fand es anfangs genauso bedeutungslos wie du, fast schon lächerlich. Ich dachte, das ist doch nicht schlimm, aber dann ... dann war auf einmal alles anders.«

Marlene putzte sich die Nase und hörte ruhig zu.

»Ich kriege dieses Bild nicht mehr aus dem Kopf. Von dieser Frau und wie sie ihre Zunge ...« Ada stoppte sich und sprach es nicht aus, machte nur ein angewidertes Gesicht. »Manchmal denke ich, es wäre auch nicht schlimmer gewesen, wenn sie miteinander geschlafen hätten.«

»Doch, das wäre es, glaub mir«, entgegnete Marlene. Sie packte ihre Zigaretten und ihr Feuerzeug aus und zündete sich eine an.

»Bist du eigentlich schon mal fremdgegangen?«, fragte Ada, in der langsam ein Verdacht keimte.

Marlene schnaubte. »Wann denn? Und mit wem denn? Aber vielleicht sollte ich.«

»Und Helmut?«

Marlene zog an der Zigarette und stieß den Rauch langsam aus. »Keine Ahnung. Vielleicht. Aber ich denke nicht.«

»Wäre dir das egal?«

»Ich weiß es nicht. Ich denke nie über so was nach. Es wäre auf jeden Fall ein Vertrauensbruch, und ich wäre beleidigt und gekränkt, das schon, aber wirklich weh tut es doch nur, wenn man jemanden liebt, oder nicht?« Sie zuckte mit den Schultern und wandte den Blick ab.

Wann immer es um Liebe ging, brachen ihre Unterhaltungen ab oder nahmen eine andere Wendung. Immer wenn sie den Gedanken an Emilio auch nur streiften, an den einen Mann, den Marlene wirklich geliebt hatte, dann beendete sie das Thema.

»Versuch es zu vergessen, Ada«, sagte sie nur noch. »Es ist nichts passiert, es hatte keine Bedeutung. Mach dir und Hans das

Leben nicht unnötig schwer, dafür ist es einfach zu kurz und eure Beziehung zu wertvoll.«

Marlene hatte recht, daran gab es keinen Zweifel. Ada sah es ein, und sie gab sich redlich Mühe, doch ihre Verletzung war schwerwiegender als zunächst gedacht und brauchte Zeit zu heilen. Sie und Hans redeten nie darüber, doch Ada glaubte, dass er sie verstand. Er kannte sie so gut, er musste wissen, was in ihr vorging. Sie rechnete es ihm hoch an, dass er sie zu nichts drängte, auch nicht zu Problemgesprächen, die sie nicht wollte. Es würde schon vorbeigehen, irgendwann, nach ein paar Wochen. Dann würde die liebevolle Innigkeit, die sie immer verbunden hatte, wieder zurückkehren, und die Kälte und das Schweigen zwischen ihnen wären vergessen. Sie würden allmählich wieder zu ihrem alten Leben vor Rom zurückkehren, und alles wäre wieder normal. Das dachte Ada. Doch das Gegenteil geschah, das, womit sie nicht gerechnet hatte: Sie gewöhnten sich an diesen Zustand, und mit der Zeit wurde er zu ihrer neuen Normalität. So wurden aus Wochen Monate und Jahre. Das Schweigen blieb, auch als sie die Ursache dafür schon beinahe vergessen hatten. Wenn sie Marlene und Helmut trafen, sah Ada keinen Unterschied mehr zwischen den beiden und ihnen. Nachdem ihr Hund Oscar gestorben war, fragten die Kinder ihren Vater, ob sie wieder einen Hund haben dürften. Und Hans fragte Ada. »Ich weiß nicht, nicht sofort«, war ihre ausweichende Antwort, diktiert von einem Unterbewusstsein, das es nicht mehr für ausgeschlossen hielt, dass sie und Hans sich über kurz oder lang trennen würden.

Ein defekter Fahrstuhl

Beim nächsten Sonntagsbesuch begleitete Lulu ihre Mutter zur Oma, worüber sich Ada so sehr freute, dass sie der Enkelin gleich einen Zwanzig-Euro-Schein zusteckte. Das hatte sie auch bei Jordan getan, nur dass Susanne nichts davon mitbekommen hatte. Diesmal sah sie es und ließ prompt einen kritischen Kommentar fallen, nach dem Motto, für einen Besuch bei der Oma sollte es keinen Lohn geben, der müsste selbstverständlich sein.

»Merk dir diesen Moment, Lulu, falls du irgendwann später einmal deiner Mutter verbieten möchtest, deinen Kindern eine Freude zu machen«, sagte Ada. »Merk es dir, und sei dann einfach still, weil Großmütter ihren Enkeln nun mal gern eine Freude machen.«

»Schon gut, Mama, schon gut«, lenkte Susanne ein. »Ich hab's kapiert.« Ada zwinkerte Lulu zu, die den Geldschein freudestrahlend in ihrer Tasche verschwinden ließ.

Tags darauf, als Ada beim Einkaufen an der Kasse stand, wunderte sie sich, wo der Zwanziger in ihrem Portemonnaie geblieben war. Sie hätte schwören können, unlängst einen Schein dort gesehen zu haben, aber möglicherweise hatte sie sich wieder einmal geirrt. Statt des Zwanzigers zog sie einfach einen Fünfziger hervor und zahlte damit. Ada hatte sich vorgenommen, nicht mehr über derlei Ungereimtheiten nachzugrübeln. Es hatte ja keinen Sinn. Weitermachen war zeitlebens ihre Devise gewesen.

»Frau Friedberg!«

»Ach, Herr Lenz!«

Wie so oft hatten Adas Füße automatisch den Weg nach Hause gefunden, ohne dass sie unterwegs darauf geachtet hatte, wo sie hinlief. Plötzlich fand sie sich vor ihrem Haus wieder, wo Herr Lenz ihr die Tür aufhielt.

»Jetzt wo ich Sie sehe, denke ich daran«, sagte Ada. »Wir haben doch noch eine Verabredung zum Kaffee bei mir, nicht wahr? Ich hätte schon längst darauf zurückkommen sollen, aber Moppi musste zum Tierarzt, jetzt muss er Herztabletten nehmen, und dann ... na ja, Sie wissen ja, wie das ist.« An alle anderen Ereignisse der jüngsten Vergangenheit konnte sie sich nicht mehr erinnern.

»Ja, ich weiß, wie das ist«, erwiderte Herr Lenz. »Die Zeit rast dahin, man nimmt sich etwas vor, und plötzlich sind schon wieder Wochen ins Land gezogen. Geht mir doch genauso.«

»Lassen wir die Zeit nicht weiterrasen. Wie wäre es mit morgen?«, schlug Ada vor. »Ich könnte einen Kuchen backen, die Zutaten habe ich alle im Haus.«

»Passt mir wunderbar. Morgen Nachmittag also? Ich habe allerdings ein schlechtes Gewissen, weil Sie sich so viel Mühe machen.«

»Bloß nicht. Bringen Sie einen guten Appetit mit, dann bin ich schon entschädigt.« Herr Lenz versprach es.

Am nächsten Tag machte Ada sich ein wenig früher als sonst auf ihre Nachmittagsrunde mit Hemingway, um rechtzeitig wieder zu Hause zu sein. Als sie zurückkam und den Hauseingang betrat, herrschte dort große Aufregung. Frau Sellschuh, Frau Grübel und ein Mann mittleren Alters, den Ada nicht kannte, standen vor dem Fahrstuhl und machten betroffene Gesichter.

»Er hängt!«, rief Frau Sellschuh, wurde sich der Gegenwart des Boxers bewusst und verschanzte sich sogleich hinter der breiten Front von Frau Grübel.

»Oh!«, sagte Ada. »Ist jemand drin?«

»Nein, aber ich habe in letzter Zeit fürchterliche Rückenprobleme, damit kann ich wohl kaum zu Fuß in den sechsten Stock hochklettern.«

»Auf keinen Fall«, pflichtete Frau Grübel ihr bei, die selbst in den fünften Stock musste. Keine der beiden machte Anstalten, sich demnächst auf die beschwerliche Tour zu begeben, obwohl es nicht so aussah, als würde ihnen etwas anderes übrig bleiben. Allerdings hatte Ada selbst ein noch viel größeres Problem in Gestalt eines großen, schweren, herzkranken Boxers, der bereits nach dem kurzen Spaziergang am Ende seiner Kräfte war. Unmöglich würde Hemingway den Weg nach oben schaffen.

Der Mann, den Ada nicht kannte, räusperte sich und meinte: »Na dann! Trotzdem noch einen schönen Tag.« Dann lief er nach oben. Frau Grübel und Frau Sellschuh schickten ihm aufgebrachte Blicke hinterher, während Ada sich fragte, wer das wohl gewesen sein mochte.

Angelockt von den Stimmen im Treppenhaus, öffnete Herr Lenz die Tür seiner Wohnung und schaute nach, was los war. »Moment«, sagte er, zog sein Telefon aus der Tasche und wählte die Nummer des Hausmeisters.

»Herr Bračič kommt gleich«, beruhigte er die Nachbarinnen.

Der Hausmeister, ein fleißiger junger Mann, der vom Zimmermann bis zum Gärtner sämtliche Handwerksberufe in sich zu vereinigen schien, kam nur wenig später den Weg entlanggeschossen. Er grüßte freundlich in die Runde, betrachtete den Fahrstuhl, kratzte sich am Kopf, ging in den Keller, kehrte zurück, kratzte sich noch einmal und machte ein ratloses Gesicht. »Tut mir leid. Da kann ich nichts machen, da muss ein Fachmann ran.«

»Sie sind doch Fachmann«, behauptete Frau Grübel. Herr Bračič lächelte bedauernd, zog sein Handy hervor und telefonierte in einer fremden Sprache, was Frau Grübel und Frau Sellschuh mit argwöhnischer Miene zur Kenntnis nahmen.

»Es kommt jemand, aber es kann ein bisschen dauern«, verkündete Herr Bračič.

»Und was heißt das genau?«, wollte Frau Grübel wissen.

Der Hausmeister zuckte mit den Schultern und meinte: »Jemand von der Aufzugsfirma muss den Schaden beheben.«

»Aber das kann doch noch Stunden dauern!«, wehklagte die rückenkranke Frau Sellschuh.

»Und solange stecken wir hier fest?«, empörte sich Frau Grübel lautstark. Herr Bračič sah sie sprachlos an.

»Falls Sie lieber hier unten warten wollen«, mischte sich Herr Lenz ein, »würde ich Sie alle zu mir auf eine Tasse Kaffee einladen.« Und zu Ada gewandt fügte er hinzu: »Dann könnte sich auch Hemingway ein Weilchen ausruhen. Ich nehme an, er kann die Treppen am wenigsten bewältigen.«

»Da haben Sie recht«, antwortete Ada erleichtert, und auch Frau Grübel und Frau Sellschuh zeigten sich von der Einladung angetan.

In diesem Moment waren rasche leichtfüßige Schritte von oben zu hören. Leo kam die Treppe heruntergehüpft.

»Ach du meine Güte, Frau Friedberg«, rief er mit Blick auf den traurig dreinschauenden, am Boden liegenden Hund. »Was machen Sie denn nun mit Hemingway?«

»Hoffen, dass der Fahrstuhl bald repariert wird, und inzwischen bei Herrn Lenz Kaffee trinken«, antwortete Ada. »Könnten

Sie mir einen Gefallen tun, Leo? Sie kommen nämlich wie gerufen.«

»Klar. Was denn?«

»Könnten Sie für mich noch einmal nach oben gehen und den Kuchen aus der Küche holen? Er steht auf der Anrichte.«

»Natürlich«, erwiderte Leo, nahm von Ada den Schlüssel entgegen und lief ebenso leichtfüßig, wie er die Treppe heruntergelaufen war, wieder nach oben. Wenige Minuten später kehrte er mit der Kuchenplatte in Händen zurück.

»Wollen Sie sich nicht zu uns gesellen?«, fragte ihn Herr Lenz.

»Oh ja, Leo, kommen Sie mit«, lud auch Ada den jungen Mann ein, wohingegen die beiden anderen Damen eher wenig begeistert wirkten.

»Also«, zögerte Leo. »Eigentlich wollte ich ja zur Bibliothek, ein bisschen arbeiten.«

»Die Bibliothek läuft nicht weg«, meinte Ada. »Und der Kuchen ist mir diesmal ganz besonders gut gelungen.«

»Riecht auch schon so toll.« Leos Miene offenbarte sowohl seine Lust auf den Kuchen als auch auf einen interessanten Nachmittag in illustrem Kreise. »Also schön!«

So kam es, dass der geplante Kaffeenachmittag sich ein wenig anders gestaltete, als Ada und Herr Lenz ihn sich vorgestellt hatten.

Hemingway machte es sich auf der Decke gemütlich, die Herr Lenz etwas abseits für ihn bereitgelegt hatte, was Frau Sellschuh sichtlich aufatmen ließ. Alle halfen mit, und nach kurzer Zeit saßen sie am Tisch und fühlten sich ein wenig betreten, weil sie nicht wussten, worüber sie sich in dieser ungewohnten Zusammensetzung unterhalten sollten.

»Der Kuchen schmeckt großartig«, nuschelte Leo, mit vollen

Backen kauend, die anderen schlossen sich eifrig seinem Kompliment an, und damit war zumindest der Anfang gemacht.

»Ich hoffe nur, Herr Bračič hat der Firma ordentlich Beine gemacht. Sie können uns ja schlecht über Nacht beherbergen, nicht wahr, Herr Lenz?« Frau Sellschuh ließ ein verklemmtes Lachen ertönen, dem man anmerkte, wie ungeübt sie in lockerer Konversation war. Die anderen schmunzelten höflich.

»Wo kommt der überhaupt her, der Bračič?«, fragte Frau Grübel.

»Aus Bad Tölz«, antwortete Ada. Insgeheim freute sie sich, dass sie das noch wusste. »Das hat er mir mal erzählt.«

Frau Grübel schüttelte den Kopf. »Nein, ich meine *ursprünglich.*« Sie dehnte das Wort, damit Ada auch ja verstand, welche Herkunft gemeint war.

»Aus Bad Tölz«, wiederholte Ada.

Frau Sellschuh runzelte zweifelnd die Stirn. »Bračič? Das ist doch kein deutscher Name.«

»Ist Sellschuh ein deutscher Name?«, fragte Leo. »Klingt polnisch. Oder rumänisch. Irgendwie osteuropäisch.«

»Man schreibt den Namen aber so, wie man ihn spricht«, wehrte sich die Angesprochene prompt gegen den ihr unterstellten Migrationshintergrund.

»So steht er ja auch an der Tür«, meldete sich Frau Grübel.

»Schon klar«, sagte Leo. »Aber *ursprünglich*« – er legte die gleiche Betonung auf das Wort wie zuvor Frau Grübel – »wurde der Name sicher anders geschrieben. Mit c oder cz oder so, keine Ahnung. Jedenfalls klingt er slawisch.«

»Das ist überhaupt nicht wahr. Meine Vorfahren sind seit Generationen Deutsche«, echauffierte sich Frau Sellschuh. »Immer wieder werde ich mit diesem Vorurteil konfrontiert. Immer denken die Leute, ich bin irgendwo aus dem Ausland. Aber bin ich nicht.«

»Und wenn, dann wäre auch nichts dabei«, meinte Ada.

»Sie haben leicht reden. Sie heißen Friedberg, ein schöner deutscher Name.«

»Ein jüdischer Name übrigens«, klärte Ada sie auf.

»Ach wirklich? Das hätte ich jetzt nicht gedacht«, sagte Frau Sellschuh verblüfft. »Jedenfalls müssen Sie nicht ständig erklären, wie Ihr Name geschrieben wird. Ich muss das ständig, und dann sage ich immer: ›So wie man ihn spricht.‹« Sie schob sich ein großes Stück Kuchen in den Mund und kaute mit bekümmertem Gesicht.

»Aber sehen Sie, Herr Meyer muss auch immer erklären, wie man seinen Namen schreibt«, tröstete sie Leo.

»Gehen Sie mir fort mit dem!«, rief Frau Grübel. »Unverschämtheit, uns einen schönen Tag zu wünschen. Der hat gut reden.«

»Er muss auch in den sechsten Stock«, wandte Leo ein.

»Ja, aber der ist noch jung und fit.«

»Und als Arzt hätte er sich ruhig ein bisschen kümmern können, als ich meinen schlimmen Rücken erwähnt habe«, fügte Frau Sellschuh mit Restkuchen im Mund hinzu.

»Der Mann vorhin war Dr. Meyer?«, fragte Ada.

Herr Lenz lachte. »Na endlich wissen wir, wer Dr. Meyer ist.«

»Jedenfalls nicht der Mann mit Bart.«

Draußen plärrte ein Kind. Es war das Mädchen mit dem Heldensopran. Mit unfassbarer Kraft und Ausdauer schickte es einen Ton jenseits des hohen C in die Umgebung.

»Schrecklich!«, entfuhr es Frau Grübel mit einem Gesicht, als hätte sie sich gerade einen Zahn ausgebissen.

»Es sind Kinder«, erinnerte sie Herr Lenz.

»Aber müssen sie deswegen einen solchen Krach machen?«

»Ja, müssen sie«, belehrte Ada die Nachbarin. »Sie sind klein und werden leicht übersehen. Kinder müssen sich bemerkbar machen.« Frau Grübel zog es vor, Ada nicht zu widersprechen, sondern verkniff nur den Mund. »Und außerdem«, fuhr Ada fort, »würden wir nicht alle gern manchmal einfach nur schreien, wenn uns etwas nicht passt und das Leben nicht so verläuft, wie man es gern hätte?«

Als Hans starb, dachte sie, da hätte ich gern tagelang geschrien.

Im Zimmer wurde es mucksmäuschenstill. Hatte sie den letzten Satz laut gesagt oder nur gedacht?

Frau Sellschuh stocherte in ihrem Kuchenstück, als müsste sie darin nach Gräten suchen, und Frau Grübel fixierte die Zuckerdose auf dem Tisch.

»Es stimmt schon«, meinte Herr Lenz, nachdem er sich geräuspert hatte. »Wir halten uns wahrscheinlich alle zu sehr zurück.«

»Andererseits kann man auch nicht ständig seine Umwelt mit seinen Gefühlsausbrüchen belasten«, erwiderte Ada.

»Was heißt belasten?«, fragte Leo. »Weil die Leute nicht damit umgehen können?«

»Es kommt wohl auf die Situation an«, gab Herr Lenz zu bedenken.

»Muss man dann seine Gefühle je nach Situation beherrschen lernen?«, fragte Leo weiter. »Ist es das, was uns für unsere Mitmenschen erträglich macht?«

»Auch«, antwortete Herr Lenz.

»Außerdem«, fügte Ada hinzu, »kann man sich in Schmerz auch hineinsteigern, indem man ihm Raum gibt. Jedes Gefühl wird größer, je lauter es geäußert wird. Man bläht es auf.«

»Aber nein, man lässt es heraus, und was ist falsch daran, wenn man an seinen Gefühlen nicht ersticken will?«, entgegnete wiederum Leo.

Noch bevor einer der anderen dazu etwas sagen konnte, räusperte sich plötzlich Frau Grübel. Alle Augen wandten sich ihr zu. Frau Sellschuh und sie waren während der Diskussion stumm geblieben, nur ihre Köpfe waren zwischen Ada, Leo und Herrn Lenz hin und her gewandert. Nun ruhte der Blick von Frau Grübel wieder auf der Zuckerdose in der Mitte des Tischs, während sie den Mund aufmachte und Luft holte, um etwas zu sagen.

»Ich schreie manchmal aufs Meer hinaus.«

Der Rest der Runde war zu verblüfft, um in irgendeiner Weise zu reagieren, sodass Frau Grübel die Gelegenheit ergriff, sich näher zu erklären.

»Wir fahren jedes Jahr nach Borkum, und dort gehe ich oft allein am Meer spazieren, weil Ernst, meinem Mann, dem ist das zu viel. Und dann«, sie zögerte, ihr Mund zuckte, als sträubte er sich dagegen, weiterzusprechen, »wenn ich am Strand allein bin und niemand in der Nähe ist, dann schreie ich so laut ich kann aufs Meer hinaus. Ganz, ganz laut.« Frau Grübel gluckste, so wie Karola immer gluckste, wenn ihr nicht wirklich zum Lachen war. »Ich weiß, wie kindisch das ist, aber es tut so gut. Und keiner hört mich.« Sie löste ihren Blick von der Zuckerdose und ließ ihn vorsichtig über die Gesichter der anderen gleiten. Für einen Moment wirkte die sonst so forsche Frau beinahe zerbrechlich. Ada stellte sich vor, wie sie da stand, am Meer, und gegen das Rauschen der Wellen und das Brausen des Windes anschrie. Was war es wohl, das da aus ihr herauswollte und das sie in ihrem Schrei dem Meer anvertraute?

»Ich finde das nicht im Mindesten kindisch, sondern eine ganz hervorragende Idee«, meinte Herr Lenz. »Meine Frau, zum

Beispiel, ist früher gern mit der Achterbahn gefahren, obwohl sie fürchterliche Angst hatte und ihr sogar ein bisschen schlecht dabei wurde, aber wenn man sie fragte, warum sie es dann täte, sagte sie: ›Das Schreien ist so unendlich befreiend.‹«

Alle lachten, auch Frau Grübel und Frau Sellschuh, und diesmal klang ihr Lachen gar nicht gezwungen. Gerade als es verebbte, schickte die Kleine aus dem Kindergarten erneut einen markerschütternden hohen Ton durch die Straße. Und wieder brach man in gemeinsames Gelächter aus. Frau Sellschuh wischte eine Heiterkeitsträne vom Lidrand, und Frau Grübels sonst so mürrisches Gesicht offenbarte zum ersten Mal seine vielen kleinen Lachfältchen.

Aufgeschreckt durch den Lärm am Tisch, hob Hemingway den Kopf, um zu sehen, ob er sich Sorgen machen musste. Sogleich zuckte Frau Sellschuh zusammen, Panik trat in ihre Augen.

»Hemingway ist vollkommen harmlos, Frau Sellschuh«, beruhigte sie Ada. »Er sieht zwar beeindruckend aus, aber in ihm steckt die Seele eines Lämmchens.«

Frau Sellschuh nickte und versuchte ein Lächeln zum Zeichen, dass sie Ada glaubte. »Wissen Sie, als kleines Mädchen wurde ich mal gebissen. Ausgerechnet vom Hund meiner besten Freundin«, erklärte sie.

»Oh, das ist natürlich schlimm«, meinte Ada verständnisvoll.

»Ja, das war es«, bestätigte Frau Sellschuh. »Alle sagten, ich sei selbst schuld gewesen, und wahrscheinlich war ich das auch.« Verlegen knetete sie ihre Hände unterm Tisch. »Meine Freundin tat es ab, man würde ja gar nichts sehen, und auch das stimmte, es war kein tiefer Biss. Nur ein Kratzer. Sogar meine Eltern spielten das Ganze herunter und sagten zu mir, ich sollte nicht so ein Theater machen. Aber es war trotzdem schlimm. Für mich.« Sie hörte auf, ihre Hände zu kneten, und legte sie wieder vor sich auf den Tisch.

»Die helle Stelle da auf Ihrem Handrücken«, Leo deutete auf einen fast weißen kleinen Streifen auf ihrer Haut, »stammt die von dem Biss?«

Frau Sellschuh, die gerade zur Kuchengabel greifen wollte, hielt überrascht inne.

»Ja, tatsächlich, das ist die Stelle, aber man sieht es ja kaum noch.«

Alle betrachteten interessiert ihre Hand.

»Na ja, es ist keine große Narbe, aber man sieht es immerhin«, stellte Ada fest. »Und das deutet schon darauf hin, dass der Biss damals ordentlich wehgetan hat. Ganz abgesehen von dem Schock.« Alle nickten, auch Frau Sellschuh.

»Nicht schön, ein Kind, das so etwas erlebt hat, nicht ernst zu nehmen«, sagte Herr Lenz. »Wie alt waren Sie denn damals?«

»So neun oder zehn«, antwortete Frau Sellschuh, die immer noch ihre Hand in der Luft hielt.

»Schlimm«, sagte Herr Lenz.

»Ja«, bestätigte Frau Sellschuh und holte tief Luft. Ada hatte das Gefühl, dass sie mit diesem Atemzug die Tränen, die in ihr aufzusteigen drohten, wegatmete. Auch ein verspäteter Trost war noch ein Trost.

»Hab ich Ihnen schon gesagt, wie wunderbar Ihr Kuchen schmeckt, Frau Friedberg?«, wechselte Frau Sellschuh das Thema und schob sich den letzten Bissen in den Mund.

»Danke. Möchten Sie noch ein Stück?«

»Da sag ich nicht Nein.«

Ada verteilte Kuchen an alle. An der Tür klingelte es. Herr Lenz öffnete und kam mit Herrn Bračič zurück.

»Tut mir leid, der Aufzug kann heute leider nicht mehr repariert werden«, sagte der Hausmeister betreten. »Der Kollege muss ein Ersatzteil besorgen.«

Während Frau Sellschuh und Frau Grübel stöhnten, sah Ada ratlos zu Hemingway.

»Machen Sie sich keine Sorgen«, beruhigte sie Herr Lenz, der ihrem Blick gefolgt war. »Hemingway kann doch einfach bis morgen hierbleiben.«

»Wirklich?« Ein Stein fiel Ada vom Herzen. Vor lauter Erleichterung lud sie Herrn Bračič ein, das letzte Stück Kuchen zu essen, was er überrascht, aber gern annahm. Irgendwo im Haus spielte jemand Klavier. So wie neulich, dachte Ada, nur viel besser.

»Frau Sigrist spielt wunderbar«, sagte Frau Grübel. »Sie hätte Konzertpianistin werden können, aber ihr Exmann wollte das nicht.« Sie sah sich in der erstaunten Runde um. »Das hat sie mir mal erzählt«, fügte sie hinzu.

Etwas in Adas Innerem rührte sich. Zum ersten Mal seit Jahren dachte sie wieder an die geheimen Träume ihrer Mutter, sah sie wieder vor sich, wie sie an dem Klavier saß, das der jüdischen Familie gehört hatte, und ungeschickt darauf herumklimperte. Vielleicht hatten sich ihre Finger ja unbewusst dagegen gewehrt, die richtigen Tasten zu finden – weil es unrecht war.

Herr Bračič, der seinen Kuchen rasch gegessen hatte, stand auf, bedankte sich und entschuldigte sich gleichzeitig für seine Eile. Als der Hausmeister die Runde verließ, erhoben sich auch die anderen. Leo begab sich endlich zur Bibliothek, und Frau Grübel und Frau Sellschuh machten sich auf den unvermeidlichen Weg nach oben in ihre Wohnungen.

Erst später gegen Abend erklomm auch Ada die Treppe in den vierten Stock, nachdem sie Hemingway versprochen hatte, gleich darauf mit seinem Essen zurückzukommen.

»Versteht er das?«, fragte Herr Lenz schmunzelnd.

»Natürlich«, erwiderte Ada, streichelte ihrem Moppi liebevoll über den Kopf und ging nach oben.

»Seine Tabletten darf ich nicht vergessen«, sagte sie zu sich selbst, als sie die Wohnung betrat. Doch bevor sie in der Küche Hemingways Sachen zusammenpacken konnte, musste sie zur Toilette. »Die Tabletten!«, erinnerte sie sich unablässig. Es war wichtig. Alles, alles durfte sie vergessen, aber nicht die Herztabletten für ihren Hund. Mühsam zog sie sich von dem niedrigen Toilettensitz hoch und wusch sich die Hände. »Die Tabletten!« Dann eilte sie in die Küche und packte alles in eine Tasche.

»So, da bin ich wieder, Moppi«, begrüßte sie den aufgeregt hechelnden Hund, als sie in Herrn Lenz' Wohnung zurückkehrte. »Und ich hab alles für dich dabei: dein Essen, deine Näpfe und auch deine Tabletten. Schau!« Sie zeigte dem Hund die Sachen, als wären es Geschenke. Hemingway gab freudige Laute von sich und trippelte so lange von einer Vorderpfote auf die andere, bis er mit allem versorgt war.

»Möchten Sie auch etwas zu essen? Ich wollte mir gerade eine kleine Brotzeit machen«, sagte Herr Lenz. Ada wehrte zunächst ab, obwohl es ihr seltsam vorkam, gleich wieder nach oben zu gehen und Hemingway in der fremden Wohnung zu lassen. »Sie müssen doch nachher noch mit dem Hund Gassi gehen, nicht wahr?«, argumentierte Herr Lenz freundlich. »Da sparen Sie sich einmal hoch- und runterlaufen.«

»Na schön! Sie haben recht«, gab Ada schließlich nach und half Herrn Lenz beim Tischdecken.

»Ein kleines Bier zum Essen?«, fragte Herr Lenz.

»In Gesellschaft gern«, erwiderte Ada.

Zu zweit saßen sie nun an dem Tisch, an dem sich zuvor die bunt zusammengewürfelte Kaffeerunde eingefunden hatte.

»Das war eigentlich ganz schön heute Nachmittag«, meinte Herr Lenz.

»Ja, das war es.«

»Leo ist wirklich ein sympathischer junger Mann.«

»Das stimmt.«

»Und die beiden Damen sind eigentlich auch nicht so übel, wie der erste Eindruck vermuten lässt.« Sie lachten beide.

»Ich wüsste zu gern, was Frau Grübel hinaus aufs Meer schreit, Sie nicht auch?«, fragte Ada.

»Doch, aber ich habe mich nicht getraut zu fragen.« Sie lachten wieder.

Hemingway kam und setzte sich zu ihnen. Sein durchdringender Blick, abwechselnd vom einen zum anderen und gelegentlich auch auf den Tisch, signalisierte die Hoffnung, etwas von den Leckereien, deren Duft seine Nase umschmeichelte, abzubekommen.

»Keine Chance, Moppi«, erklärte Ada. Der Hund konnte das nicht so recht glauben und blieb sitzen.

Nach dem Essen nahmen sie gemeinsam vor dem Fernseher Platz, schauten die Nachrichten und unterhielten sich anschließend noch ein bisschen darüber. Es war schön, und es kam Ada fast so vor wie früher mit Hans.

»So, Moppi«, sagte sie zu dem Hund, als es Zeit zum Gassigehen war. »Jetzt erledigst du draußen noch dein Geschäft, und dann machst du es dir bei Herrn Lenz gemütlich, ja?« Hemingway gab eine Art Schnarren von sich und streckte sich ausgiebig, bevor er Ada zur Haustür folgte und sich von ihr Geschirr und Leine anlegen ließ.

»Ich bin gleich zurück. Zehn Minuten höchstens«, versprach sie und verließ mit Hemingway das Haus.

Während der Boxer herumschnupperte und seine Marken

setzte, kehrten Adas Gedanken plötzlich wieder zu ihrer Mutter zurück. Ada hatte immer anders werden wollen als sie. Sie war davon überzeugt gewesen, es zu sein, und doch hatte es auch in ihrem Leben Träume gegeben, die sie begraben hatte.

Keiner hatte es von ihr verlangt, im Gegenteil, Hans hatte sie immer dazu ermutigt, ihre Ziele zu verfolgen. Warum also hatte sie es nicht getan?

Weiter und weiter ging sie mit Hemingway, bis sie sich vor dem alten Haus wiederfand. Innen brannte Licht, und diesmal waren sogar Stimmen zu hören. Laute, aufgebrachte Stimmen, die sich überlagerten, nicht aufeinander hörten, aneinander vorbeischrien. Gefühlsausbrüche! Hatten sie darüber nicht am Nachmittag noch geredet? Und dass man seine Umwelt damit belastete? Ada belastete es. Mit klopfendem Herzen stand sie vor dem alten Haus und hörte, wie die beiden Tänzer sich stritten. Warum war sie nur so weit gegangen, dass sie diesen Streit nun mitanhören musste? So nah wollte sie den beiden nicht kommen. Sie wollte nicht, dass sich ihre Illusionen in Luft auflösten. Mit einem Mal verstummten die Stimmen, das Licht erlosch.

»Komm, Moppi«, flüsterte Ada.

Herr Lenz stand vor der Haustür und blickte sich suchend um.

»Frau Friedberg! Gott sei Dank! Ich habe mir schon Sorgen gemacht.«

Ada schaute ihn verwundert an. »Sorgen? Aber warum denn?«

»Nun ja, Sie sagten etwas von zehn Minuten«, erwiderte Herr Lenz, der deutlich mitgenommen wirkte. »Und als Sie dann gar nicht mehr gekommen sind, dachte ich ... na ja, in unserem Alter ... wie leicht stolpert man und fällt hin.«

Er hielt seiner verwirrt dreinblickenden Nachbarin die Tür auf. Seine Hand zitterte. Ada, die seine Reaktion für reichlich übertrieben hielt, meinte, sie sei doch nur kurz auf der Abendrunde gewesen.

»Sie sagten zehn Minuten«, wiederholte Herr Lenz.

»Und?«

»Sie waren über eine Dreiviertelstunde weg.«

Ada starrte ihn an. »Bitte?« Herr Lenz lächelte betreten und lotste Hemingway in seine Wohnung.

»Eine Dreiviertelstunde? Wirklich?«, fragte Ada, die ihnen folgte.

»Bitte entschuldigen Sie, ich neige manchmal dazu, mir unnötige Sorgen zu machen. Das ist eine ganz dumme Eigenschaft.«

»Nein, nein«, beschwichtigte ihn Ada.

»Sicher kann man nicht auf die Sekunde voraussagen, wie lange man mit einem Hund unterwegs ist. Man trifft Nachbarn, andere Hundebesitzer.«

Ada, die niemanden getroffen hatte, nickte. »Ich gehe jetzt mal nach oben«, sagte sie, beugte sich hinab zu Hemingway und kraulte ihn zum Abschied unterm Kinn. »Sei schön brav, hörst du?« Dann, nachdem sie auch Herrn Lenz eine gute Nacht gewünscht hatte, schleppte sie sich die vielen Stufen in den vierten Stock hinauf.

Ada fühlte sich müde und alt, und als sie ihre Wohnung betrat, in der ihr kein Hemingway entgegenkam, fühlte sie sich auch noch einsam.

Eine Dreiviertelstunde. Der Gedanke setzte sich in ihrem Kopf fest wie Gelee, unangenehm und klebrig. Die Zeit war ihr abhandengekommen. Und wenn ihr nach und nach alles abhandenkam? Einfach alles? Was passierte mit ihr? Was war noch normal? Ihr Gedächtnis hatte nachgelassen, das war normal in ihrem Alter, aber war es auch normal, Menschen zu vergessen, Wege zu vergessen, ganze Tage zu vergessen? Was passierte mit der Zeit? Und was passierte sonst noch? Und vielleicht bemerkte sie manches gar nicht, sie hätte auch nicht bemerkt, wie lange sie in Wirklichkeit draußen war, hätte Herr Lenz es ihr nicht gesagt. Doch grübeln nutzte nichts, wehren musste sie sich. Sich wehren, solange sie noch konnte.

Als Ada die Tür an diesem Abend abschloss, tat sie es mit großer Umsicht. Anschließend ging sie durch die ganze Wohnung, um nachzusehen, ob alles in Ordnung war, zuletzt ins Badezimmer. Ganz bewusst blickte sie in den Spiegel, betrachtete die vielen Linien in ihrem Gesicht, die verblasste Iris ihrer Augen, ihr ergrautes Haar. Fing sie nun auch innerlich an zu verblassen und zu ergrauen? Oder löste sie sich womöglich ganz auf?

Ada schloss die Augen und ballte ihre Hände zu Fäusten. Nein, nein, nein! Sie würde sich nicht unterkriegen lassen. Das Leben stellte einem nun mal Aufgaben, immer, von Anfang an bis zuletzt, und wenn es ihre letzte Aufgabe war, mit einem erlahmenden Geist zurechtzukommen, dann war es eben so. Sie würde auch das noch schaffen.

In der Nacht schlief Ada unruhig. Ein seltsamer Traum jagte den nächsten: Herr Lenz spazierte mit Hemingway an der Leine auf einer Wolke, Frau Grübel stand am Meer und schrie sich die Seele aus dem Leib, Ada war mit Karola in einer Stierkampfarena, in der ihr Sohn Thomas gegen einen Stier antrat. Während Ada den Kampf ängstlich durch das Fernglas verfolgte, blätterte Karola unbeteiligt in einem Magazin. Susanne saß im Wohnzimmer und spielte Klavier, Leo und John küssten einander im Fahrstuhl, verwandelten sich in das Paar aus dem alten Haus, dann ließ der Mann die Frau los, wandte sich Ada zu, küsste sie und verwandelte sich wieder – in Hans, der sie in seine Arme nahm und mit ihr tanzte.

1986
Das Versprechen

Im Sommer 1986 hatte Susanne ihren ersten Freund. Sie hatte sich Zeit gelassen, nicht den Erstbesten genommen, sondern – vernünftig und ernsthaft, wie sie war – auf den einen gewartet, in den sie wirklich verliebt war und mit dem sie sich eine Zukunft vorstellen konnte, wie sie sagte.

Ada machte sich Gedanken. »Man muss doch auch mal ... nun ja ... ausprobieren«, meinte sie zu Hans, als sie abends im Bett leise darüber sprachen.

»Ausprobieren? Was denn ausprobieren?«, fragte Hans.

»Na, man kann doch nicht gleich beim Ersten mit achtzehn an Heiraten, Kinderkriegen und Altwerden denken, man muss sich doch auch mal umschauen und Erfahrungen sammeln.«

»Das tut sie doch, Erfahrungen sammeln«, entgegnete Hans. »Sie sammelt gerade die Erfahrung, wie es ist, wenn man ernsthaft in jemanden verliebt ist. Vielleicht wird sie die Erfahrung machen, dass es in die Brüche geht, vielleicht macht sie aber die Erfahrung, dass auch der Erste der Richtige sein kann.«

»Du weißt doch genau, was ich meine«, entgegnete Ada.

»Nein, weiß ich nicht, ehrlich gesagt. Was meinst du denn?«

Und als Adas Antwort lediglich in einem unwirschen Laut bestand, fügte er hinzu: »Wäre es dir lieber, sie würde einen Freund nach dem anderen verschleißen?«

»Nein, das wäre mir nicht lieber, aber sie sollte ruhig ein bisschen das Leben genießen.«

»Ich habe den Eindruck, dass sie das tut.«

»Sie ist viel zu ernst und zu vernünftig. Das kann sie mit dreißig immer noch sein, aber jetzt ist sie jung. Genau die richtige Zeit, um sich auszuprobieren. Sie muss sich doch nicht so früh festlegen.«

Hans richtete sich ein wenig im Bett auf und sah Ada verständnislos an. »Redest du jetzt eigentlich von Susi oder von dir?«

»Von mir? Bist du verrückt? Wieso denn von mir?«

»Denkst du, du hättest etwas verpasst?«

»Wie kommst du nur darauf?«

»Du hast dich damals auch festgelegt. Vielleicht bereust du es ja inzwischen, dass das mit uns gehalten hat. Vielleicht war ich dir ja im Weg.«

Ada setzte sich mit einem Ruck auf und stemmte ihre geballten Fäuste in die Matratze. »Oder ich dir«, fauchte sie. »Wer weiß das schon!«

»Genau. Wer weiß das schon! Siehst du: Wir haben doch auch Erfahrungen gemacht. Die Erfahrung, dass es keine Garantie dafür gibt, dass Gefühle für immer halten.«

»Das sagt der Richtige! Ausgerechnet!« Ada schwang ihre Beine aus dem Bett. Sie hatten schon lange aufgehört, leise zu sprechen. Ihre Stimmen schallten laut durch die ganze Wohnung, obwohl sie wussten, dass ihre Kinder sie hören konnten. »Du hast schließlich nachgeholt, was du verpasst hast«, schleuderte sie Hans entgegen.

»Ich bin hier nicht derjenige, der seinem Kind am liebsten raten würde, nicht auf seine Gefühle zu hören. Du willst Susi doch offensichtlich ersparen, irgendwann so zu enden wie du.«

»Und wie ende ich denn? Sag mir das doch mal!« Hans hatte Tränen in den Augen, doch Ada ignorierte es. »Wie ende ich?«

»Mit einem Mann an deiner Seite, den du schon lange nicht mehr liebst«, presste er heraus.

Ada zitterte am ganzen Leib. Sie wollte etwas erwidern, wollte sagen, dass das nicht die Wahrheit war, dass sie ihn immer noch liebte und dass sie sich danach sehnte, diese Liebe auch wieder zu spüren, statt einfach nur zu wissen, dass sie noch da war. Doch sie sagte nichts. Sie verließ das Schlafzimmer und schlief im Wohnzimmer. Mitten in der Nacht kam Hans zu ihr. Sie solle ins Bett kommen, sie würde sich nur ihren Rücken ruinieren. Ada stand wortlos auf und ging mit ihm hinüber.

Am nächsten Morgen herrschte am Frühstückstisch angespanntes Schweigen. Die Eltern wussten, dass die Kinder alles gehört hatten, und die Kinder wussten, dass die Eltern wussten, dass sie alles gehört hatten. Hans machte sich als Erster auf den Weg, danach Thomas und später Susanne. Ada musste erst zu den Ladenöffnungszeiten zur Arbeit. Als sie gegen Mittag Migräne bekam, entschuldigte sie sich und ging vorzeitig nach Hause. Früher, als Oscar noch da war, hatte er sie immer mit freudigem Jaulen an der Tür begrüßt, doch nun bemerkte keiner mehr, wenn sie zurückkam.

Sie hörte die aufgeregten Stimmen ihrer Kinder aus Susannes Zimmer und schnappte ungewollt ein paar Brocken auf.

»Ich will jedenfalls später mal nicht so leben wie die«, sagte Susanne.

»Nein, ich auch nicht«, stimmte ihr jüngerer Bruder zu.

»Keine Ahnung, wie die sich gefunden haben, aber ein glückliches Zusammentreffen war das nicht.« Susannes Stimme war voller Bitterkeit, und Thomas versuchte sie mit etwas Sarkasmus aufzuheitern. »Da hat Amor schlecht gezielt«, meinte er, woraufhin ein halb belustigtes, halb trauriges Lachen zu hören war.

»Na ja«, gab seine Schwester zu bedenken, »sonst gäbe es uns ja nicht.«

»Stimmt auch wieder.«

Ada schlich sich zum Eingang zurück, schlüpfte noch einmal in Schuhe und Jacke, öffnete die Tür und schloss sie geräuschvoll. »Hallo? Seid ihr schon zu Hause?«

»Ja, Mama!«, rief Thomas, und Susanne streckte verblüfft den Kopf aus dem Zimmer. »Und wieso bist du auch schon wieder hier?«

»Ich hab Migräne. Ich nehme eine Tablette und lege mich ein paar Stunden hin.«

»Soll ich dir was zu essen machen?«, fragte Susanne.

»Nein danke, das ist lieb, aber ich kann nichts essen. Ich will nur ein bisschen schlafen.«

Ada nahm eine Tablette, dann ging sie in ihr Schlafzimmer, ließ den Rollladen herunter und legte sich ins Bett. Schlafen konnte sie jedoch nicht.

Da hat Amor schlecht gezielt. Für ihre Kinder waren sie und Hans eins von diesen Paaren, die nur durch einen dummen Zufall zusammengefunden hatten, die sich nach Jahren nur noch angifteten und sich nichts mehr zu sagen hatten. Das hatten sie also erreicht, sie und Hans. Oder war es nur sie? Über die Jahre hinweg hatte sie sich in eine Bitterkeit hineingesteigert, mit der sie alles nur schlimmer und schlimmer gemacht hatte. Und weswegen? Etwa wegen Rom? Oder weil das Leben ihr nicht alles gegeben hatte, was sie sich davon erhofft hatte? Dabei war sie selbst schuld, Hans hatte ihr niemals im Weg gestanden, im Gegenteil. Wie oft hatte sie selbst sich dem Glück verweigert? Was war sie für ein unmöglicher Mensch. Ihre Kinder hatten keine Ahnung davon, wie sehr ihre Eltern aneinander hingen. Wo sollten sie diese Ahnung auch hernehmen? Aus ihren spätabendlichen Streitereien etwa?

Ada schaltete die Lampe an und griff in die Schublade ihres Nachttischs. Sie musste nicht hinsehen: Hans' Brief, sein erster Brief, lag ganz oben. Sie holte ihn aus dem Umschlag, faltete ihn auseinander und las: *Sehr geehrtes Fräulein Musäus …*

Sie hatten sich so geliebt. Ada erinnerte sich an das Versprechen, das sie einander viele Jahre zuvor gegeben hatten, damals, als Marlene sich von Emilio getrennt hatte: *Egal, was passiert. Wir werden einander nie verlassen, solange wir uns lieben.*

Taten sie das noch? Ada schloss die Augen, und in ihrem Inneren erschien Hans an der Seite von Georg, so wie sie ihn zum allerersten Mal gesehen hatte, so wie er in ihr Leben getreten war. Unerwartet und leise. Und er war geblieben, all die Jahre, egal, was auch passiert war. Sich vorzustellen, dass er einmal nicht mehr da sein würde, dass seine Seite des Bettes einmal leer bleiben würde, war undenkbar.

Sie hörte ihre Kinder, Thomas' freches Lachen, Susannes Zurechtweisung, obgleich ihre Stimme verriet, dass auch sie grinsen musste, weil ihr kleiner Bruder wieder einmal Gott weiß was angestellt oder von sich gegeben hatte.

»Sei mal leise, Mama hat Migräne«, hörte sie Susanne sagen.

Susanne war genau wie Hans. Sie kümmerte sich, sie sorgte sich, manchmal zu sehr. Und sie wollte immer das Richtige tun. So wie Hans. Einmal hatte er nicht das Richtige getan, und dabei dachte Ada nicht an das Fremdküssen, sondern daran, dass er es ihr gebeichtet hatte. Er hätte es für sich behalten sollen, hatte sie manchmal gedacht, er hätte sie nicht mit dieser Lappalie belasten sollen. Vielleicht hatte allein die Tatsache, dass er es gebeichtet hatte, dem Ganzen so viel Gewicht verliehen und es größer gemacht, als es eigentlich war, denn nur die wichtigen Dinge musste man ansprechen. War es nicht so? Endlos waren ihre Gedanken darum gekreist, und die Kreise waren immer größer geworden und hatten alles zerstört. Wegen nichts. Es musste aufhören. So oder so.

Hans kam erst gegen Abend nach Hause. Wie gewöhnlich in letzter Zeit – in den letzten Jahren – wollte er sich gleich in sein winziges Arbeitszimmer zurückziehen, doch Ada erschien in der Tür. Unwillkürlich dachte sie daran, wie er im selben Schreibtischsessel, in dem er gerade saß, von Rom erzählt hatte, von Manuela. Entschlossen schob sie diese Gedanken beiseite.

»Hast du Lust, noch ein bisschen spazieren zu gehen?«, fragte sie, und als Hans überrascht aufsah, fügte sie hinzu, es sei so schönes Wetter und am Abend nicht mehr so heiß wie tagsüber.

»Ja. Gut«, sagte er und klang dabei, als sei es etwas ganz und gar Ungewöhnliches, von der eigenen Frau zu einem Spaziergang eingeladen zu werden.

Schweigend liefen sie nebeneinanderher. Seltsam, dachte Ada, zu Beginn einer Beziehung weiß man oft nichts zu sagen und am Ende dann auch wieder nicht. Aber sie waren nicht am Ende. Noch nicht. Sie suchte nach einem Anfang, nach einem Thema für eine harmlose Unterhaltung, nach Belanglosigkeiten. Sie hätte einfach fragen können: Wie war dein Tag? Doch plötzlich hielt sie es nicht mehr aus und blieb stehen. »Es tut mir leid«, brach es aus ihr heraus. »Wegen letzter Nacht. Wegen unserem Streit.« Sie presste die Lippen zusammen und überlegte, was sie noch alles sagen wollte, weil es so viel gab, worüber sie gern geredet hätte, doch Hans kam ihr zuvor.

»Mir tut es auch leid, Ada«, sagte er traurig. Zögernd nahm er ihre Hand, so zögernd und schüchtern wie damals am Anfang, als sie einander fast noch fremd waren. Vielleicht, dachte Ada, ist es ja ein neuer Anfang.

Hand in Hand gingen sie weiter. Wieder schwiegen sie, sprachen nicht aus, woran sie dachten, doch es war, als bildeten ihre verschlungenen Hände die Brücke, über die ihre Gedanken hin und her wandern konnten. All das Ungesagte, seine Hilflosigkeit, ihre Selbstvorwürfe. Sie liefen und liefen und tauschten einen Gedanken um den anderen, und mit jedem Schritt wurde es ihnen leichter. Sie liefen durch den Park am Schrebergarten vorbei bis in den Englischen Garten hinein, und als sie sich plötzlich im Biergarten wiederfanden, erinnerten sie sich daran, wann sie das letzte Mal dort gewesen waren: am Tag nach Rom.

»Wollen wir ...?«, fragte Hans.

»Warum nicht? Die Kinder sind nicht zu Hause, die werden uns nicht vermissen.«

Sie setzten sich unter die Kastanienbäume und tranken zusammen ein Bier. Und weil sie Hunger hatten, holte Hans auch noch etwas zu essen. Sie aßen und tranken und redeten und lachten, und zum ersten Mal seit ewig langer Zeit fühlte es sich an wie früher. Am Nachbartisch entdeckten sie alte Bekannte, die Heinemanns, die eine Tochter in Susannes Alter hatten. Man begrüßte sich, setzte sich zusammen und kam unweigerlich auf die Töchter und deren erste Freunde zu sprechen.

»Es kommt mir so vor, als hätte ich gerade erst meinen Eltern meinen Freund vorgestellt ...«, fing Ada an. »Erinnere mich bitte nicht daran«, unterbrach Hans sie in gespielter Verzweiflung. Ada lachte und die Heinemanns auch. » ... und jetzt«, fuhr Ada fort, »jetzt warte ich darauf, dass meine Tochter mir ihre große Liebe vorstellt.«

»Also, unsere Evelyn hat uns schon mehrere große Lieben vorgestellt. Sie ist damit immer recht schnell«, erzählte Herr Heinemann, und seine Frau fügte hinzu: »Und genauso schnell sind sie auch wieder von der Bildfläche verschwunden.« Sie wedelte mit der Hand durch die Luft, als würde sie selbst einem der Jungs den Laufpass geben.

Als die Sonne schon tief über dem Horizont stand, machten sie sich gemeinsam auf den Heimweg. Nachdem Hans und Ada sich im Park von den Heinemanns verabschiedet hatten, kamen sie an dem alten Haus vorbei, an *ihrem* Haus.

Sie waren wie verzaubert von dem Anblick, der sich ihnen bot. Die untergehende Sonne veredelte die heruntergekommene Fassade mit ihrem goldenen Licht. Wie verwandelt sah alles aus. Sie setzten sich auf die Bank und beobachteten, wie das Haus nach und nach weiter verwandelt wurde. Hans hielt seine Hände in die Luft, spreizte jeweils Daumen und Zeigefinger, sodass sie einen Rahmen um das Haus bildeten, und sah hindurch. »Als hätte es Van Gogh gemalt.«

»Es ist so wunderschön.« Ada lehnte ihren Kopf an seine Schulter.

Er ließ die Hände sinken und legte einen Arm um sie. »Ich hätte es dir so gern geschenkt.«

»Was?« Verblüfft über den ernsten Ton in seiner Stimme, schaute sie zu ihm hoch, doch er richtete weiter seinen Blick auf das Haus. Das Gold der Fassade wurde immer dunkler.

»Weißt du noch, als wir zum allerersten Mal hier waren? Als wir umgezogen sind?«

»Natürlich.«

»Wir haben davon geredet, wie es wäre, das Haus zu kaufen. Du hast es so sehnsüchtig angesehen, so verliebt. Da habe ich mir geschworen, es zu versuchen.«

»Was zu versuchen?«

»Es zu kaufen. Genügend Geld zu sparen. Herauszufinden,

wem es gehört. Ich hab mich in die Arbeit gestürzt und bei jeder Überstunde daran gedacht. Ich wollte es dir schenken. Ich wollte, dass du vollkommen glücklich bist. Aber es hat nicht geklappt.«

»Doch, Hans, doch. Es hat geklappt. Ich bin vollkommen glücklich. Bitte, glaub mir das.« Sie warf die Arme um seinen Hals und schluchzte vor Rührung. »Ich wünsche mir nichts anderes, als mit dir zusammen zu sein.«

Wie auf einer Rettungsinsel im weiten Ozean klammerten sie sich aneinander.

»Es tut mir so leid, Ada.«

Sie wusste, dass er diesmal nicht von dem Haus sprach.

»Es muss dir nichts leidtun, gar nichts. Überhaupt nichts.«

»Ich will, dass alles wieder so wird wie früher.«

»Ich auch, ich doch auch.«

»Ich liebe dich so, Ada.«

»Ich dich auch, Hans, ich dich auch.«

In memoriam

Ada schlug die Augen auf. Sie lag in ihrem Bett, die Sonne schien durch das Fenster auf ihr Gesicht. Sie spürte ihre Knochen, spürte ihren Körper, hörte Stimmen von draußen, Vogelgezwitscher und das Rattern eines Rollkoffers über das Pflaster.

Irgendetwas kam ihr seltsam vor, falsch. Sie war von selbst aufgewacht. Sonst wurde sie doch von Hemingway geweckt. Wo war er? Sie tastete über die Bettdecke, drehte den Kopf nach rechts. Wo war Hans? War sie gar nicht zu Hause in ihrer Wohnung? Es sah aber so aus wie in ihrer Wohnung.

Sie machte die Augen noch einmal zu und versuchte, einen klaren Kopf zu bekommen, mit dem sie nicht alles so verschwommen wahrnahm. Vielleicht war Hans mit Hemingway Gassi gegangen. Schon wieder hörte man einen Rollkoffer. Verreiste denn heute jeder? Und die Vögel machten einen solchen Lärm.

»Moppi?«, rief Ada. »Moppi?« Ihre Finger krochen zur Bettkante und warteten darauf, von der großen feuchten Schlabberzunge des Boxers abgeleckt zu werden. »Hans?«

Als sie seinen Namen rief, fiel es ihr ein: Es gab keinen Hans mehr. In jäher Erkenntnis schluchzte sie laut auf, hielt die Luft an, stieß die Luft wieder aus, atmete ein und aus und ein und aus und immer weiter. Und mit jedem Atemzug wurde ihr bewusster, dass Hans nicht mehr atmete.

Hatte sie nicht am Tag zuvor noch mit ihm zusammen ferngesehen, die Nachrichten geschaut und sich darüber unterhalten? Oder hatte sie das nur geträumt? Aber Hemingway gab es doch noch, er musste doch da sein.

»Moppi!«, rief Ada laut und verzweifelt. »Wo bist du denn?«

Sie wälzte sich im Bett herum und versuchte, sich mühevoll aufzurichten, während sie tretend die Bettdecke abwehrte, die sich um ihre dünnen Beine schlang. Die ganze Zeit über rief sie nach Hemingway. Ihr Brustkorb hob und senkte sich stoßweise unter erregtem Schluchzen, Tränen liefen in Strömen über ihr Gesicht.

Endlich konnte sie sich befreien, sich aufrappeln, endlich stand sie vor ihrem Bett. Der Boden unter ihr schwankte. »Moppi!«, wimmerte sie. »Komm doch!« Er kam nicht.

Verzweifelt sank Ada auf die Bettkante zurück. Was war nur los?

Irgendetwas klingelte. Sie richtete sich auf. Was klingelte da? Das Telefon, fiel ihr ein. Es war im Wohnzimmer. Das Klingeln gab ihr die Orientierung zurück. Sie wusste, woher es kam und wohin sie gehen musste. Wenn es bloß nicht aufhörte!

Langsam ging sie um das Bett herum, durchquerte die wenigen Meter des Flurs und folgte dem Geräusch bis zu dem kleinen Tisch neben der Couch. Ihre Hand zögerte, verharrte zitternd in der Luft und schwebte einen Augenblick lang über der Fernbedienung, doch dann ergriff sie das Telefon, das gleich danebenlag.

»Hallo?«, sagte sie. Es klingelte weiter. Ein frustrierter Laut entfuhr ihr, als sie das Telefon von ihrem Ohr wegnahm und ratlos anstarrte, doch einen weiteren Klingelton später fiel ihr ein, was zu tun war.

Sie drückte den Knopf mit dem grünen Symbol. »Hallo?«

»Guten Morgen, Frau Friedberg«, ertönte eine männliche

Stimme. »Ich wollte nur Bescheid sagen, dass Sie sich keine Sorgen machen und sich nicht hetzen müssen. Ich war schon mit Hemingway draußen.«

Als hätte jemand eine Tür in ihrem Kopf aufgestoßen, erschienen Gesicht und Name des Anrufers vor ihr.

»Herr Lenz?«

»Ja. Hoffentlich habe ich Sie nicht geweckt.«

»Nein.« Die tiefe Erleichterung, die sie empfand, gab ihrer Stimme einen glockenhellen Klang. »Ich bin gerade vorhin wach geworden, ich war nur noch etwas schlaftrunken. Tut mir leid, ich hätte mir den Wecker stellen sollen. Sonst weckt mich immer Hemingway.«

»Das hat er heute bei mir übernommen«, lachte Herr Lenz ins Telefon. »Aber ich bin gern mit ihm Gassi gegangen. Das war eine schöne Abwechslung. Haben Sie Lust, mit mir zu frühstücken?«

»Gern! Ich mache mich rasch fertig.«

»Lassen Sie sich Zeit. Keine Eile.«

»Gut. Danke!« Mit einem erlösten Seufzer drückte sie die rote Taste und sank auf die Couch. Als wäre sie gerade von einer langen Reise zurückgekehrt, sah sie sich um und fühlte sich wieder heimisch. Es war vorbei. Wieder einmal. Aber wie oft würde sie solche Momente noch erleben? Und würden sie häufiger werden? Länger dauern? Nicht darüber nachdenken! Nicht grübeln! Weitermachen!

»Geh ins Bad, Ada!«, befahl sie sich selbst. »Konzentrier dich, das Leben geht weiter!«

Der Fahrstuhl wurde am Nachmittag repariert, sodass Hemingway wieder mit nach oben kommen konnte. Am nächsten Tag weckte der Hund Ada wie gewohnt, und alles war gut.

Am folgenden Donnerstag erzählte Ada in launiger Weise Karola von der Fahrstuhl-Katastrophe, von der überraschend netten Kaffeerunde und von Hemingways Übernachtung bei Herrn Lenz. Lachend, als wäre es eine lustige kleine Begebenheit, über die man höchstens den Kopf schütteln konnte, berichtete sie auch von ihrer Verwirrung am darauffolgenden Tag.

»Kenn ich!«, erwiderte Karola unbekümmert. »Wenn man mal seine gewohnten Bahnen verlässt, gerät man ganz schnell ins Straucheln.« Ada nickte eifrig zu diesen Worten, obwohl sie wusste, dass Karolas Antwort anders ausgefallen wäre, hätte sie erfahren, wie dramatisch sich die Situation für Ada tatsächlich dargestellt hatte. Wie verloren sie sich gefühlt hatte, welche Angst sie ausgestanden hatte. Doch das erwähnte sie nicht, und drei Tage später, als Susanne ihre Mutter mitsamt Hemingway zu einem Biergartenbesuch abholte, reduzierte sich die Geschichte auf die schlichte Tatsache, dass Ada verschlafen hatte, weil sie von ihrem Hund nicht geweckt worden war.

»Da kannst du mal sehen, was du an deinem Moppi hast«, meinte Susanne lachend, »einen Wecker, auf den man sich verlassen kann.«

Je mehr Ada den Vorfall wie eine Nebensächlichkeit behandelte, desto mehr verschwand der tiefe, beängstigende Eindruck, den er anfangs bei ihr hinterlassen hatte, und schließlich löste sich die Erinnerung daran ganz auf.

»Wollen wir eigentlich mal auf den Friedhof gehen?«, schlug Susanne eines Tages vor. »Nächsten Sonntag ist Papas Todestag, ich dachte, da könnten wir alle zusammen auf den Friedhof gehen und vielleicht anschließend bei uns Kaffee trinken, auch Thomas und Lydia, die ganze Familie eben.« Ein wenig stockend kam es aus ihr heraus.

Ada antwortete nicht gleich. Sie fand Susannes Idee, den Todestag alle gemeinsam zu verbringen, schön, aber das musste aus ihrer Sicht nicht notwendigerweise mit einem Besuch auf dem Friedhof verknüpft sein. Der Friedhof war kein Ort, den sie mit Hans verband. Aber vielleicht empfanden das die Kinder ja anders.

»Das Grab ist jetzt wirklich schön hergerichtet«, versuchte Susanne, sie zu überreden. »Und Papa würde es bestimmt gefallen, wenn wir alle wieder einmal ... zusammen wären. Mit ihm, also ... irgendwie.« Susannes Stimme nahm einen hohen, luftigen Ton an und erstarb. Sie wandte ihr Gesicht ab.

Susanne war Hans' Liebling gewesen, seine große, vernünftige Tochter, auf die er stolz war und die ihm in vieler Hinsicht so ähnlich war. Nicht, dass er seinen Sohn weniger geliebt hätte, aber seine Beziehung zu Susanne war eine besondere gewesen. Ada dachte selten darüber nach, dass ja schließlich auch die Kinder den Vater verloren hatten, und sie schämte sich nun dafür.

»Du hast recht«, gab sie nach. »Das machen wir.« Verstohlen griff Susanne zu einem Taschentuch und schnäuzte sich, bevor sie sich umdrehte, lächelte und »Toll!« sagte. Danach rief sie Thomas an und drängte ihn mit der ganzen Autorität einer älteren Schwester zu diesem Treffen.

»Das ist mir doch egal, ob Lydia dabei ist oder nicht. Ich weiß auch nicht, ob Robert und die Kinder mit zum Friedhof kommen wollen, aber wir drei wenigstens. Und hinterher trinken wir mit der ganzen Familie Kaffee bei uns«, bestimmte sie. Ihr abschließendes »Prima, bis dann!« zeigte, dass Thomas sich gefügt hatte.

Es war Adas zweiter Besuch auf dem Friedhof seit der Beerdigung. Im letzten Herbst war sie dort gewesen, ebenfalls auf Susannes Drängen hin. An einem trüben Tag, der das Befremden, vor einem Grabstein zu stehen und die Bepflanzung des Beets zu bewundern, noch verstärkt hatte. Der graue Himmel hatte zu dem grauen Grabstein gepasst. Ein schöner Grabstein und zudem von Thomas selbst entworfen, aber eben doch ein Grabstein, kalt und tot. Keine Erinnerung an den Menschen, den man verloren hatte, sondern lediglich an den Verlust selbst.

»Jedes Mal, wenn ich auf dem Friedhof bin, habe ich das Gefühl, mir wird das Leben ausgesaugt«, gestand Ada Herrn Lenz, als sie ihm von der bevorstehenden Familienzusammenkunft anlässlich des Todestages erzählte. »Dann stelle ich mir vor, wie mein Name dort auf dem Grabstein stehen wird, und fühle mich wie in meinem eigenen Horrorfilm. Das hat wahrlich nichts Tröstliches.« Ada machte eine ihrer ulkigen Grimassen dazu, und Herr Lenz musste lachte.

»Vielleicht wird es ja doch ein ganz schöner Tag«, munterte er sie auf. »Zumindest das Wetter soll schön werden.«

»Ja, das wird helfen. Das Wetter.«

Das Wetter, so ironisch Adas Bemerkung auch gemeint war, half tatsächlich. Die Sonne strahlte auf den Friedhof, als wollte sie ihn in das Paradies verwandeln. Sogar der graue Grabstein leuchtete heller, als Ada ihn in Erinnerung hatte, und die Gärtnerei hatte das Grab in einen kleinen Blumengarten verwandelt.

Sie hatten sich alle fein gemacht und trugen ihre besten Kleider, das hatte Susanne angeregt. Sogar Thomas, der es verabscheute, Anzüge zu tragen. Allerdings war der Rucksack, den er dabeihatte, ein deutlicher Stilbruch und machte das Gediegene seiner Erscheinung ein wenig zunichte.

»Ist es nicht schön?«, fragte Susanne, als sie in einer Reihe vor dem Grab standen. »Papa hätte es gefallen.«

Ada wollte ihrer Tochter nicht widersprechen, schon gar nicht, als sie sah, wie diese ein Taschentuch hervorzog und sich die Nase putzte. Sie wusste nicht, was Hans von der Bepflanzung seines Grabs gehalten hätte, aber seine Familie weinen zu sehen, das hätte ihm mit Sicherheit nicht gefallen.

Nach einer Minute, in der alle schweigend die Pflanzen und den Stein betrachtet hatten, versunken im Gedenken an den geliebten Verstorbenen, streifte Thomas den Rucksack ab, öffnete ihn und brachte eine Flasche Sekt sowie drei Gläser zum Vorschein.

»Spinnst du?«, fuhr ihn Susanne an, ein Bild Fleisch gewordener, fassungsloser Empörung.

Thomas beachtete sie nicht und entkorkte die Flasche. »Mama!« Er reichte ihr ein Glas, ein zweites hielt er seiner Schwester hin, die es widerwillig entgegennahm. Thomas schenkte die Gläser voll, die Flasche lehnte er umstandslos gegen den Grabstein, damit sie nicht umfiel.

Zwei ältere Damen spazierten vorbei, und Susanne wandte ihnen augenblicklich den Rücken zu, obwohl die beiden keinerlei Notiz von der Familie mit den Sektgläsern in den Händen nahmen. Thomas grinste seine Mutter an und hob sein Glas. »Auf Papa!«, sagte er. Ada nickte und stieß mit ihrem Glas gegen seins.

»Ihr seid verrückt«, murmelte Susanne. »Auf Papa!«

Zu dritt ließen sie die Gläser klingen und tranken.

»*Das* hätte Papa gefallen«, sagte Thomas. »Stimmt's, Mama?«

»Ja«, flüsterte Ada und nippte an ihrem Sekt.

»Ja, stimmt schon«, gab Susanne zu. »Ich weiß zwar nicht, ob das auf Friedhöfen erlaubt ist, aber ... na ja.« Damit nahm sie einen weiteren großen Schluck.

»Ich kann mir irgendwie nicht vorstellen, dass der Genuss von Alkohol in einer Friedhofsordnung erwähnt wird«, meinte Thomas mit gekräuselter Stirn.

»Oh doch!«, entgegnete Susanne im Brustton der Überzeugung. »Ganz bestimmt! Die deutsche Gründlichkeit hat mit Sicherheit auch das geregelt.«

»Ja, aber falls es eine Bestimmung dazu gibt, sind damit höchstwahrscheinlich irgendwelche unzüchtigen Gelage junger Leute gemeint, die die Totenruhe stören, aber keinesfalls kleine alte Damen, die einen Gedenktoast auf ihren Mann ausbringen.« Thomas legte seinen Arm zärtlich um die Schultern seiner Mutter, die so viel kleiner war als er und in der Umarmung beinahe verschwand. Ada nickte schmunzelnd und nippte immer wieder an ihrem Glas.

Der Sekt prickelte auf ihrer Zunge und schmeckte so feierlich wie damals, am Tag ihrer Hochzeit, als sie und Hans sich gemeinsam von der Feier davonstahlen und im Englischen Garten verschwanden, als sie tranken und tanzten und an die nie endende Liebe glaubten.

»Was summst du da?«

Erst jetzt hörte Ada sich selbst. Ihr leises Summen.

Sie blickte auf zu Thomas, der gefragt hatte. »Das ist ein alter Schlager von Heidi Brühl.« Unglaublich! Sie erinnerte sich an den Namen. So leer war ihr Gehirn also doch noch nicht.

»*Wir wollen niiiemals auuuseinandergeh'n*«, sang Susanne. »*Wir wollen iiimmer zuuueinandersteh'n.*« Den nächsten Teil summte sie ebenfalls, weil die den Text nicht kannte. Ihre Stimme war so warm wie die von Hans. »Kennst du das Lied etwa nicht?«, fragte sie ihren Bruder, der amüsiert danebenstand.

»Wie kommst du da jetzt drauf, Mama?«, wollte Thomas wissen.

Ada schwieg eine Weile, nippte Sekt und blickte mit einem Lächeln geradewegs durch den Grabstein hindurch in eine ferne Zeit, in Hans' Gesicht. Nie hatte sie mit ihren Kindern darüber gesprochen, über die Vergangenheit und die Liebe zwischen ihr und Hans. Als ob es etwas Anstößiges gewesen wäre.

»Papa hat das Lied auf unserer Hochzeit gesungen.«

»Was? Vor allen Leuten?« Thomas' entgeisterte Miene zeugte von dem vergeblichen Versuch, sich seinen zurückhaltenden Vater als Sänger vorzustellen.

»Nein. Nur für mich.« Adas Blick ruhte weiter auf dem Grabstein. »Wir haben uns davongestohlen und Sekt getrunken und getanzt. Und Hans hat gesungen.« Zum allerersten Mal nannte sie ihn den Kindern gegenüber Hans.

Sie musste ihnen fremd vorkommen. Mit diesem sehnsuchtsvoll-verträumten Blick, der ihrem Mann galt, nicht dem Vater, sondern dem Mann, dem Geliebten. So hatten die Kinder sie nie erlebt, als Liebepaar, immer nur als Eltern, noch dazu als Eltern, die sich über lange Jahre oft stritten oder sich anschwiegen, die nichts gemein zu haben schienen und ganz sicher nicht die mindeste Ähnlichkeit hatten mit den Liebespaaren in Filmen und Büchern und Liedern. Auch nicht, als in späteren Jahren ihr Verhältnis zueinander wieder besser wurde, liebevoller, als man viel gemeinsam lachte und sich auch einmal in den Arm nahm, das Höchste der Gefühle, die nach außen getragen wurden. All das war so weit entfernt von dem Bild eines Mannes, der tanzend seine Frau in den Armen hielt, ihr innig in die Augen sah und ihr ein kitschiges Liebeslied vorsang, das sich aus seinem Mund in einen ewigen Liebesschwur verwandelte. Natürlich hatten die Kinder die Trauer ihrer Mutter beim Tod ihres Vaters erlebt, doch man trauerte eben, wenn ein Mensch starb, mit dem man sein ganzes Leben verbracht hatte, und wenn man fortan allein war. Und Liebe? Sicher hatten sich die Eltern auch geliebt, irgendwie, auf eine Art, so wie sich eben die gewöhnlichen Menschen liebten oder gernhatten. Ada wusste, dass ihre Kinder so über sie dachten. Doch nun stand sie vor dem Grab mit einem Blick, so zärtlich, als könnte sie mit ihm den Stein in ihren geliebten Hans zurückverwandeln.

Unbeholfen tastete Susanne nach der Schulter ihrer Mutter, streichelte sie, wechselte einen betroffenen Blick mit ihrem Bruder und leerte ihr Glas in einem Zug.

»Ihr habt so wenig von früher erzählt«, sagte Thomas und schenkte Susanne nach.

»Das stimmt«, pflichtete Ada ihm bei. Dann wandte sie endlich den Blick vom Grab ab und hielt Thomas ihr Glas hin. »Ich dachte, es interessiert euch nicht. Und was hätten wir schon erzählen sollen? Wir haben unser eigenes Happy End gelebt, und damit waren wir zufrieden. Nur dass die Happy Ends im Leben nicht so sind wie in Büchern. In Büchern ist danach Schluss. In der Realität geht es weiter, das Happy End verwandelt sich in das Leben, und das Leben ist immer schwierig. Mal mehr, mal weniger. Was hätten wir erzählen sollen?«

»Die Geschichte vor dem Happy End«, erwiderte Susanne.

Ada lächelte. »Na schön. Die Geschichte vor dem Happy End. Ich könnte sie euch nachher beim Kaffee erzählen.«

Sie stießen noch einmal an, dann holte Thomas sein Handy heraus, um ein Foto zu machen. Ein Familienfoto, wie er es nannte. Der Sekt hatte bei Susanne für genügend Entspannung gesorgt, dass sie auch diese Idee ihres Bruders durchgehen ließ. Sie gruppierten sich so um den Grabstein, dass alle auf das Selfie passten: Thomas, Susanne, Ada und Hans. Die ganze Familie.

Später saßen sie alle beim Kaffee im Wohnzimmer in Susannes und Roberts schmuckem Bungalow im Süden von München: Ada, ihre Kinder, ihre Schwiegerkinder und ihre Enkel. Hemingway lag nach einem Spaziergang mit Jordan erschöpft auf dem Teppich neben dem Tisch. Der Junge war mit ihm durch den Perlacher Forst gegangen, langsam und nicht sehr weit, genauso wie seine Großmutter es ihm erklärt hatte, und doch hatte es den Hund an seine Grenzen gebracht, die sich enger und enger um ihn zu schließen schienen.

»Er ist alt«, sagte Ada mit einem Blick auf den entkräfteten Hund. »Für einen Boxer ist er alt.« Sie drückte Jordan lächelnd den Arm, damit er sich keine Vorwürfe machte.

Susanne schenkte Kaffee ein und trug Kuchen vom Konditor auf. Viel zu viel natürlich, wie immer. Susanne wollte, dass es reichte und dass es für jeden etwas zur Auswahl gab. Als alle versorgt waren, erinnerte sie ihre Mutter daran, dass sie ihnen eine Geschichte versprochen hatte.

»Wollt ihr das wirklich hören? Ist euch das nicht zu langweilig?«

»Das werden wir ja dann sehen«, meinte Thomas grinsend. »Wenn es zu langweilig wird, stehen wir einfach auf und spielen draußen ein bisschen Fußball, was, Dodi?«

»Jordan«, verbesserte ihn sein Neffe.

»Thomas!«, mahnte ihn seine Schwester. Doch Ada lachte. Sie verstand den Humor ihres Sohnes.

»Erzähl uns von dir und Papa«, bat Thomas leise, und alle stimmten zu und warteten schweigend, bis Ada begann.

Sie erzählte von ihrer ersten Begegnung im Kino, von Hans' Brief und wie sie danach zusammengekommen waren. Von der Reaktion ihres Vaters und seinem Verbot, Hans wiederzusehen. Vom Tanzclub und davon, wie gut Hans tanzen konnte. »Ihr hättet ihn sehen sollen, ihr hättet ihn nicht wiedererkannt.« Sie erzählte auch davon, wie es dazu kam, dass sie das Versteckspiel aufgaben, und von der schwierigen Zeit, die darauf folgte, bis sie endlich heiraten konnten, weil sie hartnäckig geblieben waren und weil sie einander so geliebt hatten. Noch einmal erzählte sie von ihrem Hochzeitstag, nur diesmal ausführlicher, und als sie zu der Stelle kam, an der Hans das Lied anstimmte, da hatte Susanne Tränen in den Augen und wischte sie heimlich mit ihrer Serviette weg.

Ada war tief berührt von der Anteilnahme, die ihre Familie ihr schenkte. Gespannt und mitfühlend hingen sie an ihren Lippen, und sie alle hörten in ihrer Vorstellung Hans' Stimme, sahen sein freundliches Gesicht und wie seine Augen in denen seiner Frau versanken.

Ada fuhr fort mit dem Glück ihrer ersten Ehejahre, mit dem unerfüllten Kinderwunsch, der sich zu guter Letzt, als sie schon andere Zukunftspläne zu schmieden begannen, doch noch erfüllte.

»Wir hatten alles«, erinnerte sich Ada. »Alles, was wir uns immer gewünscht hatten. Wir hatten uns, und wir hatten zwei wunderbare Kinder. Aber wie das so ist, wenn man *alles* hat. Man vergisst allmählich, wie es war, als man es noch nicht hatte. *Alles* wird selbstverständlich, so selbstverständlich, dass man sich fragt: War das schon *alles?*« Ada schüttelte den Kopf. »Menschen sind so dumm. Wir waren es auch. Wir hätten jeden einzelnen Tag, den wir uns hatten, feiern können. Und doch haben wir uns das Leben manchmal gegenseitig so schwer gemacht. Haben die Zeit verschwendet mit Streiten. Dabei haben wir uns immer geliebt wie am allerersten Tag. Nicht weniger, kein bisschen weniger. Es hat nur keiner gemerkt, so als wäre es unser Geheimnis, das keiner wissen sollte. So dumm!«

Ada schwieg, doch die anderen am Tisch schienen zu spüren, dass noch nicht alles gesagt war. Keiner stand auf und ging Fußball spielen. Sie wollten alles hören. Die ganze Geschichte.

»Als Hans mich betrogen hat, da hab ich mich auf einmal wieder daran erinnert, wie sehr ich ihn liebte.«

Ada spürte, wie Susanne zusammenzuckte und sich Thomas auf seinem Stuhl aufrichtete. Sie hatten es nicht gewusst, keiner aus ihrer Familie hatte es gewusst. Nur sie und Hans.

»Es war nichts Ernstes«, beruhigte sie ihre Kinder. »Ein Ausrutscher, wie er in einem leichtfertigen Moment und der entsprechenden Stimmung jedem passieren kann. Nichts, das mir irgendetwas genommen oder mich bedroht hätte. Er beichtete es mir, und ich verzieh ihm. Dachte ich, aber in Wahrheit hat es mich aufgefressen. Nach Tagen wurde es noch schlimmer als zu Anfang. Ich habe mir alles vorgestellt, obwohl ich sie nicht kannte und nicht kennen wollte. Ich konnte Hans nicht mehr ansehen, ohne daran zu denken. Und gleichzeitig wurde mir nach all den Jahren, in denen wir einander so selbstverständlich geworden waren, klar, wie sehr ich ihn immer noch liebte.«

War es richtig, davon zu erzählen, fragte sich Ada mit einem Blick auf Jordan und Lulu, die ihre Großmutter mit aufgerissenen Augen anstarrten, als wäre sie plötzlich ein Fremde.

»Da war so eine Kälte zwischen euch«, erinnerte sich Susanne. »Lange Zeit.«

»Ja.«

»War das danach?«

»Ja, das war danach.«

»Und dann?« Diesmal kam die Frage von Lulu, schüchtern und ängstlich klang ihre Stimme, als fürchtete sie, die Geschichte, die so romantisch begonnen hatte, hätte womöglich kein Happy End, obwohl sie doch wusste, dass es die Geschichte ihrer Großeltern war und dass sie zusammengeblieben waren, bis der Tod sie getrennt hatte. Für das junge Mädchen war es die Liebe, die das Happy End ausmachte, nicht das Zusammenbleiben. Ada verstand ihre Enkelin nur zu gut. Doch ein Happy End, das wusste sie inzwischen, gab es ohnehin nie, denn am Ende stand der Tod, und einer blieb zurück.

»Und dann«, beantwortete sie Lulus Frage, »dann verging die Zeit. Und die Zeit heilt viele Wunden. Die kleineren jedenfalls, und so ein Ausrutscher ist eine kleinere Wunde. Das stellt man irgendwann fest. Die andere Feststellung war wichtiger und größer: dass wir einander immer noch liebten und dass wir immer noch aneinander hingen.« Ada seufzte, und ihr war, als seufzten alle am Tisch mit ihr mit. »So vergehen die Jahre mit Alltag und Dummheiten, ohne dass man sich das Wertvolle, das man hat, bewusst macht. Aber so ist das Leben nun mal. Und so geht es den meisten. Wir hatten schöne Zeiten, und dann hatten wir nicht so schöne Zeiten, und dann hatten wir wieder schöne Zeiten. Und wir sind zusammen alt geworden, so wie wir es immer wollten. Hans war mein Ein und Alles, und ich war seins.«

1987–1995
Zwei leere Zimmer

»Wie wollen wir sie nennen?«

»Wie wäre es mit Annette?«

»Annette?«

»Annette von Droste-Hülshoff, so viele Schriftstellerinnen gibt es halt nicht.«

»Annette finde ich nicht passend.« Wenn Hans »nicht passend« sagte, dann meinte er »schrecklich«. »Also für einen Labrador. Zu banal.«

Ada verdrehte die Augen. »Bei einem Rüden wäre es leichter gewesen.«

»Den hätten wir nach Hemingway benannt.«

»Ernest?«

»Nein, Hemingway.«

Während dieses Meinungsaustauschs über Namen saß ein kleines braunes Labradormädchen vor ihnen und betrachtete sie so wissend, als hätte sie erstens nicht das geringste Problem damit, die beiden Menschen zu verstehen, und zweitens eine ganz eigene Meinung dazu.

»Sie sieht ein bisschen aus wie Ingeborg Bachmann, finde ich«, bemerkte Ada. »Sie wirkt so intellektuell.«

»Ingeborg Bachmann?«

»Nein, der Hund.«

»Intelligent meinst du.«

»Nein, intellektuell meine ich. Die abgehobene Form von intelligent.«

»Dann nennen wir sie eben Ingeborg.«

Der Hund bellte einmal kurz und scharf auf.

»Alles klar!«, meinte Ada, und sie lachten beide.

Familie Friedberg hatte wieder einen Hund, und alle waren glücklich damit. Gleich am Tag nach Hans' rührender Offenbarung im Park hatte sich Ada zu diesem Schritt entschlossen und es am Frühstückstisch verkündet: »Wisst ihr was? Ich will wieder einen Hund. Das ist doch alles nichts ohne so eine Töle, die einen permanent abschleckt, oder?« Die Kinder hatten gejubelt. Ob Hans wusste, was sie ihm damit sagen wollte, das verriet er nicht, aber Ada glaubte es, denn das Lächeln, das er ihr schenkte, war das pure Glück. »Töle!«, wiederholte er. »Und nachher wird die Töle dann zärtlich Mausi oder Wuffi oder sonst wie genannt.«

Für Ingeborg bürgerte sich der Kosename Iggi ein, weil Ingeborg einfach zu lang war.

Für kurze Zeit war die Familie wieder komplett mit Eltern, Kindern und einem Hund, doch schon wenig später verließ Susanne das Elternhaus, um zu studieren. Sie blieb zwar in München, zog es jedoch vor, in einem Studentenwohnheim zu leben. Sie wollte Leute kennenlernen und sich ganz auf ihr Studium konzentrieren.

»Ich finde das sehr vernünftig und erwachsen von dir«, lobte Hans seine nunmehr große Tochter. Vernünftig und erwachsen fand es auch Ada: zu vernünftig, zu erwachsen. Susanne war doch praktisch noch ein Kind, ein kleines Mädchen, sie konnte doch nicht jetzt schon ausziehen und ihr Leben ohne die Eltern leben. So groß war sie doch noch lange nicht. Wie gern hätte sich Ada am Tag des Auszugs an ihre Tochter geklammert und ihr befohlen, gefälligst dazubleiben, bei ihrer Mutter und ihrem Vater, in Sicherheit. Es konnte doch nicht sein, dass sie sie jetzt schon loslassen musste. Und in ein paar Jahren würde ihr kleiner Thomas auch gehen. Ada winkte tapfer, als Hans, Susanne und Thomas, der beim Kistenschleppen half, durch die Tür verschwanden, doch als sie allein war, brach sie in Tränen aus und ärgerte sich gleichzeitig über sich selbst. Wütend stampfte sie mit dem Fuß auf und schimpfte: »Himmeldonnerwetter, Ada, reiß dich zusammen!« Um sich auf andere Gedanken zu bringen, schnappte sie sich Ingeborg und machte einen langen Spaziergang mit ihr. Als sie nach anderthalb Stunden wieder zurückkehrten, saß ihre komplette Familie samt Susanne im Wohnzimmer und wartete bereits auf sie.

»Wir dachten, wir gehen heute zu *Spiros*, hast du Lust?«, fragte Hans. »Wo warst du eigentlich so lange?«

Ada kam sich albern vor. Susanne war ja nicht aus der Welt. Sie war noch immer in München, und sie würde wahrscheinlich ständig auftauchen. Weshalb hatte sie sich nur so aufgeregt? Sie verbrachten den Abend bei *Spiros*, und erwartungsgemäß war es Susanne hinterher zu umständlich, noch in ihr neues Zuhause zu fahren. Als hätte sich nichts geändert, verbrachte sie die Nacht in ihrem alten Zimmer.

»Ich hätte nie gedacht, dass ich eine solche Glucke bin«, gestand Ada Hans, als sie allein waren. »Es fällt mir wirklich schwer, die Kinder gehen zu lassen.«

»Thomas ist ja noch da.«

»Aber er wird auch ausziehen. Früher oder später.«

»Wird es dir mit mir allein zu langweilig?«, neckte sie Hans.

Ada grinste, dann schüttelte sie den Kopf. »Das ist es nicht. Aber an solchen Meilensteinen sieht man, wie die Zeit vergeht, wie sie rast. Gerade noch waren sie klein, und jetzt sind sie schon groß. Und was haben wir in all den Jahren gemacht? Jedenfalls in den letzten zehn Jahren. Wir haben die Zeit verplempert, statt sie zu genießen.«

Er legte ihr den Finger auf den Mund. »Seit wann blickst du zurück, meine Schöne, das ist doch nicht deine Art. Schau nach vorn und darauf, was wir haben.«

Ada nickte. »Ja, du hast recht. Nach vorn muss man schauen.«

Das taten sie. Auch als Thomas drei Jahre später mit dem Abitur an der Reihe war und es nicht so glattlief wie bei seiner Schwester. Gar nicht glatt. Er fiel durch. Doch was schlimmer war, er hatte nicht die Absicht, es ein zweites Mal zu versuchen. Trotzig und entschieden widersetzte er sich den Anweisungen seiner Mutter, die ihm androhte, ihn zur Not zur Schule zu prügeln.

»Ich werde nicht zusehen, wie du deine Zukunft gegen die Wand fährst«, schrie sie ihn an.

Hans schob sich zwischen die erbosten Streithähne, erwischte seinen Sohn am Ärmel und sagte: »Komm, wir zwei gehen mal ein Bier trinken. Oder Cola, wenn du willst.«

»Bier!«, rief Thomas und bedachte seine Mutter mit einem letzten wütenden Blick.

Während Ada Marlene anrief und mit der alten Freundin ihre Sorgen besprach, setzten sich Vater und Sohn zusammen, tranken Bier und unterhielten sich. Als sie wieder nach Hause kamen, strahlte Thomas seine Mutter an.

»Ich weiß jetzt, was ich mache, Mama. Ich werde Steinmetz.«

»Steinmetz?«

»Ja, das ist genau das, was zu mir passt. Papa hat mir das vorgeschlagen, weil er meint, dass ich künstlerisch begabt bin, so wie du. Ich mache eine Lehre. Da wird man nämlich gleichzeitig Bildhauer, aber man lernt auch ein Handwerk und alles. Also, man kann da schon Kohle machen. Ich brauche kein Abitur, verstehst du? Ich werde Steinmetz.« Thomas sprudelte vor Begeisterung, als er ihr seine Zukunftspläne darlegte. Als er endete, sah er seiner Mutter flehend ins Gesicht. Ada wusste, wie wichtig ihm ihre Zustimmung war. Seit jeher hatte er an ihr gehangen. Sie waren einander so ähnlich. Lebhaft, eigensinnig, trotzig. Thomas hatte die undefinierbare Augenfarbe von seinem Vater geerbt, doch alles andere hatte er von Ada.

»Wie findest du das, Mama?« Er wartete nur noch auf ihren Segen, um vollkommen glücklich zu sein.

Sie legte ihm die Hand an die Wange und sagte: »Ich finde es großartig.« Da umarmte er sie stürmisch und telefonierte anschließend mit all seinen Freunden, um ihnen seine Pläne mitzuteilen.

»Er macht schon seinen Weg«, meinte Hans. »Genau wie Susanne.«

»Wieder ein Meilenstein erreicht«, antwortete Ada mit Wehmut. »Jetzt gehen unsere beiden Kinder ihren Weg allein.«

»Thomas wohnt ja jedenfalls vorerst noch hier, und außerdem, ganz allein werden sie ihren Weg niemals gehen. Du wirst sehen, sie suchen deinen Rat auch noch, wenn du einmal achtzig bist.«

»Wenn ich dann noch in der Lage bin, Ratschläge zu erteilen«, unkte Ada lachend.

»Du immer«, sagte Hans und küsste sie auf die Stirn.

Thomas begann seine Lehre, und drei Jahre später, nachdem er sie beendet hatte, zog auch er in eine eigene Wohnung. Hans und Ada waren nun allein mit Ingeborg.

»Irgendwie«, sagte Hans zu Ada, als sie wieder einmal in ihrem Stammlokal *Spiros* saßen, »irgendwie ist es wie früher, als wir noch keine Kinder hatten, findest du nicht?«

»Ja, finde ich auch.«

»Eigentlich ganz schön, oder?«

»Hans!«

»Was denn? Es hat seine Vorteile, gib es zu.«

»Zum Beispiel?«

»Das weißt du doch ganz genau.« Er sah sie grinsend an. Ada grinste zurück.

»Vielleicht sollten wir uns noch einmal im Tanzclub anmelden«, überlegte sie, »du weißt doch noch, was Marianne immer gesagt hat: Man tanzt besser, je häufiger man ... du weißt schon. Ich glaube jedenfalls, wir wären unheimlich gut.«

Hans lachte laut auf. »Ach du liebe Zeit! Marianne Wesendonk! Was aus der wohl geworden ist?«

»Was aus allen wohl geworden ist?«

»Ja. Idiotisch, dass man sich so völlig aus den Augen verliert.«

»Na ja, so ist das nun mal.« Ada bedauerte den Verlust der alten Bekanntschaften, der mit dem Abschied aus dem Club einhergegangen war, ebenso wie Hans, doch welchen Sinn hatte es, darüber zu lamentieren? Welchen Nutzen, außer dass man wieder wehmütig wurde. »Sag mir lieber, welche anderen Vorteile du noch in unserer neuen Kinderlosigkeit siehst.«

»Zwei leere Zimmer!« Hans hob vielsagend die Augenbrauen.

»Und? Das sind die Zimmer der Kinder. Es könnte doch sein, dass sie irgendwann einmal eine Bleibe brauchen, aus welchen Gründen auch immer.«

Hans schüttelte den Kopf. »Unsinn. Und wenn so ein Fall eintreten würde, dann sicher nicht bei beiden gleichzeitig. Außerdem halte ich es zumindest bei Susanne für ausgeschlossen.«

»Da hast du recht. Aber was willst du mit den Zimmern anfangen?«

»Mit einem Zimmer«, sagte Hans. »Du brauchst nur ein Zimmer als Nähzimmer.« Genau das, was Ada schon immer gewollt hatte. »Du könntest es dir komplett einrichten, mit einem großen Tisch für die Entwürfe und genug Platz für deine Nähmaschine.«

Ada war platt. Sie wunderte sich, dass sie nicht selbst auf diese Möglichkeit gekommen war.

»Du könntest im Kaufhaus kündigen und dich selbstständig machen. Das, was du schon immer wolltest.«

»Jetzt noch?«

»Warum nicht?«

»Ich werde in einem Jahr sechzig, Hans.« Sie erschrak, als sie es aussprach. Wie furchtbar sich das anhörte: sechzig. Aber auch vierzig hatte sich schrecklich angehört. Und fünfzig. Genau genommen schon dreißig.

»Na und?«, erwiderte Hans. »Du tust ja gerade so, als wäre das schon das Ende.«

Wie recht er hatte. Jeden Tag, jeden einzelnen Tag ging das Leben aufs Neue los. Es war noch lange nicht vorbei, und warum sollte man die Zeit bis dahin nicht nutzen? Die Idee, die Hans in Adas Kopf gepflanzt hatte, schlug Wurzeln und begann zu blühen. Bevor sie sich jedoch an die Arbeit machten, Susannes altes Zimmer umzugestalten und neu einzurichten, holten sie sich das Einverständnis ihrer Tochter.

Susanne überraschte sie im Gegenzug mit eigenen Umzugsplänen. Sie und ihr aktueller Freund hatten beschlossen zusammenzuziehen. Die ehemals große Liebe zu ihrem ersten Freund war schon nach einigen Monaten wieder verpufft, und auch die danach folgenden beiden Beziehungen hatten sich nicht als ewigkeitstauglich erwiesen. Doch der vierte Freund, Robert, hielt sich seit nunmehr zwei Jahren und schien Susanne nicht mehr loslassen zu wollen. Er war ein junger aufstrebender Betriebswirtschaftler mit ehrgeizigen Zielen, für Adas Geschmack jedoch ein wenig zu ernst und zu trocken. Hätte sie für ihre Tochter entscheiden müssen, die Wahl wäre sicher nicht auf jemanden wie Robert gefallen. Doch Ada hatte aus ihren eigenen Erfahrungen gelernt, und so behielt sie ihre Meinung für sich. Nur mit Hans teilte sie ihre Bedenken.

»Das geht keinen etwas an außer Susanne und ganz sicher nicht uns«, war seine Antwort.

»Ich weiß. Ich weiß das nur zu gut.«

Folglich enthielt sie sich jeglicher kritischen Bemerkung, als Susanne sie über ihre Umzugspläne informierte.

»Das ist ja wirklich schön. Habt ihr schon was in Aussicht?« Neutraler konnte man sich nicht äußern. Sie fing Hans' amüsierten Blick auf und stieß ihn unauffällig mit dem Ellbogen in die Seite.

Susanne ihrerseits freute sich über die Pläne der Mutter.

»Das ist ja fabelhaft!«, rief sie und strahlte geradezu. »Und du entwirfst dann Kleider? Das kannst du?«

»Na, ich hoffe, dass ich das noch kann. Früher konnte ich es.«

»Und wie sie das konnte«, warf Hans ein.

»Und meinst du, du könntest dann für mich auch mal was entwerfen und schneidern?«

»Natürlich«, freute sich Ada. »Gern. Ich mache dich zu meiner Testperson. Umsonst sogar. Aber den Stoff zahlst du.«

Susannes Wangen bekamen mit einem Mal Farbe, und sie begann ihre Finger so nervös zu kneten, dass zu befürchten war, sie würde sie brechen. Ada bewahrte sie davor, indem sie ihre Hand über die ihrer Tochter legte. »Susi, was ist denn mit dir? Alles in Ordnung?«

Susanne nickte und lächelte. »Ja, alles in Ordnung.« Sie schluckte. »Ähm ... und meinst du ...« Noch einmal nahm sie Anlauf und verblüfft sah Ada, dass in ihren Augen Tränen glitzerten.

»Meinst du«, fragte Susanne, »du könntest mir auch ein Brautkleid nähen?«

Sway

Gegen Abend brachten Thomas und Lydia Ada und Hemingway nach Hause. Während Lydia im Auto wartete, begleitete Thomas seine Mutter bis zur Haustür.

»Das war schön heute«, sagte er. Ada schmunzelte und legte ihrem Sohn eine Hand an die Wange, wie damals, als er noch ein Junge war. Er verzog das Gesicht, doch Ada wusste, dass er diese zärtliche Geste seiner Mutter insgeheim immer noch genoss.

»Und es war schön, dass du von Papa erzählt hast. Von euch«, verbesserte er sich und erklärte mit verschämt gesenktem Kopf: »Es tut Kindern gut zu wissen, dass ihre Eltern sich wirklich geliebt haben. Auch großen Kindern.«

»Wir hätten es euch öfter zeigen sollen«, sagte Ada. »Früher.«

»Ja«, stimmte er zu. »Im nächsten Leben werden wir alle unsere Fehler korrigieren.«

Schweigend lächelten sie einander an. Ada öffnete die Tür, und Thomas machte Anstalten, sich zu verabschieden, doch dann zögerte er, als wollte er noch etwas sagen. Ada hatte das Gefühl, die Worte lägen ihm schon auf der Zunge und er musste sie nur noch ein wenig abschmecken, doch dann schluckte er sie hinunter, nahm seine Mutter so behutsam in den Arm, als könnte sie zerbrechen, und gab ihr zum Abschied einen Kuss auf die Wange.

An diesem Abend kam Ada die Wohnung stiller und leerer vor

als sonst. Unwirklich und geisterhaft beinah. Wäre Hemingway nicht bei ihr gewesen, sie hätte sich selbst gefühlt wie ein Geist.

Zwischen diesen Wänden hatte sich der größte Teil ihres Lebens zugetragen. Hier waren all ihre Erinnerungen versteckt, in jedem Winkel. Manchmal kam es ihr vor, als hätte jeder, der die Wohnung einst verlassen hatte, ganz gleich auf welche Weise, ein kleines Stück davon mitgenommen. Und mit Hans war das meiste verschwunden. Es hatte gutgetan, von ihm zu erzählen.

»Wie sie mir zugehört haben, die Kinder«, wunderte sich Ada und fand sich in Hans' Schreibtischsessel wieder. Wie sie dort hingekommen war, wusste sie nicht – geschwebt wie ein Geist auf den Spuren der Vergangenheit? Hemingway hatte sich in den zu kleinen Korb gezwängt wie früher bei Hans.

»Ist dir das aufgefallen, Moppi? Wie sie mich angesehen haben. Als wäre ich geradewegs aus einem Buch entstiegen. Aus einem Liebesroman. Ich glaube, Lulu liest solche Sachen. Lydia vielleicht auch. Und Susanne? Ich glaube, wenn, dann liest sie so was heimlich.« Ada gluckste. Sie drehte sich mit dem Sessel, öffnete die Schreibtischschublade und holte die alten Fotos heraus.

»Wo sind eigentlich die ganzen Jahre geblieben?«, fragte sie sich und besah sich Foto für Foto, wieder und wieder. »Was haben wir zwischen heute und damals denn gemacht?« Auf ihrer Stirn, um die Augen herum und um den Mund zeugten die Falten von diesen vielen vergangenen Jahren. »Weg!«, sagte sie so, als wäre es eine plötzliche überraschende Erkenntnis. »Sie sind einfach weg.« Der Hund hob den Kopf und schaute sie aus traurigen Augen an, aber die Augen eines Boxers wirkten stets ein bisschen traurig.

Beim Anblick des Hundes durchzuckte es Ada wie ein Blitz.

»Hast du eigentlich schon etwas gegessen, Moppi? Hast du schon was gekriegt?« Sie legte die Fotos wieder auf ihren Platz und schloss die Schublade. Beunruhigt starrte sie den Hund an, und er starrte zurück. Sie konnte sich nicht erinnern, ob er bei Susanne versorgt worden war oder nicht. Wenn er nun schon etwas bekommen hatte, dann würde sie ihn überfüttern, und das war nicht gut für sein Herz, und wenn nicht, dann hatte er doch sicher Hunger, aber vor allem musste er seine Tabletten mit dem Essen zusammen einnehmen.

Ada geriet innerlich immer mehr in Aufruhr. Sie versuchte, sich die letzten Stunden bei Susanne ins Gedächtnis zu rufen, aber sie erinnerte sich nur daran, dass sie am Tisch gesessen und von Hans erzählt hatte. Und von sich. Von ihrer Ehe. Von allem. Hatte sie bei all dem etwa ihren Moppi vergessen? Das konnte doch nicht sein. Alles Konzentrieren half nichts. Hemingway, der Adas Unruhe bemerkte und alarmiert war, verließ sein Körbchen und setzte sich vor sie hin: Was soll ich tun?, schien er zu fragen. Wie kann ich helfen? Ada saß da wie festgefroren. Als ihr ihre eigene Bewegungslosigkeit auffiel, dachte sie daran, einmal gehört zu haben, dass man umherlaufen sollte, wenn man etwas vergessen hatte, und man sollte den Ort wechseln. Sie ging ins Wohnzimmer und lief hin und her. Und man musste genug trinken, Wasser, so wie dieser Arzt ihr damals geraten hatte. In der Küche füllte sie ein Glas bis zum Rand mit Wasser und trank, so viel sie konnte, in der Hoffnung, den Nebel in ihrem Kopf damit wegzuspülen. Die Erinnerung kam nicht zurück. Sie musste Susanne anrufen, es half nichts. Susanne würde auffallen, wie das Gedächtnis ihrer Mutter nachgelassen hatte, sie würde sich Sorgen machen. Vielleicht würde sie ihr Fragen stellen, ob das schon öfter vorgekommen sei, und dann müsste Ada zugeben, dass das der Fall war und dass sie schon so manches vergessen hatte und immer wieder vergaß, täglich. Und dass sie immer öfter durcheinander war und kein Zeitgefühl mehr hatte und den Weg nicht mehr fand und Leute nicht mehr erkannte. Und Susanne würde schwer ins Telefon hineinatmen, und ihre Sorgen würden durch die Leitung zu Ada kriechen und nichts besser machen. Gar nichts. Aber es ging um ihren Moppi …

Adas Hand war bereits ausgestreckt, auf halbem Weg zum Telefon, als ihr Blick auf ihre Tasche fiel, die sie auf dem Tisch abgestellt hatte. Ihre große schwarze Tasche. Groß genug, um die Futterdose und alle notwendigen Sachen für Hemingway darin zu verstauen.

Sie lief hin, stolperte fast in ihrer Eile, ergriff eine Stuhllehne als Halt mit der einen Hand und die Tasche mit der anderen. Als sie sie öffnete, sah sie die leere Dose und das mit Klebeband daran festgeheftete kleine Pillendöschen.

Susanne hatte gelacht. »Du hast die Pillendose an die Futterdose geklebt?«

»Es ist wichtig, dass Hemingway seine Tabletten bekommt, und in der großen Tasche finde ich so ein kleines Döschen kaum wieder, und nachher vergesse ich es noch«, hatte Ada erwidert. Und da hatte Susanne noch einmal gelacht und gemeint, so akkurat, wie ihre Mutter sei, müsse man sich um ihre geistige Fitness wenig Gedanken machen.

Ada betrachtete die beiden leeren Behältnisse und atmete auf, gleich darauf musste sie lachen, ein hilfloses trauriges Lachen, in das Menschen immer dann ausbrachen, wenn Tränen längst sinnlos waren. Susanne hielt sie für geistig fit, genauso wie Thomas seinen Vater für fit wie einen Turnschuh gehalten hatte. Eins stimmte so wenig, wie das andere gestimmt hatte.

Redeten sich die Kinder das ein? Wollten sie es gern so sehen? Oder waren sie wirklich so ahnungslos, weil sie, Hans und Ada, immer alle Probleme vor ihnen geheim gehalten hatten? Wie es ihnen wirklich ging, das hatten sie den Kindern nie gezeigt. Und jetzt verheimlichte sie es wieder.

Was wusste man eigentlich voneinander in einer Familie?

War das bei anderen auch so?

Auf einmal fiel ihr auf, wie dunkel es im Zimmer geworden war, die Sonne ging unter. In vielen Wohnungen brannte schon Licht. Ada trat ans Fenster und nahm das Fernglas zur Hand.

»Wie viel wisst ihr voneinander?«, fragte sie die Mustermanns laut, als könnten sie die kleine alte Frau hinter der Fensterscheibe hören. »Und ihr?«, fragte sie in jede einzelne Wohnung, an deren Fensterscheiben sie mit dem Fernglas vorbeikam. Hinter dem großen Fenster unterm Dach des alten Hauses tanzte das Paar, als hätte es nie eine Auseinandersetzung gegeben. Langsam wiegten sie sich eng aneinandergeschmiegt, ihr Kopf an seiner Schulter. Ada lächelte und sah ihnen eine Weile zu, bis ihr einfiel, dass Hemingway noch einmal rausmusste.

Der Hund lag bereits mit geschlossenen Augen in seinem Korb und sah nicht so aus, als hätte er große Lust auf einen letzten Spaziergang. Erst nach wiederholten geduldigen Aufforderungen rappelte sich das müde Tier endlich auf.

In der Grünanlage kam Ada ein junges Mädchen mit einem Welpen an der Leine entgegen, einem knapp kniehohen wuscheligen Etwas. Als sie die alte zierliche Frau mit dem großen Boxer vor sich entdeckte, wollte sie augenscheinlich spontan die Richtung ändern, um eine Begegnung der beiden Hunde zu vermeiden, doch der Kleine machte nicht mit. Er zog und zerrte an der Leine und wollte unbedingt zu seinem großen Kollegen.

»Lui!«, bettelte das Mädchen.

»Hemingway ist lieb, der tut nichts!«, rief ihr Ada entgegen. Das Mädchen blieb stehen, wirkte jedoch nicht sehr zuversichtlich. »Was ist da alles drin?«, fragte Ada und zeigte auf den Welpen.

»So ziemlich alles«, erwiderte das Mädchen schmunzelnd. »Vom Grizzlybär bis zum Goldfisch.«

»Mehr Grizzly als Goldfisch«, vermutete Ada. »So mutig, wie er ist.«

»Angeblich kann er auch gut schwimmen«, sagte das Mädchen, »aber das haben wir noch nicht ausprobiert.«

Lui hatte Hemingway erreicht und tanzte begeistert vor ihm herum. »Wuff!«, machte Hemingway. Wie angeschossen warf sich der Kleine vor dem Großen auf die Erde und rollte sich ergeben auf den Rücken. Hemingway guckte verdutzt über die Wirkung, die er auf den Kleinen hatte, und die beiden Frauen mussten herzlich lachen.

»Ich heiße übrigens Anna Jansen«, sagte das Mädchen. Ada war überrascht. Hundebesitzer kannten einander gewöhnlich nur durch die Namen der Hunde, Eberharts Herrchen, Jürgens Frauchen und so weiter, selten, dass sich jemand vorstellte.

»Ada Friedberg«, erwiderte Ada. »Ich wohne drüben in Nummer 17.«

»Ich in Nummer 15«, sagte das Mädchen. »Wir sind gerade erst eingezogen, mein Freund und ich, aber die Wohnung ist eigentlich zu klein für uns. Wir kriegen nämlich im Dezember Nachwuchs. Hätten wir das früher gewusst ...« Ada sah sie so erstaunt an, dass ihre Gedanken offensichtlich waren. »Ich weiß, ich sehe aus wie sechzehn«, seufzte Anna. »Dabei bin ich schon sechsundzwanzig.«

»Oh, das hätte ich nicht gedacht«, gab Ada zu. »Aber glauben Sie mir, es kommt die Zeit, da werden Sie froh sein, jünger auszusehen, als Sie tatsächlich sind.«

»Ja, nur in der Zwischenzeit muss ich weiter den Ausweis zeigen, wenn ich eine Flasche Wein kaufen will.« Wieder lachten sie zusammen. Lui, durch die entspannte Unterhaltung der beiden

Frauen wieder etwas mutiger geworden, erhob sich und schnüffelte vorsichtig an Hemingway.

»Ich hoffe, ich kriege den Kleinen auch so gut erzogen wie Sie Ihren Hund«, meinte Anna. »Bis der kleine Wurm auf der Welt ist, muss das klappen.«

»Mit Geduld und einer guten Hundeschule funktioniert das schon.«

Sie waren inzwischen weitergegangen und hatten fast die Nummer 17 erreicht.

»Hier wohne ich«, sagte Ada.

»Vielleicht sehen wir uns ja öfter mit den Hunden, das würde mich freuen«, meinte Anna und zog Lui, der sich nicht trennen wollte, energisch und gegen seinen Willen weiter. Hemingway sagte noch einmal »Wuff!« und schon spurte der störrische Welpe. Anna lachte und rief: »Gute Nacht, Frau Friedberg!«

»Gute Nacht.« Den Namen der jungen Frau hatte Ada vergessen.

Ada begegnete Anna mehrmals in den nächsten Tagen, und bei einer dieser Gelegenheiten traute sie sich einzugestehen, dass sie den Namen der netten jungen Nachbarin vergessen hatte.

»Anna Jansen«, wiederholte Anna umstandslos, »aber sagen Sie doch einfach Anna, das klingt so ähnlich wie Ada.«

»Dann nennen Sie mich bitte Ada.«

Das Zusammensein und die Gespräche mit Anna taten Ada gut, doch leider konnte Hemingway die Gesellschaft seines neuen kleinen Freundes nicht in ähnlicher Weise genießen. Er konnte nicht ansatzweise mithalten, versuchte gar nicht erst, mit Lui zu laufen, geschweige denn zu toben, und sah ihm meist nur traurig in der Wiese liegend zu. Von Tag zu Tag zeigte sich der alte Boxer mehr erschöpft, sodass Ada schließlich bei Dr. Sahner anrief und ihn bat, gelegentlich vorbeizukommen. Ob es eilig sei? Nein, allzu eilig sei es eigentlich nicht. Es war ein Freitag, und der Doktor versprach, gleich nach dem Wochenende am Montagnachmittag vorbeizuschauen.

Vor dem Wochenende, am Freitagabend, schaute allerdings noch jemand anderes bei Ada vorbei. Sie hatte sich gerade mit einer Scheibe Brot und einem Glas Saft vor den Fernseher gesetzt, um die Nachrichten anzusehen, als es an der Haustür klingelte. Zunächst dachte sie, sie hätte es sich eingebildet. Wer sollte um diese Uhrzeit schon bei ihr klingeln? Doch dann läutete auch ihr Telefon.

»Mama, ich bin's, ich stehe unten vor der Tür, machst du bitte auf?«

»Thomas?«

»Ja. Machst du auf?«

Vor lauter Überraschung antwortete sie nicht mehr, sondern eilte direkt nach vorn zum Türöffner. Kurz darauf trat Thomas aus dem Fahrstuhl, in der einen Hand einen Koffer, in der anderen eine große Reisetasche.

»Ich dachte, ich könnte übers Wochenende in meinem alten Zimmer unterkommen. Am Montag kann ich dann in die Wohnung von einem Kumpel. Der zieht mit seiner Freundin zusammen«, erklärte Thomas übergangslos und bugsierte die beiden großen Gepäckstücke in das ehemalige Kinderzimmer, das sich gleich hinter dem Eingang befand. Ada beobachtete seinen Einzug mit offenem Mund.

Schwer atmend ließ Thomas sich auf sein altes Bett fallen, stützte den Kopf in die Hände und gönnte sich eine Pause, bevor er seiner verblüfften Mutter die Erklärung gab, auf die sie wartete: »Ich hab Lydia verlassen.«

Seine Stimme klang plötzlich wie ein Reibeisen, alles Lockere,

Leichte, Sanfte hatte zwischen diesen vier Worten keinen Platz. Ada wusste nicht, was sie sagen sollte. Oder fragen. In Fällen wie diesem begannen die Gespräche ja meist mit Fragen: *Aber wieso denn? Was ist denn passiert? Habt ihr euch gestritten?* Und so weiter. Danach kamen die Beschwichtigungen: *Das wird schon wieder. Solche Krisen haben die meisten Paare irgendwann einmal. Jetzt schlaf erst mal drüber.* Ada jedoch sagte nichts dergleichen, sondern setzte sich neben ihren Sohn aufs Bett und legte ihren schmächtigen Arm um seine breiten Steinmetz-Schultern. Da lehnte er sich an sie und weinte.

Nach geraumer Zeit richtete er sich auf, wischte sich die Tränen aus dem Gesicht und putzte sich die Nase.

»Hast du zufällig Bier zu Hause?« Die Frage klang so scheu wie bei einem kleinen Jungen, der um Süßigkeiten bat.

»Im Kühlschrank.«

Thomas stand auf und ging voraus zur Küche. »Magst du eins mittrinken?«, rief er, als er sah, dass es genug für zwei gab.

»Nachher, ich gehe erst mit Hemingway raus.«

»Der hat mich gar nicht begrüßt«, fiel Thomas, mit einem Blick auf den müde in seinem Korb liegenden Boxer, auf.

»Er ist immer ein bisschen erschöpft in letzter Zeit.« Nichts in Adas Ton offenbarte die Sorgen, die sie sich machte. »Hopp, Moppi, komm mit!«, forderte sie den Hund auf. Langsam und mühevoll erhob sich Hemingway.

Selbst der kurze Weg zur Grünanlage gegenüber und wieder zurück war zu viel für ihn. Hemingway schleppte sich dahin, jeder Schritt war Arbeit, sein Kopf hing tief herab, als wäre es zu schwer, ihn zu tragen. Zum ersten Mal bekam Ada Angst. Der Tierarzt hätte doch kommen sollen, es war eilig.

»Gleich sind wir wieder daheim, und du kannst dich hinlegen, mein Schatz. Und morgen geht es dir sicher wieder besser«, redete sie dem Hund gut zu, aber in Wahrheit war sie selbst es, die den Zuspruch brauchte.

Als sie wieder nach oben kam, saß Thomas breitbeinig vor dem Fernseher mit einer Flasche Bier in der Hand. Hemingway ließ sich noch einmal von ihm über den Kopf streicheln, bevor er restlos entkräftet in seinen Korb fiel und fast augenblicklich einschlief. Ada stand noch eine Weile daneben und beobachtete ihn, doch als er ruhig und gleichmäßig atmete und dabei leise und wie gewohnt schnarchte, schenkte sie sich ein Glas Bier ein und setzte sich zu ihrem Sohn.

Er machte den Fernseher nicht aus, sondern schaltete lediglich den Ton ab.

»Na, so was, wie hast du das gemacht?«

»Hier, diese Taste, da drückst du, und der Ton ist weg.«

»Aha! Wie praktisch! Wenn mal das Telefon läutet oder so.«

»Genau!«

Interessiert betrachtete Ada die Fernbedienung, als böte sie genug Stoff, um die Unterhaltung auf diese Weise fortzusetzen.

»Isst du immer nur eine Scheibe Brot?«, fragte Thomas mit einem Blick auf ihren Teller, der noch auf dem Tisch beim Fernseher stand.

»Woher weißt du, ob ich nicht schon fünf bis zehn Scheiben gegessen habe?«, fragte Ada zurück.

Thomas musterte sie mit einem Blick, der ihr zur Antwort gab: Sieh dich doch an, wie dünn du bist!

Demonstrativ biss sie in ihr Brot, kaute, schluckte, rieb die Hände aneinander sauber und sagte »So!«, was so viel hieß wie: Lass uns jetzt zum Punkt kommen und über dich reden.

Thomas seufzte und schlug die Augen nieder. Schließlich war er so weit.

»Ich habe Lydia verlassen«, wiederholte er, doch diesmal klang er dabei ruhiger, sicherer, ohne dieses beschämte Kratzen in der Stimme. »Wir haben uns schon lange nichts mehr zu sagen, Lydia und ich. Sie hat nur ihre Boutique im Kopf und kommt nie auf die Idee, mich mal danach zu fragen, wie es mir so geht. Mit all den Toten und ihren Gräbern. Und mit den Hinterbliebenen und ihrer Trauer. Jeden Tag! Sie fragt nie. Dafür erzählt sie mir von ihren Kundinnen und wie viel Kohle die haben und welcher Promi neulich in den Laden gekommen ist und von Klamotten und Designern und der Konkurrenz und neuen Kontakten und wie viel Umsatz sie macht. Und, und, und. Und ich will das gar nicht wissen. Sie verdient jemanden, der das wissen will. Und ich verdiene jemanden, der fragt. So einfach ist das.«

Ada biss erneut in ihr Brot und kaute. Mit vollem Mund war man nicht versucht, die falschen Fragen zu stellen: Warum plötzlich jetzt? Warum nicht schon früher?

Thomas nahm einen großen Schluck aus seiner Flasche, wippte mit den Knien auf und ab, wischte sich über den Mund, und wie neulich hatte Ada das Gefühl, etwas läge ihm noch auf der Zunge oder auf dem Herzen, doch diesmal schluckte er es nicht hinunter. »Und außerdem habe ich eine Freundin.«

Ada kaute.

»Schon seit einiger Zeit. Schon seit fast einem halben Jahr. Kennen tu ich sie noch länger, und gefallen hat sie mir schon immer, aber ich wollte meine Ehe nicht aufgeben. Ich wollte nicht fremdgehen. Ich hab immer gedacht, so einer bin ich nicht. Und ihr, du und Papa, ihr habt mir das vorgelebt, dass man zusammenbleibt.«

Ada schluckte den Brotbrei hinunter. »Wir sind zusammengeblieben, weil wir zusammenbleiben wollten«, betonte sie mit Nachdruck.

»Ja, genau. Das hab ich letzten Sonntag begriffen. Und das,

obwohl Papa auch fremdgegangen ist.« Er hob die Hand, als Ada ihn unterbrechen wollte, weil er sie ganz offensichtlich falsch verstanden hatte. »Ich weiß«, sagte Thomas eifrig. »Ich weiß, das kann man nicht vergleichen, und ich weiß, dass es bei ihm nur ein Ausrutscher war, aber bei mir ist es kein Ausrutscher. Papa hat dich geliebt, aber ich liebe Lydia nicht. Man bleibt nicht zusammen, nur weil man irgendwann einmal Ja gesagt hat, sondern weil man sich liebt.«

»Das ist wahr!«, erwiderte Ada, die allmählich verstand, warum er sich ausgerechnet jetzt zu diesem Schritt entschlossen hatte.

»Letzten Sonntag, als du von dir und Papa erzählt hast, diese ganzen Sachen, von denen wir Kinder nie etwas gewusst haben, da ist mir das klar geworden. Es geht nicht darum, dass man ein Versprechen einhält, sondern darum, dass man es gern einhält und dass man es an jedem einzelnen Tag wieder genauso geben würde. So wie das bei euch war. Oder nicht?«

»Doch«, bestätigte Ada. »So war das.«

Sie schwiegen. Im Fernseher erwürgte eine Art Werwolf gerade eine Blondine. Das Ganze in Schwarz-Weiß. Ohne Ton sah es noch grotesker aus, als es ohnehin schon war. Der Werwolf-Mann riss gefährlich die Augen auf, und der Frau hing zum Zeichen mangelnder Luft die Zunge aus dem Hals. Ada und Thomas brachen gleichzeitig in Lachen aus und lachten noch mehr, als die Blondine wie ein nasser Lappen zu Boden fiel und das Monster sich theatralisch nach allen Seiten wand, um den nahenden Häschern, die gleich darauf mit Forken ins Bild stürmten, zu entfliehen. Die ganze Szene besaß die übertriebene Dramatik und Künstlichkeit alter, schlechter Horrorfilme. Thomas drückte auf die rote Taste und machte dem flimmernden Elend ein Ende.

»Und deine Freundin – liebst du die?«, fragte Ada in die Stille hinein.

»Ja, die lieb ich.«

»Und sie dich?«

»Ja, sie mich auch.«

»Und Lydia?«

»Was ist mit Lydia?«

»Leidet sie?«

»Wer? Sie oder ihre Eitelkeit?«

»Sei nicht gemein, Thomas.«

Er senkte den Kopf und murmelte eine Entschuldigung. »Ich glaube, sie war eher erstaunt«, meinte er dann. »Am meisten darüber, dass ich meine Koffer gepackt habe und ausgezogen bin.« Er kratzte sich am Kinn und räusperte sich. »Ich glaube nicht, dass sie darunter leidet. Sie ist noch jung, unabhängig, und sie hat sowieso nie geplant, eine Familie zu gründen. Jedenfalls nicht mit mir.«

»Das ist ja nicht alles.«

»Nein, aber falls sie doch irgendwelche Gefühle für mich hat, ich meine, solche, die man haben sollte, um ein Leben lang zusammenzubleiben, dann hat sie mir nichts davon gezeigt.«

Sie tranken Bier, Hemingway schnarchte, durchs Fenster strahlte der Mond in vollem Rund. Wie schön, dachte Ada, wie friedlich. Insgeheim musste sie sich eingestehen, wie sehr sie es genoss, wieder einmal eins ihrer Kinder zu Hause zu haben. Selbst wenn die Umstände, die dazu geführt hatten, nicht die besten waren und sie Thomas immerhin so sehr belasteten, dass er geweint hatte. Wie damals als kleiner Junge heimlich in ihren Armen, wenn es keiner sah. Aber so war das nun einmal, man weinte, wenn man sich trennte, wenn Entscheidungen getroffen und Lebensabschnitte beendet waren. Auch wenn es richtig war, und auch wenn man ein erwachsener Mann von über vierzig war.

»Wie heißt deine Freundin?«

»Harriet.«

»Wie?«

»Harriet.«

»Ist sie Amerikanerin?«

»Nein, Deutsche, schwäbelt ein bisschen, aber nur ganz leicht.« Adas Mundwinkel zogen sich ein wenig nach oben. Thomas grinste. »Sie ist wirklich liebenswert. Warmherziger als Lydia, humorvoller, nicht so umtriebig, ganz anders eben.« Er stand auf und schaltete den alten Radiorekorder über dem Fernseher an. »Funktioniert der CD-Player noch?«

Ada zuckte mit den Schultern und wollte gerade antworten, sie wisse gar nicht mehr, wann das Gerät zuletzt in Betrieb gewesen sei, doch dann erinnerte sie sich daran. An das letzte Mal. Thomas hatte ihr den Rücken zugewandt und bemerkte nicht, wie sich ihr Gesicht veränderte und wie sie den Atem anhielt, weil es ihr sonst die Tränen in die weit aufgerissenen Augen getrieben hätte.

»Wer weiß, vielleicht hätte ich noch eine ganze Weile so weitergemacht mit Lydia, wenn du am letzten Sonntag nicht das alles erzählt hättest, von dir und Papa.« Thomas kniete vor dem Regal mit den CDs, als suchte er etwas Bestimmtes. »Da bin ich ins Grübeln geraten, und danach wusste ich, was ich will und was ich nicht will.« Während er sprach, gewann Ada ihre Fassung zurück. Thomas sprang auf. Er hatte gefunden, wonach er gesucht hatte, und wedelte mit einer CD-Hülle. »Dachte ich mir doch, dass ihr die habt, jetzt schauen wir mal, ob der Kasten noch läuft.« Er legte die CD in das CD-Fach des Rekorders und drückte so oft auf die Skip-Taste, bis er beim richtigen Titel angekommen war. Es knackte ein wenig im Lautsprecher, doch dann hörte man die Musik, und Ada lachte nach den ersten Tönen laut auf.

»Darf ich bitten?« Mit einer kleinen Verbeugung und ausgestreckter Hand stellte sich Thomas vor seine Mutter.

»Ach du liebe Zeit!«, zierte sich Ada und schüttelte lachend den Kopf.

»Was denn? Du kannst doch tanzen. Was ist das? Langsamer Walzer, oder?«

»Genau.«

»Na los, wir wollen mal sehen, ob du was verlernt hast!«

Lächelnd erhob sich Ada, reichte ihrem Sohn die Hand und tanzte mit ihm zu Heidi Brühls altem Schlager wie damals mit Hans.

»Du tanzt wie eine Feder.«

»Das hat Papa auch immer gesagt.«

»Und er?«

»Er hat getanzt wie Fred Astaire.«

»Ehrlich?«

Ada nickte. »Aber wir haben normalerweise nicht zu diesen Schlagerschinken getanzt, falls du das denkst. Wir mochten viel mehr amerikanische Musik, Jazz, Swing, diese Richtung.«

»Was zum Beispiel?«, fragte Thomas. Ada zögerte, tanzte noch ein paar Takte weiter und blieb dann stehen. Sie hatte auf der Stelle ein bestimmtes Lied im Sinn, sie wusste nur nicht, ob sie ausgerechnet dazu tanzen wollte. Schließlich wandte sie sich dem Regal zu und zog mit sicherem Griff eine CD heraus. »Hier! Leg das mal auf.«

Thomas tauschte die CDs aus. »*Sway*«, gab Ada an, auf ihrem Mund ein Lächeln, das sich nicht entscheiden konnte, ob es glücklich oder traurig war. »Kannst du Rumba?«, fragte sie. Thomas antwortete mit einer Geste der Unsicherheit. »Pass auf!«

Fiebriger Glanz brachte Adas Augen zum Leuchten, ihr alter Körper streckte sich und ließ mit einem Mal die Anmut ihrer Jugend erahnen. »Ganz einfach, schau: laaaang, kurz, kurz, laaaang, kurz, kurz, laaaang, und so weiter. Und immer schön mit der Hüfte mitgehen.« Sie machte es ihm vor und ließ ihre Hüfte leicht und kokett im Rhythmus der Musik schwingen. Thomas machte ihr die Schritte nach, und als er es konnte, nahm er sie in den Arm, und sie tanzten gemeinsam. Ada strahlte, als hätte man ein Licht in ihrem Inneren entzündet.

»Rumba war immer mein Lieblingstanz«, erklärte sie.

»Das sieht man. Und was war Papas Lieblingstanz?«

»Wiener Walzer. Er hat es genossen, wenn mir schwindlig wurde und er mich dann auffangen musste.« Ada lachte, und ihre Augen blitzten. »Nur auf den Turnieren, da musste er sich beherrschen. Wie hätte das denn sonst ausgesehen?«

»Ich wünschte, ich hätte euch wenigstens einmal tanzen sehen.«

Ada nickte und tätschelte ihrem Sohn die Wange. »Ich auch, mein Schatz, ich auch.«

1996–2006
Zusammen alt

Susanne heiratete in einem traumhaften, von Ada entworfenen und geschneiderten Brautkleid. Niemand konnte fassen, dass es sich dabei nicht um das Werk eines renommierten Modedesigners handelte, sondern um das der eigenen Mutter. Ada hätte nicht glücklicher sein können. Von da an erhielt sie immer häufiger Anfragen und Aufträge von Bekannten oder den Bekannten von Bekannten. Ihr Können sprach sich herum, und so erreichte sie mit etwas Verspätung doch noch ansatzweise das Ziel, das sie als junge Frau einmal angestrebt hatte.

Dass sie für Thomas' zukünftige Braut ein Kleid entwerfen durfte, darauf musste sie allerdings warten, denn ihr Sohn zeigte wenig Ambitionen, sich festzulegen. Er lebte für seinen Beruf, seine Freundinnen wechselten so oft wie die Jahreszeiten und waren nicht mehr als ein Zeitvertreib für ihn. Seine Eltern freuten sich zwar über seinen Ehrgeiz und darüber, dass ihn seine Arbeit so sehr erfüllte, aber besonders Ada hätte ihm endlich eine richtige Beziehung gewünscht. Eine Frau, die ihm Halt gab und die seine übergroße Sensibilität, die er nur zu gern hinter einer flapsigen Oberflächlichkeit verbarg, erkannte. Eines Tages und mit ein wenig mehr Lebenserfahrung, damit tröstete sich Ada, würde sich das ändern, dann würde er zu der Tiefe seiner Gefühle stehen.

Um Susanne machte sie sich weniger Gedanken. Susanne

ruhte in sich und war seit ihrer Heirat mit Robert, auch wenn dieser nicht Adas Wunschvorstellung entsprach, sehr glücklich. Sie erklommen gemeinsam die Karriereleiter und kauften sich bereits wenige Jahre nach ihrer Hochzeit ein Haus im Süden von München. Stolz führten sie Ada und Hans bei deren erstem Besuch durch ihr kleines Schmuckstück. Die Eltern bestaunten jeden Winkel, bewunderten den Garten und zeigten sich tief beeindruckt.

»Sehr schön«, meinte Ada. Daran bestand kein Zweifel, dass der Bungalow sehr schön war, doch so schön wie das alte Haus war er bei Weitem nicht.

»Viel Platz«, stellte Hans anerkennend fest.

»Genau! Viel Platz!« Susanne trug wieder einmal dieses verdächtige Strahlen im Gesicht, Robert, neben ihr, hatte die Hände in die Hosentaschen gesteckt und stellte sich immer wieder auf die Zehenspitzen, als wäre er ein Balletttänzer beim Aufwärmen. So verlegen wirkte er sonst nie, wenn er mit seinen Errungenschaften angab.

»Geht's euch gut?«, fragte Ada, die zu befürchten schien, die beiden hätten vor lauter Freude über ihr Vorzeigeanwesen den Verstand verloren. Susanne und Robert tauschten komische Blicke, kicherten albern, und Robert hob es vor Aufregung direkt noch einmal auf die Zehen.

»Sag mal, Mama«, setzte Susanne mit breitem Grinsen an, wartete, um die Spannung auf ein Maximum zu erhöhen, und platzte dann heraus: »Babykleidung kannst du doch sicher auch nähen, oder?«

»WAAAS?!« Mit einem Freudenschrei fiel Ada ihrer Tochter um den Hals.

Im ersten Jahr des neuen Jahrtausends kam Jordan zur Welt. Den Kopf voller verstrubbelter Haare, sah er so süß und verwegen und witzig aus, dass alle unwillkürlich in Lachen ausbrachen, wenn sie ihn sahen, was Susanne mit der Zeit auf die Nerven ging. Man durfte doch ein Neugeborenes nicht auslachen.

»Oh mein Gott, jetzt sind wir Großeltern!«, rief Ada nach dem Besuch im Krankenhaus. »Kannst du das glauben?« Sie trat vor den Spiegel und zog die Haut ihres Gesichts mit den Fingern ein wenig nach hinten. »Was meinst du zu einem Facelifting?« Hans zeigte ihr den Vogel. »Aber vielleicht sollte ich mir die Haare schneiden lassen, das sieht flott aus und ist außerdem viel praktischer.« Sie fasste ihr Haar zu einem Knoten zusammen und versuchte, die Wirkung einer Kurzhaarfrisur abzuschätzen.

»Was immer du tust, es wird schön aussehen«, sagte Hans, der hinter sie getreten war. Ihr gemeinsames Spiegelbild, Gesicht an Gesicht, erinnerte Ada an ihr Hochzeitsfoto. Als hätte man sie beide nur auf eine Zeitreise geschickt. Hans hatte noch alle seine Haare, und sie waren noch genauso seidig wie früher, nur dünner und stark grau meliert. Ada hatte ihre Haare nie gefärbt. Erst ab fünfzig hatten sich mehr und mehr helle Strähnen zwischen die dunklen gemogelt, doch inzwischen dominierte längst das Silbergrau. Es war eine schöne Farbe, aber eben grau.

»Wir sollten mehr unternehmen«, sagte ihr Spiegelbild zu Hans' Spiegelbild.

»Du meinst, etwas anderes, als einmal die Woche zu *Spiros* zu gehen und die Nachbarn anschließend mit unserer Knoblauchfahne zu quälen?«, fragte Hans' Spiegelbild zurück.

»Ja, genau.« Sie wandte sich lachend zu ihm.

»Und was sollten wir unternehmen?«

»Ich weiß nicht, öfter irgendwelche Veranstaltungen besuchen, ins Theater oder ins Kino gehen, reisen.«

»Wir reisen doch.«

»Wir fahren einmal im Jahr in Urlaub und immer an denselben Ort.«

»Wir haben Ingeborg.«

»Die kann auch mal zu Thomas oder zu Susanne.«

»Susanne hat jetzt ein Baby.«

Ada seufzte. »Hans, schau mich an: Ich bin jetzt Großmutter. Ich bin grau, ich bin faltig. Es geht dahin. Eines Tages werde ich nicht mehr alle Sinne beisammenhaben, vielleicht vergesse ich alles, was einmal war, und dann bin ich darauf angewiesen, mir Bilder von früher anzuschauen.«

Hans schlang seine Arme fester um sie. »Du wirst mir doch wohl nicht erzählen wollen, dass du mich eines Tages vergessen könntest.«

»Wer weiß«, neckte sie ihn. »Jedenfalls sind die nächsten Jahre vielleicht die letzte Gelegenheit, dich für mich unvergesslich zu machen.«

»Und was ist, wenn ich es bin, der den Verstand verliert?«

»Den hast du doch schon verloren, als du dich damals in mich verliebt hast.«

»Stimmt.«

Auch wenn Unterhaltungen dieser Art nicht allzu ernst gemeint waren und sich beide noch jung und agil fühlten, kamen sie nicht umhin zu erkennen, dass spätestens mit Hans' Ruhestand wieder ein neuer Lebensabschnitt anbrach, und zwar der letzte.

Ada wusste plötzlich auch, woher der Ausdruck Unruhestand kam: Es war eine Zeit des Umbruchs, ein Lebensabschnitt, in dem man noch so viel wie nur möglich erledigen wollte, weil man nicht wusste, wie viel Zeit einem noch dazu blieb. Ada hatte das Bedürfnis, noch etwas zu erleben und von der Welt zu sehen, Hans begann, kaum dass er in Rente war, in der Wohnung herumzutüfteln, Sachen zu reparieren, auszutauschen oder neu zu ordnen. Eines Tages fand ihn Ada mit in die Seiten gestützten Händen vor der Wohnzimmerwand. Hin und her ging sein Kopf, rauf und runter. Mal trat er zurück, mal näher heran. Dann sah er sich die gegenüberliegende Wand an, das Fenster und die Tür zum Balkon.

»Was machst du denn da?«, fragte Ada.

»Ich messe.«

»Du misst?«

»Stell dir vor, wenn wir hier«, er breitete die Arme aus, »ein Regal hätten, das sich über die komplette Wand erstreckt bis zur Decke«, er schwankte mit seinen ausgebreiteten Armen hin und her, als würde das bei der Visualisierung seiner Pläne helfen. »Wäre das nicht schön?«

»Das kann ich mir nicht vorstellen«, meinte Ada.

Hans ließ die Arme sinken. »Doch, bestimmt. Und wir hätten Platz für all unsere Bücher.«

»Den haben wir jetzt auch.«

»Doppelt und dreifach gestapelt, unübersichtlich in viel zu kleinen Regalen.«

»Das hat uns bisher nicht gestört.«

»Darf ich trotzdem einen Schreiner kommen lassen?«

Ada verdrehte die Augen. »Wenn es sein muss.«

»Es muss.«

Das Ende vom Lied war ein riesiges Nussbaumregal, das den Raum in eine kleine Bibliothek verwandelte und von allen bewundert wurde.

Auch Adas Wünsche wurden befriedigt. In unregelmäßigen Abständen unternahmen sie und Hans Städtereisen. Hans konnte sie herumführen und ihr alles zeigen, weil er die meisten Städte bereits von Berufs wegen besucht hatte. Er führte sie durch Paris, durch London, durch Wien und durch Florenz. Nur in die Stadt, in die es Ada immer am meisten gezogen hatte, fuhren sie nicht:

nach Rom. Sie hatten sich damals geschworen, die verpasste Gelegenheit nachzuholen und gemeinsam dorthin zu reisen, doch dann war eine junge Doktorandin zwischen sie und diese Pläne geraten, und nun wagte keiner von ihnen, Rom als Reiseziel vorzuschlagen. Manchmal dachte Ada daran, und dann machte es sie traurig, dass dieses unbedeutende Ereignis, dieser unbedeutende kleine Treuebruch auch nach so vielen Jahren noch seine Spuren hinterließ.

Doch zum Glück gingen solche Gedanken im Alltag unter. Sie und Hans waren mit anderen Dingen beschäftigt. Nicht zuletzt mit einem zweiten Enkel, einem Mädchen, wie sich herausstellte. Lulu kam, und ihr großer Bruder Jordan mit den Wuschelhaaren durfte in der Zwischenzeit seine Großeltern auf Trab halten.

Stolz verkündete Ada die glückliche Nachricht von der neugeborenen Enkelin umgehend im Verwandten- und Bekanntenkreis. Als sie Marlene anrief, wurde sie im Gegenzug mit einer weniger schönen Neuigkeit konfrontiert.

»Helmut hat Lungenkrebs.«

»Oh mein Gott, Marlene!«

»Wir versuchen es mit Chemo«, sagte Marlene. »Vielleicht hilft es ja.« Der nüchterne Ton in ihrer Stimme schockierte Ada mehr als die Nachricht selbst. Sie stellte sich vor, wie sie reagiert hätte, wenn es Hans getroffen hätte, doch das war nicht auszudenken, das war vollkommen unmöglich.

Regelmäßig erkundigte sie sich nach Helmut, erfuhr von den Erfolgen der Behandlung, von Rückschlägen und von neuer Hoffnung. Bei Marlene hörte sich alles gleich an. Nie konnte man an ihrem Tonfall am Telefon erkennen, ob es gute oder schlechte Nachrichten gab. Sie jammerte, aber es existierten keine Abstufungen in ihrem Jammern. Es steckte auch keine echte Sorge oder Angst um ihren Mann dahinter, es war nur die Art und Weise, wie Marlene sich arrangierte. Allein der nüchterne Ton zu Anfang hatte ihren echten Gefühlen entsprochen. Marlene war nicht kaltherzig, das wusste Ada nur zu gut, sie liebte ihren Mann nur eben nicht.

Doch auch für Ada und Hans blieb das Leben nicht ungetrübt. Sie hatten einen schmerzlichen Verlust zu beklagen. Ihre Labradorhündin Ingeborg starb im hohen Alter von achtzehn Jahren. Es war ein schwerer Schlag, und die Wohnung erschien nach ihrem Tod wie ausgestorben, trotzdem beschlossen sie, in Zukunft auf einen tierischen Hausgenossen zu verzichten.

»In unserem Alter wäre das verantwortungslos, denke ich«, meinte Hans, wie immer von Vernunft geleitet, doch unendlich traurig, und Ada stimmte ihm schweren Herzens zu.

»Na ja«, meinte er dann, »jetzt sind wir weniger gebunden und können noch mehr unternehmen.« Aber das taten sie nicht. Es war, als ob das Alter allmählich seine Last zeigte, sie waren müde und hatten nicht mehr den Ehrgeiz, die verbliebene Zeit zu füllen. Weder mit Reisen noch mit anderen Aktivitäten. Ein einziges Mal nur rafften sie sich auf und taten das, was sie sich viele Jahre zuvor an ihrem zehnten Hochzeitstag vorgenommen hatten: Sie besuchten noch einmal gemeinsam die Oper.

Ada kaufte sich extra ein neues Kleid, ein schwarzes, elegantes, das ihr gut stand. Und zu meinem Alter passt es auch, dachte Ada und erlaubte sich ein bisschen Wehmut. Dreißig Jahre zuvor hatte sie noch anders ausgesehen, hatte einen anderen Körper gehabt, volles dunkles Haar, eine blendende Figur. Nichts hatte sie kaschieren oder verdecken müssen. Als sie Hans das Kleid vorführte, ließ sie sich diese Gedanken nicht anmerken. Sie drehte sich vor ihm wie ein übermütiger Teenager vor seinem ersten Freund. »Das Kleid ist schön, aber du brauchst noch einen Farbtupfer dazu. Wir gehen schließlich nicht zu einer Beerdigung«, meinte Hans. Sie suchte in ihrem Schrank und griff schlussendlich zu einem fliederfarbenen Schal. »So nehme ich dich mit in die Oper, meine Schöne.«

Tosca hatten sie sich ausgesucht. Ausgerechnet! Näher als heute Abend werde ich Rom nie kommen, dachte Ada, während sie im Zuschauerraum saß und dem Geschehen auf der Bühne folgte. Doch zum ersten Mal stellte sie fest, dass es ihr überhaupt nichts mehr ausmachte, es spielte keine Rolle. Wichtig war nur, dass sie mit Hans zusammen war. Hand in Hand, wie frisch Verliebte, saßen sie nebeneinander und gaben sich der Musik hin. In der Pause tranken sie Sekt und schauten einander verschwörerisch in die Augen. Ada kicherte in sich hinein, weil es so romantisch war und weil sie doch schon viel zu alt waren für Romantik. Eigentlich. Und doch fühlte es sich so an wie früher, so als wären sie noch jung und nicht inzwischen zusammen alt geworden. Als sie nach Hause kamen, warf Ada das schwarze Kleid beiseite. Sie musste nichts kaschieren oder verdecken. Hans liebte sie so, wie sie war, und sie ihn. Und daran würde sich nie etwas ändern.

Hemingway

Thomas blieb übers Wochenende, wie angekündigt. Er telefonierte viel, und er verließ ein paarmal das Haus, um sich mit verschiedenen Leuten zu treffen. Mit wem und aus welchen Gründen vergaß Ada jedes Mal gleich wieder. Thomas fiel es nicht auf. Es fiel ihm auch nicht auf, dass seine Mutter ihn am Samstagmorgen mit großen Augen ansah, als er an ihre Schlafzimmertür klopfte und anbot, mit Hemingway Gassi zu gehen. Er grinste und meinte, sie sei ja ohnehin noch ganz schlaftrunken. Schlaftrunken, damit erklärte er sich ihre Verwirrung. Sie brachte es gerade noch fertig, ihm hinterherzurufen, nicht zu weit mit dem Hund zu gehen. Und nicht zu lange. Und nicht zu schnell. Dann überlegte sie, was Thomas in ihrer Wohnung machte. Wieder einmal hatte sie etwas Seltsames geträumt in der Nacht, dass sie mit Thomas getanzt hätte, so wie früher mit Hans und so wie das Paar in dem alten Haus. Als sie wach geworden war, hatte sie sich an den Traum erinnert und gedacht: Was für ein fürchterlicher Quatsch! Doch dann hatte Thomas wenig später die Tür aufgemacht. Hatte sie all das womöglich gar nicht geträumt? Und warum war er überhaupt hier? Sie stand auf, ging in sein früheres Kinderzimmer, entdeckte den Koffer und die Tasche, dazu das zerwühlte Bett, in dem er zweifellos in der Nacht geschlafen hatte. Ada versuchte, sich daran zu erinnern, was am Abend zuvor passiert war, aber alles, was sie in ihrem Kopf vorfand, waren lose, einzelne Bilder ohne Zusammenhang, und sie wusste nicht, in welcher Reihenfolge sie diese Bilder ordnen sollte. Es war, als hätte sie jemand auseinandergerissen und die Schnipsel in die Luft geworfen. Da lagen sie nun vor ihr und sie wusste nichts damit anzufangen, und es war viel zu anstrengend und zu schwierig, alles wieder zusammenzusetzen.

Sobald Thomas mit Hemingway zurückkehrte, zog sich der Hund in seine Ruhestätte zurück.

»Es geht ihm aber gar nicht gut«, meinte Thomas.

»Am Montag kommt der Tierarzt«, erwiderte Ada. Montag! Montag schien eine Ewigkeit entfernt.

»Das ist gut«, sagte Thomas.

Während er seiner Mutter bei den Frühstücksvorbereitungen half, sprach er vom vergangenen Abend. Davon, wie schön es war, mit ihr zu reden und zu tanzen. Er grinste ein bisschen dabei. Er sagte auch, wie froh er darüber sei, dass sie ihm keine Vorwürfe gemacht habe, wegen Lydia und wegen Harriet. Ada hörte zu, nickte, lächelte und fügte die neuen Informationen innerlich zu den Bruchstücken in ihrem Kopf, sodass sie am Schluss eine Ahnung hatte, wovon ihr Sohn redete und das Wesentliche verstand: Er hatte Lydia verlassen. Er hatte eine Freundin.

»Wo willst du jetzt wohnen?«, fragte sie. Auch das hatte er ihr bereits mitgeteilt, doch er missverstand ihre Frage.

»Die Wohnung ist in der Maxvorstadt, in der Nähe der Uni. Zwei Zimmer, Küche, Bad. Nicht groß, aber mir reicht es vorerst. Wenn Peter nicht zufällig ausziehen würde, hätte ich schlechte Karten, im Moment was zu finden.«

Wieder nickte Ada. Würde das von nun an ihre neue Art der Kommunikation werden? Einfach nicken, wenn sie im Grunde nur die Hälfte verstand, weil sie die dazu passende Hälfte vergessen hatte? So wie Frau Heinemann, die immer lächelte und von der man nicht wusste, ob sie wusste, worüber sie gerade lächelte, oder nicht.

Es wurde trotzdem ein schönes Wochenende für Ada. Vor allem war sie froh darüber, dass sie nicht allein mit dem immer schwächer werdenden Hemingway sein musste, sondern jemanden hatte, der ihr zur Seite stand und sie ablenkte.

Am Samstag gingen sie und Thomas zusammen einkaufen, und an den Abenden kochte Thomas für sie beide. Sie aßen gemeinsam und sahen zusammen fern. Sie redeten und lachten.

»Du könntest doch eigentlich auch hier wohnen«, schlug Ada schmunzelnd vor, so als wäre es ein Scherz: der erwachsene Sohn wieder bei der Mutter. Lächerlich! Nicht einmal sich selbst gegenüber hätte sie eingestanden, wie sehr sie sich das gewünscht hätte.

Thomas erwiderte ebenso scherzhaft, dass er nun wirklich ein bisschen zu alt sei, um noch bei seiner Mama zu wohnen. Und dann sei da ja auch noch Harriet.

»Natürlich«, meinte Ada. »War nur ein Scherz. Aber Harriet musst du mir mal vorstellen.« Das versprach er.

Am Montagvormittag verließ Thomas das Haus, am Montagnachmittag kam endlich Dr. Sahner. Selten hatte sich Ada so erleichtert gefühlt wie in dem Moment, als es an ihrer Haustür läutete und der Tierarzt die Wohnung betrat.

Als er ihr seine riesengroße Pranke von einer Hand reichte und ihre kleine sanft drückte, als er sie warm und beruhigend anlächelte und die Wohnung mit ruhigen, sicheren Schritten durchquerte, bis er schließlich vor dem schwer atmenden Boxer stand, da war es Ada, als müsste er ihrem Hemingway nur die Hand auflegen und alles wäre wieder gut. Er müsste sich nur hinknien neben das große, kranke Tier, ihm über den Kopf streicheln und sagen: Na, mein alter Junge, was machst du nur für Sachen?

Er würde ihm ein anderes Medikament verordnen und ihm fürs Erste eine Spritze geben, damit er wieder zu Kräften käme und sich sein Kreislauf beruhigte. Er würde ihr sagen, was sie tun müsste, damit es Hemingway wieder besser ging, welches Futter sie ihm geben sollte, was sie tun und was sie lassen sollte. Er würde zuletzt aufstehen und lächeln und sagen: Das kriegen wir schon wieder hin, das wäre doch gelacht. Machen Sie sich keine Sorgen, Frau Friedberg.

Dr. Sahner kniete sich hin und legte seine Hand auf den sich rasch hebenden und senkenden Brustkorb des Hundes. Dann streichelte er ihm über den Kopf und sagte: »Na, alter Junge, was machst du nur für Sachen?« Es klang nicht so wie in Adas Kopf. Es war ein Satz voller Schwermut.

Ada wollte etwas sagen, nein, schreien, dass der Doktor das Ganze falsch anpackte, er durfte doch ihrem Moppi keine Angst machen, doch es ging nicht. Es kam nichts, kein Ton, kein Wort, so wie damals.

Sie ließ sich auf den nächsten Stuhl sinken und sah dem Doktor zu. Wie er das Stethoskop so vorsichtig ansetzte, als könnte allein die Berührung dem Hund den Todesstoß versetzen, wenn er nicht aufpasste. Hemingway nahm keine Notiz davon, er war damit beschäftigt zu atmen, dazu benötigte er seine ganze Kraft.

Der Arzt legte das Stethoskop zur Seite, seine Hand streichelte unentwegt über den Kopf des Hundes. Er hatte das Gesicht von Ada abgewandt. Allein das genügte. Er musste es nicht aussprechen. Kein Satz hätte es deutlicher ausdrücken können. Hemingway lag im Sterben.

»Ich gebe ihm eine Spritze, dann hat er es etwas leichter mit der Atmung«, sagte Dr. Sahner. Es war schwer zu fassen, wie schwach sich die Stimme dieses großen, kräftigen Mannes anhörte. Er räusperte sich ein paarmal, und bevor er aufstand, ging seine Hand kurz zu seinem Gesicht.

»Haben Sie jemanden, der bei Ihnen sein kann, Frau Friedberg?«, fragte er.

»Hätte ich früher anrufen sollen?«, fragte Ada zurück. Ihre Hände ruhten gefaltet in ihrem Schoß, ihr Körper war ein wenig zur Seite geneigt, sodass zu befürchten war, sie werde jeden Moment von dem Stuhl kippen, auf dessen vorderster Kante sie Halt gesucht hatte. »Wenn Sie früher gekommen wären ...?«

»Nein«, unterbrach er sie gnädig. »Es hätte nichts geändert. Hemingway leidet an einer schweren Herzerkrankung, die bei Boxern besonders häufig vorkommt, und er hat auf die Medikation so gut wie nicht angesprochen. Ein Tag früher oder später hätte keinen Unterschied gemacht. Nicht mal eine Woche früher.« Er legte ihr sanft die Hand auf die Schulter. »Frau Friedberg, es kann jeden Moment zu Ende sein. Hemingway leidet nicht, keine Angst. Sein Herz wird einfach aufhören zu schlagen, und wenn das passiert, sollten Sie nicht allein sein.«

Es war nicht erkennbar, ob Ada ihn gehört oder verstanden hatte. Schief saß sie da auf ihrem Stuhl, ihre Augen fest auf den schwer atmenden, *noch* atmenden Hund gerichtet, die Hände gefaltet wie zum Gebet.

»Frau Friedberg?«

»Ja«, hauchte Ada kraftlos.

»Ich muss nun in die Praxis, aber nach der Sprechstunde komme ich wieder, damit Sie nicht allein sind, ist Ihnen das recht?« Er sprach so behutsam mit ihr, als wäre sie diejenige, deren Herz demnächst aufhören würde zu schlagen, und vermutlich war das die Befürchtung des Arztes. »Gibt es jemanden, den

Sie verständigen können? Ihre Familie oder einen von den Nachbarn?«

»Ja«, hauchte Ada wieder. Sie hörte die Worte nur von Weitem, den Atem des Hundes hörte sie viel lauter. Er füllte alles aus, den ganzen Raum, ihre ganze Seele. Die Welt bestand nur noch aus diesem Geräusch, und wenn es aufhören würde, würde auch die Welt aufhören.

»Wen kann ich für Sie verständigen?«

Ganz leise vernahm sie Dr. Sahners Stimme. Er kniete vor ihr und fasste sie mit beiden Händen an den Schultern. Als sie ihn ansah, sah sie, dass seine Augen glänzten und eine Träne ihre Spur auf seiner Wange hinterlassen hatte. Er schob sie auf ihrem Stuhl zurecht, weil sie sonst heruntergekippt wäre, das bemerkte sie erst jetzt.

»Herrn Lenz vielleicht«, sagte Ada. Sie war selbst überrascht, aber er war der Erste, an den sie dachte. Er war wahrscheinlich zu Hause und hatte Zeit. Ihre Kinder waren auf der Arbeit, und Leo und John hatten auch viel zu tun, und sonst fiel ihr keiner ein. »Mein Nachbar aus dem Erdgeschoss. Falls er daheim ist.«

Dr. Sahner erhob sich. »Ich gehe bei ihm vorbei und sage Bescheid. Und später komme ich noch einmal.«

»Muss ich noch irgendetwas tun?«, fragte Ada. »Ich kann ja nicht mit ihm rausgehen, oder? Das schafft er doch gar nicht mehr.«

»Nein, das schafft er nicht mehr. Lassen Sie ihn einfach. Ich nehme an, er hat heute sowieso nichts gegessen oder getrunken.«

»Nein.«

»Bringen Sie ihm etwas Wasser und bieten Sie es ihm an. Wenn er nicht mag, lassen Sie ihn.«

»Wie lange ...?«

»Ich weiß nicht. Nicht mehr lange.«

»Kann ich nichts mehr tun?«

»Sie haben alles für ihn getan. Sein ganzes Leben lang.«

Dr. Sahner nahm seine Tasche und ging. Wenig später klingelte es an der Tür, und als Ada öffnete, stand Herr Lenz vor ihr. Ada hielt sich mit beiden Händen an der Tür fest, während sie ihn einließ. Seiner Miene nach musste sie ihm nichts mehr erklären.

»Frau Friedberg!«, flüsterte er. Ada stand da mit hängenden Armen, wie jemand, den das Unglück getroffen hatte und der erst noch lernen musste, es zu begreifen. Wo doch der Tod etwas war, das keiner je begriff.

Herr Lenz trat auf sie zu und schloss sie in die Arme, höflich und ohne sie zu erdrücken, aber mit so viel Wärme, dass Adas Leid endlich ein Ventil in ihren Tränen fand. So standen sie eine Weile beieinander, die beiden alten Leute, und hielten sich und weinten über einen sterbenden Hund. Dann kehrten sie gemeinsam ins Wohnzimmer zurück, wo Hemingway immer noch atmete und schlief. Ada legte eine Decke auf den Boden neben seinen Korb, setzte sich darauf und streichelte den Kopf des Boxers. Die ganze Zeit. Über Stunden hinweg. Und Herr Lenz saß dabei. Manchmal brachte er Ada etwas zu trinken, und wenn sie nicht trinken wollte, zwang er sie mit sanftem Zuspruch. Dann brachte er ihr etwas zu essen, und auch hier duldete er keine Widerrede. Zwischendurch unterhielten sie sich leise. Ada erzählte Hemingways ganze Lebensgeschichte, von seinem ersten Tag bis zu seinem letzten. Sie wunderte sich, wie viel ihr einfiel und wie jede Geschichte die Erinnerung an eine weitere wachrief und die wiederum an eine andere und so fort. Herr Lenz hörte zu, fragte, kommentierte. Sie lachten zusammen und freuten sich, wie friedlich der Hund in seinem Korb lag und atmete und atmete, rasch, aber ohne Angst, behütet von der Hand und der Stimme, die er kannte und liebte. Später am Abend kam Dr. Sahner wieder und setzte sich dazu, und als Ada meinte, er könne doch nicht die ganze Nacht bleiben, er müsse doch am nächsten Tag wieder in die Praxis und wolle doch sicher auch nach Hause, da weigerte sich der Tierarzt zu gehen. Das würde er sich nie verzeihen, meinte er und blieb. Ada sagte, sie habe Bier im Kühlschrank, und Herr Lenz holte drei Gläser. Und weiter unterhielten sie sich mit leisen Stimmen und tranken Bier und bewachten den Schlaf des Hundes. Draußen war es längst dunkel, und auch das Zimmer war durch eine Tischlampe in der Ecke nur spärlich beleuchtet. Die Ruhe der Nacht legt sich über die drei Menschen und den Hund, die Gespräche erstarben, und bald war nur noch Hemingways schwerer Atem zu hören. Und dann hörte man nichts mehr.

Adas Hand streichelte weiter und weiter.

2007
Hemingway

»Was ist das denn?« Hans stoppte abrupt vor einem der vielen Käfige im Tierheim. Auf der anderen Seite der Gittertür stand auf dicken Pfoten ein kleiner, tapsiger Boxerwelpe und sah ihn mit großen, ernsten Augen an.

Ada kam hinzu, und Tierpfleger Josef, der sich von Hans' Frage angesprochen fühlte, erklärte: »Das ist unser Neuzugang. Wurde gestern abgegeben.«

»Wie kann man so etwas abgeben?«, empörte sich Ada und ging in die Hocke, sodass sie das Hundekind besser sehen konnte.

»Die Frau war wohl ganz froh, dass sie ihn losgeworden ist. Sie hat uns frei heraus erzählt, dass der Hund das Bestechungsgeschenk ihres Mannes war, damit sie ihn nicht verlassen sollte. Hat sie aber trotzdem.« Der Pfleger grinste, doch Hans war aufgebracht.

»Das darf ja wohl nicht wahr sein. Was gibt es nur für verantwortungslose Leute!« Auch er kniete sich nieder. »Na du?« Er legte seine Hand an das Gitter, und augenblicklich versuchte der Hund daran zu lecken. Als das nicht möglich war, begann er sich in den unterschiedlichsten Lauten zu beschweren. Es klang ein bisschen wie Jodeln.

»Können Sie ihn nicht rauslassen?«, fragte Ada.

Der Pfleger schnalzte und sog tief die Luft ein, was beides bedeutete: Nein, das könne er nicht.

»Bitte! Vielleicht wollen wir ihn ja nehmen!«, säuselte Ada. Hans sah sie mit gerunzelter Stirn an.

»Sie sagten doch, Sie wollten keinen Hund mehr«, erinnerte sich der Pfleger.

»Was schert mich mein Geschwätz von gestern?«, entgegnete Ada. »Na los, ein Welpe wird uns schon nicht gleich anfallen und zerfleischen.«

Der Pfleger zögerte noch einen Moment, weil er sich ungern von Gassi-Gehern Anweisungen erteilen ließ, doch Hans und Ada gehörten zu den zuverlässigsten, und besonders vor Ada hatte er einen Heidenrespekt. »Also schön«, murmelte er, zog seinen Schlüssel hervor, schloss auf und ging in den Zwinger hinein. Ein paar Sekunden später kam er mit dem Welpen an der Leine wieder heraus. Der Kleine zappelte und zog in alle Richtungen gleichzeitig. Dabei standen ihm seine eigenen Pfoten permanent im Weg, was er mit verwundertem Blick registrierte. Es sah sehr ulkig aus.

»Wie alt ist der denn?«, fragte Hans.

»Vier Monate knapp«, antwortete der Pfleger, der mit dem ungelenken Taps seine Mühe hatte.

»Eine Leine kennt der nicht, oder?«

»Keine Ahnung. Wer weiß, was der in der kurzen Zeit bei den beiden Streithammeln gelernt hat, aber viel war's nicht.«

»Geben Sie mir mal die Leine?«, bat Hans und streckte die Hand aus. Der Pfleger legte das Ende der Leine hinein.

Hans kniete sich wieder hin. »Hey, du kleiner Trottel, gib Ruhe! Süß sein allein reicht nicht, weißt du?« Der Kleine landete verdutzt auf seinem Hintern vor Hans. Dieser streckte ihm erneut die Hand hin, und diesmal konnte der Hund nach Herzenslust daran lecken und auch an Adas Hand, als sie ihre danebenhielt.

»Aber nicht knabbern!«, rief sie, als er ihre Finger einzeln zwischen die Zähne nahm. Der Hund hob erschrocken den Kopf, als wollte er überprüfen, wie sehr er die Frau mit der leckeren Hand verärgert hatte. Sie streichelte ihn. »Schon gut. Lecken darfst du, aber nicht knabbern, okay?«

Nach wenigen Minuten mahnte Josef, dass er den Kleinen wieder in seinen Zwinger bringen müsse. Als der Pfleger die Leine wieder übernahm und Hans und Ada sich zurückzogen, fing der Hund jämmerlich an zu winseln. Ada klammerte sich an Hans' Arm.

»Na los, Kleiner, hilft ja nix«, kommandierte Josef und schob das Tier unbarmherzig in seine karge Behausung.

»Komm«, sagte Hans zu Ada und zog sie aus der Sichtweite des Welpen, damit er sich beruhigen konnte.

»Der Arme!«, jammerte Ada mit feucht glänzenden Augen. »Wir hätten ihn nicht rausholen lassen sollen. So was Dummes.«

Der Pfleger kam zurück. »Wird sich schon beruhigen.« Hans nickte und machte sich mit Ada auf den Weg nach Hause.

Unterwegs im Auto redeten sie nicht, aber sie wussten, dass sie beide an den kleinen Boxer dachten. Nach Ingeborgs Tod und dem verantwortungsbewussten, wenn auch schweren Entschluss, sich keinen weiteren Hund mehr anzuschaffen, hatten sie sich im Tierheim als Gassi-Geher beworben. Das, fanden sie, war eine gute Alternative, zumal sie genügend Zeit hatten. Auf diese Weise konnten sie ihrer Liebe zu Hunden frönen und hatten gleichzeitig regelmäßig Bewegung an der frischen Luft. Das Tierheim schätzte sie, besonders Hans, der ein Händchen für die Tiere hatte. Er und Ada gewöhnten sich daran, und es genügte ihnen. Es hätte ihnen weiterhin genügt, hätte ihnen nicht an diesem Tag ein kleiner tapsiger Boxer mit einem einzigen Blick aus großen runden Hundeaugen ihre Herzen gestohlen. Ada und Hans hatten sich verliebt und wagten nicht darüber zu reden. Nicht auf der Fahrt im Auto und nicht hinterher. Sie taten, als wäre nichts geschehen.

Adas Gedanken kreisten den restlichen Tag über, die halbe Nacht und den ganzen nächsten Morgen um den Boxerwelpen. Was wäre, wenn ihn jemand adoptierte? Es war ihm zu wünschen, und es würde sicher nicht lange dauern, Welpen waren beliebt. Es sei denn, die Leute würden sich von seiner Größe abschrecken lassen. Er war jetzt schon sehr groß für sein Alter, und er würde sich aller Voraussicht nach zu einem Riesen entwickeln. Davor würde man alle potenziellen Hundeadoptiveltern warnen. Es war die Pflicht des Tierheims, das zu tun.

Ada atmete auf und fragte sich gleich darauf, weshalb sie eigentlich aufatmete. Der Arme sollte schließlich nicht im Tierheim bleiben müssen, ganz allein in diesem tristen Zwinger. Manchmal schielte sie zu Hans hinüber, wenn er in seinem Sessel saß und Zeitung las oder an seinem Schreibtisch oder am Esstisch. Dachte er gar nicht mehr an den Kleinen? Sie wollte nicht fragen. Dann hätte es ja so ausgesehen, als spielte sie mit dem Gedanken ... und das war völliger Unsinn, ausgeschlossen. Sie schwieg das Thema tot, nein, es war überhaupt kein Thema. Auch nicht für Hans. Für sie beide nicht.

Am nächsten Tag machte Hans Ada den Vorschlag, mit dem Auto ein bisschen spazieren zu fahren. Es sei so schönes Wetter, meinte er, endlich Frühling, vielleicht hätte irgendwo an der Isar schon ein Biergarten geöffnet. Ada stimmte zu, aber ihr war nicht groß nach Biergarten. Sie setzte sich ins Auto zu Hans und erinnerte sich daran, dass an diesem Nachmittag Besucher ins Tierheim strömen, den Kleinen sehen und ihn mitnehmen würden. Irgendjemand würde sagen: »Oh, ist der süß!« Wahrscheinlich ein Kind. Und es würde sich an die Eltern hängen und so lange betteln, bis die nachgeben würden. »Na schön, dann nehmen wir den.« Ada verabscheute dieses Kind und seine Eltern ebenfalls. Verantwortungsloses Pack, die einfach einen Hund adoptierten, obwohl er viel zu groß für sie war. Sie schnaubte unwillkürlich laut auf, als wäre sie selbst ein wütender Kampfhund.

»Was ist denn?«, fragte Hans. Er klang schuldbewusst. »Ich wollte doch nur kurz …« Er stammelte. »Ich, ähm, ich hab, glaub ich, was vergessen. Also gestern. Und da dachte ich …«

Ada war verwirrt. Wovon sprach er eigentlich? Zum ersten Mal sah sie sich um. Sie hatte nicht darauf geachtet, wo Hans hingefahren war, es war ihr gleichgültig gewesen, doch jetzt sah sie es: Sie standen mitten auf dem Parkplatz des Tierheims.

»Wir können es aber auch lassen«, stammelte Hans. »Das war nur eine …«

»Nein!«, rief Ada. »Ist schon gut. Lass uns doch einfach reingehen. Ich war schon ewig nicht mehr am Besuchertag da.« Sie öffnet die Beifahrertür und sprang aus dem Auto, als wäre sie nicht einundsiebzig, sondern siebzehn. Hans sprang mit gleichem Elan hinterher. Ohne sich abzusprechen, ohne auch nur ein einziges Wort zu wechseln, eilten sie auf das Haus zu, in dem der kleine Boxer untergebracht war. Eine Menschentraube drängelte sich in dem Haus, und besonders groß war der Andrang vor einem der Zwinger.

»Ist der süß, Mama!«, vernahm man eine Kinderstimme.

»Können wir den Kleinen mal aus der Nähe sehen?«, fragte ein Mann gerade den Pfleger.

»Halt!«, rief Hans so laut, wie Ada ihn kaum je gehört hatte, dabei hob er den Arm wie ein Polizist im Einsatz, um ja nicht übersehen zu werden. Sofort hatte er die Aufmerksamkeit. »Halt!«, rief er überflüssigerweise noch einmal und ließ langsam den Arm sinken. Weiter wusste er dann auch nicht. Ada jedoch schob sich an den Leuten vorbei bis zu dem Zwinger des kleinen Boxers, der begeistert hochsprang, als er sie sah. War das möglich? Erinnerte er sich noch an sie? Mit ausgebreiteten Armen stellte sie sich vor die Zwingertür, versicherte sich mit einem Blick Hans' Zustimmung und sagte laut: »Der Boxerwelpe ist schon vergeben.«

»Aber den will ich haben!«, keifte ein kleines Mädchen und stampfte mit dem Fuß auf.

»Wie kommen Sie dazu zu behaupten, der Hund wäre schon vergeben?«, fragte eine Frau, offensichtlich die Mutter des Kindes.

»Weil er an uns vergeben ist«, erklärte Hans, der herankam und seinen Arm um Ada legte.

»Sagt wer?« Die Frau gab nicht auf, wie Ada vermutete, aus Angst vor dem drohenden Wutanfall des Kindes, falls es seinen Willen nicht bekam. Ein Pfleger trat hinzu. »Ist das wahr?«, fragte ihn die Frau. »Ist der Boxer schon vergeben?«

»Das wäre mir neu«, antwortete der Mann.

»Wir haben das gestern mit Ihrem Kollegen besprochen. Mit Josef«, behauptete Hans.

»Das scheint ja hier ganz schön durcheinanderzugehen«, beschwerte sich die Frau, die hartnäckig stehen blieb, während die anderen Besucher sich weiterbewegten. Die Unterlippe des Kindes bebte bedrohlich. Ada kannte diesen Ausdruck. Ihre Enkelin Lulu sah auch so aus, wenn man ihr einen Wunsch nicht erfüllte.

»Und davon abgesehen«, fuhr die Mutter der Göre in gönnerhaftem Ton an Ada gewandt fort. »Meinen Sie nicht – nichts für ungut –, dass Sie ein bisschen zu alt sind für einen so großen Hund?«

»Und meinen Sie nicht – nichts für ungut –, dass Sie ein bisschen zu dämlich sind für einen so großen Hund?«, konterte Ada.

Der Frau blieb einen Moment lang der Mund offen stehen, dann schnappte sie nach Luft, packte die Hand des Kindes und verschwand. Ohne Hund und ohne Worte. Hans atmete auf.

»Also stimmt das nun?«, fragte der Pfleger. »Sie haben das mit Josef besprochen?«

»Nein«, gestand Hans. »Das haben wir nicht, aber wir nehmen den Kleinen trotzdem, nicht wahr?« Er sah Ada an, und die stimmte glücklich nickend und von ganzem Herzen zu. Sie kniete vor dem Gitter des Zwingers und hielt ihre Hand dagegen, der kleine Boxer hopste aufgeregt auf und ab und hörte sich dabei an, als würde er eine ganze Geschichte in einer fremden Sprache erzählen.

»Holen Sie ihn raus«, bat Hans den Pfleger.

»Sie müssen erst noch die üblichen Formalitäten erledigen.«

»Das können wir ja wohl auch, wenn er draußen ist«, pfiff ihn Ada an. »Oder denken Sie, wir türmen mit dem Hund?«

Hans legte ihr beschwichtigend die Hand auf die Schulter und erinnerte den Pfleger freundlich daran, dass man im Tierheim schon lange bekannt sei, also sei es doch sicher kein Problem. Der Pfleger zuckte mit den Schultern, nahm eine Leine, ging damit in den Zwinger und kam kurz darauf mit dem kleinen Boxer wieder heraus.

»Das mit der Leine musst du als Erstes lernen, verstanden«, sagte Hans zu ihm. Der Hund war so aufgeregt, als würde er begreifen, was vorging.

»Na, dann viel Spaß mit dem Irrwisch«, meinte der Pfleger und ging voraus ins Büro.

»Sie wollen also den kleinen Arko adoptieren?«, fragte die zuständige Dame dort.

»Arko? So heißt er?«, fragte Ada.

»Den können Sie nennen, wie Sie wollen, der hört sowieso nicht auf seinen Namen«, meinte der Pfleger noch, bevor er das Büro wieder verließ.

»Das stimmt allerdings«, sagte die Dame. »Er läuft nur in unseren Papieren unter Arko. Die Vorbesitzer haben sich nicht groß um seine Erziehung gekümmert.«

»Das wird bei uns anders laufen«, versprach Hans im Brustton der Überzeugung und sah den Welpen vielsagend dabei an. Dieser erwiderte den Blick eifrig hechelnd, als wollte er damit ausdrücken: Na klar, erzieh mich ruhig.

»Und ich muss Sie darauf aufmerksam machen, dass er einmal sehr groß und massig wird, das kann man jetzt schon erkennen.«

»Dann müssen wir ihn eben besonders gut erziehen«, meinte Hans.

»Und Sie müssen auf seine Ernährung achten, damit er nicht zu füllig wird. Ich fürchte, er ist sehr verfressen«, fügte die Dame lächelnd hinzu. »Sie müssen gut aufpassen, denn wen diese Augen nicht um den kleinen Finger wickeln können, der hat kein Herz.«

»Wir können äußerst hartherzig sein, wenn es der Gesundheit dient«, versicherte ihr Ada.

»Gut!« Die Dame lachte. »Und wissen Sie denn schon einen Namen für ihn?«

»Wissen wir«, sagte Hans, und Ada nickte. »Hemingway«, kam es wie aus einem Mund.

»Hemingway? Na dann!« Die Dame kam hinter ihrem Schreibtisch hervor, ging vor dem Hund in die Hocke und kraulte seinen Hals. »Dann mach's mal gut, kleiner Hemingway, und hab ein glückliches und langes Leben!«

Danach

Hemingway war tot. Doch statt sich nach und nach daran zu gewöhnen und die Tatsache als solche zu akzeptieren, kam es Ada immer unwirklicher vor. Hemingway konnte nicht gestorben sein, das war undenkbar. Und doch war er nicht mehr da. Dr. Sahner hatte selbst den Leichnam ins Tierkrematorium gebracht. Ada würde eine Urne mit der Asche erhalten, die sie zu Hause aufbewahren, ins Regal stellen konnte.

Mehrmals musste sie in den nächsten Tagen erklären, dass Hemingway gestorben war, und mehrmals davon berichten, wann und wie es sich zugetragen hatte. Susanne und Thomas kamen vorbei. Sie weinten alle beide. Thomas war weniger überrascht als Susanne, da er Hemingways letzte Tage miterlebt hatte, was wiederum Susanne verwunderte, also erfuhr sie in diesem Zusammenhang auch davon, dass ihr Bruder sich von seiner Frau getrennt hatte.

»Gut!«, war ihr einziger Kommentar. Sie saßen zusammen am Tisch in Adas Wohnzimmer und tranken Kaffee. Sie redeten über Hemingway und über Beziehungen und ganz viel über Lydia. Dann noch ein bisschen über Robert und Jordan und Lulu, über ihre Arbeit und das Leben im Allgemeinen. Ein Bruder-Schwester-Gespräch, wie sie es schon lange nicht mehr geführt hatten. Ada saß dabei, hörte meist nur zu und wunderte sich darüber, dass der

Tod die Menschen immer zueinander und oft zum Reden brachte. Sogar der Tod eines Hundes.

»Wir wären auch gekommen«, sagte Susanne, als sie hörte, dass Herr Lenz in Hemingways letzten Stunden Ada zur Seite gestanden hatte.

»Ich weiß«, erwiderte Ada. Mehr sagte sie nicht. Sie hatte keine Erklärung dafür, warum ihr von allen Menschen Herr Lenz eingefallen war. Hans hätte es sein sollen, aber der war ja schon vorausgegangen.

»Ruf uns an, wenn du etwas brauchst«, schärfte ihr Susanne ein, und Thomas nickte dazu.

»Wir sollten dir so ein Notrufarmband besorgen, falls mal was ist. Man weiß ja nie. Und wenn du dann in der Wohnung allein bist, dann kannst du dir zumindest Hilfe holen«, fuhr Susanne fort.

»Ich war ja vorher auch schon allein«, erwiderte Ada.

»Aber Hemingway war da, der hätte das ganze Haus zusammengebellt«, wandte Thomas ein.

»Das hätte er getan«, stimmte Ada leise zu und lächelte wehmütig bei der Vorstellung.

Hinterher, als ihre Kinder gegangen waren, saß Ada in ihrem Sessel und wusste nicht, was sie tun sollte. Es gab keinen Hemingway mehr, dem sie Essen geben und mit dem sie Gassi gehen musste. Also saß sie da und starrte ins Leere. Als es dunkel wurde, machte sie das Licht an, holte ihre Brille und eine der Zeitschriften aus dem Stapel. Die würde es auch bald nicht mehr geben, weil Lydia sicher nicht mehr vorbeikommen würde. Kein Hemingway mehr, keine Zeitschriften – die Absurdität dieser Gedankenkombination ließ sie auflachen. Karola kann mir ein paar Zeitschriften mitbringen, dachte Ada, oder ich kaufe mir selbst welche. Oder ich lasse es.

Sie beugte sich vor zur Fernbedienung und sagte laut: »Wenn der Fernseher jetzt auch noch kaputtgeht, bin ich geliefert. Stimmt's, Moppi?« Eine Sekunde später lief ihr ein Schauer über den Rücken. Moppi antwortete nicht mehr.

Damit es nicht mehr so still im Raum war, drückte sie irgendeinen Knopf und hielt die Fernbedienung in Richtung Fernseher. Nichts passierte. Sie drückte noch mal, dann einen anderen Knopf, sie drückte und drückte, bis das Gerät in ihrer Hand schließlich eine kurze melodische Tonfolge von sich gab. Verblüfft betrachtete sie es. All die Zahlen, die sie gedrückt hatte, standen auf dem Display ihres Telefons. Die Fernbedienung für den Fernseher lag noch auf dem Tisch. Sie legte das Telefon hin und ging zu Bett.

Am Tag darauf wurde sie von Frau Sellschuh zum Tee eingeladen. Frau Grübel war auch da.

»Ich dachte, wir haben neulich so nett zusammengesessen, das könnten wir doch ruhig öfter wiederholen, auch wenn der Fahrstuhl nicht streikt«, meinte Frau Sellschuh und Frau Grübel fand das eine ausgezeichnete Idee. Man sprach Ada das Beileid aus, man habe von Herrn Lenz gehört, dass ihr Hund gestorben sei. Ada nahm an, dass sie auch von Herrn Lenz dazu ermutigt worden waren, sie einzuladen.

»Wie Sie wissen, habe ich ja eine gewisse Scheu vor Hunden«, meinte Frau Sellschuh ein wenig verlegen, »aber Hemingway, das muss ich wirklich sagen, war eine Seele.«

Ada nickte und wusste die Freundlichkeit der Nachbarin zu schätzen, doch sie war froh, dass man das Thema anschließend ruhen ließ.

Am Donnerstag kam Karola und drückte die alte Frau bei der Nachricht von Hemingways Tod an ihre mächtige Brust. Erneut musste Ada wohl oder übel den unseligen Montag schildern, während Karola bestürzt und unentwegt den Kopf schüttelte.

»Ich verstehe das nicht, am letzten Donnerstag, als ich da war, ging es ihm doch noch gut.«

»Es ging ihm nicht gut.«

»Nein, nicht gut, aber doch nicht so schlecht, dass man hätte meinen können ...« Und wieder schüttelte sie den Kopf.

»Es wurde übers Wochenende rapide schlechter«, erklärte Ada. Sie hoffte, Karola würde es gut sein lassen und einfach die Küche putzen und die anderen Räume und die Wäsche bügeln und Ada rügen, weil sie zu wenig aß und trank, und sich mit ihr streiten und Scherze machen und ihr dröhnendes Lachen erklingen lassen. Alles sollte so sein wie immer. Nur dass es nicht so war wie immer. Karola verrichtete ihre Arbeit ohne Scherze und Lachen, und beim Nachmittagskaffee wussten sie kaum, worüber sie reden sollten.

»Machen Sie nicht so ein Gesicht, bitte«, sagte Ada irgendwann, weil sie es nicht mehr ertrug.

»Entschuldigung«, murmelte Karola ohne die sonst üblichen Widerworte. Dann sprachen sie über das Wetter.

»Sie müssen raus, Frau Friedberg. An die Sonne, ans Licht, an die frische Luft«, meinte Karola nach einer Weile.

»Und warum muss ich das?«, fragte Ada.

»Weil es Ihnen guttut, darum. Gehen Sie spazieren.«

Ohne Hemingway draußen herumzulaufen, schien Ada sinnlos. Sie würde seinen Verlust nur noch mehr spüren. Sie würde überall Leute mit ihren Hunden sehen: die junge Nachbarin mit ihrem Welpen, den jungen Mann mit dem Dackel, der immer knurrte, die junge Frau mit dem Hund, der immer ein Häschen im Maul trug. Die Namen hatte sie alle vergessen, aber das war gleichgültig. Ada wollte sich nicht an sie erinnern, und sie wollte sie nicht sehen. Aber damit Karola Ruhe gab, sagte sie: »Ja, vielleicht mach ich das.«

Am nächsten Tag kam Susanne vorbei und brachte einen Mann mit.

»Du bekommst jetzt einen Hausnotruf, Mama«, erklärte sie und zeigte dem Mann die Telefonsteckdose, woraufhin er sich dort zu schaffen machte. Anschließend wurde Ada gefragt, ob sie den Notrufknopf lieber um den Hals oder lieber am Handgelenk tragen wollte. »Lieber gar nicht«, antwortete sie. Der Mann lachte, und Susanne verdrehte die Augen. Schließlich entschieden sie sich für die Variante um den Hals.

Als Ada am Tag danach mit Herrn Lenz Kaffee trank, bemerkte sie, dass er gleichfalls einen Notrufknopf um den Hals trug. Das war ihr bisher noch nie aufgefallen.

»Die Kinder denken, dass man sich damit sicherer fühlt«, meinte Herr Lenz, »aber in Wahrheit sind sie es, die sich sicherer fühlen, also macht man es eben.«

Sonntags besuchte Thomas seine Mutter. Er hatte eine Frau namens Harriet dabei, Ada wusste nicht recht, ob er sie schon einmal erwähnt hatte. Sie war seine neue Freundin und sehr nett.

»Und Lydia?«, fragte sie ihn unter vier Augen in der Küche.

»Ich habe keinen Kontakt mehr zu ihr. Wir machen das über die Anwälte«, erklärte Thomas, der glaubte, seine Mutter hätte sich nach Lydias Befinden erkundigt. Die Antwort verwirrte Ada, aber weil sie Harriet viel lieber mochte als Lydia, nahm sie es hin, ohne sich weiter Gedanken darüber zu machen. Es musste wohl so sein, dass sich Thomas von Lydia getrennt hatte.

An jedem einzelnen Nachmittag dieser Woche hatte Ada für ein paar Stunden Gesellschaft. In der übrigen Zeit war sie allein. Morgens stand sie später auf als früher, abends ging sie früher ins Bett. Nachts wurde sie oft wach, bildete sich ein, sie hörte die schweren Tritte eines großen Boxers auf dem Parkett, und stand auf. Dann ging sie ziellos in der Wohnung umher, oder sie fand sich in einem der Zimmer wieder, an der Nähmaschine in Susannes ehemaligem Kinderzimmer, am Schreibtisch im Arbeitszimmer oder in ihrem Sessel im Wohnzimmer. Manchmal spielte jemand Klavier, manchmal schlug eine Tür zu, dann schrak sie zusammen und wartete auf Hemingways Jaulen. Aber es kam nicht. Sie vermisste ihn, so wie sie Hans vermisste, so wie sie ihr Leben vermisste. Sie wunderte sich darüber, dass dieses Leben einfach immer weiterging, obwohl es doch schon längst zu Ende war, und dass man mit gebrochenem Herzen immer noch atmen konnte.

In einer dieser Nächte jedoch begann ihr gebrochenes Herz wieder so lebendig zu klopfen wie früher. Sie saß am Fenster und sah hinaus in die schlafende Stadt, als ein Licht die Schwärze der Nacht durchbrach. Genau wie damals, als sie es zum allerersten Mal entdeckt hatte. Mitten in der Dunkelheit.

Seit Hemingway tot war, hatte sie nicht mehr daran gedacht. Sie hatte an gar nichts mehr gedacht. Sie hatte aufgehört, aus dem Fenster zu sehen. Ihr Fernglas, mit dem sie sich früher die Welt herangeholt hatte, lag seitdem unbenutzt auf dem Fensterbrett. Jetzt nahm sie es wieder zur Hand und richtete es auf die Lichtquelle in der Ferne. Da waren sie, die beiden Tänzer. Und während sie ihnen zusah, kam es Ada so vor, als würde die Welt langsam wieder anfangen sich zu drehen.

Mit kurzen, hastigen Trippelschritten verließ Ada das Haus. Ohne den Hund an der Leine fühlte sie sich viel unsicherer beim Gehen. Oder lag es daran, dass sie nun schon über eine Woche nicht draußen war? Oder wie lange? Sie konnte es gar nicht sagen.

»Ada!«, rief jemand, gerade als sie aus der Haustür trat. Eine junge Frau kam ihr entgegen. Es behagte Ada nicht, aufgehalten sie werden, und sie war erstaunt, dass eine Unbekannte sie so vertraut beim Namen nannte. »Wie schön, Sie zu sehen!«, sagte die Frau. »Wie geht es Ihnen? Ich habe von Hemingway gehört und …« Sie bemerkte Adas ratlose Miene. »Erinnern Sie sich nicht mehr an mich? Ich bin Anna. Lui ist oben in der Wohnung, wir waren schon Gassi.«

»Anna?« Den Namen hatte Ada schon einmal gehört.

»Ja, wir haben uns ein paarmal getroffen, mit den Hunden.«

Ada betrachtete die junge Frau, einzelne trübe Bilder drangen wie durch einen Nebelschleier zu ihr durch: ein wolliger kleiner Welpe, der vor Hemingway herumhüpfte.

»Eine Mischung aus Grizzlybär und Goldfisch«, murmelte Ada.

»Ja«, strahlte Anna, »ganz genau.«

Ada lächelte. »Anna, sagten Sie?«, versicherte sie sich noch einmal.

»Ja, richtig.«

»Entschuldigen Sie, ich bin in letzter Zeit ein wenig durcheinander.«

»Das ist doch verständlich. Nach dem Schock«, erwiderte Anna. »Es tut mir unendlich leid.«

»Danke!«

»Wenn Sie Lust haben, dachte ich, könnten Sie vielleicht mit uns zusammen, mit Lui und mir, mal spazieren gehen. Nur wenn Sie Lust haben.«

»Ja. Das wäre ganz schön.«

»Prima«, freute sich Anna. »Soll ich einfach mal klingeln?«

»Ja. Gern.«

»Gut, dann mach ich das so. Auf Wiedersehen, Ada.«

»Auf Wiedersehen … Anna.«

Ada war sicher, dass sie auch diese Begegnung wieder vergessen würde und dass Anna auch diesmal wieder aus ihrer Erinnerung verschwinden würde. Wenigstens bemerkte sie noch, wie viel sie vergaß und wie wenig sie behalten konnte. Was, wenn sie es eines Tages nicht mehr bemerkte, wenn sie gar nichts mehr wissen würde, nichts und niemanden mehr erkannte? Sie floh vor diesem Gedanken. Nach vorn trugen sie ihre Füße, immer weiter, bis sie ihr Ziel erreicht hatte: die Bank im Park gegenüber dem alten Haus. Hier atmete sie auf, hier kam sie zur Ruhe. Wie tröstlich dieser Anblick war, selbst dann, wenn sie niemanden in dem Haus sehen konnte. Sie waren da, das spürte sie. Irgendwo im Haus waren sie. Und am Abend würden sie vielleicht wieder tanzen.

Adas Hoffnung erfüllte sich. Sie tanzten an diesem Abend. Und am nächsten Abend. Und am übernächsten Abend. Und immer saß Ada mit dem Fernglas vor ihren Augen am Fenster. Tagsüber besuchte sie den Park und setzte sich auf die Bank. Niemals wusste sie, wie lange sie dort blieb. Sie saß da, betrachtete das Haus, und ihre Gedanken gingen dabei auf die Reise und verweilten an den Stationen ihres Lebens. An manches erinnerte sie sich so genau, dass sie selbst darüber staunte. Zum Beispiel an die Farbe der Krawatte ihres Vaters, als er ihr nach ihrem ersten Tanzturnier ins Gesicht geschlagen hatte. Grün war sie gewesen, mit einem scheußlichen Muster. Ada schüttelte den Kopf über diese genaue Erinnerung, wo sie doch sonst fast alles vergaß. Bei manchen Erinnerungen musste sie lachen, bei anderen weinen. Kopfschüttelnd, lachend oder weinend saß sie auf der Bank. Leute gingen vorbei und beäugten die wunderliche alte Frau.

In der restlichen Zeit des Tages beschäftigte sich Ada zu Hause, so gut sie konnte. Viel konnte sie nicht tun. Manchmal bereiteten ihr die einfachsten Dinge Mühe. Eine Handlung, die aus mehreren Schritten bestand, war ihr zu viel. Wäsche waschen etwa gab sie auf. Es verwirrte sie, die unterschiedlichen Kleidungsstücke zu sortieren. Wo gehörte das Waschmittel hin und wo musste sie drücken, damit sich die Maschine in Gang setzte? Sie kam damit nicht zurecht und bat Karola darum, sich um die Wäsche zu kümmern. Staubwischen, das konnte sie noch, das war leicht. Einfach über alle Oberflächen drüber. Manchmal wischte Ada den ganzen Tag lang Staub.

Einmal öffnete sie bei dieser Gelegenheit versehentlich das CD-Fach des Radiorekorders und entdeckt dabei eine CD, die darin lag: *Sway* von Dean Martin. Wann sie die wohl gehört hatte? Mit Hans zusammen vermutlich, denn auf der CD waren lauter Lieder, zu denen sie in ihrer Jugend getanzt hatten. Sie wollte das Gerät anschalten, drückte aber die falschen Knöpfe. Zumindest das Radio ging an. Und zum Glück war ein annehmbarer Sender eingestellt. Ada summte ein bisschen mit und wiegte sich zur Musik.

Es klingelte an der Tür. In letzter Zeit klingelte es immer wieder mal an der Tür. Der Postbote konnte es nicht sein. Herr Lenz auch nicht. Und auch keiner der anderen Nachbarn. Zumindest nahm Ada das an. Susanne hatte einen Schlüssel. Und Thomas? Hatte der einen Schlüssel? Lydia vielleicht.

Ada verhielt sich ruhig, bis es aufhörte zu klingeln.

Allmählich störte sie das Geräusch des Radios. Sie drückte einen Knopf, aber es ging nicht aus. Da zog sie den Stecker aus der Wand.

Und schon wieder klingelte etwas, diesmal war es das Telefon. Susanne rief an, wie jeden Abend. Ada hatte sich ein kleines Pflaster ans Telefon geklebt, damit sie es nicht mehr mit der Fernbedienung verwechselte. Wenn Susanne anrief, dann war es Abend, auch das war eine Orientierung. Den Inhalt ihrer Gespräche vergaß sie im Handumdrehen wieder.

Nach Susannes Anruf wusste sie, dass es Zeit war, eine Kleinigkeit zu essen, eine Scheibe Brot, dazu ein Glas Wasser. Möglich, dass sie es auch deshalb wusste, weil Susanne sie kurz vorher daran erinnert hatte.

Anschließend machte Ada einen Abendspaziergang, so wie früher mit Hemingway, mit dem immer gleichen Ziel. Leute grüßten sie unterwegs, die wenigsten von ihnen kamen ihr bekannt vor. In der Grünanlage ging eine junge Frau mit Hund an Ada vorbei. Wieso dachte sie jetzt an einen Goldfisch? Die Frau grüßte freundlich.

»Guten Abend«, murmelte Ada. Der Hund kam zutraulich zu ihr und schnupperte an ihrem Bein.

»Lui hat Sie wiedererkannt«, sagte die Frau. Ada blieb stehen und starrte sie mit ausdrucksloser Miene an. »Mein Hund«, erklärte die Frau. »Er heißt Lui.«

»Ach so?«, erwiderte Ada unsicher.

»Wir sind uns früher mit den Hunden ein paarmal begegnet.«

Ada schwieg. Mit Hemingway war sie vielen Menschen begegnet, aber die Gesichter dieser Menschen waren aus ihrem Kopf verschwunden. An Frau Heinemanns majestätisches Winken aus dem Rollstuhl heraus konnte sie sich noch erinnern, aber ob da auch ein Hund dabei gewesen war, das wusste Ada nicht mehr. Das war ja auch Jahre her.

»Ich heiße Anna Jansen«, sagte die Frau.

»Ada Friedberg«, sagte Ada.

»Freut mich«, sagte Anna. »Ich kann ja mal bei Ihnen klingeln, wenn ich mit Lui spazieren gehe, und vielleicht möchten Sie uns dann begleiten.«

»Gern«, sagte Ada.

»Schönen Abend noch.«

»Ihnen auch.«

Zurück in ihrer Wohnung setzte sich Ada wie jeden Abend ans Fenster und sah durch ihr Fernglas. Sie beobachtete das Paar beim Tanz, schwelgte und summte mit und ließ sich von ihnen forttragen in ein anderes Leben. Plötzlich hörten sie auf zu tanzen. Die Frau schob den Mann von sich, dann noch mal und ein drittes Mal, als er sie wieder an sich ziehen wollte. Sie schrie ihn an, man konnte es sehen. Er schrie zurück. Worte und Gesten flogen durch den Raum. Was taten sie bloß? Adas Herz raste, sie ließ das Fernglas sinken, hob es nach ein paar Sekunden wieder hoch: Die Frau war jetzt allein in dem Zimmer. Sie stand an der Fensterscheibe, den Kopf ans Glas gelehnt, der Mann war weg.

Ada dachte nicht nach, sie folgte nur ihrem Impuls, und der führte sie, so wie sie war, zur Wohnungstür, in den Aufzug, raus aus dem Haus, nach draußen. Sie musste dorthin, zu dem Haus. Sie musste etwas tun, sie wusste nicht, was, aber sie musste. Sie konnte das nicht geschehen lassen, es war doch alles, was sie noch hatte. Sie durchquerte hastend und stolpernd die Grünanlage, bis sie auf der anderen Seite die Straße erreichte und die Rückseite des Hauses sehen konnte. Sie musste nach vorn, sie musste ihn abfangen. Also lief sie weiter den Weg am Park entlang, bis sie schwer atmend vor dem alten Haus stand. Es war nichts zu sehen, kein Licht, kein Mensch, nichts.

Ein älterer Mann bog um die Ecke und kam, den Weg entlanghastend, auf sie zu. »Frau Friedberg!«, rief er. Ada kannte ihn. So gut, dass ihr schon nach kurzem Überlegen sein Name einfiel. »Herr Lenz!«

»Geht es Ihnen gut? Ist etwas passiert?«, fragte der Mann.

»Wieso? Nein, wie kommen Sie darauf?«, fragte Ada zurück.

Er kam langsam näher. Vorsichtig, behutsam, in etwa so, wie man sich einem Vogeljungen näherte, das aus dem Nest gefallen war.

»Ich habe Sie zufällig von meinem Küchenfenster aus gesehen. Wie Sie durch die Anlage gerannt sind.«

»Na ja, gerannt ...«, wiegelte Ada ab.

»Gelaufen. Sehr schnell. Und Sie sind fast gestürzt«, meinte Herr Lenz. »Da habe ich mir Sorgen gemacht und gedacht, ich gehe lieber mal hinterher und schaue, ob ich helfen kann.« Er sah an ihr herab. Erst jetzt bemerkte Ada, dass sie weder eine Jacke noch Schuhe trug, nur ihre Pantoffeln. So war sie aus dem Haus gestürmt.

»Das war aber gar nicht nötig«, entgegnete sie. Sie ärgerte sich, dass er sie gesehen hatte und dass er sich in Dinge einmischte, die ihn rein gar nichts angingen.

»Umso besser«, sagte Herr Lenz. »Da bin ich erleichtert.«

Er wartete, bis Ada Anstalten machte, mit ihm gemeinsam den Rückweg anzutreten, doch zuvor warf sie noch einen letzten Blick auf das Haus. Von dem Mann war weit und breit nichts zu sehen, und nirgendwo brannte Licht. Zögernd schloss sie sich Herrn Lenz an.

»Ich wollte Sie übrigens fragen, ob Sie mal wieder zum Kaffee kommen wollen«, setzte Herr Lenz das Gespräch fort, während sie langsam nebeneinanderher gingen.

»Zum Kaffee?«, fragte Ada, als wäre es ein Fremdwort.

»Ja. Backen Sie eigentlich noch Ihren wundervollen Kuchen?«

»Nein«, sagte Ada. »In letzter Zeit nicht mehr.« Sie blieb stehen. Backen! Wieder wirbelten alle möglichen Bilder durch ihren Kopf. Butter, Mehl, eine Schüssel, ein Ofen, Äpfel, Zutaten, Sachen. »Ich glaube, ich kann das gar nicht mehr.«

»Das müssen Sie ja auch nicht, Frau Friedberg. Ich besorge einen Kuchen, und Sie kommen einfach, und wir unterhalten uns.«

Worüber?, dachte Ada. Worüber soll ich mich unterhalten?

»Wie wäre es mit morgen?«, fragte Herr Lenz.

Adas Blick war so leer wie die Straße an diesem späten Abend.

»Frau Friedberg?«

»Ja«, sagte Ada.

»Morgen Nachmittag?«

»Ja.«

Er öffnete die Tür und drückte für sie auf den Fahrstuhlknopf.

»Und Sie sind sicher, dass es Ihnen gut geht?«

»Ja.«

2009–2013
Auf uns!

Im Winter 2009 starb Marlenes Ehemann. Er hatte viele Jahre gekämpft, doch schließlich war sein Kampf zu Ende.

Marlene weinte herzzerreißend am Telefon, als sie es Ada mitteilte. »Neunundvierzig Jahre Elend«, schluchzte sie. »Im nächsten Jahr hätten wir Goldene Hochzeit gefeiert, da wäre womöglich der Bürgermeister gekommen und hätte uns gratuliert und uns nach dem Geheimnis unserer langen Ehe gefragt. Da hätte ich ihm einiges erzählen können, Ada, aber das hätte er nicht hören wollen.« Laut weinte sie in den Hörer. »Und jetzt ist es vorbei. Vorbei!« Hysterisch schrie sie das Wort in Adas Ohren. Sie hatte das Leben mit Helmut gehasst, aber das Leben ohne ihn hasste sie noch mehr.

»Marlene, magst du nicht zu uns kommen, was meinst du?«, schlug Ada vor.

»Nein, mir ist nicht danach, das Haus zu verlassen.«

»Sollen wir zu dir kommen?«

»Sei mir nicht bös, Ada, aber mir ist auch nicht danach, das Spiegelbild meines Lebens, wie es hätte sein können, vorgesetzt zu kriegen.«

Ada war wie vor den Kopf geschlagen. So unverblümt hatte Marlene sie noch nie wissen lassen, wie sehr sie von ihr beneidet wurde. Und es war so ungerecht. In jedem anderen Moment hätte

Ada ihr die Meinung gesagt, doch aus Respekt vor dem Verstorbenen ließ sie es bleiben.

»Na gut, Marlene«, erwiderte sie kühl. »Dann sehen wir uns bei der Beerdigung, ich hoffe doch, das ist in Ordnung.«

»Ja, natürlich, ich gebe dir noch Bescheid, wann genau das sein wird«, sagte Marlene, wieder in ihren Jammerton zurückfallend, als hätte sie sich nicht Sekunden zuvor zu einer Bemerkung verstiegen, die an Geschmacklosigkeit kaum zu überbieten war. »Ich muss jetzt diese ganzen Formalitäten erledigen. Ich wollte, ich hätte das alles schon hinter mir.«

Ada war gleichermaßen erschüttert wie wütend. Sie erzählte Hans davon, und währenddessen wurde ihr Ärger auf Marlene immer größer. Als sie nach dem Einkaufen unten im Treppenhaus zwei Nachbarinnen begegnete, die sich über den Lärm aus dem Kindergarten beklagten, schnauzte sie die beiden an, sie sollten gefälligst froh sein, dass es überhaupt noch Leute gebe, die den Mut hätten, Kinder in diese Welt zu setzen.

Fünfzig Jahre lang hatte Ada das Leben ihrer alten Freundin vor Augen gehabt und es immer für ein verpfuschtes Leben gehalten, doch das hätte sie nie auch nur anzudeuten gewagt. Und nun musste sie erleben, wie Marlene selbst sich darüber beklagte. Und das so kurz nach dem Tod ihres Mannes. Alles in Ada bäumte sich gegen dieses Verhalten auf.

Am Tag der Beerdigung nahm Marlene sie beiseite.

»Ich hätte das am Telefon nicht sagen sollen, Ada, ich hab mich gehen lassen, das tut mir leid. Das hat Helmut nicht verdient.« Wieder begann sie zu weinen. »So schlecht war das Leben mit ihm auch nicht. Er war ein guter Mann im Grunde.«

Sie beugte sich vor und weinte in ihren schwarzen Handschuh. Ada nahm sie in die Arme. »Ist schon gut, Marlene, ich versteh dich schon. Ist gut.« Sie weinte ein bisschen mit, weil sie es wirklich verstand. Sie weinten um die verschwendeten Jahre, um Helmut und auch um Emilio, aber das hätte keine von ihnen je ausgesprochen.

Helmuts Tod blieb nicht der einzige. Wenig später starb Hans' Bruder Walter, ein Jahr danach Adas Schwester Hilde. Walter und Hilde hatten immer ein gutes, ja sogar freundschaftliches Verhältnis zueinander gepflegt. Ada und Hans waren darüber sehr glücklich gewesen und hatten es als eine Art Ausgleich für das mehr als schlechte Verhältnis ihrer Eltern empfunden. Nun gab es sie alle nicht mehr.

Die Trauerfeiern rissen nicht ab. Die schwarzen Kleider wurden regelmäßig gereinigt und blieben in Reichweite im Schrank hängen. Freunde, Arbeitskollegen, Weggefährten, es wurden immer weniger. Entweder die Leute starben oder sie wurden krank wie Frau Heinemann. »Ein Schlaganfall«, erklärte ihr Mann Ada, als er ihr eines Morgens begegnete. Seine Frau saß im Rollstuhl, ganz schief und mit einer herunterhängenden Gesichtshälfte.

In dieser Zeit waren Ada und Hans froh, dass sie Hemingway hatten, der sie auf Trab und bei guter Laune hielt, für den sie da sein mussten und der sie auf andere Gedanken brachte. Mit ihm konnten sie sich noch einmal wie Eltern fühlen, die sich um ihr Kind kümmern mussten, und das ließ sie ihr eigenes Alter und ihre Endlichkeit vergessen.

»Mein Gott, jetzt gehen wir schnurstracks auf die achtzig zu!«, stellte Ada an ihrem Geburtstag fest.

»Kannst du dich noch daran erinnern, wie entsetzt du warst, als du zum ersten Mal Großmutter geworden bist? Und damals warst du gerade mal vierundsechzig«, erinnerte sich Hans.

»Willst du damit sagen, ich soll mich über meine siebenundsiebzig Jahre freuen, weil ich mir irgendwann mit fünfundneunzig wünschen werde, noch mal so jung zu sein wie heute?«, fragte Ada zurück.

»Tut mir leid, aber diesem Gedankengang kann mein altes Gehirn nicht mehr folgen. Halte deine Sätze doch bitte etwas kürzer«, erwiderte Hans.

Sie begegneten ihrem Alter mit Humor, und sogar, wenn sie morgens mühevoll und ächzend ihre eingerosteten Glieder und Gelenke aktivierten und ausprobierten, ob alles noch funktionierte, brachen sie nicht selten in Gelächter aus.

»Großer Gott, wie soll das erst werden, wenn wir hundert sind?«, meinte Hans oft.

Bis auf die üblichen Beschwerlichkeiten, die das Älterwerden mit sich brachte, blieben sie zum Glück gesund. Hans, der Vernünftigere von ihnen, ging regelmäßig zum Arzt, Ada dagegen behauptete, die Spaziergänge mit Hemingway genügten als Gesundheitsprophylaxe. »Wenn es euch gut geht, geht es mir auch gut, da mach dir mal keine Sorgen«, pflegte sie zu sagen. Auf diese Weise, positiv gestimmt und voller Lebensmut, umschifften sie alle Klippen.

»Weißt du eigentlich, was der 16. August für ein Tag ist?«

Sie saßen wieder einmal nach einem Spaziergang mit Hemingway auf der Bank vor dem alten Haus, als Hans unvermittelt diese merkwürdige Frage stellte.

»Fragst du mich oder den Hund?«, fragte Ada zurück. »Ich meine, du wirst ja kaum annehmen, dass ich es nicht weiß, oder?«

»Dann sag's doch.«

»Unser Hochzeitstag natürlich.«

»Unsere *Goldene* Hochzeit.« Hans machte ein so feierliches Gesicht, als handelte es sich um ein Gold von höchstem Wert. »Ich dachte mir, dass wir da ausnahmsweise etwas Besonderes unternehmen.«

»Susanne ist im Urlaub, wie immer, und du glaubst ja wohl nicht, dass Lydia scharf darauf ist, mit uns Hochzeitstag zu feiern«, entgegnete Ada, die mit der jungen Frau, die Thomas schlussendlich geheiratet hatte, nicht viel anfangen konnte.

»Ich rede doch nicht von den Kindern, ich rede nur von uns. Wir beide ganz allein, so wie vor fünfzig Jahren.«

Wie vor fünfzig Jahren! Wie das klang: wie ein ganzes Leben.

»Fünfzig Jahre«, wiederholte Ada verträumt.

»Fünfzig Jahre«, wiederholte Hans.

Sie reservierten einen Tisch in einem Sternerestaurant in München. Zum ersten Mal in ihrem Leben leisteten sie sich diesen Luxus, und sie waren froh über diese Entscheidung, denn es fühlte sich so feierlich an, wie es dem Anlass entsprach. Sie tranken Champagner und wurden von ihrem Kellner hofiert. Jeder einzelne Gang ihres Menüs war ein Gedicht. Als der Kellner durch Zufall erfuhr, dass es ihre Goldene Hochzeit war, die sie feierten, kam kurz darauf der Küchenchef persönlich, gratulierte und erkundigte sich, ob alles zu ihrer Zufriedenheit sei. »Zufriedener als wir beide kann man gar nicht sein«, antwortete Hans und schenkte Ada einen langen, innigen Blick. Der Küchenchef verstand die Antwort, lächelte und wünschte weiterhin noch einen schönen Abend.

»Das stimmt«, sagte Ada, als er weg war.

»Was stimmt?«

»Zufriedener kann man nicht sein. Wir haben Glück gehabt, oder?« Sie streckte beide Hände über den Tisch und ergriff die von Hans. »Wenn ich mir Marlene ansehe. Oder auch andere. Es ist nicht selbstverständlich, was wir hatten.«

»Was wir *haben*«, korrigierte sie Hans. »Nein, das ist nicht selbstverständlich. Wir hatten das Glück, uns zu finden. Und wir haben uns nie aufgegeben, auch nicht, wenn es noch so schwierig war.«

»Und es war oft schwierig. Am Anfang und zwischendurch«, erinnerte sich Ada. »Aber es war noch öfter schön, viel, viel öfter.«

»Es hat alles dazugehört.«

»Ja, es hat alles dazugehört.«

Sie sahen einander in die Augen, als wären sie ganz allein. Fünfzig Jahre zogen an ihnen vorbei.

»Hast du dir das damals so vorgestellt?«, fragte Ada.

»Was meinst du?«

»Damals im Kino, hast du daran gedacht, dass wir einmal zusammen alt werden?«

Hans lachte. »Ich gebe zu, das war nicht mein allererster Gedanke.«

»Und was war dein allererster Gedanke?«

»Mein allererster Gedanke war: Ich dachte, wir sehen uns einen Film mit Audrey Hepburn an, aber niemand hat mir gesagt, dass sie auch mit uns ins Kino geht.«

»Unsinn!«

»Doch, ich schwöre, genau das hab ich gedacht. Mit deinen dunklen Haaren und diesen Augen und der Steghose und dem Pullover warst du beinahe ihr Ebenbild. Und du warst so natürlich, kein bisschen aufgedonnert und trotzdem schöner als jeder andere Mensch, den ich bis dahin gesehen hatte.«

»Außer Audrey Hepburn selbst natürlich.«

»Natürlich«, schmunzelte Hans. »Dann warst du auch noch so verlegen – wie ich ja auch –, und dadurch warst du ihr noch ähnlicher. Es war verrückt. Ich musste ständig zu dir hinschauen, um mich zu vergewissern, dass ich mir das alles nicht nur einbilde.«

Ada lachte. »Und ich hab nicht gewagt, meinen Kopf auch nur einen Millimeter nach rechts zu drehen.«

»Das ist mir aufgefallen. Ich dachte, du hättest Nackenprobleme.« Sie versetzte ihm einen Knuff.

»Ich weiß noch, ich hätte Monika umbringen können, weil sie mich um die Chance gebracht hat, mich mit dir zu unterhalten, auch wenn ich vielleicht kein Wort herausgebracht hätte«, fuhr Hans fort.

»Und ich hab dich immer für so einen friedliebenden, gewaltfreien Menschen gehalten.«

»Das bin ich, aber dieses eine Mal war ich in Versuchung.«

»Ich war noch viel schlimmer dran, ich musste mir auf dem ganzen Weg ihr Gekeife anhören. Und ich dachte, du würdest mich sicher für eine genauso dumme Kuh halten wie Monika.«

»Niemals!«

»Niemals?«

»Wie hätte ich die Frau, in die ich mich von der ersten Minute an verliebt hatte, für eine dumme Kuh halten können?«

Ada drückte gerührt seine Hände.

»Es war mein Traum, mit dir mein ganzes Leben zu verbringen«, sagte Hans. »Und dieser Traum ist in Erfüllung gegangen. Gibt es etwas Schöneres?«

Ada hob ihr Glas. »Auf unseren Traum!« Sie stießen an, doch bevor sie trank, sagte sie: »Und auf Monika und Georg.«

»Na schön, dann auch auf die beiden, wo immer sie jetzt sind«, erwiderte Hans.

»Und auf Audrey Hepburn und Fred Astaire«, fügte Ada noch hinzu. Hans verdrehte die Augen. Die Gläser schwebten immer noch in der Luft.

»Ada!«

»Was denn?«

»Auf uns!«

Im Nebel

»So, Frau Friedberg, die Tür ist offen. Sie können jetzt wieder in Ihre Wohnung.« Leo stand vor ihr und ein Mann mit einem Handwerkskoffer. Er wollte Geld.

»Was ist denn los?«, fragte Ada.

»Sie haben Ihren Schlüssel in der Wohnung vergessen«, erklärte Leo. »Ist mir auch schon mal passiert. Gut, dass es Schlüsseldienste gibt.« Er öffnete seine Geldbörse und drückte dem Mann ein paar Scheine in die Hand. Daraufhin verabschiedete sich dieser und ging.

Ada saß in der Küche ihrer Etagennachbarn, die sie hilflos vor ihrer Wohnungstür vorgefunden hatten. Während Leo herumtelefoniert hatte, hatte John ihr einen Tee gemacht und sich mit ihr unterhalten. Ada hatte weder Susannes noch Thomas' Telefonnummer gewusst, auch nicht Roberts und Susannes gemeinsamen Familiennamen, und nachdem Thomas nicht in seinem Betrieb zu erreichen war, hatte sich Leo wohl oder übel für einen Schlüsseldienst entschieden.

»So was«, murmelte Ada und schüttelte ratlos den Kopf.

»Soll ich mit Ihnen nach drüben gehen, dann könnte ich mir gleich die Telefonnummer Ihrer Kinder aufschreiben, falls mal wieder etwas wäre?«, meinte Leo.

»Ja«, sagte Ada, »das ist eine gute Idee.«

Am nächsten Tag stand Thomas vor der Tür. Er hatte erneut seinen Koffer und seine Reisetasche dabei und eine Frau namens Harriet.

»Wenn es dir nichts ausmacht, würde ich ganz gern nun doch bei dir einziehen«, verkündete er seiner Mutter.

»Was?«, rief Ada erfreut. »Wirklich? Und Lydia?«

Thomas warf der Frau, die Harriet hieß, einen seltsamen Blick zu und meinte: »Ich bin jetzt mit Harriet zusammen, Mama. Sie wird dir gefallen, sie ist sehr nett. Und damit du gleich siehst, wie nett, wird sie heute Abend etwas für uns kochen. Ist das in Ordnung?«

»Ja, ich weiß nicht«, antwortete Ada überrumpelt.

»Was essen Sie denn gern, Frau Friedberg?«, fragte Harriet. Sie hatte eine warme, klare Stimme, nicht zu laut, nicht zu fröhlich. Das gefiel Ada.

»Ich weiß nicht«, wiederholte Ada. Gab es etwas, das sie gern aß? Sie konnte sich nicht erinnern, es schmeckte doch alles gleich.

»Ich überleg mir einfach was und gehe jetzt erst mal einkaufen«, erklärte Harriet ohne weiteres Aufheben.

Am Abend war der Kühlschrank voll, und auf dem Tisch stand ein üppiges Essen. Ada war nicht hungrig, sie aß nur eine kleine Portion und brauchte wie immer ewig dafür, aber sie war glücklich. Thomas saß mit ihr am Tisch und diese nette, junge Frau, und sie redeten und lachten, und sie, Ada, war mittendrin.

Später, als es draußen dunkel wurde, löschte sie ohne Rücksicht auf den Besuch das Licht im Wohnzimmer und setzte sich wie jeden Abend mit dem Fernglas ans Fenster.

»Was machst du denn da, Mama?«, fragte Thomas.

»Das siehst du doch.«

Thomas kam näher und ließ sich neben ihr nieder. »Und was schaust du dir durch das Fernglas an?«, fragte er weiter.

»Leute«, sagte Ada.

»Kennst du diese Leute?«

»Ja, die kenne ich. Neulich hatten sie einen furchtbaren Streit, aber jetzt haben sie sich wieder versöhnt. Jetzt tanzen sie wieder.«

»Sie tanzen wieder?«

»Ja. Aber jetzt lass mich gucken, mein Schatz. Wir können uns später noch unterhalten.« Daraufhin widmete sie sich ganz dem Anblick des tanzenden Paares.

Es war schön, Thomas in der Wohnung zu haben. Seit er da war, hatte sich einiges verändert. Sogar Ada nahm diese Veränderungen wahr, obgleich sie darüber hinaus nicht mehr viel wahrnahm. Jeder Tag war gleich, alles sah gleich aus, die Farben, die Formen – und die Menschen. Leo war hell, und John war dunkel, so konnte sie die beiden auseinanderhalten, aber woran konnte sie Frau Sigrist und Frau Grübel unterscheiden? Herr Lenz wohnte ganz unten und sprach oft mit ihr, aber wer wohnte ganz oben? Wie sah er oder sie aus? Ada wusste es nicht, es waren Leute. Namenlos, gesichtslos.

Alles Leben verschwamm vor ihren Augen zu einer konturlosen Collage, aus der nur wenige deutliche Bilder herausragten. Und auch diese Bilder verblassten immer mehr. Nur an den Abenden am Fenster sah sie alles hell und klar und nah. Dann tauchte sie wieder ein in die Welt der anderen und gehörte dazu.

Seit Thomas bei ihr wohnte, kam auch Susanne öfter, nicht nur sonntags. Manchmal kam sie unter der Woche, nahm ihre Mutter an der Hand wie ein kleines Kind, worüber Ada je nach Laune lachen musste oder ungehalten war, und brachte sie ins Erdgeschoss zu Herrn Lenz zum Kaffeetrinken. Dann unterhielten sie sich lange, und je länger sie redeten, desto mehr Bilder tauchten in Adas Kopf wieder auf, wurden wieder deutlicher und passten wieder zusammen. Gemeinsam schimpften sie über die Politik und über verschiedene Leute, und manchmal ertönte der unglaublich hohe, lang gezogene Schrei eines Mädchens aus dem Kindergarten. Dann lachten sie, und Herr Lenz sagte: »Unsere kleine Operndiva!« Er spekulierte darüber, ob sie wohl nach den Ferien noch da sein würde oder ob sie dann womöglich schon in die Schule käme. Die armen Lehrer!

»Sind schon bald Ferien?«, wunderte sich Ada.

»Ja, zum Glück«, sagte Susanne. »Lulu hat die Versetzung nur ganz knapp geschafft. Es ist einfach unmöglich, was von den Kindern heute alles verlangt wird.«

»Und Jordan?«, fragte Ada. Susanne strahlte sie an, als hätte sie etwas ganz Wunderbares gesagt, dabei hatte sie sich doch nur nach ihrem Enkel erkundigt.

»Jordan geht es gut. Am Sonntag kommt er mit hierher, dann kann er von seiner Freundin erzählen.«

»Oh, er hat eine Freundin?«

»Ja, eine ganz hübsche.«

»Das ist gut«, sagte Ada. »Wenn ihnen dann der Gesprächsstoff ausgeht, hat er wenigstens noch was zum Gucken.«

Herr Lenz und Susanne lachten herzlich, Susanne hatte sogar ein paar Tränen in den Augen. »Ach, Mama«, seufzte sie lächelnd, beugte sich zu ihrer Mutter und streichelte ihr zart über die Wange.

Jordan erzählte von seiner Freundin und von der Schule und vom Fußball. Er erzählte eine ganze Menge, und seine Oma hörte ihm mit strahlenden Augen zu. Sie verstand nicht alles, aber es gefiel ihr, dass er sich so ausgiebig mit ihr unterhielt. Im Hintergrund hatten Thomas und Susanne einen gewisperten Disput, später zogen sie sich in die Küche zurück, wo ihre Unterhaltung lauter und aufgeregter wurde.

»Streitet euch nicht!«, rief Ada hinüber.

»Wir streiten uns nicht!«, rief Susanne zurück. »Wir besprechen nur etwas.«

»Immer müssen sie sich streiten, diese Kinder«, sagte Ada zu Jordan. Er grinste.

»Willst du nicht allmählich Hemingways Korb wegräumen«, fragte der Junge so sanft wie nur möglich. »Ich meine, nicht dass du mal darüber stolperst oder so.«

»Und wo soll unser Moppi dann schlafen?«, entgegnete Ada.

Susanne und Thomas kamen zurück.

»Mama, pass mal auf, wir machen das in Zukunft so, dass Karola ab jetzt zweimal die Woche kommt, und zwar so früh, dass sie dir etwas kochen kann. Sonst isst du ja nichts, und Thomas ist tagsüber ja nicht da.«

»Gut«, stimmte Ada zu.

»Und ich komme auch, so oft ich kann.« Susanne tauschte einen Blick mit Thomas. »Oft. Ich komme oft.«

»Schön!«, freute sich Ada.

»Herr Lenz bekommt einen Wohnungsschlüssel, nur für den Fall.«

»Für welchen Fall denn?«

»Na ja, falls du deinen mal vergisst, weißt du?«

Ada zuckte mit den Schultern. »Na gut.«

»Und wir finden, du solltest diese Abendspaziergänge lieber nicht mehr unternehmen. Am Ende fällst du noch hin oder du verläufst dich.«

»Kommt gar nicht infrage!«, rief Ada aufs Äußerste empört.

»Und wie kommst du auf die Idee, dass ich mich verlaufen könnte? Ich gehe doch nur bis zum Park.«

»Hab ich dir doch gesagt«, murmelte Thomas zu Susanne.

»Ihr habt ja komische Einfälle«, schimpfte Ada.

»Du kannst doch tagsüber ein bisschen spazieren gehen, aber nicht so spät«, versuchte Susanne es noch einmal.

»Ich gehe spazieren, wann ich will. Und ich mache, was ich will.« Mit mürrischem Gesicht verschränkte Ada ihre knochigen Arme vor der Brust.

»Lass sie!«, sagte Thomas.

»Dann begleitest du sie«, erwiderte Susanne.

»Nein, tut er nicht. Als ob ich einen Aufpasser bräuchte.« Ada war so aufgebracht, dass sich ihre Stimme förmlich überschlug und Susanne sie entsetzt anstarrte.

»Ist schon gut, Mama, mach ruhig deine Spaziergänge zum Park. Ich weiß, das tut dir gut«, beschwichtigte Thomas seine Mutter. Susanne sagte nichts mehr, und auch Jordan schwieg. Erst nach einer Weile fuhren sie fort, sich in normalem Ton zu unterhalten. Es wurde nichts mehr verändert, organisiert oder verboten, und da Ada das Ansinnen ihrer Tochter, wie nahezu alles, innerhalb von Minuten wieder vergaß, kehrte die gute Stimmung bald zurück.

Als das Wort Ferien zum wiederholten Male fiel, fragte Ada Susanne, wohin sie denn in diesem Jahr in Urlaub fahren würden.

»Dieses Jahr bleiben wir ausnahmsweise einmal hier«, antwortete Susanne. »Jordan macht mit Freunden eine kleine Reise, und Lulu fährt ins Ferienlager nach Frankreich, aber auch nur für eine Woche. Robert und ich lassen es uns hier gut gehen. Ist ja auch mal ganz schön.«

»Ja, das stimmt. Hans und ich fahren auch nicht mehr weg«,

meinte Ada. Sie bemerkte den Blick, den ihre Kinder tauschten, aber was er bedeuten sollte, verstand sie nicht.

Ada fand es schön, dass sie ihre Familie jetzt so oft sah, auch wenn sie tagsüber meistens allein war. Dann saß sie in ihrem Sessel und schaute aus dem Fenster. Ab und zu kam Hemingway und legte seinen Kopf auf ihr Knie, und dann ging er wieder weg.

Karola war nun ebenfalls häufig da. Sie brachte neuerdings Zeitschriften für Ada mit, die legte sie ihr in den Schoß, zeigte mit ausgestrecktem Zeigefinger darauf und sagte mit gespielter Strenge: »Lesen!«, und Ada antwortete: »Zu Befehl, Frau Zuchtmeister!« Dann lachte Karola laut und dröhnend, und Ada freute sich, weil sie Karola zum Lachen gebracht hatte. Dann blätterte sie in den Zeitschriften, während Karola werkelte. Wenn sie gemeinsam zu Mittag aßen, fragte Karola: »Was gibt's Neues?«, und wenn Ada sie dann verständnislos ansah, zeigte sie auf die Zeitschriften und meinte, sie wolle von Ada auf den neuesten Stand gebracht werden, über die Welt der Prominenten und so, immerhin habe sie sich ja inzwischen informiert. Daraufhin forschte Ada so lange in ihrem Gedächtnis, bis ihr irgendein Bild in den Sinn kam. »Dieser Verrückte!«, warf sie in den Raum.

»Welchen meinen Sie? Es gibt ja leider so viele.«

»Diesen Präsidenten mit der gelben Perücke.«

Karola spuckte beinahe ihr Essen auf den Tisch. »Trump?«

»Ja, der.«

»Der trägt aber keine Perücke.«

»Doch, natürlich.«

»Na schön, egal, was ist mit dem?«

»Der tritt zurück!«

»Was?« Karola prustete ein zweites Mal heraus.

»Ich wüsste nicht, was daran komisch ist«, schmollte Ada.

»Überhaupt nichts. Ich wünschte nur, Sie hätten recht, Frau Friedberg.« Das war die falsche Antwort.

»Ich hab recht. Ich hab das doch gelesen. Sie glauben mir heute aber auch gar nichts. Ich weiß gar nicht, warum Sie mich fragen, was es Neues gibt, wenn Sie es dann doch besser wissen.«

»Na schön, Frau Friedberg, ich glaube Ihnen: Donald Trump tritt zurück. Das sind doch mal gute Neuigkeiten.«

Ada lächelte zufrieden und schob Kartoffeln und Gemüse auf ihrem Teller mit dem Messer von einer Seite zur anderen.

»Essen!«, kommandierte Karola.

»Zu Befehl!«, erwiderte Ada, stach zu und beförderte die Gabel mit Inhalt in den Mund.

In den Ferien – Susanne sagte ihr, dass gerade Ferien seien – war Thomas eine Zeit lang nicht da, aber dafür kam Susanne und blieb manchmal auch über Nacht. Sie erzählten von früher und sahen sich alte Fotos an, auch die in Hans' Schreibtischschublade, die Susanne überhaupt nicht kannte. Wie staunte sie über ihre Eltern auf den Fotos, die die beiden beim Tanzen zeigten, und Ada konnte ihr genau erklären, wer jeder Einzelne auf den Abbildungen war.

»Das hier, das ist Marlene, als sie jung war. War sie nicht bildschön? Kein Wunder, dass sie Mannequin geworden ist. Und das daneben, das ist Marlenes Mann.«

»Bist du sicher?«, fragte Susanne zögernd. »Der sieht aber ganz anders aus.«

»Natürlich bin ich sicher! Das ist Emilio. Wir vier waren immer zusammen.« Susanne widersprach nicht mehr. »Bei Gelegenheit muss ich den beiden die Bilder mal zeigen.« Lächelnd betrachtete Ada eine Fotografie von ihr, Hans, Marlene und Emilio, Arm in Arm und strahlend. »Eine schöne Zeit war das«, murmelte sie entrückt. Da tat Susanne etwas, das sie noch nie getan hatte: Zärtlich nahm sie ihre Mutter in den Arm und drückte ihr einen Kuss aufs Haar.

Es war gar nicht so schlecht, ihr Leben, fand Ada. Sie hatte ja alles, was sie brauchte. Fast alles. Hans hatte sie natürlich nicht, und Hemingway kam viel zu selten zu ihr. Aber sonst konnte sie sich nicht beklagen. Jordan und Lulu hatten ihr etwas von ihren Reisen mitgebracht, etwas, das man hinstellen und betrachten konnte. Das tat sie und betrachtete die Sachen stundenlang. Was es jeweils war, wusste sie nicht, aber es waren Geschenke ihrer Enkel.

Und dann hatte sie natürlich etwas, worauf sie sich jeden Tag freuen konnte. Die Spaziergänge, die sie sich ertrotzt hatte, führten sie mindestens einmal täglich zu der Bank im Park. Ab und zu, wenn keiner bei ihr zu Hause war und sie ihren Schlüssel vergessen hatte, musste ihr Herr Lenz aufsperren. Oder auch Leo oder John, wenn sie da waren. Ada kam es manchmal so vor, als besäße neuerdings jeder Mensch in ihrer Umgebung einen ihrer Wohnungsschlüssel. Ob sie das gut finden sollte, wusste sie nicht, aber auf diese Weise musste der Mann mit dem Handwerkskoffer nicht mehr kommen.

Am Abend löschte sie im Wohnzimmer das Licht und sah durch das Fernglas dem Paar bei ihrem Tanz und bei ihrem Leben zu. Für Ada waren es schon lange keine Fremden mehr, sie kannte sie besser als all ihre Nachbarn, und sie wusste mehr von ihnen als von ihren eigenen Angehörigen. Sie wusste, wie sie zueinander standen und wie sehr sie einander liebten, selbst wenn sie sich ab und zu stritten. Kein Wort war dazu nötig, man musste nur sehen, wie sie miteinander tanzten. Und solange sie tanzten, war Ada glücklich. Das war alles, was sie sich noch vom Leben wünschte, so sollte es weitergehen bis zum Schluss. Doch es ging nicht so weiter.

Eines Abends, die Tage wurden schon wieder kürzer, da war die Frau allein. Sie stand ganz dicht am Fenster und starrte hinaus in die Dunkelheit. Ada wartete darauf, dass der Mann erscheinen würde, doch das tat er nicht. Hatten sie sich wieder gestritten? Hatte er sie verlassen? Aber natürlich konnte es auch andere Gründe dafür geben, dass er nicht bei ihr war. Ganz harmlose Gründe. Auch wenn sie bisher immer zusammen waren. Sicher würde er am nächsten Tag wieder da sein, dachte Ada. Doch er war nicht da, die Frau war wieder allein. Wieder stand sie am Fenster und sah nach draußen, so als wartete sie auf ihn oder so, als hätte sie das Warten schon aufgegeben. Ada hoffte Abend für Abend, doch es änderte sich nichts. Er kam nicht zurück. Nicht am nächsten oder am übernächsten oder am überübernächsten Abend. Die Frau war allein und blieb es.

2016
Der letzte Tanz

»Ist das nicht schön?« Hans legte den Kopf in den Nacken und schloss die Augen. »So müsste es für immer bleiben.«

Sie saßen gemeinsam auf dem Balkon und genossen bei einem Glas Wein und mit Hemingway zu ihren Füßen die Abendstimmung und die warme Luft. Zum ersten Mal in diesem Jahr ließen sie den Tag auf diese Weise ausklingen. Ada betrachtete ihren Mann mit einem bewundernden Lächeln, wie er den Moment in sich aufnahm und vollkommen darin aufging. Er hatte die Gabe, die Schönheit des Lebens in der kleinsten Kleinigkeit zu entdecken und sich daran zu freuen.

»Das wäre was, wenn man die Zeit festhalten könnte«, sagte sie.

»Oder wenn man alle schönen Momente in ein Einweckglas stecken und für trübe Stunden aufbewahren könnte«, fügte Hans hinzu.

Ada lachte. »Ja, das wäre gut.«

»Warum hat das noch keiner erfunden?«, wunderte sich Hans. »Alles erfinden sie, jeden noch so unnötigen Schnickschnack, hochkompliziertes Zeug, aber so was nicht.«

»Das muss so sein. Alles Schöne muss vergehen.«

»Warum muss es das?«

»Damit es besonders bleibt.«

»Aber ist das nicht schade?«

»Ja, das ist es.« Sie lehnte sich an ihn. »Was wäre denn da alles drin in deinem Einweckglas?«

»Jeder Moment mit dir.« Er musste keine Sekunde lang überlegen. Zärtlich nahm er ihre Hand in seine – ihre alte, faltige, knochige Hand. Manchmal konnte sie es gar nicht glauben, dass es ihre eigene Hand war, dass sie schon so alt war, so viel Leben hinter sich hatte. Wenn er sie hielt, diese Hand, dann fühlte es sich noch genauso an wie damals, als er sie beim Tanzen festgehalten hatte. Es hatte sich nichts geändert.

Ada lachte leise. »Sicher nicht *jeder* Moment mit mir, oder? Ich war doch so oft schwierig. Ich bin es immer noch. Früher war ich wenigstens hübsch und schwierig, jetzt bin ich nur noch schwierig.«

»Du bist immer noch hübsch, meine Schöne, und du warst nie schwierig. Nicht für mich. Du warst immer genau richtig.«

»Sag mir nicht solche Sachen, Hans, denn dann muss ich dir auch ein Kompliment machen, und wenn es um Komplimente geht, bin ich immer so fantasielos.«

»Dann mach mir eben ein fantasieloses Kompliment.«

»Du bist der beste Mensch, den ich kenne und je kannte.«

»Stimmt, das ist fantasielos.«

»Und du kannst tanzen wie Fred Astaire.«

»Schon besser. Allerdings im Imperfekt: *konntest tanzen.*«

Sie sahen einander wehmütig in die Augen und wussten, dass sie den gleichen Gedanken hatten: Warum hatten sie nie mehr getanzt? Warum hatten sie etwas, woran sie so viel Freude gehabt hatten und worin sie so gut waren, so gänzlich aufgegeben?

Plötzlich stand Hans auf, ging entschlossenen Schrittes ins Wohnzimmer und suchte das Regal ab. Kurz darauf legte er eine CD in den Rekorder. Dean Martin sang *Sway*.

»Darf ich bitten?«

»Hans!«

»Rumba war doch immer dein Lieblingstanz, nicht wahr?«

»Das war vor hundert Jahren, als ich noch die Hüften schwingen konnte.«

»Komm schon. Nur einen Tanz. Das werden wir ja wohl noch hinkriegen, oder?«

Ada schüttelte lachend den Kopf, aber sie kam zu ihm.

»Los, geh mal aus dem Weg, Moppi«, sagte Hans zu dem Hund, der ihnen ins Wohnzimmer gefolgt war, dann nahm er Ada in den Arm wie früher und schwebte mit ihr durch den Raum. Sie tanzten und drehten sich und hatten drei Minuten lang das Gefühl, wenn es schon nicht möglich war, die Zeit festzuhalten, so war es doch möglich, durch sie hindurchzutanzen, zurück in eine andere Zeit.

»Du warst mein Leben, Ada, weißt du das? Bis zu meinem letzten Atemzug wirst du das sein.«

»Und du meins.«

Sie tanzten und hielten sich. Danach saßen sie noch ein wenig auf dem Balkon, bis es zu kühl wurde. Es war ein schöner Abend.

Später dachte Ada oft darüber nach, ob er geahnt hatte, dass es sein letzter Abend sein würde. Er hatte diese Dinge gesagt, er hatte noch einmal mit ihr getanzt, als wollte er all das als Erinnerung mit sich in eine andere Welt nehmen. Dann wieder sagte sie sich, dass das alles Unsinn war. Hans hätte gern noch viele Jahre weitergelebt, mit ihr, mit Moppi, mit seiner Familie, mit allen, die er zurücklassen musste. Man konnte die Zeit eben nicht festhalten und hatte es nicht in der Hand, wann das Leben zu Ende war.

Für Hans war es in dieser Nacht zu Ende. Und als Ada am nächsten Morgen an seiner Seite aufwachte und er nicht mehr atmete, da wünschte sie sich, dass es auch für sie zu Ende sein möge, weil sie nicht in einer Welt ohne ihn weiterleben wollte. Weil diese Vorstellung für sie so unmöglich war, dass die ersten Minuten nach der Entdeckung seines Todes, oder vielleicht waren es Stunden, wer hätte das sagen können, vollständig aus ihrem Gedächtnis gelöscht waren. Sie erinnerte sich weder an ihre gellenden Schreie, das tausendfache Nein, das wieder und wieder aus ihrer Kehle kam, bis sie keine Stimme mehr hatte, noch daran, wie sie sich auf Hans' toten Körper geworfen und sich an ihn geklammert hatte, um ihn zum Bleiben zu zwingen. Als könnte sie mit dem Tod kämpfen, als hätte sie, die kleine, schmächtige alte Frau, eine Chance gegen diesen übermächtigen Gegner. Sie versuchte es mit der ganzen Macht ihrer Liebe. Sie versuchte es, doch der Tod gewann.

An all das erinnerte sie sich hinterher nicht mehr, und das war ein Segen.

Hans lag da, als ob er schliefe, mit einem leisen zufriedenen Lächeln auf den Lippen, so als wollte er sagen: Es ist alles gut. Nichts, kein Schmerz auf der Welt, war mit dem ohnmächtigen Schmerz vergleichbar, den Ada bei seinem Anblick empfand, ein Schmerz, gegen den es kein Mittel gab und der einfach nicht enden wollte. Es sollte aufhören, es sollte alles aufhören. Nicht einmal wehren konnte sie sich gegen das, was ihr geschah, nicht einmal das.

Auf einmal war Susanne da. Und dann Thomas. Ada wusste nicht, wieso und wer sie gerufen hatte. Sie selbst? Nachbarn? Hatte sie geschrien? Hatte sie selbst ihre Kinder angerufen? Sie wusste es nicht. Ihre Kinder weinten, nahmen sie in den Arm, telefonierten, nahmen sie wieder in den Arm. Ada wollte etwas sagen, aber sie hatte keine Stimme mehr und keine Kraft, sie konnte nur noch flüstern. »Hans!«, flüsterte sie, setzte sich an den Tisch und weinte. Ein Arzt kam, ging zu Hans, füllte Papiere aus, sagte, sie, Ada, müsse viel trinken. Wasser müsse sie trinken. Hätte sie gekonnt, sie hätte in diesem Augenblick gelacht. Sie stellte sich vor, wie sie mit Hans zusammen über diesen Witz lachen würde, darüber, dass der Arzt Angst hatte, sie würde ihn womöglich missverstehen und sich sinnlos betrinken. So sehr hätten sie darüber gelacht. Aber Hans konnte nicht mehr lachen. Und Ada konnte es auch nicht mehr. Später kamen andere Leute mit einer Trage und einer Art Sack darauf, den man verschließen konnte. Sie packten Hans' toten Körper ein und nahmen ihn mit. Als sie ihn aus der Tür trugen, heulte Hemingway auf, ein einziger lang gezogener, markerschütternder Laut, der leiser wurde und leiser. Und dann verstummte der Hund.

Hätten sie es doch nur rechtzeitig erfunden, dachte Ada, das Einweckglas für die schönen Momente. Hätten sie doch nur öfter miteinander getanzt, und wenn auch nur abends im Wohnzimmer, so wie am Tag zuvor. Könnte sie doch nur alles noch einmal erleben, alle Jahre mit Hans, jeden einzelnen Tag. Könnte sie ihn doch wenigstens noch einmal sehen, ihn noch einmal berühren, noch einmal mit ihm tanzen.

Die letzte Kerze

Neuerdings kamen immer viele Leute zu Ada. Sie kannte sie nicht, aber sie hatten ebenfalls einen Hausschlüssel, mit dem sie einfach reinkamen. Da waren Frauen mit lauten Stimmen und kräftigen Händen. Sie sagten »Guten Morgen« und »Zeit zum Aufstehen«. Dann halfen sie ihr, auch wenn sie das gar nicht wollte. Sie begleiteten sie ins Bad und waren dabei, wenn sie nackt war. Sie sagten ihr, wann sie sich an welcher Stelle waschen sollte, und hielten sie und gingen ihr bei allem zur Hand. Manchmal war es ganz angenehm, da waren sie sanft und rücksichtsvoll, manchmal nicht. »So, jetzt spielen wir nicht mit der Zahnbürste herum, Frau Friedberg, sonst müssen meine anderen Patienten warten«, hieß es dann. Und wenn sie angezogen war und am Frühstückstisch saß, gingen sie wieder, diese Frauen. Sie hatten auch Namen, aber die konnte sich Ada nicht merken, nicht zuletzt, weil es unterschiedliche Namen waren, mal hießen sie so, mal anders. Mal waren sie korpulent, mal schlank, mal mit Brille, mal mit kurzen Haaren, mal mit Pferdeschwanz. Eine roch nach Zigaretten, die konnte Ada von den anderen unterscheiden, denn es war ekelhaft.

»Als ob ich das alles nicht allein könnte«, beschwerte sich Ada bei Thomas und seiner Freundin am Abend, wenn sie zusammen beim Essen saßen.

»Natürlich kannst du das alles, Mama, aber du tust es nicht«, sagte Thomas und grinste dieses Entschuldigungsgrinsen, das zu sagen schien: Was können wir da machen?

»Natürlich tu ich es«, widersprach Ada. »Ich bin doch kein kleines Kind.«

Thomas ließ sie in Ruhe und sagte dann nichts mehr, aber am nächsten Morgen kam wieder eine dieser Frauen und tat so, als wäre sie genau das: ein kleines Kind.

In letzter Zeit konnte sie nicht gut damit umgehen. Sie war frustriert. Er war nicht zurückgekommen. Der Mann. Jeden Abend sah sie die Frau allein in ihrem Wohnzimmer. Sie lehnte an der Fensterscheibe und blickte nach draußen, oder sie saß am Tisch oder in einer Ecke oder lief hin und her. Ada hätte zu gern gewusst, warum er gegangen war. Was war geschehen? Es war doch alles gut gewesen.

Jeden Abend wartete sie darauf, dass er plötzlich auftauchen und neben die Frau treten würde, wenn sie am Fenster stand. Ada konnte es kaum ertragen, sie womöglich niemals wieder zusammen zu sehen.

Tagsüber ging sie in den Park und setzte sich auf ihre Bank, in der Hoffnung, irgendein Zeichen von ihm zu erhaschen, doch sie sah allerhöchstens die Frau. Manchmal hinter einem Fenster oder ab und zu unten auf der Terrasse, allein.

Ada hätte ihr gern geholfen. Einmal ging sie sogar hinüber zu der kleinen Pforte, an der sich eine Klingel befand. Sie drückte darauf, aber niemand öffnete. Hinterher dachte sie, dass es wohl besser so war, denn die Frau kannte sie ja nicht. Ich könnte einen Brief schreiben, dachte sie, während sie ihre Runde drehte. »Guten Abend, Ada!«, sagte jemand. Ich könnte sie ermutigen, zusammenzubleiben und weiterzutanzen. Ich weiß doch, wie das geht. Ich bin doch auch bei Hans geblieben und er bei mir. Wir haben immer weitergemacht. Wenn man sich liebt, macht man weiter, dann geht man nicht weg. Man lässt den anderen nicht allein. Das könnte ich ihnen schreiben.

»Mama!« Das war eine bekannte Stimme. Sie drehte sich um. Thomas stand vor ihr und machte einen aufgeregten Eindruck. »Mama, wo läufst du denn hin?«, fragte er und hakte sie unter.

»Wieso?«, fragte Ada zurück und blickte sich um. Da waren Häuser und Büsche am Straßenrand und Autos, die da parkten.

»Du hast dich verlaufen, Mama, komm jetzt.«

»Ich hab mich nicht verlaufen«, protestierte Ada und wehrte sich gegen seinen Arm. Sie wollte nicht so behandelt werden. »Bitte komm«, sagte Thomas sanfter. »Wir gehen nach Hause.«

Ada hörte nicht zu, sie war mit den Gedanken schon wieder bei der Frau. Ich muss ihr schreiben, dachte sie. Ich kann nicht einfach zusehen und nichts tun. Jemand nahm sie am Arm und zog sie mit sanfter Gewalt mit sich. Ada spürte es kaum. »Ich muss ihr schreiben.«

»Was machst du da, Oma?«

»Ich schreibe einen Brief an die Nachbarn.«

»An die Nachbarn?«

»Ja, an die Nachbarn.«

Lulu fragte nicht weiter. Ada saß am Tisch mit einem Schreibblock vor sich und führte einen Bleistift übers Papier. Ihre Hand war zu schwach, um den Stift fest zu greifen, und entsprechend dünn waren die Striche, die sie damit zustande brachte. Zittrige Linien, die Wörter darstellten, die nur sie verstand.

»*Sehr geehrte Frau –*«, stand da. Kein Name.

Den Namen musste Ada noch herausfinden. War da kein Namensschild neben der Klingel an der Pforte gewesen? Sie musste hin und nachsehen, aber in letzter Zeit war das schwierig, die Kinder verboten ihr, allein aus dem Haus zu gehen. Immer war jemand da, der auf sie aufpasste. Thomas, Susanne, Harriet, Karola. Manchmal ging jemand mit ihr. Manchmal der nette alte Mann aus dem Erdgeschoss oder so eine junge Frau mit einem Hund. Aber dann konnte sie nicht so lange auf der Bank sitzen, wie sie wollte, und sie konnte sich nicht konzentrieren, weil immer jemand auf sie einredete. Sie wollte am liebsten allein dorthin gehen.

Lulu saß geduldig neben ihrer Oma und sah ihr zu. Seit Wochen beschäftigte Ada sich nun auf diese Weise, den halben Tag lang.

»Onkel Thomas hat nächste Woche Geburtstag«, versuchte Lulu, Ada in ein Gespräch zu verwickeln. Und tatsächlich, Ada hielt inne und hob den Kopf.

»Wirklich?«, sagte sie, in ihren trüben Augen flackerte ein winziges Licht.

»Ja, am Samstag«, erwiderte Lulu.

»Wie alt wird er denn?«, fragte Ada.

»Wie alt wirst du, Onkel Thomas?«, rief Lulu durch die Wohnung.

»Alt!«, rief Thomas zurück. »Und nenn mich nicht Onkel, dann fühl ich mich gleich noch älter.«

»Er wird sechsundvierzig«, erklärte Susanne grinsend. »Und damit geht er schon stark auf die fünfzig zu«, schickte sie so laut hinterher, dass ihr Bruder es in seinem Zimmer hören konnte.

»Nicht so stark wie du«, schallte es zurück.

»So alt schon?«, staunte Ada und überlegte. »Dann müsste er doch schon mit der Schule fertig sein, oder?«

»Ja, das ist er, Oma«, antwortete Lulu ernst. »Er hat sogar schon einen Beruf. Er ist Steinmetz.«

»Ach ja, stimmt. Er hat ja auch den Grabstein von deinem Opa gemacht, nicht wahr?«

»Ganz genau, Mama«, strahlte Susanne, wie jedes Mal, wenn Ada ganz normale Dinge wusste. Und Ada strahlte mit, wie jedes Mal, wenn sie spürte, dass sie einen Menschen durch etwas, was sie getan oder gesagt hatte, glücklich gemacht hatte.

»Jedenfalls feiern wir am Samstag ein Fest«, knüpfte Lulu wieder an das ursprüngliche Thema an.

»Ein Fest?«, fragte Ada.

»Ja, nur wenn es dir nichts ausmacht«, erklärte Susanne rasch. »Es war Thomas' Vorschlag. Er dachte, also wir dachten, dass es mal ganz nett wäre, mit ein paar Leuten hier zu feiern. Natürlich nur welche, die du kennst.« Susanne wartete auf das Einverständnis ihrer Mutter und sah dabei so aus, als wäre sie selbst nicht ganz von der Idee überzeugt.

»Ein Fest ist schön«, meinte Ada nach einer kleinen Pause. »Ist das, weil ich Geburtstag habe?«

»Onkel Thomas hat Geburtstag«, erklärte ihr Lulu.

»Thomas!«, rief Thomas, der in seinem Zimmer gelauscht hatte. »Ohne Onkel!«

»Ach so«, sagte Ada. »Auch gut.« Dann nahm sie den Stift wieder zur Hand und kritzelte weiter auf dem Papier.

Es kamen viele Leute. Einige kannte Ada, andere nicht, und wieder andere hatte sie schon lange nicht mehr gesehen. Ihre ältere Schwester Hilde zum Beispiel. Der Tisch war festlich gedeckt. In der Mitte stand eine Geburtstagstorte mit dreiundzwanzig Kerzen, je eine für zwei Lebensjahre, wie Susanne überflüssigerweise erläutert hatte. Sie hatte Robert und die Kinder mitgebracht. Dann waren natürlich Thomas und Harriet da, Karola, der alte Nachbar von unten, der Herr Lenz hieß, und eine hochschwangere junge Frau namens Anna. Sie hatte ihren Hund dabei, ein großer wuscheliger Mischling, der Lui gerufen wurde und der eifrig an Hemingways Korb herumschnüffelte und sich schließlich hineinlegte, den Kopf zwischen den Pfoten, genauso wie der alte Boxer immer dagelegen hatte.

»Darf er das?«, fragte Anna Ada, doch die lachte und meinte: »Wenn unser Moppi was dagegen hat, wird er sich schon melden.« Dann fragte sie die fremde Anna, ob sie die Freundin von Thomas sei. Harriet kam von hinten, fasste Ada sanft mit beiden Händen an der Schulter und sagte: »Na, das will ich doch nicht hoffen, da wäre ich aber eifersüchtig.«

»Du bist die Freundin«, erriet Ada, als sie sich zu Harriet umdrehte.

»Stimmt!«, bestätigte Harriet und ließ sich von Ada die Wange tätscheln.

»Und von wem bist du die Freundin?«, fragte Ada wieder an Anna gewandt. Diese verriet ihr, dass sie sogar verheiratet sei.

»Mit Thomas?«, fragte Ada.

»Nein, mein Mann heißt Andreas.«

Ada sah Anna an und dachte nach. »Und ich dachte, Thomas wäre verheiratet.«

»Ja, Mama, ich bin noch verheiratet, mit Lydia, aber wir lassen uns scheiden, und jetzt bin ich mit Harriet zusammen«, sagte Thomas sanft.

Ada sah ihn mit zusammengezogenen Augenbrauen an, dann winkte sie ab und meinte: »Hauptsache, ihr kommt da nicht durcheinander.«

»Wir geben uns Mühe«, grinste Thomas.

»Feiern wir heute etwas?«, fragte Ada, als sich alle, ein wenig zusammengedrängt, an den Geburtstagstisch setzten.

»*Onkel* Thomas hat heute Geburtstag«, antwortete Jordan und wechselte feixende Blicke mit seiner Schwester, während Thomas in gespielter Entrüstung die Stirn runzelte.

»Und ich dachte schon, ich hätte Geburtstag«, erwiderte Ada ein bisschen enttäuscht. »Weil fast alle da sind.« Außer Hans, dachte sie, aber sie sprach es nicht aus, denn sie wusste, dass er nicht da sein konnte.

»Thomas hat am 14. Oktober Geburtstag, und du hast am 17. Februar Geburtstag. Jetzt ist Oktober«, erklärte ihr Susanne. Ada überlegte, dann lächelte sie.

»Ja, ich weiß noch, wie ich damals den ganzen Sommer über geschwitzt habe, so hochschwanger, wie ich war. Ich hatte gehofft, dass er ein bisschen früher kommen würde, weil es gar so anstrengend wurde, aber er kam sogar zu spät.«

»Wie kommt es, dass mich das nicht wundert?«, neckte Susanne ihren Bruder.

»Am 3. Oktober hätte er kommen sollen, der Strolch«, schimpfte Ada lebhaft, als wollte sie ihren Sohn noch nachträglich für sein Zuspätkommen tadeln. »Susanne dagegen kam überpünktlich, einen Tag zu früh.«

»Und auch das ist keine Überraschung«, war nun im Gegenzug Thomas' ironischer Kommentar.

»Ja, die Kinder«, seufzte Ada lächelnd und betrachtete die Geburtstagstorte, auf der Susanne gerade die Kerzen zum Ausblasen anzündete.

»Jetzt zeig mal, was deine Lunge hergibt«, forderte Susanne ihren Bruder auf. »Und wünsch dir was Anständiges.«

Thomas grinste Harriet an, und diese grinste zurück.

Dann blies er die Backen auf und ließ die Luft im Kreis über den brennenden Kerzen entweichen. Eine einzige blieb hartnäckig und brannte weiter.

Nach einem allgemeinen bedauernden »Ohhh!« holte Thomas noch einmal Luft, doch dann hielt er inne.

»Nein!«, sagte er. »Die darfst du auspusten, Mama, als Wiedergutmachung für den schlimmen Sommer mit mir damals in deinem Bauch.«

»So schlimm war das auch nicht«, erwiderte Ada zärtlich.

»Dann einfach so. Mir zuliebe.« Er rückte die Torte mit der Kerze ein wenig näher an Adas Platz. »Du musst pusten und dir etwas dabei wünschen«, erklärte er.

Ada spitzte die Lippen. Sie wusste genau, was sie sich wünschte, sie hatte nur einen einzigen Wunsch: Der Mann sollte zurückkommen und wieder mit seiner Frau tanzen.

Ada holte tief Luft und blies. An der Kerze vorbei. Zu schwach. Darüber hinaus. Die Flamme flackerte und wehrte sich, doch Ada ließ nicht nach, zu stark war ihr Wunsch. Und dann war die Flamme erloschen. Der ganze Tisch jubelte und klatschte, als hätte sie gerade hundert Kerzen auf einmal ausgeblasen. Ada strahlte übers ganze Gesicht.

»Was hast du dir gewünscht, Oma?«, fragte Lulu.

»Das muss sie nicht verraten«, belehrte sie ihre Mutter.

»Aber wenn sie will«, widersprach Lulu. »Willst du, Oma?«

Ada nickte mit leuchtenden Augen. »Ich habe mir gewünscht, dass Hans zurückkommt.«

Alle um sie herum erstarrten, doch sie war glücklich und betrachtete die Kerze, die noch immer ein bisschen vor sich hin schwelte und einen dünnen Rauchfaden in die Luft schickte.

»Dann teilen wir jetzt mal den Kuchen aus, was!«, rief Karola und löste damit die allgemeine Betroffenheit. An den Tisch kam wieder Bewegung, es wurde wieder geatmet, sich wieder unterhalten.

»Übrigens, Marlene richtet herzliche Grüße aus«, berichtete Susanne ihrer Mutter. »Sie konnte leider nicht kommen.«

Marlene. Ja, die fehlte. Ada hätte sie gern dabeigehabt. »Schade! Wer weiß, ob wir uns noch mal wiedersehen.«

Susanne nahm sie in der Arm. »Aber natürlich, Mama, warum denn nicht?«

Es war eine heitere Runde, in der sich alle gut unterhielten. Karola sorgte aus alter Gewohnheit dafür, dass jeder genug zu essen und zu trinken hatte, und Herr Lenz unterrichtete Ada über die neuesten Neuigkeiten aus dem Haus und von den Nachbarn, und wie immer konnte sie nach einiger Zeit der Unterhaltung fast alle Namen wieder zuordnen. Frau Sigrist war die Klavierlehrerin, Frau Grübel schrie aufs Meer hinaus, die Paulys hatten zwei Kinder und Frau Sellschuh hatte eine Hundephobie und einen Bekannten. Leo habe sein Examen bestanden, erzählte Herr Lenz, und seit Neuestem eine Stelle. Er und John seien leider nicht zu Hause übers Wochenende, sonst wären sie auch gekommen.

»Dann wäre meine Wohnung ja aus allen Nähten geplatzt«, meinte Ada lachend und sah nach draußen auf den Balkon, wo ihre Schwester sich mit Hans' Bruder unterhielt. Die beiden hatten einander auch schon jahrelang nicht mehr gesehen. Nur das kleine Mädchen, das brav und still auf dem Boden saß und Hemingway streichelte, das kannte Ada nicht. Sie fragte Susanne, wer das denn sei.

»Wo denn?«, fragte Susanne.

»Da auf dem Teppich bei Moppi.«

Susanne schüttelte den Kopf. »Nein, Mama, ich weiß auch nicht, wer das ist. Vielleicht ein Kind aus der Nachbarschaft.«

Thomas hatte Sektgläser eingeschenkt, die er verteilte, und als jeder ein volles Glas vor sich stehen hatte, klopfte er an sein eigenes, räusperte sich, nachdem er die Aufmerksamkeit hatte, und sagte: »Um noch mal auf das Thema Schwangerschaft zurückzukommen – Harriet und ich erwarten übrigens ein Kind.«

Die angemessen lautstarke Reaktion auf diese Verkündung folgte auf dem Fuße, ebenso wie Gratulationen und Umarmungen. Die schwangere Anna freute sich, dass ihr ungeborenes Kind jetzt schon einen Spielkameraden in Aussicht hatte, und begann sich sofort mit Harriet auszutauschen.

»Du wirst noch mal Oma, Mama«, erklärte Thomas und setzte sich zu seiner Mutter.

»Das ist schön, mein Schatz. Da freue ich mich. Wann denn?«

»Anfang Mai.«

Ada nickte. »Anfang Mai«, wiederholte sie. »Der schönste Monat, um geboren zu werden. Das habt ihr euch gut ausgesucht.« Sie zog ihren Sohn näher zu sich heran. »Und Harriet hast du dir auch gut ausgesucht. Die gibst du nicht wieder her, gell?«

»Nein, die geb ich nicht wieder her, versprochen.«

»Gut«, sagte Ada. »Dann ist ja alles gut.«

So schön der Nachmittag auch war, so anstrengend war er für Ada. Die vielen Menschen und das Stimmengewirr erschöpften sie, und mit der Zeit versank sie immer mehr in sich selbst, sodass sich die Gäste bald verabschiedeten. Jordan und Lulu nahmen ihre Oma in den Arm, und Robert gab seiner Schwiegermutter einen Kuss auf die Wange. Herr Lenz sagte: »Gute Nacht.« Und Karola: »Bis nächste Woche.« Anna gestattete Lui, sich von Ada noch einmal gründlich die Ohren kraulen zu lassen, bevor sie und der Hund gingen. Susanne, die noch rasch aufgeräumt hatte, richtete Ada alles für die Nacht her, legte ihr Nachthemd aufs Bett und schüttelte noch einmal die Kissen auf, auch die ihres Vaters. Dann umarmte sie ihre Mutter, flüsterte leise: »Ich hab dich lieb.« Und sagte laut: »Bis bald.«

Thomas und Harriet zogen sich in Thomas' Zimmer zurück. Zuletzt saß Ada allein in ihrem Sessel und blickte mit leeren Augen aus dem Fenster, bis es dunkel wurde und Thomas neben ihr erschien. »Mama, geh schlafen. Morgen ist ja auch noch ein Tag.«

Der letzte Tag
15. Oktober 2017

Nach dem Frühstück am Sonntagmorgen machte sich Ada auf den Weg zur Tür und wollte hinaus. Thomas fing sie ab.

»Bleib bitte hier, Mama, du kannst nicht allein rausgehen.«

»Nein?«, fragte Ada verwundert, auch wenn man ihr das in letzter Zeit ständig sagte.

»Nachher geht einer von uns mit dir spazieren, ja?«

»Ja.« Ada fügte sich, setzte sich in ihren Sessel und legte die Hände in den Schoß. Kurze Zeit später schlurfte sie auf ihren Pantoffeln wieder nach vorn und öffnete die Haustür.

»Mama! Bitte!« Erneut fing Thomas sie ab.

Nach dem Mittagessen unternahm Harriet mit Ada den versprochenen Spaziergang. Es war ein schöner, wenn auch kühler Herbsttag. Harriet hielt Ada untergehakt und redete. Ada lief mit vorsichtigen, kurzen Trippelschritten neben ihr her, lächelte und nickte zu Harriets Worten und sah sich unentwegt um. Sie gingen nicht dorthin, wo sie hinwollte.

»So, jetzt hast du deinen Spaziergang gemacht«, sagte Thomas bei ihrer Rückkehr. »Zufrieden?«

»Ja«, sagte Ada, legte den Mantel ab und zog ihre Pantoffeln wieder an.

»Gut, dann fahre ich jetzt schnell in den Betrieb und bringe auf dem Rückweg Kuchen mit, okay?« Thomas hatte es eilig.

»Am Sonntag?«, fragte Harriet.

»Nur kurz. Ich muss schnell was erledigen. Bin gleich wieder zurück.«

»Na schön, aber Kuchen ist noch von gestern übrig.«

»Umso besser!« Er küsste Harriet und rief: »Tschüss, Mama!«

»Tschüss, mein Schatz!«, erwiderte Ada, winkte ihrem Sohn zu und zog sich in ihren Sessel zurück. Sie hörte, wie Thomas das Haus verließ und wie Harriet sich in der Küche zu schaffen machte. Danach in Adas Schlafzimmer. Und wie sie ins Bad ging.

Ada stand auf.

Es war reiner Zufall, dass Harriet es nicht bemerkte. In dem Moment, als Ada die Wohnungstür ins Schloss fallen ließ, rauschte die Spülung der Toilette. Ada hatte sich diesen Moment nicht ausgesucht, sie war nicht mehr in der Lage, irgendetwas bewusst zu planen oder zu berechnen. Es war einfach Zufall, dass sie die Wohnung unbemerkt verlassen konnte und das Haus ebenso. Die Leute, die sie sahen, kannten sie nicht gut genug und fanden nichts Ungewöhnliches dabei, auch nicht, dass sie an diesem kühlen Oktobertag keine Jacke trug und an ihren Füßen keine Schuhe, sondern Pantoffeln. Herr Lenz hätte sie aufgehalten, oder auch Frau Grübel oder Frau Sellschuh. Leo natürlich. Sogar Frau Pauly. Wahrscheinlich jeder in ihrem Haus, doch keiner von ihnen bekam mit, wie sie am hellen Nachmittag aus der Haustür trat, über die Straße lief, am Kindergarten vorbei, durch die Grünanlage, sich nach rechts wandte und direkt zu ihrer Bank im Park gegenüber dem alten Haus strebte. Auch darüber dachte sie nicht nach, sondern tat es ganz selbstverständlich, wie von einem unsichtbaren Seil gezogen. Alles in ihr, alles, was noch lebendig war, drängte und lenkte sie zu diesem Ort.

Sie setzte sich auf die Bank, blickte hinüber zu dem alten Haus und lächelte so entrückt, wie nur jemand lächeln konnte, der nichts mehr wusste vom Rest der Welt, der nur noch wahrnahm, was sein Herz ihm zeigte.

Ada lächelte und spürte nicht die Kälte auf ihrer pergamentdünnen Haut, denn was sie sah, erfüllte sie mit Wärme: Ihr gegenüber auf der Terrasse vor dem Haus saß das Paar und hielt sich an den Händen. Alle beide waren sie da, die Frau und der Mann. Sie waren wieder vereint, so wie Ada es sich gewünscht hatte.

»Tanzt noch einmal für mich«, flüsterte sie mit ihrer Stimme, die jegliche Kraft verloren hatte. »Nur noch einmal.«

Die Frau beugte sich zu dem Mann und sagte ihm etwas ins Ohr. Er nickte, küsste sie auf die Stirn und ging ins Haus.

Die Frau jedoch wandte sich um und richtete den Blick geradewegs auf Ada. Zum allerersten Mal sahen sie einander an, blickten einander ins Gesicht, die alte Frau und die junge Frau. Die junge lächelte, winkte und erhob sich.

Adas Herz machte wilde Sprünge vor Erregung und Freude. Die Frau kam zu ihr herüber, kam immer näher und lächelte, als wäre sie eine gute alte Freundin. Zum ersten Mal sah Ada sie aus unmittelbarer Nähe, und erst jetzt konnte sie die dunklen, lebendigen Rehaugen der Frau erkennen.

»Sie haben verblüffende Ähnlichkeit mit Audrey Hepburn, wissen Sie das?«, sagte Ada zu ihr, sobald sie vor ihr stand, und vergaß völlig zu grüßen.

Die junge Frau lachte und setzte sich neben sie. »Das haben schon öfter Leute behauptet, aber ich kann es nicht so ganz glauben, denn Audrey Hepburn war die schönste Frau der Welt, und von schön bin ich einmal-um-die-Erde-herum-weit entfernt.

»Das stimmt nicht«, widersprach Ada. »Sie sind sehr schön.«

Die Frau lächelte weiter. Sie lehnte den Kopf zurück und ließ den Wind mit ihrem Haar spielen. Ada betrachtete sie lange. Die Frau machte den Eindruck, als spürte sie es, obwohl sie die Augen geschlossen hatte, doch es schien sie nicht zu stören, so intensiv von der alten Frau neben ihr studiert zu werden.

»Ich sehe Ihnen manchmal beim Tanzen zu«, erklärte Ada nach einer Weile. »Dort drüben, von meinem Fenster aus.« Sie zeigte irgendwohin. Sie wusste nicht, wo ihr Fenster war oder wo ihr Zuhause war, aber das spielte auch keine Rolle mehr. Sie musste nicht mehr zurück, sie war angekommen, dort, wo sie hingehörte. Plötzlich wusste sie das mit eigentümlicher Klarheit.

»Tanzen Sie auch noch ab und zu?«, fragte die Frau, ohne sich über die Ungeheuerlichkeit von Adas Geständnis aufzuregen oder auch nur zu wundern. Ada fiel die Formulierung nicht auf: *auch noch*. Sie schüttelte den Kopf. »Nein. Nur früher. Hans und ich haben früher zusammen getanzt. Und dann haben wir damit aufgehört. Nur am Abend bevor er gestorben ist, haben wir es noch einmal getan. Im Wohnzimmer, ganz allein für uns, so wie Sie beide.«

»Man sollte nicht damit aufhören«, sagte die Frau.

»Wenn man das vorher alles wüsste«, erwiderte Ada.

Aus dem Haus ertönte Musik. In der Ferne hörte man Stimmen, die ihren Namen riefen: »Ada! Ada!« Sie waren weit weg. Ada achtete nicht darauf, nur auf die Musik, die so viel näher war.

»Hans wollte das Haus für uns kaufen«, erzählte Ada. »Wir hätten gern hier gelebt. Aber es wurde nie etwas daraus.«

»Tut Ihnen das leid?«

»Nein.« Ada schüttelte den Kopf. »Es war alles gut so, wie es war. Wir waren zusammen, das war alles, was wir je wollten.«

»Dann war es ein gutes Leben?«

Ada nickte. »Ja. Solange Hans noch da war, ja.«

»Möchten Sie das Haus gern sehen?«

Ada nickte wieder, ein frohes Lächeln huschte über ihr faltiges Gesicht.

Wieder diese Rufe: »Ada!« Doch diesmal klangen sie näher.

»Wir müssen uns beeilen«, sagte die Frau.

Als hätte er das gehört, trat der Mann aus der Tür.

»Gehen Sie ruhig«, sagte die Frau. »Gehen Sie zu ihm.«

Der Mann kam Ada entgegen. »Komm, meine Schöne!«

Da erkannte sie ihn. Wieso hatte sie ihn nicht von Anfang an erkannt, nicht auf den ersten Blick? Vielleicht weil sie schon so alt und verwirrt war, sie erkannte ja so vieles nicht mehr, und er sah so jung aus, so wie damals.

»Ada! Ada!«, riefen die Stimmen. Ada zögerte.

»Geh ruhig«, sagte die Frau zu ihr. »Ich bleibe hier und kümmere mich um die anderen. Es ist alles gut. Geh mit Hans.«

Ada reichte Hans die Hand und ging mit ihm ins Haus. Er führte sie in jedes Zimmer und zeigte ihr alles, auch ihr Nähzimmer im Erdgeschoss, das genauso schön aussah, wie sie es sich vorgestellt hatte, und Hans' großes Arbeitszimmer, in dem Hemingway in seinem Korb lag und bei ihrem Eintreten den Kopf hob. Dann gingen sie nach oben in das große Zimmer unter dem Dach, aus dem die Musik kam.

»Glaubst du, du kannst es noch?«, flüsterte Hans in ihr Ohr.

»Natürlich!«, rief Ada. »Was denkst du denn?« Sie drehte sich wirbelnd um die eigene Achse, ihr Haar flog um ihre Schultern herum, und ihre Augen blitzten vor Übermut. Er schloss sie in seine Arme und tanzte mit ihr durchs Zimmer. Durch das Fenster erhaschte Ada einen Blick nach draußen und hielt inne. Da saß eine alte Frau auf der Bank im Park und schlief. Leute liefen auf sie zu und schlugen die Hände vors Gesicht.

»Meinst du, es ist alles in Ordnung?«, fragte Ada.

»Mach dir keine Sorgen, meine Schöne«, sagte Hans. »Es ist alles gut.«

Über dieses Buch und Danksagung

Bücher schreiben ist immer eine sehr persönliche Angelegenheit. Dieses Buch jedoch war für mich so persönlich wie keins zuvor, denn die Inspirationsquelle war meine eigene Mutter. Wie Ada litt sie in ihrer letzten Lebensphase an Demenz, aber eben nicht nur daran, sondern auch unter dem Verlust meines Vaters. Ada ist in keiner Weise die Verkörperung meiner Mutter, ihre Geschichte ist eine gänzlich andere, und trotzdem lebt meine Mutter für mich in jedem einzelnen Wort dieses Romans.

Einen solchen Roman zu schreiben, mit einem so schwierigen Thema und vor allem angesichts der persönlichen Nähe, ist auch emotional nicht einfach. Und deshalb wäre dieses Buch ohne meinen Dank an die Menschen, die mich dabei unterstützt haben, nicht vollständig.

Zuerst und vor allem danke ich meinen Agenten, Tim Rohrer und Julie Hübner, für ihr Vertrauen in mich, ihre konstante Ermutigung und ihre Unterstützung. Ich kann nicht sagen, wie viel mir das bedeutet hat. Ohne euch beide gäbe es diesen Roman nicht.

Ich danke ganz besonders auch meiner Kollegin Michaela Abresch für ihren Rat im richtigen Moment und für die Zuversicht, die sie mir geschenkt hat.

Ich danke meinem Verlag für seine Offenheit und Unvoreingenommenheit, die eine Veröffentlichung von Romanen wie *Solange sie tanzen* möglich macht und Autoren die Möglichkeit gibt, das zu schreiben, was ihnen am Herzen liegt. (Besonderen Dank dabei an dich, liebe Lena.)

Ich danke meiner Lektorin Diana Schaumlöffel für ihre Kompetenz, ihre Umsicht, ihr Gespür und das gute Gefühl, das ich haben darf, wenn sie es ist, die mein Manuskript betreut.

Ohne meine Leser ginge es nicht, die Menschen, die immer wieder nach dem nächsten Roman fragen, geduldig darauf warten und mir versichern, wie sehr sie sich darauf freuen. Ihr wisst nicht, wie gut das tut. Danke euch allen!

Danke besonders an jeden Blogger und jeden Leser, der sich Zeit für eine Rezension nimmt, denn das ist die größte Wertschätzung.

Und zum Schluss gilt mein Dank den wichtigsten Menschen überhaupt: meiner Familie. Ihr haltet mich aus, wenn ich beim Schreiben nicht ansprechbar oder weggetreten bin, wenn die Stimmungen meiner Romanfiguren auf mich überschwappen und mich alles mitnimmt, was ihnen passiert. Ich sollte deshalb eigentlich nur Gute-Laune-Bücher schreiben, aber manchmal muss auch eine Geschichte wie die von Ada aus mir heraus. Ihr nehmt Rücksicht, hofft und wartet einfach auf bessere Zeiten und liebt mich so, wie ich bin. Mehr brauche ich nicht.